Eduard (Edi) Lauterbach ⚭ Eva Guschelbauer

Otto Lauterbach

Horst, unehelich

⚭ 1. Ehe: Miederverkäuferin

⚭ 2. Ehe: Luise, geb. Hornberg

Martha Larosé, geb. Lauterbach

Elisabeth ⚭ Konrad Nettesheim

Michel, unehelich

Ingrid *Leon* *Hanna*

Reinhold Neven Du Mont

Die Villa

Reinhold Neven Du Mont

Die Villa

Roman

C. H. Beck

Gesetzt aus der Dante bei Fotosatz Amann
Druck und Bindung: cpi – Ebner & Spiegel, Ulm
Gedruckt auf säurefreiem, alterungsbeständigem Papier
(hergestellt aus chlorfrei gebleichtem Zellstoff)
Printed in Germany
ISBN 978 3 406 58242 4

www.beck.de

Auf schwarzem Karton

Mit einer Art zwanghaftem Vergnügen habe ich mir angewöhnt, die Todesanzeigen in meiner Zeitung zu lesen. Die schwarz umrandeten Felder üben auf mich eine Anziehungskraft aus, die sich nur zum Teil mit meinem fortgeschrittenen Alter erklären lässt. Es erfüllt mich mit Befriedigung, wenn ich den Lebensdaten eines Verstorbenen entnehme, dass ich älter bin, als er geworden ist. Aber diese kleinen Triumphe sind nicht alles.

Einmal habe ich mich in dem Gefühl, ihm ein Laster beichten zu müssen, einem Freund anvertraut. Zu meiner Überraschung gab er zu, dass auch er regelmäßig Todesanzeigen liest. Ihm geht es allerdings um die Namen, ihren Wohlklang oder ihre Symbolik. Er will wissen, welche Vornamen in welchem Jahrzehnt gebräuchlich waren, und glaubt daran, dass Namen Aufschluss über die Persönlichkeit geben, dass jemand, der als Bankdirektor, Schauspieler, Bundestagsabgeordneter oder in ähnlich gehobener Position stirbt, anders heißt als jene, die nur in der Anonymität ihrer privaten Welt existiert haben.

Diesen Spekulationen kann ich nichts abgewinnen. Ich versuche, mir anhand der spärlichen Angaben von den Verstorbenen ein Bild zu machen, wobei alte Frauen, die fast ein ganzes Jahrhundert durchlebt haben, meine Phantasie besonders anregen.

Es kommt vor, dass ich Unbekannten komplette Biografien andichte, ihnen zum Beispiel eine glückliche Kindheit schenke, dann aber Ekstasen und Zusammenbrüche für sie erfinde, als müsste ich vom Verlauf meines eigenen Lebens ablenken, das mir bisher echte Katastrophen erspart hat. Auf meiner Liste stehen Glückskinder und Pechvögel, Sieger und Verlierer, Verführer und Geschändete, raffgierige Frauen und betrogene Ehemänner, Mörder und ihre überheblichen Richter und – ab und zu, um mich bei Laune zu halten – eine strahlende Schönheit, eine reine Liebesgöttin.

Wenn ich in einer Lebensgeschichte nicht weiterweiß, befrage ich die Toten. Waren sie mit sich und ihrer Welt zufrieden, was hat ihnen Angst oder Freude bereitet, was sie verletzt oder ihr Selbstgefühl gesteigert? Und in welchem Maße hatten sie die Fähigkeit zu lieben? Aber mich interessieren auch die Fakten: Wann und wie sie ihre Unschuld verloren haben, ob sie beim Bund Deutscher Mädel waren, ob sie für Hitler geschwärmt oder mit welchen Gefühlen sie die männerlose Kriegs- und Nachkriegszeit überstanden haben. Immer frage ich sie über das Jahr 1952 aus, das für mich von besonderer Bedeutung ist.

Die Lebensläufe der Männer gelingen mir meist weniger gut. Männer machen eine Ausbildung, heiraten, werden Familienväter, haben Erfolg in ihrem Beruf oder nicht und so weiter und so fort bis zum erlösenden Herzinfarkt.

Was mich anbelangt, so gibt es einen kurzen Eintrag in der deutschen Ausgabe des «Who's who», mehr nicht. Die wenigen Anfragen nach meinen biografischen Daten habe ich nicht beantwortet. Die Vorstellung, mich über mich selbst äußern zu müssen, ist mir peinlich. Erst jetzt beginne ich, über frühere Zeiten nachzudenken, und erst jetzt spüre ich die Bereitschaft, vielleicht sogar das Bedürfnis, über mich zu sprechen.

Nie habe ich Nachforschungen bei den «in tiefer Trauer» Hinterbliebenen angestellt. Von den realen Personen hinter den Namen, von denen nichts bleibt als die Inschrift auf einem Grabstein und einige bald vergessene Anekdoten, will ich nichts wissen. Man sollte ihnen ihre Ruhe lassen. Aber welch unermessliche Fülle von Erlebnissen nehmen die Toten mit ins Grab!

Vorgestern, an einem regnerischen Vormittag, ahnte ich, noch bevor ich die Zeitung aufschlug, dass eine Nachricht auf mich wartete: Elisabeth Lauterbach. Starb nach langer, schwerer Krankheit im Alter von fünfundsiebzig Jahren. Mich schauderte. Ich musste schlucken, um wieder zu Atem zu kommen. Sie hatte also wieder ihren Mädchennamen angenommen und nicht mehr geheiratet. Während ich auf die Buchstaben ihres Namens starrte, sah ich sie am Kopfende des langen Tisches sitzen, lachen, loben, zurechtweisen, streng und begehrenswert. Mich traf ihr kurzer, rätselhafter Blick.

Auf den Nachbarfeldern Kreuze, ein Schopenhauer- und ein Hermann-Hesse-Zitat, bei ihr nur der Hinweis: «Statt Karten» sowie Tag und Uhrzeit ihrer Beerdigung auf dem Waldfriedhof. Im unteren Teil der Anzeige die Namen der Angehörigen. Bis auf die Enkelkinder kannte ich sie alle. Als hätte mein Gedächnis nur auf den Anstoß gewartet, sah ich ihre Gesichter plötzlich vor mir. Ingrid, die mich von Anfang an mit ihren spitzen, musternden Blicken in Verlegenheit brachte; Leon, dessen Freund ich gerne geworden wäre, der sich aber für ein Genie hielt und zu dem Studenten der Germanistik und Kunstgeschichte, der ich damals war, auf Distanz blieb; Hanna, die zur Begrüßung fast einen Knicks vor mir gemacht hätte, dann aber ganz unvermittelt wissen wollte, ob man vom Küssen Ausschlag bekommt. Und Martha, die weiße Gestalt, deren weiche Hand ich, als ich ihr vorgestellt wurde, einen kleinen Augenblick länger hielt als notwendig.

Drei Namen fehlten: der von Konrad; Elisabeth hatte sich ihren Irrtum wohl nie verziehen. Der von Max Löhlein, dem Schwarzhändler und Geschäftemacher. Wahrscheinlich war er nach der Gokart-Pleite auf Nimmerwiedersehen verschwunden. Und der von Jurek. Ihn hatte sie gemocht, auf ihn war ich damals tatsächlich eifersüchtig. Ich musste herausfinden, was aus ihm geworden war. Aber da war noch ein anderer, jetzt fällt mir sein Name ein:

Erasmus Donat mit seinem Hagen. Quadratschädel, bohrender Blick, eine imposante Erscheinung. War er bloß ein Scharlatan?

Elisabeth. Ich flüsterte ihren Namen, dann zerlegte ich ihn in seine vier Silben und sprach ihn halblaut vor mich hin, als könnte ich sie dadurch zwingen, vor mir zu erscheinen. Ich zog mich an den Schreibtisch zurück, um die Kritik zu schreiben, auf die man in der Redaktion wartete. Elisabeth aber ließ mich nicht los, sie verfolgte mich. Ihr Tod ließ keinen anderen Gedanken zu.

Vor den anderen war sie für mich Frau Lauterbach, die stolze, unnahbare Hausherrin, die Respektsperson gewesen. In meinen Tagebüchern habe ich sie heimlich Elli genannt, sie so anzusprechen, hätte ich nicht gewagt. Auch nach dem Tag nicht, an dem für mich eine neue Zeitrechnung begann. Es ist dreißig Jahre her, dass sie mir aus einem Haufen aussortierter Kostüme umgeben von der Wolke ihrer schwarzen Haare wie die nackte Maja von Goya entgegenkam. – Meine Hände zitterten.

Den Sommer 1952 habe ich in ihrer Villa am See zugebracht. Ende August war meine Zeit abgelaufen. Elisabeth reichte mir zum Abschied die Hand, ich bedankte mich, wollte die beiden Sätze sagen, die ich mir zurechtgelegt hatte: «Ich muss Sie wiedersehen! Bitte sagen Sie mir Bescheid, wenn Sie das nächste Mal in München sind.» Aber noch bevor ich Luft geholt hatte, zog sie die Augenbrauen hoch und legte mir mit einem Lächeln den Zeigefinger auf die Lippen. Ich küsste ihn, mehr war nicht.

In all den Jahren danach sind wir uns kein einziges Mal mehr begegnet. Erst wartete ich auf ein Zeichen von ihr. Sie hätte mir schreiben können, sie wusste, wo ich wohnte. Sie gab Feste, warum lud sie mich nicht ein! Dann hoffte ich auf einen Zufall, schließlich suchte ich nach Vorwänden: wollte sie treffen, ihr auflauern, wollte sie bestürmen, ihr keine Wahl lassen. Ich machte abenteuerliche Pläne und verwarf sie alle. Allmählich begriff ich: Sie hatte mich aus ihrem Leben gestrichen.

Sie wurde mein Geheimnis.

Meiner Frau habe ich nie von ihr erzählt. Auch jetzt sagte ich ihr nichts von Elisabeths Tod und was er in mir auslöste. Mein Zustand an diesem Regentag glich dem eines Nachtwandlers. Stumm und abwesend saß ich bei Tisch, bis ich mich mit einem plötzlichen Unwohlsein entschuldigte. Und wieder flüchtete ich in mein Arbeitszimmer. Irgendwo in dem Gewirr von Blättern mussten die Notizen liegen, die ich mir zur Inszenierung und zum Bühnenbild gemacht hatte. Ich vergaß sie.

Tags darauf regnete es noch immer. Ich erwachte früh, trank eine große Portion Tee, und als meine Frau mich zum Frühstück rief, war die Premierenkritik fertig: drei Seiten. Das Stück und die Schauspieler hatte ich gelobt, auch mein Urteil über die Regie fiel an diesem Morgen milde aus. Dass ihr im dritten Akt die Einfälle ausgegangen waren, ließ ich unerwähnt.

In der Feuilleton-Redaktion bin ich zuständig für die Theater- und Opernkritiken, bespreche aber auch, wenn es mich reizt, Filme und Bücher. Ich gelte als Autorität, was ich schreibe, hat Gewicht. Zu den Schauspielern und Regisseuren halte ich Distanz, aber ich kenne ihre Stärken und Schwächen genau, das wissen sie. Wenn der Vorhang fällt, steht mein Urteil fest. Trotzdem horche ich auf den Applaus und kann unterscheiden, ob er «stürmisch» oder nur «freundlich» ist. Ich selbst applaudiere nie.

Ich habe keine Macht, aber ich habe Einfluss. Wenn ich eine Aufführung lobe, sind die nächsten Vorstellungen ausverkauft. Schreibe ich einen Verriss, kann sich das Stück nicht lange auf dem Spielplan halten. Ich gebe mir Mühe, fair zu bleiben. Trotzdem habe ich mir Feinde gemacht, das bleibt nicht aus. Ich erkenne sie an der übertriebenen Freundlichkeit, am feuchten Händedruck und dem beflissenen Lächeln, wenn ich ihnen zufällig in einem der Lokale begegne, in denen sich die Theaterwelt trifft.

Meine Lieblingsstücke stammen alle von toten Autoren. Aber welche das sind, behalte ich für mich, schon um mich nicht dem Vorwurf auszusetzen, ich sei altmodisch. Von lebenden Bühnenautoren habe ich tatsächlich keine hohe Meinung. Ihre Stücke leben von kleinen Ideen, deren Dürftigkeit dann durch Regieeinfälle, die das Publikum schockieren sollen, überspielt wird.

In der Redaktion habe ich Bewunderer und Neider. Jedes zweite Semester gebe ich am theaterwissenschaftlichen Institut der Universität ein Seminar, zu dem ich die Volontäre aus dem Feuilleton einlade. Sie bilden meine mir treu ergebene Hausmacht. Zudem bin ich gefragter Gast in den Kultursendungen des Bayerischen Rundfunks. Meine Beiträge werden gerne gehört, gut bezahlt und verschaffen mir in der Redaktion alle möglichen Privilegien. Ich bin an keine Bürozeiten gebunden, kann frei entscheiden, was ich besprechen will, habe immer die erste Wahl. Im übrigen bin ich bekannt dafür, dass ich auf die Minute genau meine Manuskripte abliefere und den vorgegebenen Umfang nie überschreite. Der Chefredakteur wartet darauf, dass ich ihm das Du anbiete.

Ganz gegen meine Gewohnheit habe ich die Anzeige ausgeschnitten. Ich klebte sie auf einen schwarzen Karton, als wollte ich sie archivieren. Dann wühlte ich so lange in den Fächern einer Kommode, bis ich das Foto von ihr fand, das ich damals mitgehen ließ. Elisabeth als junge Frau, in tänzerischer Pose, mit einem auf den Betrachter gerichteten Blick, der die Geste, mit der sie ihren Busen bedeckt, Lügen straft. Ich spürte wieder den feinen Stich, den mir das Bild versetzt. Sie hatte den unerfahrenen jungen Mann, der ich damals war, in eine Verwirrung gestürzt, so süß und inbrünstig, wie ich sie seither vergeblich gesucht habe. Sie hat für mich die Türen in eine Welt geöffnet, deren Existenz ich vorher nicht geahnt hatte.

Der fünfundzwanzigste Mai war ein Mittwoch. An dem Tag bin ich in die Stadt gefahren und habe – während sie starb – Besorgungen gemacht, unwesentliche, kleine Verrichtungen. Ein Zeitvertreib, während ihre Zeit ablief.

Jetzt war sie tot. Der Gedanke entsetzte mich. Ohne die Tragweite ahnen zu können, die das haben würde, nahm ich mir vor, auf ihre Beerdigung zu gehen.

Die Beerdigung

Man könnte meinen, dass einer wie ich gerne auf Beerdigungen geht. Das Gegenteil ist der Fall. Ich meide Friedhöfe, sie sind mir zuwider. Selbst dem Kitsch und der kalten Pracht alter Grabstätten, den Alabasterengeln und abgebrochenen Marmorsäulen kann ich keinen Reiz abgewinnen.

Am Grab von berühmten Dichtern oder legendären Filmschauspielerinnen zu stehen, bedeutet mir nichts. Die letzte Ruhestätte meiner Eltern habe ich nach der Beerdigung meiner Mutter nie mehr besucht. Die Pflege des Grabes habe ich einer Friedhofsgärtnerei übertragen, per Dauerauftrag.

Das Ritual von Trauerfeiern, ob kirchlich oder nicht, finde ich bedrückend. Ich glaube den Pfarrern ihr Versprechen einer Auferstehung und den Menschen, die gemessenen Schrittes hinter dem Sarg hergehen, ihre Trauer nicht: ein letzter Blumengruß, ein symbolisches Schäufelchen Erde, dann mit gesenktem Kopf innehalten, genau drei Sekunden lang, bevor man ergriffen zur Seite tritt und erst noch schweigend, dann munter im Gespräch davoneilt, Kaffee und Kuchen entgegen.

Alle Trauerfeiern, an denen ich teilgenommen habe, waren schlechte Inszenierungen mit schlecht vorbereiteten Mimen und einem Hauptdarsteller, der sich in eine polierte Holzkiste zurückgezogen hatte.

Für meine Beerdigung wünsche ich mir Schweigen: keine frommen Sprüche, keine Würdigungen, keinen Beethoven. Nur das Schlurfen der Schritte auf dem Kiesweg und ab und zu ein Hüsteln. Und einen stilvollen Nieselregen. Und am Grab meine Frau in einem roten Abendkleid, umgeben von einigen Theaterleuten, die wortlos Betroffenheit spielen. Ein besonderes Vergnügen hätte ich daran, wenn in den Gräbern rechts und links von dem meinen ein Regisseur und ein Schriftsteller lägen, die sich über meine Verrisse zu Tode geärgert haben.

An Elisabeths Beerdigung schien die Sonne, ein Tag wie gemacht für den Biergarten. Ich kam ganz in Schwarz, mit Hut und Mantel, einen Schirm an den angewinkelten linken Unterarm gehängt, so als gehörte ich zum Kreis der Leidtragenden. Ich war nervös, mit mir und meinem Auftritt unzufrieden, als ich den Vorplatz der Trauerhalle erreichte.

Warum nur hatte ich mich in diese Situation gebracht! Am liebsten wäre ich einfach weitergegangen, in die erstbeste Allee hinein. Ein zufälliger Passant auf seinem Morgenspaziergang. Stattdessen drängte ich mich auf der Suche nach einem günstigen Platz zwischen den Menschen durch, die sich zunickten, die Hände schüttelten und sich an kleinen Blumensträußen festhielten. Ich sah mich um. War ich richtig? War ich zu früh oder zu spät gekommen? In diesem Augenblick erkannte ich Leon.

Er stand ziemlich genau im Mittelpunkt, an dem ihm gebührenden Platz. Ein gut geschnittener Kopf mit nicht mehr ganz üppiger grau melierter Mähne. Er hatte sich in Positur gestellt wie ein Opernsänger vor der großen Arie; das war ihm geblieben von den Jahren auf der Schauspielschule. Aus der Menge lösten sich einzelne Personen, gingen zu ihm hin, man sah, wie ihre Lippen sich bewegten: «Mein herzliches Beileid!» Leon griff nach den ausgestreckten Händen, schüttelte sie etwas zu geschäftsmäßig, lächelte ein wenig zu jovial, als hätte sein Gegenüber ihm gerade ein günstiges Angebot gemacht. Wie er dann als ein Zeichen der Ungeduld die linke Augenbraue hochzog, diese kleine mimische Geste verriet ihn als Elisabeths Sohn.

Er war groß und schlank, und doch spannte die Weste über dem Bauch. In der linken Innentasche seines Jacketts konnte man die Brieftasche, in der rechten eine Cohiba vermuten, die er später als krönenden Abschluss der Feierlichkeiten rauchen würde.

Einen halben Meter abgerückt, stand neben ihm damenhaft und mit zeitloser Frisur eine, nein zweifellos seine Frau. Auch sie lächelte, wenn auch mit einem bitteren Zug um den Mund. Sie stammte aus einer vermögenden Familie, das sah man ihr an. Während Leon sich zu den Kondolierenden hinabbeugte, schien sie, wenn sie an der Reihe war, eine Spur zurückzuweichen. Leon öffnete einen Knopf seines nach der Mode geschnittenen Zweireihers und senkte den Blick. Noch fünf Minuten.

Da war dieser Löhlein, dieser unangenehme Mensch. Zwischen Leons Augenbrauen zeigte sich eine scharfe Falte. Wie der sich zwischen den Gruppen der Wartenden durchschlängelte in der Hoffnung, eine günstige Bekanntschaft zu machen. Was hatte er hier zu suchen! Offensichtlich sank Leons Stimmung, zumal seit einer ganzen Weile schon niemand mehr gekommen war, um ihm das Beileid auszusprechen.

Aus dem Nebeneingang der Trauerhalle traten zwei Sargträger; eine Zigarettenlänge noch, dann würden sie das mit Kupferblech beschlagene Hauptportal öffnen.

Leon gab jetzt seinen beiden Schwestern ein Zeichen. Ich hatte sie aufeinander zugehen sehen. Steif, ohne ein Lächeln, ohne Kuss auf die Wange, hatten sie sich begrüßt.

Ganz wie damals, dachte ich. Das Leben hat sie nicht milder gestimmt. Nicht für diesen einen Tag konnten sie ihre Streitigkeiten vergessen. Leon reichte seiner Frau den Arm und setzte sich langsam in Bewegung. Er war jetzt das Haupt der Familie, er würde in der ersten Reihe, eingerahmt von seiner Frau und den Schwestern, Platz nehmen.

Ich ging als Letzter in die Halle und hielt mich im Hintergrund.

Ich stand zwischen Leuten, die mit einer Mischung aus versteckter Lust und offener Neugier zu Beerdigungen gehen wie andere zu Eröffnungen von Ladenpassagen, wenn Freibier ausgeschenkt wird. Ich war Zaungast, ganz wie damals. Das gefiel mir.

Vor mir saß eine Frau, die ich an dem krausen Gespinst ihrer Haare zu erkennen glaubte. Sie nickte mir zu: Es war Maria, und der Mann neben ihr, der mir jetzt gerade ins Gesicht blickte, das war Jurek. Und da war noch einer weiter unten in der Reihe, in bayerischer Tracht und umgeben von einer Schar kleiner Mädchen in festtäglichen Dirndln, das musste Heiner sein. Josef fehlte, was war mit ihm? Ich suchte sein Gesicht in meiner Erinnerung, sah aber nur seine rechte Hand, aus der eine Kreissäge beim Holzschneiden eine Klaue gemacht hatte. Mit ihr konnte er nach einem randvollen Glas greifen und vor der Remise eine Runde drehen, ohne einen Tropfen zu vergießen …

In diesem Moment sah ich ihr Bild. Ihr Kopf, lebensgroß, in einem silbernen Rahmen, in der Mitte des Sarges aufgestellt. Ein gestelltes Foto, geschickt ausgeleuchtet, mit weichen Konturen und einem der Mona Lisa abgeguckten Lächeln, zu dem der Fotograf sie überredet hatte. Während alle anderen in der Kapelle auf den Pfarrer warteten, sah sie mich an. Ich hielt ihrem Blick stand, die Jahre schmolzen dahin, ich stand vor ihr in meinem viel zu warmen Anzug, erregt und angerührt von etwas, für das ich nie einen Namen gefunden habe. Elisabeth, die Frau, die eine Frau.

Mit einem Mal kam Unruhe auf. Ein Rollstuhl bahnte sich seinen Weg durch die Menge. Man machte ihm Platz, unwillig, wie mir schien, die einen, neugierig die anderen. Die weiße Gestalt, die in ihm saß wie eine Königin auf ihrem Thron, hielt kurz vor einem Kranz mit schwarzer Schleife an, auf der in goldener Schrift zu lesen stand: «In Dankbarkeit und Verehrung – Max Löhlein». Auf dem Schoß der Frau im Rollstuhl lag ein Blumenstrauß, den sie jetzt so auf den Boden legte, dass er den Namen auf der Schleife verdeckte.

Es war Martha. Sie blickte von mir weg auf den Sarg, sodass ich ihr Gesicht nicht sehen konnte. Aber ich erkannte sie an ihrem Haar, das noch immer füllig war und das sie wie früher hochgesteckt zu einer Art Turban trug. Sie, die nie jung gewesen war, war nicht gealtert.

Damals, nach dem großen Unglück, sprach ich einmal mit ihr über den Tod. Sie glaubte nicht an den Himmel und seine Heerscharen, auch nicht an die Hölle und an ewige Verdammnis. Sie wünschte sich, sagte sie, eine Wiedergeburt, am liebsten als kleiner Vogel oder als ein Nachfahre ihrer Schneckenfamilie.

In ihrem strahlend weißen Gewand, das sie zu Ehren der toten Schwester trug, war sie mir vertrauter als die anderen. Ich nahm mir vor, sie anzusprechen.

Der Pfarrer, der beinahe über ihren Rollstuhl gestolpert wäre, brachte mich in die stickige Feierlichkeit der Trauerhalle zurück. Er sprach nicht von der Verstorbenen, er nannte sie eine «Heimgegangene». Heim ins Reich Gottes, erlöst von den Fesseln des Leibes, nicht auf immer getrennt von ihren Lieben, nur vorausgegangen in himmlische Gefilde. Oder so ähnlich.

Elisabeth beschrieb der Pfarrer als aufopfernde Mutter, die sich in schweren Kriegszeiten selbstlos für das Wohl der ihr Anvertrauten eingesetzt hatte und als Kämpferin für die Rechte der Schwachen und Hilfsbedürftigen, wie ihr tatkräftiges Engagement im Tierschutzbund beweise. Besonders hob er hervor, dass sie sich im fortgeschrittenen Alter immer wieder in der Kommunalpolitik für Neuerungen eingesetzt habe. Von der Elisabeth, die ich in Erinnerung hatte, sprach er nicht. Nach seinen Worten trat eine Pause ein, die ein dünner Mann, oder sollte ich sagen: ein überschlanker Herr mit rötlichen Haaren, nutzte, sich einen Weg nach vorn zu bahnen. Unverkennbar Florian. Sein Gesicht war gerötet, er litt offenbar unter Lampenfieber, dafür habe ich einen Blick. Nervös winkte er eine Frau herbei, in der ich erst später am Grab Erika erkannte. Er stimmte den Kammerton an, zählte «un, deux, trois», und dann sangen die beiden zwei Lieder eines mir unbekannten Urhebers. (Wie sich später herausstellte, handelte es sich um Robert von Hornstein, dessen Kompositionen Elisabeth angeblich als junges Mädchen bei festlichen Gelegenheiten vorgetragen hatte.) Sie taten es auf so rührend dilettantische Weise, dass einige Frauen im Publikum zu schluchzen anfingen, dann verfehlten sie die Melodie, und nur der Sarg, an dessen Fußende sie sangen, bewahrte sie vor Buhrufen.

Danach waren die für die Trauerfeier vorgesehenen dreißig Minuten um, man drängte ins Freie, blinzelte im harten Sonnenlicht, ein paar Hände wurden noch geschüttelt, man formierte sich, und dann setzte sich der Trauerzug mit dem mit Blumengebinden und Kränzen bedeckten Sarg an der Spitze in Bewegung.

Der Weg zu einem frisch ausgehobenen Grab ist kein Spaziergang. Man schreitet, so als hätte ein Regisseur eine Fortbewegung in Zeitlupe angeordnet. Niemand ließ sich durch das Zwitschern der Vögel und den Duft nach frischem Grün ablenken. Bis auf Martha, die vor Freude in die Hände klatschte, als sie auf der Kuppel eines kleinen Rundtempels ein Eichhörnchen entdeckte. Leon ging an der Seite seiner Frau gleich hinter dem Pfarrer, seine Schwestern, wie vorhin, mit ihren Männern rechts und links von ihm. In Gedanken rekapitulierte er vermutlich die kurze Rede, die er gleich am Grab halten wollte.

Da drängte sich Max Löhlein neben mich. «Robert», sagte er ungeniert. «Leugnen zwecklos, ich habe Sie sofort erkannt. Welche Überraschung! Ich lese immer Ihre Artikel. Ganz toll! Ehrlich. So möchte ich auch schreiben können. So brillant, so ...» Dann sagte er hinter vorgehaltener Hand etwas über Elisabeths Vergangenheit, sprach von einer «üblen Geschichte» und Einzelheiten, die mich sicher interessieren würden. Bevor ich es verhindern konnte, steckte er mir seine Visitenkarte zu.

«Erde zu Erde.» Nachdem der Sarg in die Grube gelassen worden war, machte man Leon Platz. Der stellte sich auf eine der Plastikmatten, mit denen man den Aushub abgedeckt hatte, ebenjene lehmige Erde, zu der Elisabeth nun werden sollte. Er zögerte unentschlossen, ob er sich dem Grab seiner Mutter oder den Umstehenden zuwenden sollte. Er entschied sich für die Umstehenden, die er als «liebe Familie, liebe Freunde von Elisabeth» ansprach. Er nannte sie eine Frau zwischen den Zeiten, noch durch Elternhaus und Erziehung in den Traditionen und Denkgewohnheiten des 19. Jahrhunderts verwurzelt, aber einer Generation zugehörig, deren Schicksal es war, sich in Weltkriegen, Inflation und Gewaltherrschaft behaupten und nach 1945 in einer gewandelten, freien Gesellschaft ihren Platz finden zu müssen. Dies sei seiner Mutter beispielhaft gelungen, sie sei im besten Sinne fortschrittlich gewesen.

Er sprach mit Schwung und Euphorie, sein Auftritt war gekonnt. Nach ihm begann das Defilee: Eins ums andere der von einem Träger bereitgehaltenen Blumensträußchen fiel auf den Sargdeckel, begleitet von einem Schäufelchen Erde.

Als einer der Letzten trat ein junger Mann ans Grab. Er stieß den Korb, in dem einige übrig gebliebene Sträuße lagen, ungnädig beiseite und sah finster auf sein nur noch aus wenigen Personen bestehendes Publikum. «Nein», rief er überlaut. «Elisabeth Lauterbach war nicht eine Frau zwischen den Zeiten. Als ein bourgeoises Relikt saß sie in ihrer herrschaftlichen Villa, nur darauf bedacht, ihr Vermögen zusammenzuhalten. Wer hat sie je mit einer Kehrschaufel, einem Putzlappen oder einem Staubsauger in der Hand gesehen? Die Drecksarbeit mussten andere für sie erledigen, Domestiken, die gezwungen waren, ihre Arbeitskraft, ihren einzigen Besitz, für einen Hungerlohn zu verkaufen.

Aber die Zeit ist über sie und ihresgleichen hinweggegangen.

Die Revolution wird alle Schmarotzer dieser Welt in die Rumpelkammer der Geschichte verbannen.» Er streckte seine zur Faust geballte Rechte in die Höhe. Eine Kinderhand.

Martha war ein Stück die Gräberstraße heruntergerollt. Ich nutzte die Gelegenheit, ging auf sie zu und sprach sie an. «Ach, Robert! Bist du das wirklich? Ich musste gerade an all die Schränke voll mit Elisabeths Kleidern denken», sagte sie. «Gibt es noch Heime für gefallene Mädchen? Ihnen würde ich sie gerne schenken.» Dann deutete sie auf den jungen Mann, der gerade den Arm mit der geballten Faust sinken ließ und etwas hinter den letzten Trauergästen herrief, die sich kopfschüttelnd entfernten.

«Das ist Michel, unser Maoist. Hanna hat ihn nach meinem Jungen genannt. Er schimpft auf die Familie Lauterbach als Teil der Ausbeutungsgesellschaft.» Sie zuckte die Schultern und lächelte. «Ich verstehe seinen Zorn nicht, und mir ist nicht klar, wofür er kämpft, aber ich bin mit ihm einverstanden, wie er ist. Er ist mein finster dreinblickender Liebling.»

«Komm!», rief sie. «Michel, komm! Lass uns gehen!»

Die beiden entfernten sich. Statt die Ruhe der Toten mit aufrührerischen Reden zu stören, schob Michel den Rollstuhl seiner Großtante schnellen Schrittes Richtung Ausgang. Mir blieben fünf Minuten. Ich war jetzt allein in der Leere des frühen Nachmittags. Die Worte der Redner hingen noch in der Luft. Elisabeth. Ich hätte sie gerne gesehen, bevor man den Sarg verschraubte. Dann hätte ich ihr die eine Frage stellen können, für die es jetzt zu spät war. Sie hätte mir die Wahrheit gesagt, Tote lügen nicht. Für einen Moment, der mir endlos vorkam, hielt die Zeit den Atem an.

Dann kamen aus der Tiefe der Allee drei Männer mit Schaufeln. Ich machte mich davon, bevor sie mit ihrer Arbeit begannen.

In den Tagen nach der Beerdigung quälte mich eine nervöse Unruhe. Ich versuchte es mit Ablenkungen verschiedener Art, aber sosehr ich mich bemühte, ich konnte mich nicht beruhigen. Elisabeths Bild verfolgte mich bis in meine Träume. Dann plötzlich, wie eine Eingebung, wusste ich: Ich musste meine Erinnerungen an die Zeit in der Villa Lauterbach aufschreiben. Die alten Notizbücher würden mir helfen, und Lücken in meinen Erinnerungen würde ich mit etwas Phantasie auffüllen. Außerdem konnte ich Martha Fragen stellen. Ohne genau zu wissen, was ich sie fragen wollte, rief ich Martha an. Wieder war sie nicht überrascht.

«Nachher fahre ich zum Friedhof», sagte sie. «Ich will hin, um mir zu überlegen, welche Blumen ich pflanzen lassen soll. Das darf man nicht den Friedhofsgärtnern überlassen. Chrysanthemen zum Beispiel passen überhaupt nicht zu Elisabeth. Kommen Sie doch auch! Sie können mich beraten.»

Zwei Stunden später stand ich neben ihrem Rollstuhl an Elisabeths Grab. Ich war wenig konzentriert bei der Sache. Martha schüttelte bei meinen Vorschlägen den Kopf: «Zu groß ... brauchen volle Sonne... halten nicht lange ...» Während sie sich Notizen machte, bewegten sich ihre Lippen, als spräche sie mit der Schwester. Dann fragte ich sie. Sie klappte das Heft zu, und während ich sie über die Wege und durch die Alleen des Friedhofs schob, erzählte sie mir, wie Elisabeth gestorben war.

Als man sie auf dem Boden ihres Badezimmers liegend fand, war ein Aufschrei durchs Haus gegangen. Alle liefen fassungslos durcheinander, etwas Unvorstellbares war geschehen.

Martha hatte durch die Wände ihrer Wohnung das Geschrei gehört, rollte zum Fenster und schloss die Augen, um den schwarzen Abgrund in der Mitte des Sees nicht sehen zu müssen. Sie hatte es geahnt. Sie hatte untrügliche Zeichen gesehen, dass sich ein Unheil anbahnte. Und sie hatte gewusst, dass es Elisabeth, die Unverletzliche, treffen würde.

In der allgemeinen Aufgeregtheit verfing sich ein Fuß in der herabhängenden Telefonschnur, der Apparat krachte auf die roten Steinplatten, zurück blieb ein Riss im schwarzen Bakelitgehäuse. Der Vorfall löste nervöse Aggressivität aus, jemand rief: «Verdammt!» und «Pass doch gefälligst auf!» So vergingen kostbare Minuten, bevor der Hausarzt gerufen wurde.

Martha hatte ihn mit den Worten empfangen: «Niemand hat sie berührt. Sie blutet aus einer Platzwunde am Kopf.» Der Arzt kniete sich neben Elisabeth, wischte ihr das Blut von der Stirn und erklärte, der Riss sei unerheblich. Aber als man sie aufhob und zum Bett trug, sah man es deutlich: Mit ihrem Gesicht stimmte etwas nicht, ihre Augen leuchteten gefährlich, ihre Wangenknochen traten unnatürlich hervor, alles, ihr ganzer Körper, war aus dem Lot. Martha wusste, was das bedeutete, längst bevor der Arzt sich mühsam erhob, den Finger an die Lippen legte, als müsste er sich überwinden, ein Geheimnis zu verraten, und dann sagte: «Es ist ernst.»

Die darauf folgenden Tage waren vergangen, ohne dass Martha hätte sagen können, wie viele es waren. Mit aufgerissenen Augen, in denen sich ein unsäglicher Schrecken spiegelte, lag Elisabeth in ihren Kissen. Wo immer ihre Seele war, ansprechbar war sie nicht. Martha saß ungezählte Stunden ohne ein Anzeichen von Hunger oder Müdigkeit neben ihrem Bett. Sie sah, wie der Brustkorb der Schwester sich hob und senkte, und versuchte im gleichen Rhythmus zu atmen.

Dann hatte sie angefangen, mit ihr zu sprechen. Sie erzählte ihr mit vielen Abschweifungen und in immer neuen Varianten die Geschichte zweier Schwestern, die ihre Namen trugen. Ohne Mühe fand sie Worte für Farben, Gerüche und Geräusche, für Empfindungen und Stimmungen und verband sie wie die Fäden eines Gobelins zu Bildern, die sie Elisabeth mit auf den Weg geben wollte.

Ohne nach ihrem Handgelenk greifen zu müssen, hatte sie gespürt, wie Elisabeths Puls schwächer wurde. Das Leben in ihr löste sich auf. Um etwas zu haben, an das sie sich halten konnte, begann sie das Lied von der Apfelbaumwiese zu singen, erst zaghaft, dann mit jedem Mal sicherer, und als Elisabeths Atem stockte und dann nicht mehr einsetzte, summte sie die Melodie bis zur letzten Strophe. Dann erst war sie zur Tür gerollt und hatte Hilfe herbeigerufen.

Vorgeschichte

Nach der dämmrigen Kühle der Bahnunterführung blieb ich geblendet vom prallen Sonnenlicht einen Moment stehen, in der rechten Hand einen dunkelbraunen Lederkoffer mit Schnalle, ein Erbstück von meinem Patenonkel.

Ich machte zwei, drei kleine Schritte und blickte dann auf die Normaluhr über dem Fahrkartenschalter. 11:50 Uhr. Der Zug aus München war pünktlich eingetroffen.

Ich studierte damals im dritten Semester an der Münchner Universität. Ich tat es mit einem Eifer, der – sagen wir – sich im Gleichgewicht hielt zwischen dem meinem Vater gegebenen Versprechen und den Vergnügungen, mit denen die nächtliche Stadt und das Umland lockten. Ich hatte die Fächer Germanistik und Kunstgeschichte nicht im Hinblick auf ein Berufsziel – ein solches hatte ich nicht –, sondern aus Neigung und einem Interesse gewählt, von dem ich hoffte, dass es sich durch den Besuch der ersten Hauptseminare noch steigern ließe. Ich hatte mich gegen meinen Vater durchgesetzt, der Jura oder Medizin lieber gesehen hätte.

Um so freudiger überrascht waren meine Eltern, dass meine noch lückenhaften Kenntnisse der Literatur und der Künste, gerade sie, mir zu einem Job – damals sagte man noch «Arbeitsstelle» – in den Semesterferien verholfen hatten.

Ich hatte Glück. Nein, ich hatte dem Glück nachgeholfen. Gefragt, welchen seiner Studenten er als besonders anstellig und zuverlässig empfehlen könne, machte mein Professor zwei Vorschläge: Der eine war mein Freund Georg, der andere ich. An aufeinander folgenden Tagen würde uns Frau Lauterbach empfangen, sich einen Eindruck verschaffen und uns dann ihre Entscheidung mitteilen.

Ich rief meinen Vater an und sagte ihm – ich weiß nicht, welcher Teufel mich in dem Augenblick ritt –, ich sagte ihm in einem kühnen Vorgriff, die Wahl sei auf mich gefallen. Aber ja, ich könne meiner Sache sicher sein.

Ich wurde als Erster zu einem Vorstellungsgespräch in die Lauterbach'sche Villa draußen am See bestellt. Vom Besprechungszimmer aus sah ich mit einem schnellen Blick durch die offenen Fenstertüren den Weg, der zum Ufer, zu einem Steg mit Bootshaus hinunterführte. Nachher würde ich in die Kammer der Witwe K. zurückfahren, aber den Sommer wollte ich in einer ungleich schöneren Umgebung verbringen: hier, in diesem Haus an diesem See. Die Hausherrin nahm sich eine Viertelstunde Zeit. Sie stellte Fragen zum Elternhaus, zum Studium, dann zur Allgemeinbildung. Mir war warm in meinem frisch gebügelten Anzug. Wenn ich in meiner Aufregung zu ausführlich wurde, wippten ihre Fußspitzen nervös. Sie trug weit ausgeschnittene Sandalen, das weiß ich noch. Ihre Zehennägel waren rot lackiert. Ich gab mir große Mühe, mich nicht ablenken zu lassen. Aber was ich ihr antwortete, um einen guten Eindruck zu hinterlassen, ist mir nicht in Erinnerung geblieben.

Einige Punkte blieben jedoch offen. Mein Arbeitsplatz würde die Bibliothek der Villa sein. Aber zu erklären, worin genau meine Aufgabe bestand, hatte Elisabeth Lauterbach nicht für erforderlich gehalten. «Ordnung schaffen, gründlich Ordnung schaffen», hatte sie gesagt. Keine Sorge, in den vereinbarten drei Monaten würde mir die Arbeit schon nicht ausgehen. Nach einem nochmaligen Blick auf mein Äußeres hatte sie erklärt, ich dürfte «auf der Seite der Jungens» an den Mahlzeiten teilnehmen, aber das Zimmer, in dem ich schlafen würde, wurde mir nicht gezeigt. Das beunruhigte mich wenig, nur einen Punkt hätte ich klären müssen: mein Salär. Ich hatte den richtigen Moment verpasst und mich später nicht getraut zu fragen, was ich für meine Tätigkeit bekommen würde, als könnte eine solche Dreistigkeit die Chancen auf eine Zusage zunichtemachen.

Frau Lauterbach verabschiedete mich mit einem «Ich lasse von mir hören». Da sah ich sie an, und ohne zu zögern, sagte ich: «Georg Merz hat mich gebeten, Ihnen auszurichten, dass er morgen nicht kommen wird. Er hat für die Ferien etwas anderes gefunden.» Sie nickte.

Am Abend im Amalienhof saß Georg auf seinem angestammten Platz. Als sei nichts geschehen, legte ich ihm die Hand auf die Schulter und sagte ohne den Anflug eines schlechten Gewissens: «Ich war heute bei dieser Frau Lauterbach. Sie hat gesagt, sie nimmt mich. Sie hat sich entschieden, ganz spontan.» Pause. «Du kannst dir den Ausflug sparen.» Er gratulierte mir, er tat es herzlich. Die anderen am Tisch nannten mich einen Glückspilz. Die gute Nachricht hat mich eine Runde Weißweinschorle gekostet.

Die Zusage ließ tatsächlich nicht lange auf sich warten. Sie wurde für die Monate Juni, Juli und August gegeben. Dem Tag, an dem ich meinen Koffer packen würde, sah ich mit Neugierde und Vorfreude, gleichzeitig mit einer ängstlichen Unruhe entgegen. Ich bin ein Meister der gemischten Gefühle, eine Eigenschaft, die mich mein Leben lang als lästige Mitgift meiner Mutter begleitet hat.

Meine Eltern gehörten zu einer gebeutelten Generation. Sie haben alle Katastrophen der ersten Hälfte des Jahrhunderts miterlebt, haben unter Not und Kriegselend, unter dem Verlust ihrer Ersparnisse und Arbeitslosigkeit, unter dem Abstieg in eine soziale Schicht, der sie sich nicht zugehörig fühlten, und dem lähmenden Gefühl gelitten, immer neuen Ungerechtigkeiten ausgeliefert zu sein.

Das galt, wie sie selbst fand, vor allem für meine Mutter. Sie hielt sich an die aus der guten alten Zeit übernommenen Grundsätze und Gewohnheiten und war hilflos damit beschäftigt, das zu verteidigen, was in ihrer Familie als Normalität gegolten hatte. Dabei hielt sie für normal, was sich so von Tag zu Tag ergab, und ihre ganze Hoffnung in ihren letzten Lebensjahren bestand darin, dass alles so bleiben würde, wie sie es sich mehr schlecht als recht eingerichtet hatte. Jede Ungewissheit versetzte sie in Panik, nicht weil sie übertrieben ängstlich war, sondern weil es ihr an Phantasie fehlte, sich vorzustellen, dass eine Veränderung nicht notwendig eine weitere Katastrophe nach sich ziehen müsste.

Mein Vater hat in zwei Weltkriegen fünf Jahre seines Lebens «die Knochen hingehalten», wie er das nannte. Er war als einfacher Soldat in Schlachten dabei, die in die Geschichtsbücher eingegangen sind, aber ein Kämpfer war er nicht. Angeschlagen kam er aus der Gefangenschaft zurück. Er wollte da weitermachen, wo er an dem Tag aufgehört hatte, als der Stellungsbefehl kam. Aber mit dem Nervenleiden war kein Platz für ihn frei. Nach mehreren Bittgängen beschäftigte man ihn schließlich in der zentralen Ablage der Großhandelsfirma, in der er früher Abteilungsleiter gewesen war, und als man auf seine Liebe zu Büchern aufmerksam wurde, übertrug man ihm zusätzlich in der Ausleihe der Werksbibliothek die Ausgabe und Rücknahme. Allerdings ohne sein Gehalt zu erhöhen.

Er fühlte sich gedemütigt. Er sprach nicht über seine enttäuschten Erwartungen, aber ich wusste, dass er litt. Ich sah es ihm an. Er konnte sich nicht damit abfinden, dass er keine Chance bekam, keine Arbeit, die seinen Fähigkeiten entsprach. Er umgab sich mit einem Eispanzer, durch den Gefühle nicht zu ihm durchdringen konnten.

Eines Tages sagte er: «Jetzt reicht's» und trat in die SPD ein. Er ging regelmäßig zu den Versammlungen, verteilte nach Feierabend

Handzettel in der ersten Fußgängerzone unserer Stadt und hielt zu Hause Vorträge über eine sozialistische Demokratie mit menschlichem Antlitz. Die Genossen nannten ihn scherzhaft-freundschaftlich «unseren Spasti», und als ihr Bezirk einen Kandidaten als Abgeordneten für den Landtag wählen sollte und er sich um einen Platz auf der Vorschlagsliste bewarb, lachten sie und gaben einem anderen ihre Stimme. Verbittert schlich er zum Ausgang. «Ich kann euch ja die Ablage für eure Resolutionen und Protokolle machen», rief er in den Raum, in dem die Abstimmung stattgefunden hatte. «Dafür bin ich immer noch gut.»

Ich blieb Einzelkind. Mein Vater gab mir grüne Kärtchen für gutes Betragen, die ich, wenn das Dutzend voll war, gegen einen Bleistiftspitzer oder ein Fässchen mit schwarzer Tinte eintauschen konnte. Auf die Frage «Warum?» antwortete der Vater «Aus Prinzip». Meine Mutter hasste es, allein zu sein, sie hatte schon zum Elf-Uhr-Tee Freundinnen zu Besuch. Ich verstand nicht, worüber sie redeten, aber das Hin und Her ihrer Stimmen, ihr Flüstern und Lachen begleiteten mich durch meine Kindheit. In plötzlichen Anwandlungen verwöhnte mich meine Mutter heimlich.

Zur Familie gehörte Vaters «kleiner» Bruder, Onkel Peter, mit dem wir regelmäßig die Ferien verbrachten. Er war weniger prinzipienstreng, hatte aber die Angewohnheit, «Das-kannst-du-dirruhig-merken»-Vorträge zu halten, die immer mit dem Satz «Und die Moral von der Geschicht ...» endeten. Er brachte seinen Sohn Heinz-Peter mit, einen Streber und Besserwisser, der sich vor dem Essen immer unaufgefordert die Finger wusch. Außerdem petzte Heinz-Peter, auch wenn es nichts zu petzen gab. Bei günstigen Gelegenheiten piesackte ich ihn, was wenig Spaß machte, denn er war nicht bereit, sich zu wehren. Am Ende der Ferien steckte ich ihm feuchte Teebeutel in die helle Hose. Als Heinz-Peter zu Hause aus dem Auto stieg, sah es so aus, als hätte er unterwegs an Durchfall gelitten.

Tante Ilse-Bilse-niemand-will-se tauchte an Wochenenden und Feiertagen mit ihren beiden Zwillingspärchen auf. Alles Mädchen. Sie hatten Zöpfe, an denen man ziehen konnte wie an Glockenseilen, und sie hatten schiefe Zähne. Damit man nicht sah, wie schief die Zähne waren, lächelten sie mit geschlossenen Lippen – auch schief. Andere Jungen fanden die Vorstellung, dass bei mir vier Mädchen übernachteten, spannend, ich nicht.

Meine Mutter hielt mich gern zu Hause. Ich durfte Freunde mitbringen, für sie kochte sie Kakao und schmierte Marmeladenbrote, aber wenn sie mich zu Gegenbesuchen einladen wollten, wurde sie unruhig. «Spielt doch hier. Hier habt ihr alles, was ihr braucht.» Die Jungen aus meiner Klasse ließen sich Kakao und Marmeladenbrote schmecken, wurden aber meiner Spielsachen, der Holzbauklötze, des zu einem Bauernhof umgebauten Vogelhäuschens und der Märchen- und Rätselbücher, überdrüssig, noch bevor sie meine Freunde wurden. Allein in meinem Zimmer, flüchtete ich in Träumereien.

Ich hatte ein Baumhaus. Es war so in das Laubwerk einer Buche gebaut, dass ich glauben konnte, unsichtbar zu sein. Den Ast, auf dem ich saß, konnte man in eine schwingende Bewegung versetzen. Ich ließ mich in Gegenden entführen, in denen ich auf dem Rücken einer Wildgans über endlose Seen flog oder auf einem Schecken über Prärien und Steppen ritt, dass der Staub aufwirbelte.

Meine Freunde in der Volksschule wünschten sich einen Fußball aus Leder und Fußballschuhe mit Stollen. Ich wünschte mir, ebenso inbrünstig, einen Hund. Der Held und Hauptdarsteller in den Abenteuern meiner behüteten Kindheit, die sich vornehmlich in meinem Kopf abspielten, war immer ein Hund. Treu und gescheit war er und vor allem so mutig, wie ich es gern gewesen wäre. Ich hätte ihn versorgt, er hätte am Fußende meines Bettes geschlafen. Aber meine Eltern waren dagegen. Mein Vater aus Prinzip («Mir kommen keine Tiere ins Haus»), meine Mutter ekelte sich vor Hunden («Der sitzt dann mit seinem nackten Hintern auf meinem Teppich»). Ich reagierte mit Trotzanfällen und warf die grünen Kärtchen in die Toilette.

Kein Ersatz, aber ein Trost war Moritz. Er war schwarz mit einer weißen Schwanzspitze, ein Mischling und gehörte unserer Nachbarin, Frau Lütich. Wenn sie erkältet war – und das war sie häufig –, durfte ich mit ihm «Gassi» gehen. «Nimm ihn an die Leine», sagte sie. «Er ist ein Zigeuner.» Moritz hatte bei den Hündinnen des Viertels Erfolg.

Und dann ereignete sich etwas, das mir bisher erspart geblieben war: Ich erlebte einen Albtraum. Ich begleitete Frau Lütich beim Einkaufen. Der Ablauf war unumstößlich: der Bäcker, der Gemüsehändler, zuletzt der Metzger. Ich band Moritz an einen Laternenpfahl und ging in den Laden, um das volle Einkaufsnetz zu tragen.

Plötzlich hörte man ein heiseres Gebell, ein Gebrüll, nicht Fauchen und nicht Jaulen. Die Leute im Laden erstarrten, ich sah ihre offenen Münder, ihre aufgerissenen Augen und wusste, was da draußen geschah. Frau Lütich ließ das Netz fallen, Glas klirrte, dann lief sie mit vorgestreckten Armen zur Tür. «Moritz!», rief sie gellend. «Mein Moritzel!»

Ein Boxer, ein pralles Tier, hatte sich auf ihn gestürzt. Eng an den Pfahl gebunden, konnte er sich kaum wehren. Der Platz vor der Metzgerei war blutbespritzt. Der Boxer beutelte sein Opfer und suchte mit seinen von rotem Geifer verschmierten Lefzen den Hals, die Gurgel. «Wasser!», schrie jemand. Da kam auch schon der Metzger mit einem Eimer, schüttete ihn über den Hunden aus und trat mit seinen Stiefeln wahllos auf die Kämpfenden ein.

Der Boxer ließ tatsächlich für eine Sekunde von Moritz ab, packte dann erneut zu und bekam ein Bein zu fassen. Wie einen Ast hielt er es im Maul. Wieder trat der Metzger zu, ich hörte ein

Knacken, dann einen Schrei. Der Boxer hatte Moritz das Bein abgebissen. Er trug es ein paar Meter fort, am Bordstein ließ er es fallen, pisste und trabte davon.

Heulend lief ich weg, um nicht sehen zu müssen, was anschließend geschah. Der Metzger hat Moritz getötet. Mit einem Beil erschlagen.

Meine Eltern gaben sich Weihnachten unterm Christbaum und in der Silvesternacht zum Jahreswechsel einen Kuss, in meiner Gegenwart sonst nie. Aber vor mir fiel auch nie ein lautes Wort. Als Tante Ilse einmal verärgert die Stimme erhob und das Wort «saublöd» benutzte, brachte sie mein Vater sofort mit einem «mind the children» zum Schweigen.

Zu meinen Geburtstagen schenkte mir mein Vater Reisebeschreibungen. «Lies und du erfährst die Welt», sagte er, aber er zeigte sie mir nicht. Auf Klassenfahrten lernte ich die Burgen, Tropfsteinhöhlen, Tierparks und Stauseen der Umgebung kennen. Als ich das Abitur machte, hatte ich weder den Stephansdom noch den Eiffelturm, nicht Big Ben und auch nicht das Brandenburger Tor gesehen. Den schiefen Turm von Pisa kannte ich nur aus einem Karnevalslied.

Ich verstand meinen Vater, wie man eine komplizierte, aber berechenbare mathematische Formel versteht. Ich liebte ihn, auch wenn ich wusste, dass ich ihm mit Gefühlen nicht kommen durfte. Die Beziehung zu meiner Mutter war schwieriger. Sie war vornehmlich mit sich selbst beschäftigt, blätterte stundenlang in Frauenzeitschriften, ohne zu wissen, was sie da suchte, und rief: «Ach, was bin ich für eine schlechte Mutter!», wenn ich von der Schule kam und sie wieder mal vergessen hatte, Mittagessen für mich zu kochen. Dass die Zärtlichkeiten, die dann einsetzten, auf einem schlechten Gewissen beruhten, war mir bewusst.

Als sich mein Vater einmal erkundigte, ob ich denn die Schule gebührend ernst nähme, und ich antwortete, meine Englischlehrerin sehe aus wie eine Schildkröte und der Zeus wie ein Nilpferd, seufzte der Vater nur. Respektspersonen gegenüber verstand er keinen Spaß. Dabei hatte er durchaus Sinn für Humor. Er konnte über das nuschelige Gerede von Hans Moser ausgiebig lachen. Es war ein trockenes Lachen, und wenn ihm mal ein unkontrollierter Gluckser unterlief, dann hielt er die Hand vor den Mund, als wäre es etwas Unanständiges gewesen. Nach dem Seufzer wegen der Bemerkung von der Schildkröte und dem Nilpferd sagte er: «Mechthild, unser Sohn kommt jetzt in die Flegeljahre.»

Der Architekt hatte im Souterrain einen Werkraum vorgesehen. Er wurde, da Vater handwerklich ungeschickt war, später mit geringem Aufwand nach dem Geschmack der Zeit in einen Partykeller umgestaltet. Zwei- oder dreimal kamen Mutters Freundinnen, etwas leichter gekleidet als sonst, in Begleitung ihrer Männer. Die Frauen unterhielten sich in einem Ton, den sie «schäkern» nannten, Vater mixte hinter einer zur Bar umfunktionierten Anrichte schwach alkoholhaltige Getränke, und ein gewisser Bruno, der als «gefährlich» galt, legte heiße Tanzplatten auf.

Das Vergnügen erschöpfte sich bald. Der Partyraum stand ungenutzt, bis es mir nach dem Wechsel in die Oberstufe gestattet wurde, dort unten mit meinen Klassenkameraden zu feiern, wenn die Eltern ausgingen. So wurden sie nicht vom Lärm der Musik gestört, die nicht nach ihrem Geschmack war, und konnten übersehen, dass auch Mädchen zu den Feten kamen. Es wurde eng getanzt, bei schummrigem Licht auf den ausgelegten Matratzen geknutscht, mehr nicht. An mir zeigten hintereinander mehrere Mädchen Interesse, ich fand sie alle gleich nett, was mir den Ruf eines Schwerenöters einbrachte. Meine Versuche, mehr von der weiblichen Anatomie kennen zu lernen, scheiterten allerdings an den vertrackten Verschlüssen der Büstenhalter und den wehrhaften Schnallen eng gezogener Gürtel.

Die Clique wurde für mich wichtiger als Eltern und Verwandtschaft. An einem schönen Sommerwochenende, ich war jetzt siebzehn, machten wir einen Fahrradausflug, an einem Fluss bauten wir unsere Zelte auf. Dann standen wir im hüfttiefen Wasser, tauchten unter, ließen uns über die glatten Steine gleiten, wir Jungen bespritzten unter Geschrei die fröstelnden Mädchen. Plötzlich kam Wind auf, wir flüchteten paarweise in die warmen Zelte, zogen die Reißverschlüsse zu. Ulrike, die ich schon mehrfach geküsst hatte, und ich zogen unsere nassen Badeanzüge aus. Jetzt war der große Moment gekommen, den ich – nicht ohne Ängste – in nächtlichen Phantasien herbeigesehnt hatte. Ich hätte Ulrike gerne in Ruhe betrachtet, vor allem die Partien ihres Körpers, die ich nur von den saftigen Sprüchen in meiner Klasse her kannte. Ulrike drängte sich aber so dicht an mich, dass ich außer ihrem Haaransatz nichts sehen konnte und meiner Hand nichts anderes blieb, als ihren Rücken zu streicheln. Ich verspürte ein warmes Gefühl im Bauch, war gerade so weit, es für Liebe zu halten, als Ulrike flüsterte: «Ich hab dich gern. Lass uns gute Kameraden bleiben!» Ich hatte keine Stimme, um ihr zu antworten. Die Hand auf ihrem Rücken erstarrte. Wie ein Blinder tastete ich nach meinen Hosen. Wortlos zog ich mich an.

Das Abitur bestand ich ohne große Mühe und Nervenanspannung. Die nur ausreichenden Leistungen in Physik und Mathematik wurden durch gute Noten in Deutsch, Geschichte und Englisch ausgeglichen. Bei der Abschlussfeier saßen meine Eltern hölzern in der zweiten Reihe, man sah ihnen an, dass sie nur aus Pflichtgefühl gekommen waren. Meine Mutter schmollte. Sie hatte im Modehaus Eppeler ein schickes, dunkelblaues Kostüm mit passendem Petticoat gesehen, das sie sich nun wegen meines mäßigen Notendurchschnitts nicht kaufen durfte. Mein Vater wäre gern an diesem Tag stolz auf einen Sohn mit dem besten Abiturzeugnis des Jahrgangs gewesen. Während ich mit Schülern aus meiner Clique auf einer improvisierten Bühne harmlose Spottverse auf das Lehrerkollegium vortrug, dachte der Vater an seine Jugend zurück. Alles hatte er sich in den Elendszeiten damals erkämpfen müssen. Er hatte nur ein Notabitur, eine Abschlussfeier hatte es nicht gegeben.

Die Idee, das Studium in München zu beginnen, entstand bei einem nächtlichen Umtrunk. Zwei aus meiner Clique redeten auf mich ein: Georg, der aus Niederbayern stammte und seit der Sexta wusste, dass er Germanistik studieren und Deutschlehrer werden wollte. Und Ulrike. Ihr Wunsch war in Erfüllung gegangen: Wir wurden kein Liebespaar, aber blieben gute Freunde. Ich war nicht gewohnt, allein in einer fremden Umgebung zurechtzukommen, ich fand die Vorstellung, niemanden am Studienort zu kennen, beängstigend. So war es für Georg und Ulrike nicht schwer, mich zu überzeugen. «Wir nehmen dich mit.» Schnell sagte ich Ja. Zu wissen, dass die beiden da sein würden, wenn ich sie sehen oder etwas unternehmen wollte, gab den Ausschlag und machte es mir möglich, dem Vater zu widersprechen, der mich in eine nahe gelegene, kleine Universitätsstadt schicken wollte.

Der Abschied aus dem Elternhaus rührte meine Mutter zu Tränen. Beim Anblick des gepackten Koffers fiel ihr ein, dass sie ihrem Sohn ein paar Brote als Wegzehrung hätte mitgeben können. Aber zu spät, es war kein Aufstrich im Haus. Der Vater versuchte, sich sein Missfallen nicht anmerken zu lassen: «Die größte Kulturleistung Münchens ist die Weißwurst, die beliebteste Umgangsform das Fingerhakeln», sagte er. «In einer solchen Stadt studiert man nicht.» Als er sah, dass ich mich nicht beirren ließ, fügte er hinzu: «Wenn du dich schon von deiner Fehlentscheidung nicht abbringen lässt, dann lies zur Einstimmung wenigstens dieses Buch, damit du weißt, welche Mentalität dich dort erwartet.» Und gab mir eine Taschenbuchausgabe von Lion Feuchtwangers «Erfolg».

Der erste Eindruck von München kann nur überwältigend gewesen sein. Ohne auf das Hupen der Autos zu achten, lief ich auf der Mitte der Fahrbahn die Ludwigstraße entlang. Auf dem Platz vor der Feldherrnhalle versperrte mir ein Polizist den Weg. Ich wollte ihn fragen, warum auf dem Bürgersteig die Menschen sich drängten, aber schon stand ich eingekeilt zwischen den Wartenden. Man hörte Blasmusik, mehr Menschen strömten herbei. Es entstand ein Geschiebe, jemand schrie, ein Ellenbogen bohrte sich in meinen Rücken. Ich zwängte mich an einer Gruppe von Männern vorbei, die das Lied vom Hofbräuhaus sangen, machte einen Satz und noch einen, rettete mich vor der Menge, die jetzt in Jubelrufe ausbrach, durch einen Torbogen. Stille. Vor mir lag fast menschenleer der Hofgarten. In seiner Mitte setzte ich mich auf die Stufen eines Pavillons. Es lag ein Duft in der Luft, den ich kannte, es roch nach Frühsommer. Auf einer Bank mir schräg gegenüber, die übereinandergeschlagenen Beine genau in meiner Blickrichtung, saßen zwei junge Frauen. Sie lachten. Da lachte ich auch, ganz ungeniert, jetzt war ich in München angekommen.

Ulrike richtete vom ersten Tag an ihre Lebensumstände planmäßig ein: Sie schrieb sich in der Romanistik ein, belegte Vorlesungen des Studium generale, besorgte sich einen Studentenausweis, trat einer Handballmannschaft für Damen bei und verliebte sich in einen Assistenten am Institut für Zivilrecht, der zehn Jahre älter war als sie, einen richtigen Mann. Damit war für sie auch die Wohnungsfrage gelöst. Der Assistent war ehrgeizig und viel beschäftigt, er ließ ihr Zeit, sich um mich zu kümmern. Ihre mütterliche Fürsorge nahm der Assistent nicht in Anspruch, sodass sie sie ganz auf mich richten konnte.

Sie begab sich mit mir auf Zimmersuche, kannte die üblichen Mietpreise, hätte auch bei außerhalb gelegenen Angeboten die Monatskarte für die Straßenbahn in einen Kostenplan mit eingerechnet, wenn ich mich nicht für das erstbeste möblierte Zimmer entschieden hätte. Das war ein enger Raum ohne Licht und Luft, lag aber in der Kaulbachstraße, in Gehnähe zur Universität. Die Vermieterin war eine ältere Frau, die, wenn sie ihren Namen nannte, immer das Beiwort «Witwe» hinzufügte und auch im Gesichtsausdruck, ihren Gesten und Seufzern Witwe war. Sie hatte die Hälfte ihrer einst weitläufigen Wohnung abgeben müssen, und da die Rente nicht ausreichte, war sie gezwungen, das ehemalige Dienstbotenzimmer Studenten zu überlassen. Studentinnen kamen nicht in Frage, die warfen unaussprechliche Dinge in die Toilette. Durch diese Zwangslage fühlte sie sich erniedrigt und strafte ihre Mieter entsprechend mit Verachtung. Sie war der Schrecken wohnungssuchender Studenten, aber wie ich befriedigt feststellte, war ich gegen ihre Schikanen immun, mir waren ihr Misstrauen und ihr Überwachungssystem vertraut, Witwe K. hätte eine Familienangehörige, eine nahe Verwandte von Tante Ilse sein können.

Georg war es, der mich in eine Art Stammtischrunde im Amalienhof einführte. Jeder duzte jeden, der Umgangston war derb und locker, es war üblich, dass man sich «anpumpte», wenn man «klamm» war, über Faschingsfeste, die Starkbiersaison, den Einsatz von Sonderzügen in Skigebiete und günstige Busfahrten zu den Badeseen Bescheid wusste und erkennen ließ, dass man das Studium nicht sonderlich ernst nahm. Über die Gebräuche der studentischen Verbindungen wurde ebenso gelästert wie über die existentiellen «Kellerasseln», die die Bücher von Jean-Paul Sartre mit sich herumtrugen, als seien sie die Heiligen Evangelien.

In einer länglichen Kiste mit einem Gittertürchen an der Frontseite brachte Georg einen Fuchs mit. Sein Vater war Jäger, er hatte das Tier jedoch nicht in seinem Revier, sondern in seiner Garage gefangen. Es wirkte nicht sonderlich scheu, fletschte aber, wenn man sich dem Türchen näherte, seine kleinen spitzen Zähne.

Auf der Kiste lag ein Ledersack mit Reißverschluss. Georg strich zärtlich über das Leder und sagte: «Es sind Mäuse drin.» Ich sollte, um zu beweisen, dass ich mutig war, eine der Mäuse mit der Hand aus dem Sack holen und mit ihr den Fuchs füttern. Alle Blicke waren auf mich gerichtet. Die Aufgabe erforderte Mut, aber auch Geschicklichkeit. Keine Maus durfte bei dem Manöver aus dem Sack und erst recht nicht der Fuchs aus der Kiste entkommen.

Ich erwischte eine Maus am Schwanz, sie zwickte mich in den Finger. Als ich sie herauszog, hatte ich sie so fest gepackt, dass ihr die Augen aus dem Kopf traten. Ich hielt sie dem Fuchs hin, der darauf wild mit den Vorderbeinen scharrte. Durch das nur einen Spalt geöffnete Türchen quetschte ich die Maus in die Kiste. Er biss ihr ins Genick und fraß blitzschnell ihren Kopf. Dann pellte er geschickt ihren Körper aus dem Fell, der Schwanz der Maus entspannte sich, die Freunde klatschten Beifall. «Mäusetöter!», rief jemand, ich fühlte mich von der Runde akzeptiert. Ich wurde keiner der Wortführer, ich hatte keinen Stammplatz wie Georg, aber von nun an ließ ich kaum einen Abend im Amalienhof aus.

Anfangs schickte ich monatlich einen Bericht nach Hause. Die Eltern meldeten sich während des ersten Semesters nur einmal, der Vater wollte Näheres zum Studienplan wissen, die Mutter, ob ich denn schon eine nette Freundin gefunden hätte. Von da an schrieb ich seltener, aus den Briefen wurden Postkarten. Als sie mir zum Geburtstag «mit allen guten Wünschen» in gebrauchtes Geschenkpapier verpackt einen Pullover mit einem Männchenmuster schickten, den ich nicht hätte anziehen können, ohne zum Gespött meiner Freunde zu werden, legte sich mir zum ersten Mal ein beklemmendes Gefühl auf die Brust, wenn ich an mein Elternhaus dachte.

Nach der Mutter stellte auch Ulrike fürsorglich die Freundinnenfrage: ob ich denn gar keine sexuellen Bedürfnisse hätte. «Doch», sagte ich, «aber die Richtige ist mir halt noch nicht begegnet.» Sie nannte mich einen Spätentwickler, empfahl mir, zu meinen blauen Augen blaue Hemden zu tragen, und wechselte das Thema. Dass gerade sie das heikle Thema ansprach, kränkte mich, gleichzeitig war ich beunruhigt. Ich las die Schriften von Sigmund Freud und besorgte mir einen Raubdruck von Wilhelm Reichs «Die Funktion des Orgasmus». Die Lektüre war aufschlussreich, sie half nur nicht weiter. Auf den Fluren der Universität, auf der Straße, wo ich auch war, schaute ich aus den Augenwinkeln jedem Rock hinterher. Ich legte mir Sätze zurecht, mit denen ich eine Unbekannte in der Straßenbahn oder nach dem Kino ansprechen wollte, ich schlief unruhig, träumte heftig und sehnte mich nach Zärtlichkeiten.

Auch Georg wurde aufmerksam. Von Freund zu Freund empfahl er mir eine Kommilitonin aus der Amalienhof-Runde. Die sei in Ordnung, jedenfalls für den Anfang nicht schlecht. Es war klar, dass er wusste, wovon er sprach. Ich setzte mich am Abend neben sie, gab mir Mühe, ihren schwäbischen Dialekt zu überhören, aber als ich die vielen roten Punkte auf ihrer Haut aus der Nähe sah und mir vorstellte, ich müsste sie küssen, ergriff mich Panik. Hilfe suchend wandte ich mich Georg zu. Unsere Blicke kreuzten sich, und ich meinte, in seinem Gesicht einen Ausdruck der Schadenfreude zu erkennen. Mutlos und niedergeschlagen ging ich zurück in die Dienstbotenkammer der Witwe K.

Am Abend nach dem Vorstellungsgespräch meldete sich mein Vater. Obwohl ich nun für die Ferien sicher eine gut bezahlte Tätigkeit gefunden hätte, sei er bereit, den monatlichen Betrag, nein, nicht in voller Höhe, aber doch zur Hälfte weiter anzuweisen. Und dann die Frage, die ich gefürchtet hatte. Logis und Essen sind frei, antwortete ich, keinerlei Nebenkosten, aber die genaue Summe in Mark und Pfennig, die wisse ich nicht. Der Vater tadelte mich scharf.

Nun war der Tag gekommen.

Noch während der Bahnfahrt, deren fünfundvierzigminütige Dauer eine ältliche Frau benutzte, mir erst ihre Krankheiten in allen Einzelheiten und dann ihr Heimweh nach einer Siedlung aus roten Backsteinhäusern in irgendeiner Stadt des Ruhrgebiets zu schildern, aus der das Schicksal sie in dieses schreckliche Bayern verschlagen hatte, nahm ich mir vor, den kritischen Punkt gleich nach meiner Ankunft zu klären.

Ich kam zu früh, ging noch einige Male am Gartenzaun der Villa auf und ab und schellte dann auf die Minute genau um 14 Uhr am schmiedeeisernen Tor. Schellte ein zweites Mal. Niemand machte mir auf.

Echte Lenbachs

Als ich nochmals klingelte und den Knopf geradezu ungehörig lange gedrückt hielt, wünschte ich, das Ganze würde sich als großes Missverständnis herausstellen. Durch die Gitter des Tores sah ich über den Kiesweg zur Haustür und sehnte mich für einen Augenblick nach dem möblierten Zimmer der Witwe K. zurück, dessen Enge ich vor ein paar Stunden erst mit einem Hochgefühl von Freiheit verlassen hatte.

Ein Missverständnis. Oder einfach ein Sinneswandel. «Junger Mann, ich habe es mir anders überlegt. Es tut mir aufrichtig leid, dass Sie sich umsonst bemüht haben. Hier, bitte, nehmen Sie: Die Fahrtkosten will ich Ihnen wenigstens erstatten.»

Da öffnete sich die Haustür einen Spalt, gerade breit genug, um ein ganz in Schwarz gekleidetes Wesen durchzulassen, das ich im ersten Moment für ein junges Mädchen in Trauer hielt, das aber im Näherkommen mit jedem Schritt älter wurde, bis es am Gartentor angekommen ein undefinierbares Alter angenommen hatte. Mit einem beeindruckend großen Schlüssel, der in den ersten Tagen für meine Fluchtphantasien zum Symbol der Freiheit werden sollte, sperrte sie mit der Entschlossenheit einer Kerkermeisterin direkt hinter mir wieder ab. Dabei schnalzte sie leicht mit der Zunge und murmelte etwas, das ich mit einem «Guten Tag» und der Nennung meines Namens beantwortete.

Wie benommen lief ich auf die Haustür zu, das Gewicht des Koffers zog an meinem Arm, meine Füße versanken in einem Bett aus frisch aufgeschüttetem Kies. So schnell ich konnte, lief ich hinter der Frau her, doch plötzlich war sie verschwunden. Ich tat, was ich bei meinem ersten Besuch vor Aufregung versäumt hatte: Ich schaute mich um. Ich stand im Schatten eines herrschaftlichen Gebäudes, im üppigen Stil der Jahrhundertwende gebaut. Noch hatte ich die Südfassade mit ihren von Rundbögen gekrönten Glastüren, der Loggia im Obergeschoss des linken und der von halbhohen Säulen eingefassten Balustrade des rechten Flügels nicht gesehen, aber unverkennbar hatte sich der Architekt seine Anregungen bei den Villen der Toskana geholt.

Die Eingangstür stand offen. Sie war unerklärlich eng geraten und aus dunklem, ganz unitalienischem Eichenholz gezimmert. Der Gestus, mit dem sie den Ankommenden empfing, war: «Ich lasse dich durch» und nicht: «Ich heiße dich willkommen.»

Ich traute mich nicht, unaufgefordert das Haus zu betreten. Draußen auf der Straße fuhr geräuschlos wie ein Phantom aus einer anderen Welt ein Auto vorbei. Als es nach einer Serie von Fehlzündungen, die wie die Schießerei aus einem Western klangen, in der Ferne verschwand, zupfte mich jemand am Ärmel. «Ich bin Agathe. Aber kommen Sie! Die gnädige Frau wartet schon.»

Im Haus angekommen, hängte sie den Schlüssel an einen Haken, und als hätte sie damit ihre Mission erfüllt, ließ sie mich ohne ein Wort in der Eingangshalle stehen. Es war ein fensterloser, von einer milchigen Glaskugel ungenügend beleuchteter Raum, die Wände schmucklos bis auf zwei Bilder rechts und links eines Rundbogens, durch den man ins Treppenhaus gelangte. Hier war es kühl, und langsam verflog meine Nervosität.

«Lenbachs. Es sind echte Lenbachs.» Elisabeth Lauterbach war aus der Tür zum großen Salon getreten. «Sie als Kunsthistoriker haben das sicher sofort erkannt.» Kein Handschlag, kein «Herzlich willkommen!», ein kleines, unverbindliches Lächeln, das ich nicht erwidern konnte: Das war die Begrüßung.

Im Ton einer Museumsführerin fuhr sie fort: «Darf ich vorstellen: Der Herr links war mein Großvater, Eduard Lauterbach, der

Erbauer dieses Hauses und Gründer des Kunst- und Antiquitätenhandels, den mein Vater weitergeführt und zu großem Ansehen gebracht hat. Er war ein Mann von Welt. Edi, wie ihn seine Freunde nannten, soll ein geistvoller Unterhalter gewesen sein.»

Unübersehbar: Sie hatte von ihm die blauen Augen geerbt. Und diese Augen waren jetzt neugierig auf mich gerichtet.

Bei dem Vorstellungsgespräch vor vier Wochen war Elisabeth Lauterbach ganz die Respekt einflößende Hausherrin gewesen. Und ich war so darauf konzentriert gewesen, einen guten Eindruck zu hinterlassen, dass ich nach der Audienz weder hätte sagen können, was sie an jenem Nachmittag für Kleidung, noch, welche Frisur sie trug. Heute ließ sie es zu, dass ich sie mit einem schnellen Blick betrachtete. Sie hatte glattes, fast schwarzes, an den Schläfen mit Spangen zurückgestecktes Haar. Sie wirkte jünger als bei der ersten Begegnung.

«Das Frauenporträt ist fünf Jahre später entstanden. Das ist die ehemalige Hofschauspielerin Eva Guschelbauer. Sie spielte immer die Femme fatale, und zwar grundsätzlich in Kleidern, die nach der neuesten Pariser Mode geschnitten waren, dazu Hüte, wie man sie in München noch nie gesehen hatte. Die Damen der Gesellschaft ließen kein Stück mit der Guschelbauer aus. Und ihre Männer kamen gerne mit. Es mag respektlos meiner Großmutter gegenüber klingen, was ich Ihnen jetzt sage: aber die Herren verfolgten ihre Auftritte mit dem Opernglas vor allem wegen der unvergleichlichen Art, mit der sie die Träger ihrer Roben über die runden, weißen Schultern rutschen ließ. Sie musste erst mit meinem Großvater vor den Traualtar treten, ehe Lenbach bereit war, sie zu malen.»

Sie schüttelte leicht den Kopf, so, als wäre sie in ihrem Bericht zu weit gegangen, und fügte dann schnell hinzu: «Im Übrigen war sie eine gute Schauspielerin.» Und dann nach einer Pause: «Eigentlich hätten die beiden einen besseren Platz verdient.»

Ich wollte gerade antworten, dass man sie zu diesen Porträts ihrer Großeltern nur beglückwünschen könne, als ein Kratzen zu hören war. Durch den Türspalt drängte sich ein unförmiges schwarzes Wollknäuel, das man für eine Bisamratte hätte halten können. Es war aber ein Hund, ein Zwergpudel, ein mürrisches Vieh, und – das sollte ich bald lernen – der erklärte Liebling der Hausherrin. «Das ist Ricki, mein kleines Ekel.» Wie um zu beweisen, dass seine Herrin nicht übertrieben hatte, blieb das Tier vor mir stehen, schaute mit glasigen Augen zu mir auf und ließ ein krächzendes Kläffen hören. «Versuchen Sie nicht, sie zu streicheln. Sie zwickt.»

Nach dieser nicht gerade freundlichen Begrüßung durch den Hund kam es zu einem Zwischenfall, der mir als peinliche Unbeholfenheit in Erinnerung bleiben sollte. Sie habe ihren Sohn Leon gebeten, mir mein Zimmer zu zeigen, sagte Frau Lauterbach mit einer Ungeduld, die erkennen ließ, dass sie in Gedanken bereits bei anderen Dingen war. Leon könne mich auch mit den übrigen Bewohnern der Villa bekannt machen. «Sie sind etwa so alt wie er. Ich würde es begrüßen, wenn Sie Freundschaft mit ihm schließen würden.»

In diesem Moment flog wie zufällig am gestreckten rechten Arm ihre Hand auf mich zu. Vielleicht war es eine Geste ohne jede Bedeutung, aber ich meinte, ich müsste diese Hand ergreifen und an die Lippen führen. Der Gedanke, mich von dieser Frau mit einem Handkuss verabschieden zu sollen, nahm mir den Atem. In meiner Verwirrung griff ich daneben. Da wurde auch schon die Hand weggezogen, ich stammelte ein «Vielen Dank für die Unterredung» und stieg Augenblicke später die Treppen hinauf zum ersten Stock.

Leon

«Du, Diener, darfst dieser Dame deinen Dank darbieten.»

In der ersten Etage angekommen, stellte ich meinen Koffer ab.

«Esel ernten endlos Eimer Erde, Engel ehren ewig einen Emir.»

Ich hielt einen Moment unschlüssig inne und öffnete dann vorsichtig die Tür, hinter der die Stimme jetzt Vokale intonierte: «Alle Amseln, elende Eltern, immer Irrsinn, ohne Olga, unsere Ulmen.»

Vor dem Fenster stand im Gegenlicht, sodass ich sein Gesicht nicht erkennen konnte, Leon.

«Esel ernten endlos … Ich mache Sprechübungen. Ich will nicht gestört werden!»

«Tut mir leid. Aber Ihre Mutter sagte …»

«Ich weiß, was meine Mutter sagte. Ich soll dir zeigen, wo du schlafen wirst. Aber ich habe jetzt Wichtigeres zu tun. Und im Übrigen bin ich es leid, von ihr zu hören, was ich zu tun und zu lassen habe. Ich als Einziger vertrete in diesem Tollhaus die Kunst. Ich erwarte ein bisschen Respekt, ja Respekt!»

«Wenn Sie mir sagen könnten, wo …» Er fiel mir wieder ins Wort: «Hör schon auf mit dem albernen Sie.»

Leon war im Hause seiner Eltern in Düsseldorf zur Welt gekommen. Ein Sonntagskind. Entgegen den Ankündigungen der Hebamme und den Prophezeiungen eines befreundeten Astrologen war es eine leichte Geburt. Elisabeth erlebte sie bei vollem Bewusstsein. Konrad, der stolze Vater, hatte einige Freunde und Verwandte eingeladen, die schon seit Stunden darauf warteten, mit einem Glas Champagner auf das Ereignis anzustoßen. Als er mit gerötetem Gesicht den Salon betrat, um Ruhe bat, obwohl bereits alle gebannt auf ihn blickten, und verkündete, seine geliebte Frau habe ihm soeben einen gesunden Stammhalter geboren, gratulierte man ihm überschwänglich, als hätte er eine schwierige Prüfung bestanden. Der Astrologe zog sich in eine ruhige Ecke zurück, um das Horoskop zu erstellen.

Da Konrads Eltern nicht mehr lebten und Elisabeths Eltern wegen einer unangenehmen Überraschung, die mit einem mit «Heil Hitler» unterschriebenen Brief ins Haus kam, ihren Besuch in letzter Minute hatten absagen müssen, durften seine Schwestern Ruth und Gila als Erste das Kind bewundern. Ruth ging voran, sie war die Ältere und legte Wert darauf, dass Gila sie mit «große Schwester» anredete. Dünn und hochgewachsen waren sie beide, trugen Männerschuhe an den großen Füßen, randlose Brillen vor den schlechten Augen und hassten sich von Herzen: Zeitlebens hatten sie sich wechselseitig die Männer weggenommen, jetzt waren sie in einem Alter, in dem sie sich noch immer jedes Anzeichen von Glück missgönnten, aber sich kein Mann mehr für eine weitere Zerreißprobe hergegeben hätte. Aber sie konnten voneinander nicht lassen.

Elisabeth konnte ihre Schwägerinnen nicht ausstehen. Die letzten beiden Männer, um die der Streit ging, hatte sie kennengelernt. «Ich verstehe die Aufregung nicht», schrieb sie an eine Freundin. «Weder den einen noch den anderen würde ich geschenkt nehmen. Die armen Teufel wechseln die Betten und geraten dabei vom Regen in die Traufe.»

Als Ruth und Gila den Raum betraten, in dem es noch nach der desinfizierenden Lauge roch, mit der die Hebamme Mutter und Kind abgewaschen hatte, war Elisabeth zu sehr damit beschäftigt, die Brust zu massieren, damit sie später ihren Sohn stillen konnte, um gegen die Eindringlinge zu protestieren. Mit abergläubischer

Erleichterung sah sie, dass die aschblonde Gila in der Rolle der guten Fee am Kopfende, Ruth mit ihren strähnigen, schwarz gefärbten Haaren am Fußende der Wiege stand.

Nach dem dritten Glas Champagner befahl Konrad der Hebamme, seinen Sohn zu holen, damit er ihn der Festgesellschaft zeigen könne. Als er ihn im Arm hielt, klatschten die Gäste Beifall, der Astrologe schwenkte das gerade fertiggestellte Horoskop und verkündete, von Leonhard Nettesheim sei Großes zu erhoffen. Konrad antwortete, nichts anderes habe er erwartet, er habe beschlossen, seinem Sohn einen Anteil an seiner Firma zu überschreiben, denn er sei sicher, dass dieser eines Tages sein Lebenswerk fortführen werde. Als er den Arm wieder frei hatte, drückte er kurz die zweijährige Ingrid an sich, wie um ihr zu bedeuten, dass er auch ihr als seiner Erstgeborenen in Liebe zugetan war und er ihr nicht verübelte, dass sie nur ein Mädchen war.

Und noch etwas wurde im Salon erledigt, während Gabriele im Obergeschoss zum ersten Mal den Neugeborenen im Arm hielt: Es wurden die Taufpaten bestellt. Als Ruth erklärte, sie habe den Wunsch, Patin zu werden, verzog Gila den Mund, wagte aber nicht zu widersprechen. Konrad nickte mit kaltem Lächeln und klopfte einem Geschäftsfreund auf die Schulter, mit dem er sich abgesprochen hatte. Leon sollte von diesem Paten zur Taufe, zur ersten Kommunion und zur Firmung je eine in Silber geprägte Medaille mit dem Relief des Kölner Domes, von seiner Tante Ruth außer einer vergoldeten Taschenuhr mit defektem Laufwerk und gelegentlichen Ermahnungen nichts erhalten.

Als Leon gerade laufen konnte, nahm sein Vater ihn zum ersten Mal mit zur Betriebsfeier, zu der die Belegschaft jedes Jahr am Tag der Firmengründung anzutreten hatte. Konrad Nettesheim kletterte auf ein eigens für diesen Zweck gezimmertes Podest und hielt eine Rede fast immer gleichen Inhalts.

Vor der versammelten Mannschaft, die sich wie die wenigen

weiblichen Bürokräfte auf das anschließend ausgeschenkte Freibier freute, sprach er von Fleiß und Treue und dass man in den schweren Zeiten wie eine große Familie zusammenstehen müsse. Als jüngstes Mitglied stellte er seinen Sohn vor. Er habe vor, ihn zu einem strengen, aber gerechten Chef heranzuziehen. Leon genoss die auf ihn gerichtete Aufmerksamkeit, und in seinem kleinen Kopf formte sich die Vorstellung, dass er etwas Besonderes war. Die Atmosphäre in der schmutzigen Maschinenhalle, der Geruch nach Eisen und fettem, schwarzem Öl und die Gestalten in der grauen Einheitskleidung lösten bei ihm jedoch einen Widerwillen aus, für den er noch keine Worte fand.

Er war drei, als er anfing von seinem Platz vor dem Podest aus die ersten Reihen der Arbeiter, die sich eine Rede ihres obersten Chefs zu dem Thema «Ohne Fleiß kein Preis» anhören mussten, durch Grimassen zu unterhalten. Die weiblichen Bürokräfte fanden ihn niedlich, der Vater ungezogen. Im nächsten Jahr fing er an der gleichen Stelle an, die Gesten des Vaters nachzuahmen. Konrad Nettesheim senkte den Kopf, wenn er von den Gefahren eines Krieges, er hob ihn, wenn er von den früheren glorreichen Siegen der Deutschen sprach. Er streckte die Arme, um die Feinde im Inneren abzuwehren, führte sie im Kreise, wenn er den Zusammenhalt der Belegschaft beschwor, und ließ sie niedersausen, wenn er die sozialistischen Aufrührer treffen wollte. In den Gesichtern, in die er blickte, entdeckte er weder Zustimmung noch Gehorsam, sondern ein unpassendes Grinsen, eine dem Ernst der Stunde ganz und gar unangemessene Heiterkeit. Auf der Heimfahrt tadelte Konrad seinen Sohn und drohte, ihn nie mehr zu einer Betriebsfeier mitzunehmen. Als er Elisabeth von Leons Kaspereien erzählte, sagte sie: «Er spielt doch nur!», dachte aber: «Er spielt sich auf! Von wem hat er das nur?»

Im Jahr darauf war der Ärger vergessen. Leon stand wieder auf seinem Platz am Fuße des Podests, spürte die erwartungsvoll auf ihn gerichteten Blicke und ein verlockendes Kribbeln in der Magengrube. Er hob, als sich die Stimme des Vaters über ihm zu einem Crescendo steigerte, die Linke, den falschen Arm, zum Hitlergruß und schielte dazu. Ein Tumult war die Folge. Aus den hinteren Reihen war Beifall zu hören, «Wo gibt's denn so was!» und «Frechheit!» riefen die vorn und ballten die Fäuste. Es bildeten sich zwei Lager, und es fehlte nicht viel, dann wären sie aufeinander losgegangen. Konrad Nettesheim war außer sich. Er schrie, bis ihm die Stimme überschnappte: «Schluss! Die Feier ist beendet! Jeder geht jetzt an seinen Arbeitsplatz zurück! Das ist ein Befehl, und wer sich ihm widersetzt, dem werde ich … dem wird auf der Stelle gekündigt!»

Stumm vor Wut sperrte er Leon zu Hause in sein Zimmer und tätschelte Ingrid mit den Worten: «Mein Kleines. Du bist mein ganzer Trost.»

Konrad befürchtete Nachteile für sich und die Firma, denn eine Verunglimpfung des Deutschen Grußes wurde streng bestraft. Er duckte sich, es blieb still, kein Auftrag der Wehrmacht wurde storniert. Nur eine Sorge blieb: Der Gedanke, dass er sich in seinem Sohn getäuscht haben könnte, raubte ihm den Schlaf. Nicht ein würdiger Erbe, nicht ein Nachfolger, der sein Lebenswerk fortführen würde, wuchs da heran, sondern ein Clown.

Ein Jahr später war Krieg. Die Geschäfte liefen besser denn je, aber die ersten Arbeiter der Firma Nettesheim wurden eingezogen, auch wer keine Uniform trug, schlug die Hacken zusammen. Eine Betriebsfeier abzuhalten, wäre deplatziert gewesen. So stellte sich die Frage, ob Leon noch eine Chance erhalten sollte, dem Vater Ehre zu machen, erst gar nicht. Und bevor es wieder Winter wurde, hatte Elisabeth mit ihren Kindern der von Bombenangriffen bedrohten Stadt den Rücken gekehrt, hatte ohne Tränen von Konrad Abschied genommen und war im fernen Bayern in die Villa ihrer Mutter Luise Lauterbach gezogen.

Auf den ersten Blick gefiel Leon die Villa mit ihren Bogengängen, den Erkerzimmern, dem «Schwalbennest» und dem schweren Duft vergangener Zeiten besser als die steife Ungemütlichkeit im Hause des Vaters. Er liebte die üppigen Damastvorhänge, durch deren Mottenlöcher die Sonnenstrahlen wie Bühnenbeleuchtung Lichtkegel in das Halbdunkel der Räume warfen. Gleich nach seiner Ankunft hatte er seine Großmutter Luise so lange gedrängt, ihm ihre Chaiselongue für sein Zimmer zu überlassen, bis sie nachgab. Auf ihren Sprungfedern, die sich unter dem fadenscheinigen Stoff abzeichneten, verbrachte er Stunden und träumte von Rollen, für die das Schicksal ihn auserwählt hatte: Mal war er ein Ritter ohne Furcht und Tadel, der den Heiligen Gral gegen die Gottlosen verteidigte, mal der Mönch Savonarola, der mit fanatischer Rede das Volk gegen die Prunksucht aufrief, mal Robinson, der, von der einsamen Insel zurückgekehrt, ein Reich der Gerechtigkeit errichtete, in dem die begeisterte Menge ihn zum König ausrief.

Es dauerte nicht lange, da hatte er entdeckt, wo Luise die Schlüssel zur Bibliothek versteckte. Von ihr, von diesem Irrgarten aus Reminiszenzen früherer Epochen, fühlte er sich magisch angezogen. Wenn er die Stunde der Mittagsruhe nutzte, um heimlich die doppelt gesicherte Tür zu öffnen und von der Empore die Treppen hinunter auf das Parkett des einstigen Festsaals zu schleichen, dann war sein Ziel der meterlange Schrank mit den Kostümen. Er zog orientalische Gewänder und Rüstungen aus Pappmaché an, verbeugte sich in Schnabelschuhen mit dem Dreispitz in der Linken und der Rechten auf dem Herzen vor altersgrauen Majestäten und schlüpfte auch in Frauenkleider, um den Trippelschritt oder den Hüftschwung vor dem Spiegel zu üben. Sogar nachts, wenn alle schliefen, glitt er wie ein Schatten unhörbar im Licht einer brennenden Kerze aus seinem Zimmer und fiel erst Stunden später schwindelig vor Erregung und Müdigkeit wieder in sein Bett.

Die Stunden in der Schule waren für ihn ein notwendiges Übel,

Hausaufgaben verlorene Zeit. Naturwissenschaften erschienen ihm als eine Beleidigung der Phantasie, grammatikalische Regeln vergällten ihm den Sprachunterricht, und wie die Werke der deutschen Literatur interpretiert und ihrer poetischen Kraft beraubt wurden, war ihm ein Gräuel. Wo es ging, setzte er statt genauer Kenntnisse den Charme seines Vortrags ein und wusste doch so viel, dass seine Versetzung nie ernstlich gefährdet war.

Im Frühsommer 1952 hatte Leon gerade, ohne selbst viel davon zu merken, das Abitur bestanden und verabschiedete sich auf der Abschlussfeier mit einer Pantomime, in der er die Eigenarten der Lehrer parodierte, auf immer von seiner Schule und seiner Klasse. Er hinterließ in aller Unschuld ein halbes Dutzend gebrochener Mädchenherzen.

Mit einem energischen Ruck zog er die Vorhänge zu. «Schon mal was von Macbeth gehört?», fragte er mich. «Setz dich, nimm auf dem Stuhl da Platz. Du hast Glück, ich werde dir eine Kostprobe bieten.»

Er trat im gedämpften Licht mit drei Schritten, die Großes erwarten ließen, in die Mitte des Raumes. Gekonnt verlagerte er sein Gewicht auf den linken Fuß und setzte den rechten leicht nach außen gedreht so, dass die Schuhspitze gerade den Boden berührte. Mit einer schnellen Drehung des Kopfes ließ er die weich gewellten Haare vorteilhaft über Schläfen und Stirn fallen. Darauf schloss er die Augen, sog vernehmlich Luft ein, erstarrte und richtete dann den Blick ins Unendliche.

«Ist das ein Dolch, was ich da vor mir seh,
Den Griff zu meiner Hand? Komm, lass dich packen: –
Ich hab dich nicht, und doch, ich seh dich noch …»

Kein Zögern, kein Zittern in der Stimme. Leon sprach den berühmten Monolog mit verhaltener Kraft, seine Arme begleiteten mit kalkuliertem Schwung den Rhythmus der Verse.

«... Du leitest mich den Weg, den ich schon ging;
Und eben solches Werkzeug sollt ich führen. –
Mein Auge wird zum Narren vor allen Sinnen ...»

Mit gezücktem Dolch stand Leon in einem Sonnenstrahl, der durch einen Schlitz des Vorhangs auf die zum Mord bereite Hand fiel. Jetzt gab es kein Halten mehr: Von Griff und Klinge tropfte Blut, und Hexenvolk feierte die schwarze Messe der blassen Hecate. Macbeth war zum Äußersten entschlossen.

«Ich geh, es ist getan: die Glocke grüßt mich.
Hör sie nicht, Duncan; denn ihr Totenklang
Ruft dich zum Himmels- oder Höllengang.»

Taumelnd fast verließ der königliche Feldherr den Schauplatz seines finsteren Schwurs. Ein Moment der Stille, dann kam, hingerissen von der Wucht der Verse und dem tief gefühlten Pathos seines Vortrags, Leon aus dem Dämmer des Raumes ins Licht. Ich applaudierte, der erschöpfte Künstler deutete eine Verbeugung an.

«Zwei Jahre Schauspielschule, dann werde ich auf den Brettern stehen, die mir die Welt bedeuten.»

Leon strich sich die Locken aus der Stirn und fragte, nachdem er die Vorhänge wieder aufgezogen hatte: «Wer hat dich eigentlich hereingelassen?»

Die Antwort gab er sich selbst: «Bestimmt Agathe, unsere Betschwester. Sie ist ein Erbe meiner Großmama, die sie mit ihren Pillen, Tröpfchen und Heiltees zu Tode gepflegt hat. Danach ist sie im Hause geblieben und schleicht nun Tag und Nacht die Flure entlang, immer auf der Suche nach Sünde.»

Er machte ein paar Trippelschrittchen, schnalzte leicht mit der Zunge und murmelte etwas in einer Art, die mir bekannt vorkam.

«Hüte dich vor ihr! Sie ist neugierig wie eine Elster, sie nuschelt und tuschelt und steckt ihre Nase in lauter Angelegenheiten, die sie nichts angehen. Heimlich verehrt sie den Pfarrer Hindelang, dem sie Woche für Woche dieselben altjüngferlichen Sünden beichtet.»

Er faltete die Hände, senkte demütig den Kopf und schickte einen Blick gen Himmel.

«Überall im Haus legt sie ihre kleinen Depots an: Hier ein Tässchen mit Muckefuck, dort ein Schälchen mit Nüssen und getrocknetem Obst. Ihre Eichhörnchenseele ist immer gerüstet, unbefleckt vor ihren Schöpfer zu treten. Über ihrem Bett, in dem zeitlebens nie ein Liebhaber gelegen hat, hängt ein nackter Mann am Kreuz.»

Währenddessen waren wir ins Dachgeschoss hinaufgestiegen. Leon stieß eine Tür auf. «Dein Schlafgemach!»

Bevor ich auch nur einen Blick in mein künftiges Zimmer werfen konnte, befahl mir Leon, den Koffer abzustellen. «Auspacken kannst du später. Ich zeige dir jetzt das Schönste, was die Villa zu bieten hat: das Schwalbennest.»

Der Aussichtsbalkon, der von Eduard Lauterbach «Adlerhorst» getauft und später von Luise, seiner Schwiegertochter, in «Schwalbennest» umbenannt worden war, verdankte seine Existenz einem Zufall. Um alle zentral gelegenen Räume mit Kachelöfen ausstatten zu können, hatte der Architekt ein Bündel von Kaminen auf der höchsten Stelle des Daches zu einem markanten Block zusammengefasst. Als am Neubau die Ausstiegsluke für den Kaminkehrer eingebaut wurde, ließ Eduard Lauterbach es sich nicht nehmen, über eine schwankende Leiter bis zur Spitze vorzudringen. Mit der Brust zwängte er sich durch die enge Öffnung, warf erst einen prüfenden Blick auf das Dach, ließ einen zweiten über den See auf die Kette der Berge schweifen, war überwältigt von der Schönheit des Bildes, das sich ihm von hier oben bot, und beschloss auf der Stelle, einen halbrunden Balkon bauen zu lassen. Die frei stehende Leiter wurde durch eine Wendeltreppe ersetzt, die Luke auf die Körpermaße des Bauherrn vergrößert und mit einem schützenden Deckel versehen.

Diesen Deckel stemmte Leon nun in die Höhe, sprang auf die Plattform und ließ eine Art Jauchzer hören, ein Mittelding zwischen Ruf und Schrei, wie ihn ein geübter Schauspieler stets zur Verfügung haben muss.

Ich war zu aufgewühlt, um dem Zauber dieser weit zu meinen Füßen hingestreckten Landschaft zu erliegen. Mir wurde schwindlig in meinem dunkelgrauen Flanell. Als ich in die Tiefe blickte, musste ich mich an die Kaminwand lehnen und unwillkürlich an meinen Vater denken, den strengen, prinzipientreuen Herrn, der in einem solchen Moment einen Anfall von Schwäche nicht zugelassen hätte.

Der Vater hatte einen Gehstock, der von oben bis unten mit Blechschildchen bedeckt war. In diese Plaketten waren die Namen der Gipfel mit Höhenangabe gestanzt, die er nur zu Fuß, niemals mit Hilfe einer Gondel oder Bahn, erreicht hatte. Bergwanderungen waren das einzige unnütze Vergnügen, das mein Vater sich leistete.

Ich sah ihn vor mir, wie er den Rucksack, den niemand außer ihm tragen durfte, sorgfältig packte, wie er mit nackten Füßen und hochgekrempelten Hosen strahlend in dem eiskalten Wasser eines Gebirgsbachs stand, wie er sich, befreit von seinem Nervenleiden, um zwanzig Jahre verjüngt zwischen die Blumen einer Bergwiese legte, wie er auf einer Alm in einer Anwendung nach Pfarrer Kneipp die Arme in den Holztrog eines Brunnens hielt, wie er auf die rot-weiß karierte Tischdecke Dauerwurst, Harzer Roller und hart gekochte Eier legte, als wären es die Schätze der Königin von Saba. Ich fuhr mit den Blicken die Bergkette am Horizont entlang:

Der Vater hätte mir jeden einzelnen Gipfel mit Namen nennen können, vom Wilden Kaiser bis zu den Allgäuer Alpen.

Ohne von meiner Stimmung Notiz zu nehmen, zeigte Leon mit ausgestrecktem Arm auf einen weißen Fleck in der Mitte des Sees. «Weißt du, wer das ist? Natürlich weißt du's nicht, was frag ich! Es ist mein kleiner Vetter, ein netter Junge mit nichts anderem im Kopf als diesem Segelboot, einer Nussschale, in die von unten das Wasser läuft.»

Und als habe jemand auf den entsprechenden Knopf gedrückt, kam ihm ein passendes Gedicht über die Lippen:

«Durch die freie Weite ziehn
auf dem grünen Meere
viele Schifflein hin und her,
alle mit weißen Segeln.

Wenn sich wild der Sturm erhebt,
breiten die alten Schiffe
ihre weißen Flügel aus,
fliegen nach allen Seiten.

Vor dem Meere will ich mich
tief zu Boden neigen:
O du wildes, böses Meer,
lass meinen Kahn in Frieden.

Lermontow, mein Lieber, Michail Lermontow. Einer meiner russischen Götter! Nie von ihm gehört? Ich denke, du studierst Literatur. Kommt Lermontow erst im nächsten Semester dran?», fragte Leon höhnisch. «Ich will dir sagen, was ich von deiner ganzen Studiererei halte: nichts, gar nichts! Die Literatur muss man empfinden, die Poesie fühlen. Nur über die Sinne kann man sie erfahren!

Aber was macht ihr? Ihr holt eure wissenschaftlichen Seziermesser hervor und schneidet das Geschenk der Götter in handliche Scheiben, über deren Interpretation ihr euch dann mit aufgeblähten Worten streitet.»

Er beugte sich weit über das Geländer, als müsse er sich vor Abscheu erbrechen. Dann sprang er zurück, das Blut war ihm in den Kopf gestiegen. Ein Windstoß fuhr ihm in die Haare, und er sprach:

«Vergangen ist die finstre Nacht,
Des Bösen Trug und Zaubermacht …

Wer will mir Eichendorff erklären! Eine Strophe von ihm enthält mehr Wahrheit als zehn gelehrte Abhandlungen!

Zur Arbeit weckt der lichte Tag;
Frisch auf, wer Gott noch loben mag!»

Bei dem «Frisch auf» war er an der Treppe, und während er in der Luke verschwand, rief er mir zu: «Ich wünsche viel Vergnügen beim Büchersortieren! Und komm pünktlich zum Abendessen, sonst kriegst du Ärger mit meiner Frau Mama.»

Leon war ein Jahr jünger als ich. Aber es war nicht der Altersunterschied, der verhinderte, dass Elisabeth Lauterbachs Wunsch in Erfüllung ging. Er hatte einen Freund, nur den einen, dem er gefallen wollte, den er liebte und der sein Ein und Alles war, und dieser Freund war er selbst. Alles, was ich über ihn erfuhr, jede Begegnung mit ihm rief bei mir anfangs Bewunderung, dann Staunen, endlich nur noch Befremden, niemals aber Zuneigung hervor.

Ein Bett, ein kleiner Tisch, ein Stuhl und ein Schrank mit einem in der Tür eingelassenen Spiegel – mein Zimmer war in Ordnung. An der Decke hing eine Birne mit einem blassrosa Glasschirm darüber; um lesen zu können, würde ich um eine Lampe bitten müssen. Das war alles. Den Druck von Lochners «Maria im Rosenhag» konnte ich abhängen, und dass das Bad am Ende des Flurs lag, störte mich nicht.

In der Bibliothek

Am nächsten Morgen, als ich gerade überlegte, wann und wie ich die Frage nach meinem Gehalt vorbringen könnte, wurde ich ins Arbeitszimmer von Frau Lauterbach gerufen.

«Madame lassen bitten. Vite, vite!» Mit sichtlichem Vergnügen verteilte Agathe Aufträge und Anweisungen im Haus. Sie lief mit bedeutungsvoller Miene, als sei sie in amtlicher Mission unterwegs, treppauf, treppab und öffnete, ohne anzuklopfen, Türen, spähte hinein, hüstelte und hinterließ lispelnd ihre Botschaft.

Mit einem Gefühl, als würde ich zum Direktor meiner Schule bestellt, um mich für ein Vergehen zu rechtfertigen, von dem ich nicht wusste, dass ich es begangen hatte, betrat ich Frau Lauterbachs Zimmer. Sie saß an ihrem Schreibtisch hinter Stapeln von Papieren, die nach Kontoauszügen, Kostenvoranschlägen und Rechnungen aussahen, und betrachtete mich prüfend über den Rand einer schwarzen Brille. Ich war zu verwirrt, um zu merken, dass in ihrem Gesicht die Andeutung eines Lächelns auftauchte, bevor sie sagte: «So nehmen Sie doch Platz!»

Diese Worte, die wie ein Befehl hätten klingen können, beruhigten mich, so als wäre es jetzt, geschützt von der Rücken- und den Armlehnen des Stuhles, einfacher, meine Frage vorzubringen.

Elisabeth Lauterbach kam gleich zur Sache. Sie ließ mich nicht aus den Augen, während sie mir die Arbeitszeiten nannte und mich wissen ließ, wann und wo ich meine Mahlzeiten einnehmen würde. Sie erwarte, dass ich ihr jeweils am Samstagnachmittag über den Fortgang meiner Arbeit berichten würde, danach gebe sie mir bis zum Montagmorgen frei. Und dann nannte sie die Summe, die ich erhalten würde, sollte sie mit meiner Leistung zufrieden sein.

Danach entstand eine Pause. Ich war erleichtert und hörte, wie ich mich bei Frau Lauterbach bedankte. Gerade wollte ich aufstehen, als sie sagte: «Der Mann auf dem Bild hinter Ihnen ist übrigens mein Vater, Otto Lauterbach. Er war, wie Sie sicher erkennen werden, eine Persönlichkeit.»

Ich sah in das Gesicht eines mit sich und der Welt zufriedenen Mannes. Der Hintergrund war in dunklen Tönen gehalten, vor dem in einem nur angedeuteten Lehnstuhl der Porträtierte in der Haltung eines Geschäftsmannes saß, dem der Erfolg Würde verleiht. Das Licht war auf einen markanten Kopf gerichtet. Mit den ausgeprägten Wangenknochen, den harten Konturen von Nase und Kinn hätte Lauterbach in eine preußische Generalsuniform gepasst, wären da nicht die um Verständnis werbenden Augen und der weiche Mund gewesen, dem ein schnarrender Befehlston nicht zuzutrauen war. Ein Mann mit diesen Gesichtszügen hatte den Beruf als Antiquitätenhändler nicht schlecht gewählt.

«Sie werden in seiner Bibliothek arbeiten», fuhr Elisabeth Lauterbach fort. «Er sammelte Bücher, aber seine wirkliche Leidenschaft waren Antiquitäten. Er war besessen von den Schönheiten früherer Jahrhunderte und anderer Kulturen, gleichzeitig war er ein Kenner allerersten Grades. Museumsdirektoren und Kunsthistoriker suchten seinen Rat. Seine Expertisen galten als unumstößlich, er hat einen Filippino Lippi entdeckt, der heute in den Uffizien hängt, und Rembrandt-Zeichnungen, für die ihm ein französischer Sammler ein Vermögen geboten hat. Hunderte von Gemälden alter Meister sind durch seine Hände gegangen. Die Repräsentanten der großen Auktionshäuser gingen bei ihm ein und aus.»

Sie zog in einer für sie charakteristischen Weise die linke Augenbraue hoch. Als hätte sie die Bewunderung für ihren Vater nicht so offen eingestehen dürfen, begann sie nervös mit einigen Heftklammern zu spielen.

«In Sizilien kaufte er griechische Vasen, in Rom Marmorbüsten der Kaiserzeit, in London Schmuck aus ägyptischen Königsgräbern, in Konstantinopel Ikonen, in Indien alte Seidenstoffe. Und in der Toskana und in Bordeaux die besten Weine. Davon sind uns leider nur die Holzkisten geblieben.» Sie lachte kurz und nahm für einen Moment die schwarze Brille ab.

«Sein ganzer Stolz war die Bibliothek, dieser einst prächtige Saal, in dem Sie die nächste Zeit verbringen werden. Die Einrichtung des restlichen Hauses überließ er meiner Mutter, aber die Bibliothek sollte ein Schmuckkästchen nach seinem Geschmack werden.»

Sie unterbrach sich, um zu sehen, ob ich ihr auch aufmerksam zuhörte.

«Sie müssen wissen, mein Vater war ein passionierter Sammler. Von den besten Stücken konnte er sich nicht trennen. In der Bibliothek steht ein Vitrinenschrank, den wollte er mit seltenen Murano-Gläsern füllen, seine Sammlung chinesischer Masken ist beachtlich, er wollte sie aber noch mit Masken aus Japan und Afrika ergänzen. Irgendwo in dem ganzen Durcheinander werden Sie einen dreiteiligen Fries aus der Schule des Ghirlandaio finden, er wollte ihn über den Regalen mit seinen geliebten Büchern anbringen.

Es war ihm nicht vergönnt, sein Lebenswerk zu vollenden. Er starb plötzlich an Herzversagen. Mit seinem Tod begann der Niedergang. Meine Mutter verkaufte alles, für das sich schnell ein Abnehmer fand. Ohne den nötigen Sachverstand, sie war keine Geschäftsfrau. Um Kosten zu sparen, gab sie die Verkaufsräume in München auf. Einen Teil der Sachen überließ sie einem Versteigerungshaus. Was übrig blieb, wurde hier in der Bibliothek abgestellt.»

Ihre Hände, jetzt zu Fäusten geballt, hatten aufgehört mit den Klammern zu spielen. Vor ihr auf der Tischplatte lag eine Schreibunterlage aus schwarz glänzendem Leder, ein männlicher Gegenstand, in dessen oberer Leiste in goldener Zierschrift «Lauterbach – Kunst und Antiquitäten von Weltrang» geprägt war. Auf dem ehemals weißen Mittelfeld von der Größe eines Schachbretts war ein Gewirr aus roten, grünen und dunkelblauen Buchstaben, ganzen Namen und Zahlenkombinationen notiert, ein Irrgarten, in dem ein Stift schwungvoll versucht hatte, durch Unterstreichungen und Umrandungen Ordnung zu schaffen. Von mir aus betrachtet, wurden die schnell, vermutlich während Telefongesprächen hingekritzelten Notizen zu fremdartigen Schriftzeichen von rätselhafter Bedeutung, die ich nicht entschlüsseln konnte. Elisabeth Lauterbach strich mit der flachen Hand über das Papier, als wollte sie ihre Aufzeichnungen vor meinen Blicken schützen.

«Ich habe versucht, das Vermächtnis meines Vaters zu hüten wie ein Zerberus. Aber in den Kriegsjahren und der Zeit nach 1945 ist so manches spurlos verschwunden, ich weiß nicht, wie das passieren konnte. Bücher wurden aus den Regalen genommen und im ganzen Haus verstreut. Wertvolle Ausgaben wurden auseinandergerissen, es ist eine Schande. Sie werden sehen, die Bibliothek ist ein Bild des Jammers.»

Mit diesen Worten stand Elisabeth Lauterbach auf. Sie war sichtlich bewegt.

Für einen Moment herrschte eine Stille, in der ich kaum zu atmen wagte. Sie öffnete das Fenster und griff sich von hinten in ihr Haar, steckte es mit einer ebenso zarten wie energischen Bewegung, zu der nie ein Mann fähig wäre, zu einem Knoten und entblößte dabei Nacken und Hals. Langsam wandte sie sich zu mir um. Schon im Gehen sagte sie, nun wieder in ihrem geschäftsmäßigen Ton: «Ich vertraue Ihnen den Schlüssel an, geben Sie ihn nicht aus der Hand. Schaffen Sie Ordnung und tun Sie es so, dass er seine Freude daran hätte.»

Danach öffnete sie mit dem Schlüssel, den ich fortan an einem roten Wollfaden wie ein Amulett um den Hals trug, die doppelt gesicherte Tür der Bibliothek. Was sich da vor mir auftat, überstieg alles, was ich mir in meinen Phantasien ausgemalt hatte. Der große Raum war mit Möbeln aller Art und unzähligen kleineren Gegenständen vollgestellt, die ich mit einem Blick nicht erfassen konnte. An den freien Stellen vor den wandhohen Regalen stapelten sich Bücherberge und weiter hinten Stöße alter Zeitschriften. Das Ganze erinnerte an ein absurdes Bühnenbild, bei dem der Regisseur darauf bestanden hatte, dass jeder Anschein von Ordnung vermieden werden müsste.

Während Frau Lauterbach mich durch ein Labyrinth von Tischen, Schränken, Truhen und Kommoden führte, gab sie mir den Auftrag, ich solle genaue Bestandslisten von den vorhandenen Büchern anfertigen und, wenn die Zeit dazu bliebe, auch von den übrigen Gegenständen, damit sie einen Überblick bekäme und entscheiden könnte, was dann zu geschehen habe.

«Ich wünsche Ihnen viel Glück», sagte sie, dann nickte sie mir zu. Als sie die Treppe zur Balustrade erreichte, blickte sie sich kurz nach mir um und raffte ihr Kleid, als bestände Gefahr, dass sie sich auf den Stufen mit den Absätzen im Saum verfangen könnte. Sie hatte mir eine halbe Stunde und die nötige Aufmerksamkeit geschenkt. Wo ich anfangen, nach welcher Methode ich vorgehen sollte, hatte sie mir nicht gesagt.

Die ersten Tage im Hause Lauterbach verliefen ohne besondere Vorkommnisse. Morgens wurde ich von Astor geweckt. Gegen halb acht Uhr ließen ihn die Hausmeister vor die Tür, und da er ein Hund von unumstößlichen Gewohnheiten war, begrüßte er den neuen Tag mit freudigem Gebell, egal ob es regnete oder ihm eine zarte Morgensonne auf den Pelz schien. Ich war noch nicht in dem Alter, in dem man, kaum hat man die Augen aufgeschlagen, über sein Befinden nachdenkt. Hätte mich jemand gefragt, so hätte ich ohne zu zögern erklärt, ich fühlte mich wohl, ich hätte mich gut eingelebt im Hause Lauterbach.

Die Tage hatten schnell einen festen Rhythmus gefunden, der durch meine Arbeit vorgegeben war. Mir fehlte nichts. Nicht einmal die Abende im Amalienhof. Dort war in letzter Zeit öfters eine Studentin aufgetaucht, die Marianne hieß. Wie zufällig hatten wir vor den Sommerferien nebeneinander gesessen und uns mit Apfelschorle zugeprostet. Ich hatte ihr ganz ungeniert von den missglückten Versuchen erzählt, eine Freundin zu finden, sie hatte gelacht, mehr war nicht gewesen. Aber vor allem vorm Einschlafen tauchte jetzt plötzlich ihr Bild vor mir auf. Wenn der Dielenboden knarrte, meinte ich, sie sei auf Zehenspitzen in mein Zimmer gekommen, aber als ich sie in meinen Träumen umarmen wollte, entzog sie sich mir wie eine Fata Morgana.

Um acht Uhr wartete in der Küche ein Frühstück auf mich. Frau Bröhl, die Köchin, war schon seit zwei Stunden auf den Beinen. Jetzt stand sie am Herd, hantierte mit dem Schüreisen, mit Kochlöffeln und Schöpfkelle oder mit dem großen Messer, das ihr Hoheitszeichen war und das außer ihr niemand benutzen durfte.

Sie stellte mir von der selbst gemachten Johannisbeer-Marmelade hin, nannte mich «mein Jungchen», was ich mir von niemandem sonst hätte gefallen lassen, aber bei ihr wurde mir ganz warm ums Herz. «Lass es dir schmecken!»

Mit in die Hüften gestemmten Armen blieb sie dann neben mir stehen und sah zu, wie ich mir mit dem Appetit meiner einundzwanzig Jahre ihre Brote schmecken ließ. Dann ging sie wieder an den Herd, um mit der geheiligten Handlung des Essenkochens fortzufahren.

Ich war zur Ordnung erzogen.

Meine Mutter hielt auf Sauberkeit, und der Vater verzog das Gesicht wie im Schmerz, wenn ich mit lehmverschmierten Schuhen die Diele betrat, in meinem Zimmer Jacke oder Mantel einfach auf den Boden fallen ließ oder auch nur in der Küche ein halb ausgetrunkenes Glas Milch auf dem Fensterbrett stehen ließ.

So wäre es nicht verwunderlich gewesen, wenn ich auf das Chaos, das mich hier erwartete, entsetzt oder wenigstens ratlos reagiert hätte. Aber ich verspürte einen geheimnisvollen Sog, einen mir unbekannten Reiz des Wahllosen, von Relikten einer vergangenen Zeit.

Die Bibliothek war ein halliger Raum, nach Norden gelegen, mit einem Rundbogenfenster von solchen Ausmaßen, dass eine einspännige Kutsche bis vor die Bücherregale hätte fahren können, hätte man nicht, um Höhe zu gewinnen, den Boden über einen Meter tiefer gelegt. An ihrer Südseite führte eine Balustrade mit hölzernem Geländer zu einer Loggia, von der es hieß, dass dort Luise Lauterbach, vom Schlag getroffen, tot aufgefunden worden sei. Beim Bau der Balustrade war unter ihr ein Hohlraum entstanden, für den der Architekt keine Verwendung gefunden hatte. In den ersten Jahren hatte man nutzlose Gegenstände und ausgedienten Plunder dort verstaut, dann hatte man ihn den Spinnen und Mäusen überlassen. Er geriet in Vergessenheit.

Wegen ihrer schattigen Lage blieb es in der Bibliothek den ganzen Sommer so kühl wie in einem mittelalterlichen Kirchengemäuer. Dieser Eindruck wurde durch das zu jeder Tageszeit dämmrige Licht, vor allem durch eine höher gelegene Ausbuchtung, eine Art Apsis, gesteigert. Auf den Plänen der Villa, die ich in einer Mappe zwischen Akt- und Landschaftszeichnungen fand, wurde diese Apsis als «Bühne» bezeichnet. Der Bauherr hatte wohl die Idee, auf dieser Bühne Rezitatoren, Musikgruppen, Chöre, Ausdruckstänzerinnen, wie sie zu jener Zeit beliebt waren, vielleicht sogar Artisten und Zauberkünstler auftreten zu lassen. In einem Schrank, der so geräumig wie eine Umkleidekabine war, hingen, von Motten übel zugerichtet, ein paar Dutzend Kostüme, ein buntes Sammelsurium, von dem man auf die Art der Aufführungen schließen konnte: Feen- und Hexengewänder, Mönchskutten und Trachtenkleider, ein Jäger- und ein Militärrock und allerhand Netzwerk und Flitter, mit dem sich wahrscheinlich so manche namenlose Schauspielerin in eine Haremsdame oder ein Burgfräulein verwandelt hatte.

Im Mittelpunkt des Saales stand eine mächtige Säule, die das weit gespannte Kreuzgewölbe trug. An dieser Säule richtete ich mich mit einer über zwei Böcke gelegten Platte, einigen Stiften, einem Stapel Papier und einer Thermoskanne ein.

Ich wollte, dass Elisabeth Lauterbach mit mir zufrieden war, ich wollte ihr Lob. Das Ordnen der Bücher ging mir leicht von der Hand. Ich hatte mir ein Tagespensum ausgerechnet, das ich schaffen musste, und hielt durch, bis eine bestimmte Anzahl von Büchern wohl geordnet im Regal stand. Nur gelegentlich konnte ich der Versuchung nicht widerstehen, ein Buch aufzuschlagen. Dann begann ich zu blättern, las da und dort einen Absatz, las ein ganzes Kapitel, vergaß Ort und Zeit und konnte mich so in die Lektüre vertiefen, dass ich aufschreckte, wenn der Gong zum Abendessen rief. Die Bücher mit in mein Zimmer zu nehmen, traute ich mich nicht.

Nur selten drangen Geräusche von draußen in meinen Winkel. Schritte auf dem Kies, eine Stimme, die ein paar unverständliche Worte rief, von fern das Hupen eines Autos. Sonst herrschte Stille. Unangemeldet kam von Zeit zu Zeit Elisabeth Lauterbach, um sich vom Fortgang der Arbeiten zu überzeugen, und als sie mich einmal für meine Sorgfalt lobte, fasste ich mir ein Herz und bat sie um ein Radio. Mein Wunsch wurde erhört. Tags darauf ließ sie mir einen kleinen Empfänger der Marke «Blaupunkt» bringen, und ich konnte meinen Lieblingssender AFN hören, bis ich genug hatte und mich wieder nach der Stille sehnte.

Allmählich dämmerte mir, dass ich es nicht allein mit der vom alten Lauterbach zusammengetragenen Bibliothek, sondern wahrscheinlich noch mit weiteren, aus Nachlässen gekauften Sammlungen zu tun hatte. Der Gedanke, dieses aus mehreren tausend Einzelteilen bestehende Sammelsurium, dieses ganze Chaos so ordnen zu müssen, dass jedes einzelne Buch an seinem Platz sofort auffindbar wäre, machte mich mutlos. Der anfänglich verspürte Reiz war verflogen.

Stunde um Stunde durchforstete ich die Bücher, die sich um mich herum stapelten, bis die Buchstaben auf den Umschlägen anfingen, vor meinen Augen zu tanzen. Meine Hände waren grau, der aufgewirbelte Staub kratzte mir im Hals. Genug für heute, entschied ich. Mit der leeren Thermosflasche unterm Arm stieg ich zur Balustrade hinauf, vorbei an einer Gruppe chinesischer Masken, die mich am Morgen freudig begrüßt hatten, jetzt aber, da ich gehen wollte, missbilligende Fratzen schnitten.

Michel

Im Treppenhaus kam mir auf dem Geländer mit beträchtlicher Fahrt ein Junge entgegen. Geschickt bremste er ab, machte einen Satz und kam genau vor mir zum Stehen. Er grinste: «Das ist verboten!»

Er wischte sich die Hände an seinem Hosenboden ab und sagte: «Ich zeige dir meine Jolle. Komm mit!»

Wir liefen hinunter zum See. «Wie alt bist du?», fragte er, als wir den Steg erreichten, und bevor ich noch antworten konnte, sagte er: «Ich bin sechzehn.»

Michel, der vor mir barfuß und breitbeinig auf dem Steg stand wie ein Matrose auf den Planken seines Schiffs, war nicht groß für sein Alter, aber kräftig. «Stell dir vor: Letztes Jahr hat ein Sturm den Steg zur Hälfte weggerissen. Die Wellen waren zwei Meter hoch, doch wirklich, zwei Meter! Die Pfosten sind einfach so weggeknickt. Aber die Hütte blieb stehen, Gott sei Dank, meinem Boot ist nichts passiert.»

Die «Hütte» am Ende des Stegs war ein Badehäuschen, eine geräumige Umkleidekabine, rotbraun angestrichen, mit grünen Fensterläden und einer Bank davor, von der aus man den See in seiner ganzen Länge überblicken konnte.

In Zeiten, in denen es als unschicklich galt, sich vor den eigenen Kindern auch nur halb nackt zu zeigen, entledigte man sich in der Hütte dezent seiner Kleider, schlüpfte in einen unförmigen Badeanzug, zog eine Gummihaube über die Haare, einen rot-weißen Rettungsring um den Bauch und schwamm. Es war jedoch üblich, dies nicht allein, sondern nur mit einer Begleitperson zu tun, möglichst einem routinierten Schwimmer, der bei Gefahr zu Hilfe eilen konnte. Beliebt waren die Geschichten, dass diese oder jene Dame auch ohne große Not nach dem Retter rief und es in ihrer Schwäche gerne zuließ, dass er sie um die Taille fasste und die Treppe hinauf zum sicheren Steg trug.

Michel zog einen Schlüssel aus der Hosentasche, stieß die Tür auf, und da war es, sein Boot, die «Möwe». Stolz stellte er sich davor und strich liebevoll über das glänzende Mahagoni. «Eine O-Jolle, Baujahr 1937. Das schnellste Segelboot auf dem See. Wenn meine Mutter mich ließe, könnte ich mit ihm jede Regatta gewinnen.» Er nannte mir Länge und Breite und die Fläche des Großsegels. «Schau, diese Planke habe ich selbst erneuert, mit Messingnieten habe ich sie eingefügt. Wenn du Lust hast, nehme ich dich mal mit.»

Der See glitzerte jetzt, als wäre er mit flüssigem Silber überzogen. «Du bist doch einundzwanzig? Tante Elisabeth hat uns, bevor du kamst, einen kurzen Einführungsvortrag gehalten: was du studierst, dass du die Bibliothek aufräumen sollst, dass wir alle freundlich zu dir sein sollen. Ich habe dich nur gefragt, damit du was sagst. Ich wollte ganz einfach mit dir reden, um zu sehen, ob du interessant bist.»

Er schaute mich erwartungsvoll an, fuhr aber gleich fort: «Ich spreche nämlich sonst mit niemandem hier. Am wenigsten mit meiner Mutter. Sie ist der ängstlichste Mensch, den ich kenne. Sie hat einfach immer Angst. Im Krieg hat sie die ganze Zeit den Laibacher Sender gehört aus Angst vor Bomben. Die Nächte hat sie im Luftschutzkeller verbracht, auch wenn gar kein Alarm war. Ich musste immer mit.»

Von seinem Vater sprach Michel nicht. Nach ihm hatte er nie gefragt. Da er keine genaue Vorstellung hatte, wozu ein Vater gut war, vermisste er ihn nicht. Als er heranwuchs, gab es keine Familien, in denen der Vater morgens zur Arbeit ging, am Ende des Monats der Mutter die Lohntüte ablieferte und dafür am Abend ein warmes Essen vorgesetzt bekam. Wie die meisten anderen Kinder seiner Klasse lebte Michel mit seiner Mutter zusammen, nur dass bei ihm nicht ein- oder zweimal im Jahr ein fremder Mann auf Heimaturlaub ins Haus kam, den man mit «Papa» anreden musste und der die Mutter, wenn er sich verabschiedete, zum Weinen brachte.

Agathe hatte versucht, ihn über den Unterschied zwischen ehelichen und unehelichen Kindern aufzuklären: Die einen waren von Gott gewollt, die anderen aus der Sünde des Fleisches hervorgegangen. Aber als sie auf ihn einredete, hatte er die ganze Tirade gar nicht auf sich bezogen, da er seine Mutter zu keiner Sünde fähig hielt.

Gern hätte er eine Schwester gehabt, der er von den unterirdischen, mit Moos ausgepolsterten Gängen und Höhlen erzählen konnte, die er bauen wollte. Er stellte sie sich wie eine Zwillingsschwester seiner Kusine Hanna vor, die etwas kleiner war als er, sodass er ihr mühelos den Arm um die Schulter legen konnte. Sie roch nach Bienenwachs und musste ihn abends vorm Einschlafen im Nacken kraulen.

Ein Bruder fehlte ihm nicht. Der würde mit ihm streiten wollen und, wenn er größer und stärker war, Ohrfeigen austeilen. Einen jüngeren Bruder zu haben, wäre fast noch schlimmer: Immer würde er quengelnd am Rockzipfel der Mutter hängen und, wenn er krank war, in ihrem Bett schlafen wollen.

Nur einmal hatte sich Michel einen Bruder gewünscht.

Martha, seine Mutter, bewahrte von Ferdinand Larosé, dessen früher Tod auf dem Schlachtfeld 1914 sie fünf Monate nach der Hochzeit zur Witwe gemacht hatte, einen Briefumschlag mit Fotos auf. Eines zeigte ihn in einer adretten Internatsuniform. Sie liebte ihren Sohn sehr, wie er war, aber zu ihren uneingestandenen Wünschen gehörte, dass er sich in Manieren und Aussehen zu einem jungen Baron entwickeln könnte, und gerne hätte sie Michel standesgemäß gekleidet in die Schule geschickt. Aber dunkle Flanellhosen, ein weißes Hemd mit gestreifter Krawatte und dazu ein blauer Blazer galten als «undeutsch», in den Auslagen der Geschäfte verschwanden die Farben, Kriegsgrau breitete sich aus.

Martha wandte sich an ihre Schwester. Diese gab ihr zur Einschulung des Neffen aus den Beständen der Bibliothek ein Pagenkostüm. Marie Graßberger erhielt den Auftrag, vom Jäckchen den Spitzenkragen zu entfernen, die samtenen Pumphosen, so gut es ging, enger zu schneidern und mit dem gewonnenen Stoff die Beine bis zu den Waden zu verlängern. Heraus kam ein Kleidungsstück, das Martha «entzückend» fand, das aber weit und breit noch nie ein Erstklässler getragen hatte. Frau Bröhl, die sah, wie der Junge unter seiner Aufmachung litt, versuchte ein gutes Wort für ihn einzulegen, indem sie vorschlug, das hübsche Kostüm für das nächste Faschingsfest aufzubewahren, und beschloss, als ihre Fürsprache nichts nützte, ihn bis zum Schultor zu begleiten.

Als Michel den Schulhof betrat, hätte er sich eine Tarnkappe gewünscht. Alle Kinder starrten ihn an, erst staunendes Schweigen, dann ein Kichern, dann schallendes Gelächter. Mit ausgestreckten Armen zeigten sie auf ihn. «Der is vom Zirkus!», rief einer. In der Pause flogen ihm Papierkügelchen an den Kopf, und als sich herausstellte, dass er sich nicht in ihrem Dialekt wehren konnte, stand fest, dass man ihm eine Abreibung verpassen und der erste Schultag mit einer Gaudi enden würde.

Auf dem Sportplatz bildeten die Jungen einen Kreis um Michel, die Mädchen standen in Gruppen drum herum und riefen: «Jetzt fangt's schon an!» Da stieß ihm der Erste von hinten in den Rücken. Als Michel sich zu ihm umdrehte, kam der zweite Stoß, wieder von hinten. Er stolperte, taumelte, wollte fliehen, rannte gegen Arme, die ihn zurückstießen, konnte sich nicht mehr auf seinen Beinen halten, flog auf den harten Schotter, dass es staubte. Das Jauchzen verflog, und als er nach einer Weile aufstand, war er allein. Humpelnd, mit einem aufgeschürften Knie machte er sich auf den Heimweg. Die Nähte des Jäckchens und der samtenen Hose waren an mehreren Stellen geplatzt, er riss sie, bevor er seiner Mutter unter die Augen trat, mit der Wut der Verzweiflung in Fetzen. Drei Tage verkroch er sich in sein Zimmer wie ein krankes Tier und sprach kein Wort, dann nahm er, ohne seine Peiniger zu grüßen oder sie auch nur eines Blickes zu würdigen, wieder am Unterricht teil.

Elisabeth hatte die Zeit genutzt, für ihn eine «Abendstimmung am See» von ihrer Mutter Luise Lauterbach gegen eine getragene Lederhose mit Trägern einzutauschen. Drei Wochen benötigte er, um mit Hilfe von Maria, der Hausmeisterin, den kehligen Dialekt des bayerischen Alpenvorlandes wie ein Einheimischer zu lernen. Jetzt sah er aus und sprach wie die anderen Kinder, denen Fräulein Steininger Lesen, Schreiben und Rechnen beizubringen sich bemühte. Sie hatten keinen Grund mehr, ihn zu quälen, aber er war gewarnt. Er saß allein in der letzten Bank, hielt sich in den Pausen abseits und nahm nur einmal auf Anordnung eines HJ-Führers an einem Fußballspiel teil. Er schoss als Linksaußen das entscheidende Tor und verschwand nach dem Schlusspfiff, ohne an der Siegesfeier teilzunehmen.

Martha war den Tränen nahe gewesen, als sie ihm mit einer Pinzette die kleinen, scharfkantigen Steine aus der Schürfwunde zog. Sie machte sich Vorwürfe, weil sie auf dem Kostüm bestanden hatte, das sie an den einzigen Mann erinnern sollte, den sie je geliebt hatte. Aber mehr noch gab sie einer Verrohung der Sitten die Schuld, die Kinder in sadistische Bestien verwandelte. Die speckig glänzende Hose, deren Leder so hart war, dass Michel sie nachts neben sein Bett stellen konnte, nahm sie hin und seufzte bei der

Erkenntnis, dass er auch ohne diese Hose nicht aussah wie ein Edelmann. Die ordinäre Landessprache verbat sie sich in ihrer Gegenwart.

Michel liebte seine Mutter. Es war ihr nicht abzugewöhnen, dass sie sich unentwegt Sorgen um ihn machte, ihre Ängstlichkeit verunsicherte ihn, aber er genoss auch ihre Bestürzung, als er mit dem aufgeschürften Knie vor ihr stand und sie ihn in eine Wolke von Zärtlichkeit und Fürsorge hüllte. Das Bedürfnis zu weinen war ihm fremd, aber wenn es ihn doch einmal überkam und er sich unter Tränen an sie schmiegte, spürte er, dass sie glücklich war.

Michel war ein Einzelgänger. Der vier Jahre ältere Leon hielt ihn für ein Muttersöhnchen und verfasste ein Dramulett, in dem der Tollpatsch unverkennbar Michels Züge trug. Sein einziger Freund war Astor, der schwarze Riesenschnauzer, der nachts das Anwesen bewachte. Mit ihm saß er stundenlang auf dem Bootssteg, und wenn vom Wasser Nebel aufstiegen, weitete sich der See zu einem Ozean, an dessen Küsten ein tapferer Kapitän sein mit dem Gold der Inkas beladenes Schiff vor Seeräubern und riesigen Kraken verteidigte. Dass an Bord ein als Matrose verkleidetes Mädchen war, das aufs Haar Hanna glich und als sein Diener in der Kapitänskajüte schlafen durfte, erzählte er Astor nicht.

Mit den Jahren lernte Michel die Sprache des Sees. Mal schimmerte seine Oberfläche in hellem Smaragd, mal verlor sie sich in einem tiefen Schwarz. Er konnte Spiegelungen und den Wellenschlag deuten und wusste, dass die Fische, deren silbrige Schatten über die bemoosten Steine huschten, Boten waren, die zu fangen ein Frevel war. Sie brachten Nachrichten aus einer versunkenen Welt, in der Nixen und Froschmänner in mit Muscheln und Korallen geschmückten Palästen lebten.

Michel spuckte ins Wasser. «Weißt du, was eine Zweiklassengesellschaft ist? Wir haben hier eine Zweiklassengesellschaft. Die einen arbeiten, die anderen lassen sich bedienen. So ist das. Ich halte natürlich zu den Arbeitern. Ich bin nämlich Kommunist.»

Dann sprang Michel auf, rannte über den Steg zum Ufer und rief: «Komm! Ich mache dich mit dem arbeitenden Teil der Bevölkerung bekannt.»

Vor der Hausmeisterwohnung standen eine Bank mit einem Tisch und einige Gartenstühle, von denen keiner zum anderen passte. An warmen Sommerabenden traf sich dort nach der Arbeit das «Personal». In den letzten Strahlen der Sonne saß man zusammen, scherzte und schwätzte, tauschte Neuigkeiten aus, ließ Bemerkungen über die Launen der «Herrschaften» fallen, machte, wenn nötig, dabei seinem Herzen Luft und trank aus bunten Keramikbechern Heublütentee, zu dem Frau Bröhl manchmal Kekse oder Plätzchen aus der Vorratskammer beisteuerte. An Feiertagen oder wenn jemand Namenstag hatte, stellte Maria Anleitner eine Flasche Obstler auf den Tisch. Frau Pitter, die als Flüchtlingsfrau ihren Platz etwas zurückgesetzt in der zweiten Reihe hatte, genehmigte sich ein Gläschen, vergaß ihre Abneigung gegen Hunde und streichelte in Gedanken an die schlesische Heimat Astor mit harter Hand das Fell. Agathe kam, in der wehen Hüfte etwas eingeknickt, immer als Letzte. Obwohl ihre Nerven eigentlich Kindergeschrei nicht ertrugen, winkte sie freundlich zu Erika und Heiner hinüber, die vor der Remise Ball spielten. Und sie alle hörten Josef Anleitner zu, der eine seiner immer gleichen Geschichten aus dem Krieg erzählte. Es war Feierabend, es herrschte Frieden.

Alle paar Wochen einmal kam die Graßberger Marie dazu. Sie war so klein gewachsen, dass sie sich auf Zehenspitzen stellen musste, wenn sie vom Tisch ihren Becher Tee nehmen wollte. Außerdem hatte die Natur sie mit einem Buckel und einem Kropf gestraft. Sie verdiente sich ihr weniges Geld als Flickschneiderin. Wenn Röcke zu kürzen oder zu säumen waren, wenn Hosenbeine umgenäht oder Hemdkragen gewendet werden mussten, wurde sie in die Villa gerufen und machte in einer Nähkammer unterm Dach flink und akkurat ihre Arbeit.

Die Graßberger Marie war die Überbringerin schlechter Nachrichten. Immer wusste sie von einer schweren Krankheit, einem grässlichen Unfall, einem verheerenden Feuer oder einer Kuh zu berichten, die ein Kalb mit zwei Köpfen zur Welt gebracht hatte. Josef holte ihr einen Hocker und sagte: «Nun erzähl! Was ist jetzt wieder Schlimmes passiert?» Dann lauschten die Frauen ihren Schreckensgeschichten mit wohligem Grauen.

Das war die Gesellschaft, der Michel mich vorstellen wollte. «Ein Neuzugang in unserem Lager!», rief er schon von Weitem. «Darf ich vorstellen, Robert von Robertshofen, ein weiterer Lohnabhängiger, der den Sommer damit zubringen wird, in der Bibliothek Staub zu putzen.»

Ich machte auf diese Ankündigung hin zu meiner eigenen Überraschung eine Verbeugung und hätte dann nicht weitergewusst, wenn nicht Maria Anleitner mir einen Stuhl hingerückt, einen Becher Tee in die Hand gedrückt und gefragt hätte: «Spielst du Klopfrommé?»

Karten wurden verteilt, und während Agathe schwarze Rosen häkelte und Michel mit Erika und Heiner ein Fußballtor aufbaute, ging die erste Runde an Frau Pitter, mit zwei Jokern keine Kunst. Dann zündete Josef seine Pfeife an und gewann; im dritten und letzten Spiel aber machte ich «Hand», das zählte doppelt, Frau Bröhl applaudierte, und alle waren sich einig, dass ich wiederkommen dürfte.

«Wenn Sie Lust haben, können Sie gern nach der Arbeit runterkommen und im See schwimmen.» Elisabeth Lauterbach schob sich den Träger ihres Kleides über die Schulter und lächelte dazu, wie um mir klarzumachen, dass dies eine Auszeichnung war. Der Steg war Sperrgebiet, er war ausschließlich Familienmitgliedern vorbehalten. Wenn die Anleitner-Kinder baden wollten, mussten sie am äußersten Rand des Grundstücks über glitschige Steine, an denen scharfkantige, kleine Muscheln wuchsen, auf allen vieren bis ins Tiefe waten. Vom Steg aus glitt man von bequemen, mit Bastmatten ausgelegten Treppenstufen in das Wasser und konnte sicher sein, auch bei höheren Wellen ohne Schrammen und blaue Flecken wieder herauszukommen. Ein Dreißig-Meter-Steg war ein Hoheitszeichen, durch das die Villen sich von weniger herrschaftlichen Häusern am See abhoben.

Ich nahm ihre Einladung als Beweis, dass Elisabeth Lauterbach mich nicht zum Hauspersonal zählte, mehr noch: dass ich mich, wenn es sich ergab, ungestört in ihrer Nähe aufhalten durfte. Außerdem meinte ich gesehen zu haben, dass sie die Unterlippe auf eigentümliche Weise nach vorn schob, als sie das Wort «Lust» aussprach.

Elisabeth Lauterbach hatte Lust. Lust, das leichte geblümte Sommerkleid mit den rutschenden Trägern anzuziehen, von dem nur sie und die alte Marie Graßberger wussten, dass es aus einem Vorhang genäht war. Lust auf unbeschwerte Tage, an denen sie sich nach dem Vormittag frei geben würde; auf wohlig träge Nachmittage, an deren Ende sie im See baden und dann auf der Bank vor dem Bootshaus mit ihren Kindern Tee trinken würde. Als kleine Abwechslung konnte dieser nette junge Mann auf den Steg kommen. Elisabeth Lauterbach zog den Saum ihres Kleides übers Knie. Über Kunstgeschichte wollte sie sich mit ihm unterhalten und sehen, ob er in der Badehose eine gute Figur machte.

Meine Badehose war dunkelblau mit weißen Streifen an den Seiten und hatte sich noch in der letzten Saison beim Springen und Tauchen und in den Stromschnellen der Isar bewährt. Wie angegossen hatte sie gepasst, aber jetzt wartete eine peinliche Überraschung auf mich: Sie klemmte im Schritt und sah aus, als hätte ich sie vom kleinen Bruder ausgeliehen. Ich spannte sie über die Rückenlehne eines Stuhles und dehnte sie im nassen Zustand mit einem Kleiderbügel. Es nutzte wenig. Flach atmend näherte ich mich dem Steg.

Mein Auftritt fand an einem Nachmittag statt, an dem See und Berge in ein Licht getaucht waren, das ich bisher nur von Postkarten kannte. Er wurde kaum beachtet. Hanna, Elisabeth Lauterbachs jüngere Tochter, lief am Rande des Stegs entlang und stieß mit einem Schilfrohr, als wäre es eine Lanze, aufgeregt ins Wasser. Ingrid saß auf einem rosafarbenen Badetuch und sah ihrer Schwester missbilligend zu, während Elisabeth Lauterbach in einem schwarzen Umhang, den nackten rechten Arm wie ein Dirigent erhoben, Hannas Bemühungen interessiert verfolgte. Ihre Aufmerksamkeit galt einem blassen Etwas, das ein paar Zentimeter unter der Wasseroberfläche schwamm. Es war ein toter Fisch von der Größe einer Renke. Hanna versuchte, ihn mit dem Schilfrohr aufzuspießen, traf ihn in seinen matt schimmernden Bauch, worauf der Fisch, in eine gräuliche Wolke gehüllt, zerfiel.

«Oh, wie ekelhaft!», rief Ingrid und hielt sich die Hand vor die Nase. «Lass ihn!», sagte Elisabeth Lauterbach, aber Hanna hörte nicht auf sie. Sie hatte ihre Beute jetzt durchbohrt und schleuderte sie so geschickt durch die Luft, dass das, was von dem Fisch noch übrig war, keinen Meter von dem rosa Badetuch entfernt ins Wasser klatschte. Ingrid stieß einen Schrei aus, sprang auf und hätte ihre Schwester ins Wasser gestoßen, wenn Elisabeth Lauterbach die beiden nicht getrennt hätte.

Rückwärts ließ ich mich ins Wasser fallen und nach ein paar kräftigen Zügen reglos auf der Oberfläche treiben. Ich schloss die Augen, um mir die Tiefe unter mir vorzustellen. Leicht wie ein Korken trieb ich dahin. Kleine Wellen schwappten mir ins Gesicht, mit jedem der sanften Schläge löste sich ein Stück Faden aus dem Knoten, von dem ich nicht wusste, dass er sich in meiner Brust gebildet hatte. Kein Dampfer, kein Boot weit und breit, die unermessliche Wasserfläche gehörte allein mir.

Ich hielt den Atem an, hörte durch das Plätschern eine Art Trällern, das sich, als ich den Kopf hob, in indianisches Kriegsgeheul verwandelte. Michel lief den Steg entlang, stieß sich ab, umspannte schon im Flug seine Knie mit den Armen und verschwand nicht weit neben mir in einer Fontäne aus Wasser und Gischt. Luftblasen stiegen auf, dann war Stille.

«He, Kumpel!» Michel war unter mir durchgetaucht, spritzte mir Wasser ins Gesicht und grinste. «Kein Problem, wenn du jetzt ertrinkst. Du kannst ruhig ohnmächtig werden. Ich bin Rettungsschwimmer und ziehe dich raus.» Er umkreiste mich wie ein Haifisch sein Opfer, bleckte tatsächlich die Zähne, bevor er rief: «Komm, los! Wir machen ein Wettschwimmen bis in die Mitte des Sees.»

Wie angetrieben durch ein zuverlässiges Uhrwerk trieb es ihn vorwärts. Der Hai hatte sich in eine Robbe verwandelt: Seine Bewegungen waren rund und mühelos. Ich schwamm in einer Bugwelle hinter ihm her. Wie ein hübsches Spielzeug lag die Villa auf die Uferanhöhe hingestellt.

Gerade als meine Arme anfingen, müde zu werden, rief Michel mir zu: «In der Mitte des Sees ist das Wasser schwarz!» Er hatte entschieden, dass wir unser Ziel erreicht hatten, und kehrte um. «Spürst du die kalte Strömung unter deinem Bauch? Gegen die müssen wir jetzt anschwimmen. Bleib ruhig, lass dich nicht aus dem Takt bringen.»

Erschöpft musste ich die letzten Meter durchs brusttiefe Wasser waten. Michel sah sich nach mir um: «Geh schon vor! Ich muss noch meiner Möwe gute Nacht sagen», rief er und war schon im Bootshaus verschwunden. Der Steg war leer, bis auf ein Buch, dessen blauer Einband mir bekannt vorkam. Es stammte aus der Bibliothek, Ingrid hatte es am Tag zuvor ausgeliehen. Und weiter vorn lag noch etwas: ein Steckkamm mit einem in der Mitte des Griffs eingelassenen Stein. Beides hob ich auf, das Buch, um es wieder an seinen Platz zu stellen, den Kamm in der Hoffnung, dass er Elisabeth Lauterbach gehören könnte.

Als ich hinauf zur Villa lief, um das Gongzeichen nicht zu verpassen, hatte ich das Gefühl, es geschafft zu haben. Zweiunddreißig Stunden hatte die Reise von meinem Zimmer in Schwabing bis zu diesem Moment erst gedauert.

Tischordnung

Der Mittelpunkt der Villa Lauterbach war nicht der Salon mit seinen stilvollen, aber unbequemen Polstermöbeln, einem Biedermeier-Sofa und mehreren Sesseln, deren Vorfahren in der kühlen Empfangshalle eines römischen Palazzo gestanden hatten. Ein holländischer Zierofen, frei im Raum platziert, durfte, um die Delfter Kacheln zu schonen, nur mit Holzscheiten geheizt werden, er gab nur wenig Wärme ab. Im Sommer wurde die Glastür zur Terrasse geöffnet, dort trafen sich die Bewohner der Villa unter einem großen Sonnenschirm, den Salon im Rücken. Er war besonderen Gelegenheiten vorbehalten, die – außer Elisabeth – niemand herbeiwünschte.

Den wahren Mittelpunkt der Villa zeigte ein Murano-Lüster über dem großen Tisch im Esszimmer an. Otto Lauterbach hatte ihn auf seiner Hochzeitsreise mit Luise in Venedig im Palazzo Pauli mit dem Kennerblick des Kunsthändlers ausgesucht, ihn zu einem günstigen Preis erstanden und eigenhändig in den leeren Raum gehängt, als gerade der letzte Handwerker gegangen war. Nichts sollte seine Frau an die Vergangenheit erinnern, nichts an seine Junggesellenzeit und erst recht nichts an die Zeit seiner ersten Ehe. So hatte er das ererbte Haus zu ihrem Empfang ausräumen, «bis auf die Knochen» renovieren und mit moderner Technik ausstatten lassen. Besonders stolz war er auf eine Sprechanlage, die es ihm ermöglichte, Luise vom Herrenzimmer aus in ihrem Schlafzimmer per Telefon verliebt einen guten Morgen zu wünschen.

Der Lüster war wie ein Pfau im Geflügelstall. Die später, nach der Rückkehr aus den Flitterwochen angeschafften Ausstattungsgegenstände fielen einfacher aus. Sie wurden durch einige Stücke vom Lager seiner Firma vervollständigt, für die Lauterbach sich vergeblich um einen Käufer bemüht hatte.

Die Jahrzehnte hatten dem Deckenleuchter zugesetzt: Ein Glaskettchen war gerissen, einer Rose fehlte der untere Blütenkranz, von seinen vierundzwanzig Elektrokerzen brannte nur noch die Hälfte, aber wenn Mühsal und Ärgernisse des Tages sich verflüchtigten und sich ein heiterer Glanz über die Abendgesellschaft legte, hatte seine italienische Pracht ihren Anteil daran.

Das Abendessen in der Villa Lauterbach wurde pünktlich um halb acht eingenommen. Drei Gongschläge ertönten, und gleich darauf hörte man in den Fluren und im Treppenhaus eilige Schritte, niemand wollte sich den bösen Blicken und der Gefahr halber Portionen aussetzen, mit denen Elisabeth Zuspätkommende bestrafte.

An Abenden wie diesem war der Tisch für die «kleine Besetzung», für zehn Personen, gedeckt. Die Sitzordnung, von Elisabeth festgelegt, war unumstößlich, es sei denn, sie selbst nahm Veränderungen vor. Mit einem prüfenden Blick, der mal dem frisch geputzten Tafelsilber, mal den perfekt gebügelten Leinenservietten, immer aber den sauberen Händen der Kinder galt, setzte Elisabeth sich an den Kopf des Tisches. Rechts von ihr hatten Leon und Michel, die beiden Jungen, ihre Plätze, links die Töchter, Ingrid und Hanna, anschließend Martha, die «Schneckentante», dann Agathe, immer in Schwarz gekleidet, und – schon auf der andern Seite – ich, den sie als künftigen Germanisten und Kunstwissenschaftler nicht zu den Dienstboten in die Küche hatte setzen wollen. Heute vervollständigte noch ein Gast die Runde, Max Löhlein, eine Art Hausfreund, der, wenn er sich Elisabeths Gunst erfreute, am oberen Tischende Platz nehmen durfte. Wenn sie kein Interesse an einer Unterhaltung mit ihm hatte, saß er in gebührender Entfernung von ihr weiter unten.

Leon brachte jetzt jeden Tag einen Satz zu Papier, den er «Betrachtungen» nannte. Aus einer alten Ausgabe von «Brehms Tierleben» schnitt er Abbildungen aus – einen Wasserbüffel, einen Paradiesvogel oder eine Tiefseequalle – und schrieb einen seiner Einfälle auf die unbedruckte Rückseite. Diesen Ausschnitt legte er vor Tisch demjenigen auf den noch leeren Teller, den er an diesem Abend auszeichnen wollte.

Am häufigsten wurde Elisabeth beschenkt, die versprach, die ihr zugedachten «Betrachtungen» zu sammeln. Ich kam nicht dazu, den einzigen für mich bestimmten Zettel aufzubewahren. Er hatte eine längliche Form, die durch das für mich ausgesuchte Tier, einen Alligator, vorgegeben war. Mein Spruch lautete: «Warte ab in Geduld! Dann werden deine Wünsche in Erfüllung gehen.»

Bevor meine mangelnde Begeisterung Leon kränken konnte, nahm er mir das Alligator-Kärtchen ab, verzichtete auf den Satz von den Perlen und den Säuen, der ihm vermutlich auf der Zunge lag, und überreichte es der freudig überraschten Ingrid, die bereits eine Fledermaus mit dem Vers: «Gefühle sind wie ein Kornfeld im Wind, halt sie fest, sie verfliegen geschwind» von ihm bekommen hatte.

Ingrid war mit den meisten Entscheidungen ihrer Mutter nicht einverstanden, so auch nicht mit der strengen Platzierung bei Tisch. Sie war unzufrieden, mürrisch saß sie neben ihrer kleinen Schwester, deren Essensmanieren sie als Zumutung empfand. Ihr als der Ältesten hätte es zugestanden, den Sitzplatz frei zu wählen, mal da, mal dort, ganz nach Laune. Heute hätte sie am liebsten neben dem Neuling gesessen, ihn über das studentische Leben Münchens befragt. Sie hätte ihn in ein Gespräch ziehen und dieses dann später unter vier Augen fortsetzen können. Dass keine Möglichkeit bestand, ihn anzusprechen, war enttäuschend.

Als Ingrid achtzehn wurde, hatte sie bereits alle Sorten von Enttäuschungen kennengelernt.

Ihr Geburtstag war ein Desaster gewesen; das wusste ich von Frau Bröhl. Sie hatte Ingrid einen besonders liebevoll gebackenen Marmorkuchen auf den Frühstückstisch gestellt, Leon sang in gespieltem Überschwang «Hoch soll sie leben, hoch soll sie leben, dreimal hoch!», und Elisabeth schenkte ihr aus Luises Schatulle ein Paar Ohrringe, die Ingrid scheußlich fand und die anzulegen sie sich weigerte. Ungeduldig wartete sie auf den Anruf ihres Vaters, der sich erst in der Mittagspause Zeit nahm. Hanna hob den Hörer ab. Konrad sprach mit ihr fünf lange Minuten, und als er endlich nach Ingrid verlangte, war sie so beleidigt, dass sie seine Glückwünsche freudlos entgegennahm. Er fasste sich kurz, ein von ihm ausgesuchtes Geschenk sei an sie unterwegs, dann ließ er sich von den Pflichten der Arbeit rufen.

Am Nachmittag ihres achtzehnten Geburtstags, für den sie sich in stiller Hoffnung nichts vorgenommen hatte, kam niemand, keine Nachbarin, keine Freundin, erst recht keine männlichen Gratulanten. Es blieb ihr sehr viel Zeit, über die Enttäuschungen ihres ersten Lebensabschnitts nachzudenken.

Rechtzeitig zum Abendessen, erschien Florian und überreichte ihr eine langstielige rote Rose. Er gratulierte ihr mit einem Liebessonett, die Anleihen bei Shakespeare waren unverkennbar. Das war nun selbst der für jeglichen Zuspruch empfänglichen Ingrid zu viel, sie empfand die Verse als unbeholfen und peinlich und war gekränkt. Das Sonett ging bald verloren.

Ihr Leben als junge Frau begann, wie ihre Jugend endete: unzufrieden.

Auch Ingrid wurde an einem Sonntag geboren. Sie ließ sich Zeit, als hätte sie gewusst, dass in der Welt da draußen nicht das große Glück auf sie wartete. Als Elisabeth mit ihrem prallen Bauch schon das Mitleid der Hebamme erregte und die Ärzte Überlegungen anstellten, das Kind mit einem Kaiserschnitt zu holen, machte Ingrid sich ganz ohne fremde Hilfe auf den Weg ins Freie. Der Tag war allerdings schlecht gewählt, es war der Totensonntag.

Die Glückwünsche kamen per Schmucktelegramm, weil die Freunde der Familie, die von der Geburt noch am gleichen Tag erfuhren, ihren Verstorbenen gerade einen Besuch auf dem Friedhof abstatteten. Nicht einmal die beiden verstrittenen Tanten nahmen sich die Zeit, das neue Familienmitglied willkommen zu heißen.

Von dem Tag an, als sie sich als Fünfjährige zum ersten Mal im Spiegel sah, verabscheute sie ihren Körper. Dabei war sie nicht hässlich. Es gab Mädchen, die dick waren, kurze Beine oder weniger Haare auf dem Kopf hatten als sie und sich doch wohl in ihrer Haut fühlten. Ingrid hatte wohl proportionierte Glieder, aber sie hingen ihr wie falsch eingehängt am Körper. Ihren Bewegungen fehlte jegliche Anmut, ihr Gesicht war immer so angespannt, dass ihre Nase spitzer wirkte, als sie war. Sie wollte gefallen, aber war dabei so bemüht, dass niemand an ihr Gefallen fand. Jeder neue Versuch ließ sie noch enttäuschter zurück.

Als Ingrid heranwuchs und ihre Schulkameradinnen nicht wussten, ob sie auf ihre neuen Rundungen stolz oder ob sie ihnen peinlich sein sollten, verweigerte ihr ungeliebter Körper, worauf ihre Mutter mit wachsender Ungeduld wartete. Elisabeth wollte eine normale Tochter und keine «Bohnenstange», wie sie sie nannte, wenn Konrad sich nach ihr erkundigte. Ingrid war so genant, dass sie sich selbst ihrer Schwester niemals nackt zeigte, nicht einmal im Nachthemd. Als Hanna sie eines Tages dann doch im Badezimmer überraschte, bevor sie zu einem Handtuch greifen konnte, um sich zu bedecken, hörte sie zum ersten Mal den Satz, der sie über Jahre wie ein Albtraum verfolgen sollte: «Du bist flach wie ein Brett mit zwei Erbsen drauf.»

Das «Brett mit zwei Erbsen» wurde zum geflügelten Wort. Als Frau Bröhl es hörte, seufzte sie und verdoppelte ihre Bemühungen,

Ingrid zu einem ihrem Alter angemessenen Gewicht zu verhelfen. Sie verführte sie mit allen möglichen kalorienreichen Leckerbissen, mit sahnigen Soßen, Schmalzgebackenem und Buttercremetörtchen, mit all den fettigen und süßen Verlockungen, die bei Frauen ab einem gewissen Alter als Sünde gelten. Ingrid aß lustlos, aber sie aß und blieb so mager, wie sie war. Josef Anleitner, der gelernt hatte, dass man sich im Wohlstand einen Speckgürtel zulegen muss, um in schlechten Zeiten von ihm zu zehren, verstieg sich zu der Bemerkung: «Eine Kuh, die frisst und frisst und kein Fleisch ansetzt, gehört zum Schlachter.»

In ihrer Schulzeit hatte Ingrid niemanden, mit dem sie sich auf die Klassenarbeiten hätte vorbereiten können. Sie hatte keine Freundin, aber einen Verehrer: Florian eben. Ingrid erzählte mir ungefragt, sie hätten sich beim Ballettunterricht gefunden; Florian habe ihr im Tanz alle Schwere genommen, da hätte sie ihm nicht widerstehen können. Leon hingegen behauptete, er habe den rothaarigen Jungen mit den Sommersprossen auf der blassen Haut ins Haus gebracht. Er hielt ihn für begabt und wollte mit ihm ein eigenes Theaterstück mit Musikeinlagen inszenieren. Der Plan schlug fehl, da Florian sich nicht entschließen konnte, ob er singen oder tanzen sollte. Als singender Tänzer aufzutreten, gestand Leon ihm nicht zu. So kam das Stück nie zur Aufführung. Leon verlor das Interesse an dem Unentschlossenen, aber Ingrid lächelte ihn an, fragte ihn, ob er sie hinunter zum Steg begleiten würde, und bat ihn nach dem Schwimmen, ihr den Rücken einzucremen. Da war es um Florian geschehen, er verliebte sich in sie, und da er sich immer noch nicht entscheiden konnte, welches seiner Talente das größte war, sang er den einen Tag mit ihr im Duett, den anderen brachte er ihr exotische Tänze bei, deren Schritte und Sprünge er sich selbst ausgedacht hatte.

Sie blühte auf, sie tat es in Maßen, wusste es aber so einzurichten, dass seine schmalen Künstlerhände, wenn sie wieder mal mit ihrem Rücken beschäftigt waren, in Bereiche abglitten, in denen sich durch die Berührung ungeahnte Gefühle einstellten. Ingrid wäre nicht auf die Idee gekommen, sie Lust zu nennen, aber inspiriert durch seine melodramatische Art, die sie für Liebe hielt, fasste sie den Entschluss, sich ihm hinzugeben. Nur der Mond und einige Stechmücken waren Zeugen, als sie ihm zuflüsterte: «Mein Liebster, komm, du kannst mich haben.» Florian begehrte sie heftig, war jedoch durch das plötzliche Angebot überfordert. Er versagte. So begann ein lang andauerndes Hin und Her von ungestilltem Sehnen und weiteren Enttäuschungen.

So ungern sie Einladungen annahm und zum Essen zu «fremden Leuten» ging, so gern hatte Elisabeth Gäste. Die alteingesessenen Nachbarn, die Freudenbergs, die Millers und die Luidenkamps gehörten zum Pflichtprogramm, der Pfarrer Hindelang wurde einmal im Jahr, und zwar in der Karwoche, zu Tisch gebeten, weil man ihm dann kein Fleischgericht vorsetzen musste. Franz Modl, der neue Direktor der Städtischen Galerie in München, bekam bei seinen seltenen Besuchen eine Seerenke in der Hoffnung vorgesetzt, dass er sich bereitfinden würde, eine Auswahl von Luises heiter-ländlichen Aquarellen in seinem Museum zu zeigen. Und wenn Erasmus Donat, der große Geist, zum Abendessen blieb, dann räumte Elisabeth ihm den Ehrenplatz zu ihrer Linken ein.

Waren Gäste angesagt, bürstete sie Glanz in ihre dichten, schwarzen Haare, legte Rouge auf und strich ein paar Tropfen «Bel Ami» auf ihre Schläfen und ans Handgelenk. Das hob ihre Stimmung. Wie befreit von dem Korsett der strengen Herrin, wurden ihre Bewegungen weicher, sie sah sich im Spiegel: Ja, sie war schön!

Sie empfing ihre Gäste je nach Bedeutung freundlich oder überschwänglich, unterließ die prüfenden Blicke, zupfte auch die Tischdecke nicht zurecht und erteilte Hanna keinen Rüffel, wenn sie wieder mal ihrer Schwester heimlich ins Bein kniff. Die anderen in der Runde hatten sich schon vorher über die erwarteten Gäste ausgetauscht und sie meist als «langweilig», «blöd» oder «spießig» eingestuft. Aber alle genossen dann doch die entspannte Stimmung und nutzten die Gelegenheit, sich zu zweit oder zu dritt zu unterhalten, was im kleinen Kreis von Elisabeth nicht gerne gesehen wurde.

Elisabeth führte das Gespräch mit Witz und einem sicheren Gefühl für Ironie. Sogar kokett konnte sie gelegentlich werden. Man fand sie amüsant und war geschmeichelt, wenn sie sich zu einem vertraulichen Wort zu einem hinneigte. Nach dem zweiten Glas Wein bemerkten sie nicht mehr die Staubränder auf den Glasketten des Murano-Leuchters, auch nicht die verschlissenen Stellen der Spitzendecke, die von den kleinen Väschen der Tischdekoration nur notdürftig verdeckt wurden. Und sie hielten es für eine liebenswürdige Eigenwilligkeit des Hauses, dass die Teller und Schüsseln nicht von ein und demselben Geschirr stammten. Seit dem Tod des alten Lauterbach vor zwanzig Jahren waren nur ein paar Haushaltsutensilien, mal ein Handfeger und einige Putzlappen angeschafft worden.

An Samstagnachmittagen, wenn noch eine Stunde bis zum Abendessen blieb, bat Elisabeth in den großen Salon. Allerdings nur, wenn ihr danach zu Mute war. Sie erwartete, dass alle kamen, auch die Anleitners mit ihren Kindern, Frau Pitter, sogar Fräulein Graßberger, wenn sie im Hause war, und Frau Bröhl, der aber als Köchin nach einer Viertelstunde durch ein verständnisvolles Kopfnicken bedeutet wurde, sie könne sich jetzt zurückziehen. In Reihen wurden die Stühle aufgestellt, von denen der alte Lauterbach nach eigenem Entwurf fünfzig für die neu gestaltete Villa hatte fertigen lassen. Zunächst wurde Apfel- oder schwarzer Johannisbeersaft, im Winter ein heißer Kräutertee ausgeschenkt, dann nahmen alle erwartungsvoll Platz.

Elisabeth entschied vorher, wer jeweils für die Vorstellung zuständig war. Es traf jeden einmal. Dem blieb dann überlassen, was er den anderen vortragen wollte. So konnte Leon, der die neue amerikanische Literatur entdeckt hatte, mit Pathos oder unterkühlt, ganz nach Stimmung, eine «Short Story» aus einem Band vorlesen, den er, wie der Pfarrer Hindelang sein Gebetbuch, immer bei sich trug. Oder die kleine, bemerkenswert begabte Erika Anleitner sang ein Dutzend deutscher Volkslieder mit engelsgleicher Stimme. Oder Ingrid tanzte in einem andalusischen Kostüm nach Grammofonmusik barfuß einen von der großen Isadora Duncan inspirierten Bolero. Der Phantasie waren keine Grenzen gesetzt. Die nicht verwöhnte Runde klatschte immer bereitwillig Beifall.

Am Ende meiner ersten Woche in der Villa hatte Hanna ihren Auftritt. Ihre Klavierübungen, denen sie täglich eine Stunde opfern musste, waren für die anderen im Haus nicht mehr so quälend anzuhören wie das endlose Rauf und Runter der Tonleiter in der ersten Zeit. Sie machte Fortschritte.

Hanna war, was man damals einen Backfisch nannte. Ingrid, die Gertenschlanke, rümpfte bei jeder Gelegenheit die Nase über die «Fettröllchen» der jüngeren Schwester. Das war natürlich boshaft übertrieben und führte dazu, dass Hanna die nicht weniger boshafte Bemerkung machte, dass sie, die Fünfzehnjährige, schon mehr Busen habe, als Ingrid je in ihrem Leben haben würde.

Ohne eine Spur von Lampenfieber trat Hanna an den Flügel. Sie hatte die blonden Haare zu Zöpfen geflochten; hübsch sah sie aus in dem blau geblümten Kleid. Wie ein echtes deutsches Mädel, fand Agathe, die noch nicht mit den Idealvorstellungen einer vor nicht allzu langer Zeit zu Ende gegangenen Epoche abgeschlossen hatte. Michel schaute verstohlen auf die festen, braun gebrannten Beine der Kusine, die einmal zu streicheln er sich zwar sehnlichst wünschte, aber bisher noch nicht den Mut gehabt hatte. Elisabeth sah ihrer Tochter auf die Finger, deren Kuppen gleich auf den weißen Klaviertasten feine rote Spuren hinterlassen würden. Die Nägel waren bis aufs Fleisch abgekaut.

Hanna erklärte, sie spiele ein von ihr selbst aus der letzten Sendung der «Zehn der Woche» zusammengestelltes Potpourri, und begann flüssig mit «In the mood». Löhlein ließ an ungeeigneter Stelle den Pfiff einer Amsel und kurz darauf das Gurren einer Taube hören, was die Pianistin nicht störte, die Älteren unter den Zuhörern aber mit den nicht immer harmonischen Tönen dieser modernen Schlager versöhnte. Alle amüsierten sich und dachten, als die Konzentration allmählich nachließ, mit Vorfreude an das nicht mehr ferne Abendessen. Alle, bis auf einen: Leon war zum Klavierspiel seiner kleinen Schwester nicht erschienen.

Elisabeth war verärgert. Er erlaubte sich neuerdings Freiheiten, die sie ihm früher nicht hätte durchgehen lassen. Sie fühlte sich von ihm in ihrer Autorität herausgefordert. Neulich hatte er ihr erklärt, mit seinen bald einundzwanzig Jahren sei er kein Kind mehr, und ihr gedroht, sich zum Herbst ein Zimmer in München zu suchen. Sie hatte sich den kalten Schrecken, der sie ergriff, nicht anmerken lassen. Er war ihr einziger Sohn, und sie liebte ihn mit einer Schwäche, die sie nicht wahrhaben wollte.

Zur Belohnung für ihren hübschen Vortrag würde sie Hanna neben sich auf Leons Platz setzen. Der konnte sich, wenn er endlich kam, einen Stuhl am unteren Ende des Tisches suchen bei diesem Löhlein, der heute ihre Nerven reizte.

Als Hanna aufstand, um sich vor ihrem Publikum zu verbeugen, trat Elisabeth zu ihr und sagte so, dass alle es hören konnten: «Schön! Schön hast du gespielt.» Das «Deine Komposition hat mir sehr gefallen» unterdrückte sie, als sie tatsächlich Blutspuren auf den Klaviertasten sah. Hanna würde wieder Handschuhe tragen müssen, um sie von der schlechten Angewohnheit abzubringen. Und auch eine Belohnung kam unter diesen Umständen nicht in

Frage. Auf dem Platz neben ihr würde trotz seiner Eigenmächtigkeit Leon sitzen.

Zum Abendessen gab es eine kräftige Kartoffelsuppe. Sie wurde von Frau Bröhl, die ihre weiße Küchenschürze wie eine Uniform trug, in einer bauchigen Terrine hereingebracht und mit einem silbernen Schöpflöffel auf die Teller verteilt. Bei dieser heiligen Handlung herrschte Stille im Raum. Die Platte mit den gerösteten Schinkenwürfeln hatte sie vor Elisabeth abgestellt, denn nur sie durfte entscheiden, wie viele Würfelchen dem Einzelnen für sein Verhalten während der zurückliegenden Woche zustanden. Es blieb ein Rest, Leons Anteil, aber Leon war immer noch nicht erschienen.

In die schwarzen Wolken von Elisabeths Verärgerung fuhr ein Windstoß mütterlicher Besorgnis. Was, wenn ihm etwas zugestoßen war? Gerade wollte sie Michel bitten, nach Leon zu sehen, als sich Ricki, die Zwergpudelhündin, auf die Perserbrücke neben der Eingangstür erbrach. Sie hatte schon während Hannas Klavierspiel keine Beachtung gefunden und rächte sich jetzt, während des Essens, mit lautstarkem Gewürge.

«Bringen Sie sie nach draußen!», sagte Elisabeth und blickte dabei Agathe an, die Erzfeindin des Tieres. In unbeobachteten Augenblicken versetzte sie ihm mit ihren spitzen Schuhen einen gezielten Tritt, für den sich dann Ricki mit einem Biss in Agathes schwarz bestrumpfte Hacken zu revanchieren versuchte.

Agathe kräuselte die Lippen vor Ekel, wagte aber keinen Widerspruch, denn sie aß in diesem Haus das Gnadenbrot. Nur die Tatsache, dass sie Luise Lauterbach in ihren letzten Jahren bis zum Tod gepflegt hatte, verschaffte ihr ein Bleiberecht. Also griff sie mit spitzen Fingern den Hund im Nacken und setzte ihn etwas unsanfter als notwendig vor die Tür.

Die kleine Szene war bald vergessen. Die Perserbrücke hatte schon Schlimmeres erlebt. Im Übrigen war sie nicht echt. Sie hatte Persien nie gesehen.

Es dämmerte schon, als das allseitige Kratzen der Dessertlöffel auf dem Boden der Kompottschälchen das Ende der Mahlzeit ankündigte. Da sprang mit einem Mal die Tür auf, und von einer flackernden Kerze gespenstisch beleuchtet, hob sich vor dem dunklen Flur eine Gestalt ab. Agathe stieß einen spitzen Schrei aus und bekreuzigte sich. Alle anderen erstarrten. Ein ungemütlich kalter Luftzug ging durch den Raum. Die Gestalt stand jetzt im Türrahmen, die schwarzen Augen in dem totenbleichen Gesicht blickten ins Leere. Jetzt öffnete sie den Mund und sprach mit einer Stimme, die aus dem Jenseits zu kommen schien:

«Sein oder Nichtsein, das ist hier die Frage.»

Tief aus der Brust hervorgestoßen jedes einzelne Wort. Dann bedeutungsvolle Stille.

«Ob's mehr mich adelt wohl im Geist, die Pfeile
Und Schleudern wüsten Schicksals stumm zu dulden,
Oder das Schwert zu ziehen ...»

Hier machte die freie Hand eine entsprechende Bewegung und stieß das Schwert, das sie nicht hielt, gegen die feindliche Essensrunde.

«... gegen ein Meer von Plagen.»

Jetzt gab's kein Halten mehr.

«Denn wer ertrüg der Mitwelt Spott und Peitsche,
Des Unterdrückers Unrecht, Hohn vom Stolzen,
Verschmähter Liebe Qual ...»

«Leon!»

Es war Elisabeth, die ihn unterbrach, aufstand und entschlossen das Licht anmachte.

Da stand er vor ihr, Hamlet, der Dänenprinz, ganz in Schwarz, wie es die Rolle vorschreibt, das Gesicht mit Hilfe weißer Kreide vom «Schlaf des Todes» schon gekennzeichnet und – ohne Haare. Glatzköpfig! Der Anblick entsetzte sie.

Sie nahm ihn am Arm und führte ihn samt der immer noch

brennenden Kerze in die Küche. Frau Bröhl wusste sofort, was zu tun war. Mit einem Spültuch säuberte sie Leons Gesicht und setzte ihm, bevor er noch protestieren konnte, mit einem «Mein Jung, jetzt iss erst mal was» einen Teller Kartoffelsuppe mit besonders vielen Schinkenstückchen vor. Der Lebensschmerz legte sich in Sekunden, Leon aß mit gesundem Appetit.

«Warum hat er sich die Haare abgeschnitten?», fragte derweil Hanna im Esszimmer.

«Weil er spinnt», antwortete Ingrid.

«Die goldenen Locken! Welch ein Jammer!», sagte Martha.

«Er hat abstehende Ohren», fügte dieser Löhlein hinzu und trillerte wie eine Lerche.

Damit war alles gesagt. Der Rest war Schweigen.

Im Übrigen trugen der glatt geschorene Schädel, die Brutalität der Tat Leon die Achtung aller im Hause ein. Seiner Mutter verehrte er in einem mit Rosenranken verzierten Holzrahmen, aus dem er zu diesem Zweck das Foto seines Vaters entfernt hatte, eine kunstvoll gedrehte Haarspirale. Und noch im selben Monat wurde er zur Ausbildung als Schauspieler an einer Münchner Schauspielschule angemeldet.

Eine Entdeckung

Leon schlug mir auf die Schulter: «Du bist einfach süß, schüchtern wie ein junges Mädchen vor der ersten Liebesnacht. Schade, dass ich nicht schwul bin.» Er trat auf zwei Käfer, die auf der Terrasse kopulierten. Ganz auf den Doppelmord konzentriert, drehte er knirschend seinen Schuh von links nach rechts. Ich sah ihm entgeistert zu und hielt die Luft an aus Angst, ich könnte erröten. «Ich glaube, meine Mutter hat recht: Alle im Haus sind zwar freundlich zu dir, aber deine Situation ist nicht einfach. Du kommst aus ganz anderen Verhältnissen, die ungewohnte Umgebung verunsichert dich bestimmt.»

Jetzt versetzte er einem Schneckenhaus einen Tritt, sodass es im hohen Bogen auf die Wiese flog. «Eine von Tante Marthas Lieblingen weniger.» Leon sah sich nach einem neuen Opfer um und sagte: «Was ich noch anmerken wollte: Du nimmst dich zu wichtig. Du bist dabei, aber gehörst nicht dazu. Dein Platz ist am Rande des Geschehens, du läufst so mit. Das ist alles.»

Für ihn war damit das Thema abgeschlossen. Er fing eine Fliege in der Luft, riss ihr die Flügel aus und ließ sie achtlos fallen. «Nimm alles, was um dich her geschieht, als Schauspiel, dessen einziger Zuschauer du bist.»

Dann ließ er mich stehen, noch bevor ich antworten konnte. Er war plötzlich in Eile, er hatte einen Monolog verfasst und musste zur «Sprechprobe». Dieser Käfer-, Schnecken- und Fliegentöter war nicht mein Freund und sollte es auch nicht werden. Mit dieser Erkenntnis begann meine zweite Woche in der Villa Lauterbach.

Die handelnden Personen in dem Stück, das Leon meinte, hatten angefangen, mich zu interessieren. Wenn ein Satz fiel, der mit «damals», «früher» oder «seinerzeit» begann, machte ich mir in einem Vokabelheft, das ich immer bei mir trug, Notizen. Die ergiebigste Quelle war Agathe. Als wollte sie sich für ihr an Ereignissen armes Leben entschädigen, verfolgte sie mit einem parasitären Interesse das Schicksal der anderen. Sie war stolz auf ihr gutes Gedächtnis und genoss es sichtlich, von früheren Zeiten zu erzählen. Erschöpft von einer zu ausführlich geratenen Episode, unterbrach sie sich von Zeit zu Zeit, griff in die Innentasche ihres schwarzen Kittels und belohnte sich mit einem trockenen Keks.

Entlang der Straße, aber auch an den Grenzen zu den Nachbargrundstücken wuchs wild wucherndes Gestrüpp. Brombeerranken und andere dornige Kletterpflanzen hatten den Zaun aus Maschendraht ersetzt, der vom Rost zerfressen schon lange keinen Schutz mehr vor Eindringlingen bot. Seinerzeit hatte der alte Lauterbach sein Anwesen mit einer Hecke aus mannshohen Thujasträuchern einfassen und davor im Abstand von zehn Metern Buschrosen pflanzen lassen. Und zeitlebens hatte er ein Auge darauf, dass «seine» Hecke zu Ende des Winters von allen Seiten in den von ihm vorgegebenen Maßen beschnitten wurde.

Seine Witwe brach mit dieser Tradition. Sie liebte die ungezähmte, von keines Menschen Hand zurückgestutzte Natur. Die Thujen schossen in die Höhe, gingen in die Breite, Hainbuchen und Holunder drängten sich dazwischen, Luise fand den Wildwuchs «romantisch». Auf den einst gepflegten Kieswegen blühten Gänseblümchen und Löwenzahn, und als der Krieg zu Ende ging, war von dem herrschaftlichen «Rundgang» nicht mehr als ein grün bemoostes Band geblieben, und im Unterholz der einstigen Hecke wucherten Kolonien von Brennnesseln. So lag, als ich meinen Dienst antrat, die Villa wie ein Dornröschenschloss von einem Gürtel Niemandsland umgeben, in das freiwillig keine Menschenseele einzudringen versuchte. Nachts konnte man aus seinem Inneren tapsende Geräusche und das Knacken von dürren Zweigen hören. Maria Anleitner sagte: «Es wird Sommer, der Dachs ist wieder da», Agathe aber, wenn sie es hörte, bekreuzigte sich vorsichtshalber.

Eines Tages ertönte hinter dem grünen Vorhang ein Schrei. Beim Ausmisten des Stalles war Heiner, dem Anleitner-Buben, ein Karnickel, ein Rassetier, der Stammvater aller jungen Hasen, die man für bis zu zehn Mark an andere Züchter verkaufen konnte, vom Arm gesprungen, war eine Zeit lang, verfolgt von Astor, im Zickzack über die Wiese gelaufen und dann im Halbdunkel der alten Hecke verschwunden. Heiner stürzte sich, die Arme schützend vor das Gesicht gekreuzt, todesmutig hinterher. Als er über etwas Weiches, Zotteliges stolperte, schrie er auf: Er war auf einen Hundekadaver gestoßen.

Tagelang sprach man auf der Bank vor der Hausmeisterwohnung von dem toten Hund. Wem das arme Vieh wohl gehört hatte, wollte Maria wissen, und warum es gerade an der Stelle krepiert war, wo der Bub es gefunden hatte. Und Erika, das Mädel, fragte, ob da auch Leichen von Katzen und Eichhörnchen lägen. Das Karnickel geriet darüber in Vergessenheit. Es blieb verschwunden, bis Maria Wochen später beim Brombeerpflücken im Boden zwei nebeneinanderliegende Löcher entdeckte. Sie rief Josef. Der zündete über dem einen ein Feuer aus in Schmieröl getränkten Lappen an und hielt vor das andere einen Sack, in den nach wenigen Minuten, vom ätzenden Qualm aus seinem Bau vertrieben, der Hase sprang. Das war für Heiner der glücklichste Tag des Sommers.

Das Seegrundstück neben dem der Lauterbachs gehörte einer Familie Baumeister. Sie hatten darauf in den zwanziger Jahren ein Haus im Stil der neuen Zeit errichtet, streng und sachlich, mit weiß getünchtem Ziegelmauerwerk, Fensterscheiben, die vom Boden bis zur Decke reichten, und einem flachen Wasserdach, auf dem die Mücken brüteten. Otto erregte sich über die «Zigarrenschachtel» wahrscheinlich schon deshalb, weil die Baumeisters zu ihren eckigen Möbeln nicht ein geschmackvolles Stück aus seinem Antiquitätenhandel stellten. Luise fand den Neubau «unharmonisch», womit sie meinte, dass er nicht ins bayerische Voralpenland passte. Wenn sie mit Leinwand, Pinseln und Staffelei am Seeufer einen passenden Platz suchte, beleidigten die rechten Winkel und scharfen Kanten der Fassade ihr Auge. Die Kluft, die mehr war als nur eine Frage des unterschiedlichen Geschmacks, war seit dem Richtfest, bei dem man mit süßlichem Weißwein statt mit Bier auf eine gute Nachbarschaft anstoßen sollte, unüberbrückbar. Es gab keinerlei Streit, zunächst keinen weiteren Grund zu Unstimmigkeiten, man verkehrte ganz einfach nicht mit diesen Leuten, die ihrem Namen so wenig Ehre machten. So sagte man mir. Als ich mehr wissen wollte, entstand ein Schweigen. Dann wechselte man das Thema.

Auf der anderen Seite hatte Otto Lauterbach noch ein zweites Grundstück günstig erworben. Ohne konkreten Verwendungszweck, «auf Vorrat», wie er sagte. In Erinnerung an jenen Tag im April, an dem er auf dieser Wiese unter einer rosa Blütenwolke, wie um sich ihrer Zusage zu vergewissern, Luise seinen Heiratsantrag wiederholt und auf ihr stilles Nicken hin sich bisher nicht gestattete Freiheiten herausgenommen hatte, ließ er auf dem ungenutzten Stück Land fünfzig Apfelbäume pflanzen. Jeweils am Jahrestag der Verlobung zog er Gamaschenstiefel an und führte Luise untergehakt in seine «Plantage». Sie liefen durchs frühlingsfrische Gras und gaben sich schließlich als Bestätigung ihres ehelichen Glücks einen Kuss. Danach wendete sich ihr Interesse anderen Dingen zu.

Auf dem Flurstück «Langerstrand», dessen Vermessungsurkunde ich in einer Mappe neben Grundrisszeichnungen und nicht ausgeführten Entwürfen der Villa im neugotischen Stil fand, spielten die Kinder Verstecken, verbrachten Liebespaare ungestört Vollmondnächte, und wenn im Herbst ein süßlich-fauliger Duft herüberwehte, füllte Maria große Weidenkörbe mit Fallobst, das zu Saft, Kraut und Kompott und von einem Bauern, dessen Name ungenannt blieb, heimlich auch zu Schnaps verarbeitet wurde.

Ausgeruht nach sechsunddreißig freien Stunden musterte ich zu Beginn der dritten Woche meine Arbeit mit einem kritischen Blick und sah, dass ich einen Fehler gemacht hatte. Mein System war unübersichtlich. Ich schimpfte vor mich hin und verbrachte den ganzen Vormittag damit, alles umzuschichten – eine ermüdende und stupide Arbeit. Als ich schließlich fertig war, beschloss ich, heute kein Buch mehr in die Hand zu nehmen.

Ziellos und ohne zu ahnen, dass der Zufall eine Entdeckung für mich bereithielt, strich ich in der Bibliothek herum, zog aus dem Kostümschrank das Wams eines Musketiers über, stellte mich in Positur vor einem der großen, goldgerahmten Spiegel. Das Publikum wartete atemlos auf meinen Einsatz. «Für dich», flüsterte ich Marianne zu, die aus der ersten Reihe zu mir aufblickte. Mit Pathos rezitierte ich zwei Monologe aus «Richard III», dann verlor ich die Lust an dem albernen Spiel. Ich zwängte mich zwischen einem Paar wuchtiger Schränke durch und setzte mich – einer neuen Eingebung folgend – ans Harmonium. Ich trat die Pedale zu dumpf grollenden Akkorden, jetzt war ich Beethoven, der von den Genien beflügelte Komponist einer neuen Sinfonie. Die Masken an ihrer Wand grinsten hämisch, ich grinste zurück, aber meine Laune besserte sich nicht.

Um gegen meine Lustlosigkeit anzukämpfen, hockte ich mich auf die oberste der drei Stufen, die von der Bibliothek zur Bühne hinaufführten. Ich schloss für einen Moment die Augen. Als ich sie wieder öffnete und den Gedanken an eine Flucht zurück in mein ungeliebtes Münchner Studentenzimmer abgewehrt hatte, entdeckte ich plötzlich zwischen den Brettern, auf denen ich saß, einen Spalt, der mir vorher nicht aufgefallen war. Er war so breit, dass ich meinen Zeigefinger durchstecken konnte. Darunter tat sich schwarz der Hohlraum unter den Stufen auf. Daran wäre nichts Geheimnisvolles gewesen, hätte ich nicht kühles Metall berührt. «Glattes Blech, wie von einer Keksdose», dachte ich.

Mit einem Schlag waren Müdigkeit und Überdruss verflogen. Gut, dass mich niemand sah, wie ich mich daranmachte, die Bretter der drei Stufen abzuklopfen. Ich tat es mit dem Eifer eines Schatzsuchers und wurde fündig: So wie alte Schreibtische Geheimfächer haben, von deren Existenz nur der Besitzer weiß, so hatte jemand an den Schmalseiten der Treppe Schubläden einbauen lassen. Sie waren glatt gefugt, kein Griff, kein Schlüsselloch verriet das Versteck.

Die eine Lade war, abgesehen von einem aus Papierschnipseln angehäuften Mäusenest, leer. Die andere klemmte. Ich versuchte, sie zu öffnen, bis mir ein Fingernagel einriss. Zornig trat ich gegen das sperrige Holz, dass mir auch noch die geprellten Zehen schmerzten. Aber, siehe da, eine Leiste war abgesprungen, und nur ein paar Augenblicke später löste ich den Gurt, mit dem die Blechdose verschlossen war. Auf dem Deckel, den ich durch den Spalt ertastet hatte, war ein Zettel mit der Aufschrift befestigt: «Erst nach meinem Tode zu öffnen.»

Ich zögerte. Ich wusste, was ich hätte tun müssen, aber ich tat es nicht. Elisabeth Lauterbach hätte den von mir entdeckten Schatz an sich genommen, und ich hätte nie erfahren, was sich in seinem Inneren verbarg. Und außerdem: Die Anweisung auf dem Zettel bestimmte den Zeitpunkt, nicht aber die Person, der es gestattet war, die Dose zu öffnen.

Es waren sechs einheitlich in Halbleder gebundene Bände, fünf mit handschriftlichen Notizen Seite um Seite gefüllt; der sechste Band war leer.

«Wie soll ich einen Mann achten und lieben, der einen zweitürigen Schrank aus dem 16. Jahrhundert von einem seiner Schreiner zerlegen, die Vorder- und Seitenteile in einer darauf spezialisierten Werkstatt geschickt nacharbeiten und dann das Ganze so zusammenbauen lässt, dass nicht etwa ein neu gefugtes Original und eine Kopie entstehen, sondern zwei Schränke, die er seinen Kunden als antik anbietet, ein seltenes Paar, eine Rarität, die dadurch zustande gekommen ist, dass jeder neben den kopierten auch ein paar alte Teile aufzuweisen hat? Mich wundert, dass ihn noch niemand zur Rede gestellt hat. Man kann nur vermuten, dass die Abnehmer selbst mit Gaunereien zu Wohlstand gekommen sind, Leute, die daher auch keinen Anstoß daran nehmen, dass die alten Teile der erworbenen Zwillingsschränke keineswegs aus dem 16. Jahrhundert, sondern aus dem 18. Jahrhundert stammen. Sie alle sind nicht besser als die Obsthändler auf dem Markt, die ihre Äpfel und Birnen so zum Kauf auslegen, dass man die rotbackige Seite sieht, nicht aber die faulige Stelle auf dem Rücken.»

Ich hatte das zuoberst liegende Notizbuch an einer beliebigen Stelle aufgeschlagen. Die Schrift war schwungvoll und doch diszipliniert und füllte die Seiten ohne Streichungen oder Hinzufügungen. Ab und zu hatte die Autorin den Text durch eine kleine, schnell hingeworfene Bleistiftskizze unterbrochen: einen lockigen Kinderkopf, Segelboote im Wind vor einer Bergkette, einen Wiesenblumenstrauß, einen Esel mit übergroßen Ohren, die eigene Hand, die gerade mit einem Federhalter den abschließenden Punkt am unteren Rand der Seite setzte.

Waren dies die Tagebuchaufzeichnungen von Luise Lauterbach? Und der Mann, von dem sie mit solcher Verachtung sprach, Otto Lauterbach? Die eindrucksvolle Persönlichkeit, der von Elisabeth Lauterbach verehrte Vater? Der Kenner allerersten Grades, dessen Expertisen als unumstößlich galten? Einer der angesehensten Kunsthändler seiner Zeit ein Schwindler?

Es war still im Haus. Elisabeth Lauterbach zog sich um diese Zeit zur Mittagsruhe zurück, und niemand hätte es gewagt, durch lautes Hantieren, Rufe oder Türenschlagen ihren Schlaf zu stören. Ich vergaß den Buchstaben F, die Fichte, Fielding, Freytag, Flaubert, Fontane, Feuerbach und wie sie alle hießen, mit denen ich mich hätte beschäftigen müssen, ich vergaß die Brote, die Frau Bröhl mir zugesteckt hatte, ich achtete nicht darauf, dass es angefangen hatte zu regnen und sich vor dem großen Rundbogenfenster auf dem Boden eine Pfütze bildete. Ich war in einem der Tagebücher auf eine Passage gestoßen, die sich mit Martha beschäftigte; ich las sie mit Staunen.

Ich erfuhr, dass Martha ein Kind aus Otto Lauterbachs erster Ehe war. «Als er die Scheidung einreichte, sprach ihm das Gericht im Hinblick auf den Lebenswandel der Mutter das Sorgerecht für die kleine Martha zu. Sie wuchs in seinem Haushalt auf, und er ließ nie einen Zweifel zu, dass sie hier ihren Platz hatte, so als wäre sie sein leibliches Kind.

Martha wartete mit kindlicher Sehnsucht vergebens auf ein Lebenszeichen ihrer Mutter, Otto sah sie nur gelegentlich. Er vertraute sie der Obhut häufig wechselnder Kindermädchen an. Diese waren entweder so hässlich – hatten ungepflegte Haare, eine unreine Haut oder dicke, unförmige Beine –, dass Otto sie wieder entließ, weil er einen schlechten Einfluss auf die Entwicklung des Schönheitssinns seiner Tochter befürchtete. Oder wenn die Mädchen ansehnlicher waren, flohen sie bald vor seinen Aufdringlichkeiten.

Nur eine blieb länger, ein besonders herbes Wesen. Sie hieß Fräulein Diefendahl und war gottgläubig. Was das war, wusste niemand genau, führte aber dazu, dass sie ihr Zimmer nicht verließ, wenn Pfarrer Hindelang seinen Besuch in der Villa angesagt hatte. Sie bestand auf dem ‹Fräulein›, einer Anrede, die Maria Anleitner mit ‹alte Jungfer› übersetzte. Die pädagogischen Bemühungen des Fräuleins erschöpften sich in kurzen Befehlen wie ‹Rücken gerade!› oder ‹Linke Hand an den Rand!› Zwar verzog sie dauernd den Mund, aber niemals zu einem Lächeln. Martha, sowieso ein stilles Kind, verstummte in ihrer Gegenwart vollends. Sie flüchtete sich in Träume. Sie führte stumme Selbstgespräche mit einer überirdisch schönen Frau, die ihre Mutter war. Die flehte sie um Hilfe an.

Ihr Flehen wurde erhört. Zu Beginn eines freien Wochenendes, das ihr jeden zweiten Monat zustand, wurde Fräulein Diefendahl von einer gleich herben Freundin zu einer Bergwanderung mit Übernachtung auf einer Hütte abgeholt. Zur Begrüßung küssten sich beide Frauen in so auffälliger Weise auf den Mund, dass Otto, der vom Balkon aus Zeuge der Szene wurde, sofort zu handeln gezwungen war. Er entließ Fräulein Diefendahl auf der Stelle mit der Begründung, seine Tochter sei durch ihren Einfluss sittlich gefährdet. Sie verzog wieder den Mund, nahm aber die fristlose Kündigung widerspruchslos hin. Als sie sein Büro betrat, um das ihr noch zustehende Gehalt in Empfang zu nehmen, trug sie bereits ihre Reisejacke. Sie hatte den Kragen hochgeschlagen. Unter dem Revers, für Otto deutlich sichtbar, steckte das goldene Parteiabzeichen der NSDAP.

Nach dem Vorfall verspürte Otto ein schlechtes Gewissen seinem Kind gegenüber. So konnte, so durfte es nicht weitergehen. Aber was war zu tun? In seiner Ratlosigkeit machte er Martha drei Geschenke:

Als Erstes kam in einem Lieferwagen ein Puppenhaus. Es war so groß, dass zwei Männer es mit Klaviergurten hoch in Marthas Zimmer tragen mussten. Ottos Assistent brachte aus München das aufs Sorgfältigste verpackte Inventar und brauchte einen ganzen Nachmittag, um das Puppenhaus mit all den Sachen und Sächelchen einzurichten.

Martha sah ihm mit großen Augen zu und staunte über jedes

Teil, das der Assistent aus dem Seidenpapier hervorzauberte. Als alles an seinem Platz war, kam Otto hinzu, betrachtete selbstgefällig das perfekte Wunderwerk en miniature und erklärte, es stamme aus dem viktorianischen England und sei so kostbar, dass jedes Kunstgewerbe-Museum ihm einen Ehrenplatz einräumen würde. ‹Da kannst du dich wirklich sehr freuen!›

Martha freute sich, dass der Vater ihr ein so schönes Geschenk machte, und konnte sich an den fein gedrechselten Möbeln, dem Blumenmuster der Porzellantellerchen, den duftigen Musselin-Vorhängen und den Perserteppichen, die so klein waren wie eine Ansichtskarte, nicht sattsehen. Als sie die Tür eines Nachtkästchens öffnete, fehlte darin nicht einmal das Nachtgeschirr. Sie war entzückt, aber zu spielen traute sich Martha nicht mit den kostbaren Sachen.

Das nächste Geschenk, mit dem der Herr Direktor, wie er sich jetzt gerne nennen ließ, seine kleine Tochter überraschte, war eine Neuigkeit auf dem Spielzeugmarkt, und Otto war der erste im Landkreis, der sie kaufte: ein Ruderrenner, ein flaches Gefährt auf vier Rädern, das sich mit ausgestreckten Beinen über die Vorderachse lenken ließ. Zog man kräftig an einem Riemen, so schnellte der Ruderrenner einige Meter nach vorn, der Riemen spulte blitzschnell wieder auf und konnte erneut gezogen werden. So jedenfalls stand es in der Fahranweisung.

Marthas Ärmchen waren viel zu schwach für den widerspenstigen Riemen, sosehr sie sich auch mühte, das Gefährt bewegte sich nicht von der Stelle. Und als der für fahrbares Gerät jeglicher Art zuständige Melf, unser Chauffeur, gerufen wurde, um das Kind anzulernen, versanken die Räder des Ruderrenners unter seinem Gewicht tief im Kies. Ein paar Mal schob Frau Bröhl Martha im Flur der Villa hin und her, dann verschwand das hochmoderne Spielzeug ein für alle Mal hinter den Toren der Remise.

Martha war eigentlich nicht enttäuscht. Für sie zählte, dass der

Vater nett zu ihr war und sich Mühe gab, sie zu verwöhnen. Wenn er unterwegs war, saß sie lange am Fenster ihres Zimmers und schaute auf den See hinaus. ‹Sie hat zu wenig Bewegung. Sie muss an die frische Luft.› Das neue Kindermädchen hatte eine Idee: ‹Kaufen Sie ihr doch einen Hund!›

Otto gefiel der Vorschlag. So hätte das stille Kind einen Spielgefährten und könnte mit ihm durch den Park spazieren gehen. ‹Es muss ja nicht gleich ein Bernhardiner sein›, sagte er und griff zum ‹Land- und Seeboten›. Er fand, was er suchte, unter ‹Vermischtes›: ‹Welpen, zehn Wochen alt, in gute Hände preiswert abzugeben.› Eine Frau Popp, die er noch unter ihrem Mädchennamen kannte, hatte die Anzeige aufgegeben.

‹Ja, so eine Überraschung! Der Herr Direktor persönlich! Habe die Ehre, was darf's denn sein?› rief Frau Popp, die immer noch den für eine Postbeamtin ungewöhnlichen Augenaufschlag hatte. «Ach so, wegen der Hunderln sind Sie gekommen. Schaun's her, eins hübscher als das andere.»

Es waren fünf, Mischlinge ganz offensichtlich, die einen braun, die anderen beige oder grau, sie balgten sich in einem Karton mit der Aufschrift ‹Linde›.

‹Welchen willst du haben?›, fragte Otto. Martha hätte sie gerne alle gehabt, sie konnte sich schwer entscheiden. Schließlich zeigte sie auf den fünften, einen schwarzen, der in einer Ecke lag und schlief. ‹Den!›

‹Grad den? Unseren Kleinsten, unseren Benjamin? Das ist ein ganz lieber. An dem wird das Fräulein Tochter ihre Freude haben.›

Martha nannte das Hündchen ‹Bento› nach dem schwarzen Hengst, auf dessen Rücken der schwarze Prinz über abgrundtiefe Schluchten sprang und sich, von Feinden umzingelt, als letzte Rettung in die Lüfte erhob. Befreit von der Tyrannei seiner Geschwister, lebte Bento auf. Er fraß mit gesundem Appetit die Essensreste aus Frau Bröhls Küche und ließ Martha keine Ruhe, bis sie heimlich ihre Woll-, Weiß- oder Bratwurst mit ihm teilte. Er wurde mit der Zeit rundlich, aber nicht groß. Er weigerte sich zu wachsen. Bento war mit seinen von einem Dackelvorfahren geerbten kurzen, krummen Beinen keine Schönheit, aber er besaß eine Fähigkeit, für die die meisten Erwachsenen in Marthas Umgebung wenig Talent zeigten: Er konnte lächeln, wenn man freundlich zu ihm war.

Bentos Fell kräuselte sich, sein Schwanz kringelte sich über dem Rücken, die Ohren standen ihm spitz auf dem Kopf, und spitz war auch seine Schnauze, die er liebend gern in Mauselöcher und Maulwurfshügel steckte.

Martha und Bento waren unzertrennlich. Tagsüber ging sie tatsächlich mit ihm spazieren, wagte in seiner Begleitung sogar Ausflüge in den Apfelgarten, bürstete ihm hingebungsvoll die Kletten aus dem Fell und erzählte ihm abends vor dem Einschlafen lange Geschichten. Wovon sie handelten, erfuhr niemand.

Als Otto, erstaunt über einen Liebreiz, den er früher an seiner Tochter nicht wahrgenommen hatte, sie fragte, ob sie glücklich sei mit dem Tier, antwortete sie: ‹Ja, sehr. Er ist so lieb.› Von da an bekam sie vor dem Zubettgehen auf beide Wangen einen Kuss.

Was ist aus den drei Geschenken geworden? Das Puppenhaus verstaubte mit der Zeit und wurde schließlich mit einem alten Leintuch zugehängt. Als graues Gespenst überdauerte es Jahre in Marthas Jungmädchenzimmer. Erst im Alter von achtzehn Jahren, als Verlobte, wagte sie es, sich von dem Geschenk des Vaters zu trennen. Sie verkaufte es über den Lauterbachschen Kunsthandel. Das Geld, das sie erlöste, verlor innerhalb von sechs Wochen die Hälfte seines Wertes und reichte gerade noch aus für ein silbernes Herz, das eine winzige Locke und ein Foto von ihr enthielt und das sie Ferdinand unter Tränen um den Hals hängte, als dieser in den Krieg zog.

Auch der Ruderrenner verstaubte, bis der kleine Michel ihn in der Remise entdeckte, putzte und ölte und sich mit Leon, der unter dem Namen Victor Carrera auf einem Fahrrad der Marke ‹NSU› antrat, auf der frisch geteerten Straße vor unserem Grundstück ein Rennen lieferte.

Und Bento? Er verwandelte sich in ‹Benta›, und zwar an dem Tag, an dem sie zur Überraschung und zum Entzücken von Martha einen Wurf strammer Welpen zur Welt brachte. Sie wurde noch häufig Mutter und hatte ein langes und glückliches Hundeleben. Im Alter wurde sie auf einem Auge blind, lief ziellos umher, verlor auf einem ihrer Kurzausflüge die Orientierung und wurde das erste Opfer des sprunghaft anwachsenden Autoverkehrs auf der Uferstraße.»

Gefangen von den Erzählungen einer unbekannten Frau, über die ich nur wusste, dass sie nach dem Tod ihres Mannes zehn Jahre als oberste Instanz die Geschicke der Villa gelenkt hatte, legte ich bis zum späten Nachmittag das erste der Tagebücher nicht aus der Hand. Ich las sie aus Neugier, dann aber mit einer Anteilnahme, die meine Eltern mit ihren Familiengeschichten bei mir nie hatten erreichen können. Behutsam legte ich die Bände anschließend wie eine Kostbarkeit in ihren silbernen Sarg zurück und schob ihn wieder in sein altes Versteck. Niemandem würde ich von meiner Entdeckung erzählen, in der Bibliothek hatte sich scheinbar nichts verändert. Morgen würde ich wieder Bücher schichten und ins Regal stellen, Fichte und Fielding vor Flaubert und Fontane. Aber ich würde mir Pausen gönnen, länger als bisher, und ich fieberte jetzt schon dem Moment entgegen, an dem ich wieder im Geiste Luises Stimme hören würde, die mit der Verführungskraft einer Toten zu mir sprach.

Als ich vor die Haustür trat, atmete ich tief den harzigen Duft des frühen Abends ein. Es hatte aufgehört zu regnen, meine Beine verlangten nach Bewegung. Ich lief zum Tor einen der bemoosten Wege entlang und wäre noch zum See hinuntergerannt, hätte ich nicht wie aus dem Nichts im Dunst der Hecke eine in ein langes, weißes Gewand gekleidete Gestalt erblickt. Sie schritt durch das regennasse Gras, zog im Vorübergehen spielerisch an den Zweigen der Büsche und Sträucher und verschwand dann hinter einem alten Schuppen, den ich bisher nicht wahrgenommen hatte.

Ich war wie verzaubert stehen geblieben; jetzt folgte ich vorsichtig der Erscheinung, als müsste ich mich hüten, sie durch meinen Anblick zu erschrecken. Verborgen hinter dem Schuppen öffnete sich ein schmaler Pfad, der durch das wuchernde Gestrüpp in den Apfelgarten führte. Zwischen den Bäumen, deren Äste sich wie ausgestreckte Arme berührten, war eine Lichtung. Dort war das Gras niedergetreten, und dort stand die Frauengestalt, der ich gefolgt war. Sie sang. Sie sang mit der Stimme eines jungen Mädchens, machte wie in Trance kleine Schritte vor und zurück und wiegte sich dazu leicht in den Hüften. Ich trat unter die tief hängenden Zweige und sah ihr zu. Es war Martha.

Maria und Josef

In gebührendem Abstand hinter der Villa lag das Wirtschaftsgebäude. Ich fand, als ich die Schränke in der Bibliothek inspizierte, die Entwurfs- und Ausführungspläne aus dem Jahre 1906. Nichts wies darauf hin, dass der berühmte Benedikt von Meindel, dem die Villa mit ihren Rundbögen und der Loggia im Obergeschoss ihr italienisches Aussehen verdankte, für das Nebengebäude Ideen beigesteuert hatte.

Es war ein einfacher, lang gestreckter Bau, in dem die Hausmeisterwohnung, eine Waschküche, eine Remise, groß genug für zwei Kutschen und ein Gig, eine Kammer für Gartengerät, anschließend ein Hühnerstall und schließlich eine Holzlege Platz fanden. Auf den ersten Plänen waren auf beiden Seiten Türme vorgesehen, die später gestrichen wurden. Um zu sparen, dachte ich, denn der Rotstift hatte auch an anderer Stelle Spuren hinterlassen: Die Remise musste sich statt der ursprünglich vorgesehenen Eisentür mit schlichten Holztoren zufriedengeben, hinter denen auf der einen Seite alte Bilderrahmen gestapelt waren. Auf der anderen Seite stand der enzianblaue «Adler», den Elisabeth von ihrer Mutter geerbt und nach deren Tod so geschickt hinter zerschlissenen Gobelins und drittklassigen Kopien alter Meister verborgen hatte, dass er einer Beschlagnahme durch die deutsche Wehrmacht ebenso entging wie durch die Akquisiteure der amerikanischen Armee.

Das Hausmeisterehepaar, die Anleitners, hatte noch Luise Lauterbach eingestellt. Sie hatte sich Geburts- und Heiratsurkunden zeigen lassen und großzügig darüber hinweggesehen, dass Maria, die in vier Monaten ihr erstes Kind erwartete, zum Zeitpunkt der

Eheschließung schon schwanger gewesen war. Die Anleitners stammten aus Niederbayern, vom Lande, da wurden die Frauen erst geheiratet, wenn sie bewiesen hatten, dass sie Kinder kriegen konnten.

Gegen Kinder hatte Luise nichts einzuwenden, solange sie sich im Hintergrund hielten, und wären sie erst ein paar Jahre alt, könnten sie sich mit kleinen Botengängen und beim Johannisbeerpflücken nützlich machen.

Josef Anleitner hatte als Gehilfe in einer Gärtnerei gearbeitet. Daher war er für die Gemüsegärten zuständig, den großen, dessen Erträge für die «Herrschaften» bestimmt war, und den kleinen, den er selbst abernten durfte. Er musste die Beete vor der Villa unter Anleitung Luises mit Blumen bepflanzen. Er harkte den Kies in der Einfahrt und auf dem Weg zum Steg. Im Winter säuberte er die offenen Kamine und die Kachelöfen und legte neues Holz ein, führte kleine Reparaturen aus und machte sich an allen Ecken und Enden nützlich.

Nach seiner Einstellung machte sich Josef, damals dreiundzwanzig, voller Elan an die Arbeit. Aus eigenen Stücken kalkte er den Hühnerstall, putzte das Gartengerät, hämmerte die Sensen und Sicheln, die sein Vorgänger, der alte Melf, rostig und schartig hinterlassen hatte, und hackte Holz, bis der Vorrat für zwei harte Winter reichte. Den jungen Gockeln trennte er, noch bevor sie ein großes Geschrei erheben konnten, mit einem gut gezielten Schlag den Kopf vom Hals, wenn ein Hase geschlachtet wurde, löste er mit ein paar sicheren Schnitten das Fell und zog es ihm über die Ohren. Und hätte man ihm ein Schwein gebracht, er hätte es abstechen und zerlegen können wie ein gelernter Metzger.

Luise lobte Josef. Alle mochten den kräftigen jungen Mann, der immer half und wenig Worte machte. Selbst Agathe hatte kaum etwas an ihm auszusetzen. «Mit Gottes Hilfe wird unser Josef ja nun bald Vater werden», sagte sie in der Küche zu Frau Bröhl. «Drei

Monate noch. Da gehört es sich, dass er nun seine Frau in Ruhe lässt.»

Was Josef mit leichter Hand erledigte, kostete Maria, seine Frau, Anstrengung und Mühe. Sie hatte die Statur einer Bäuerin: breite Schultern, muskulöse Arme und stämmige Beine. Luise gestand ihr die Hälfte des Gehaltes ihres Mannes zu und das Privileg, sich sechs eigene Hühner zu halten. Die Hühner der Lauterbachs waren weiß, die der Anleitners braune Rhodeländer, so unterschieden sich die Eier in der Farbe, und es konnte keinen Streit darüber geben, wem welches gehörte.

Maria hatte ihren Vater nicht gekannt. Sie war eines von vier Kindern, die die Mutter, eine vom Leben enttäuschte Frau, allein durchbringen musste.

In dem «Antragsformular zur Ausstellung eines gültigen Personalausweises», das die Besatzungsmacht 1945 an die Bevölkerung verteilte, hatte Maria als Beruf «Schneiderin» angegeben. Das war nicht ganz richtig und auch nicht ganz falsch. Als junges Mädchen hatte sie von ihrer Mutter nähen und zuschneiden gelernt. Eine Berufsschule hatte sie nie besucht, denn die gab es damals im ganzen Bezirk nicht. So hatte sie keine Gesellenprüfung abgelegt, hatte keinen Abschluss und kein Diplom.

Aber im Umgang mit Stoffen entwickelte sie großes Feingefühl, die Blusen und Hemden, die Röcke und Hosen, die man ihr zur Änderung brachte, waren anschließend schöner als zuvor. Leinen straffte sich unter ihren Händen, Samt gab sie seinen früheren Glanz zurück, Seide, von ihr gewendet, raschelte wie neu, vergilbte Spitzen erstrahlten wieder in Weiß, wenn sie selbst sie stärkte. Die paar Mark, die sie für ihre Arbeit verlangen konnte, strich die Mutter ein. Bis zu ihrem achtzehnten Geburtstag hatte Maria noch nie eigenes Geld gehabt.

Dieser achtzehnte Geburtstag fiel auf einen Sonntag. Nach der

Kirche trat Maria vor ihre Mutter hin und erklärte, dass sie in die Stadt ziehen wolle. Sie wollte weg von deren Bitterkeit. Aber das dachte sie nur, ohne es auszusprechen.

«So, so, in die Stadt!», sagte die Mutter. «Von was will das gnädige Fräulein denn leben in der Stadt? Geh nur, die feinen Leute warten schon, dass du ihnen die Ballkleider nähst. Vielleicht nehmen sie dich ja auch beim Theater für die Kostüme, verstehst du, für die Kostüme!» Und als sei es damit nicht genug, schrie sie: «Eigenes Geld willst du verdienen? Nur zu! Versuch's doch! Wenn alles schiefgeht, kannst du den hohen Herren ja deinen Hintern hinhalten.»

Maria lief aus dem Zimmer.

Am nächsten Tag hatte sich die Mutter beruhigt. «Bleib hier, Kind, wo du hingehörst», redete sie auf Maria ein. «Such dir beizeiten einen kräftigen Mann, der nicht trinkt und dir gesunde Kinder macht. Als Aussteuer will ich dir das rote Sofa und die Leinenwäsche geben.»

Als auch das nichts nutzte, fing die Mutter wieder an zu schreien: «Dann hau ab! Nimm deinen Krempel und hau ab! Du undankbares Miststück, du! Und lass dich hier gefälligst nicht mehr blicken!»

Diese Geschichte erzählte mir Maria an einem verregneten Sonntagnachmittag. Sie hatte Rohrnudeln gebacken, dazu tranken wir heiße Milch mit Vanillegeschmack. Sie sprach ohne Hass von ihrer freudlosen Kindheit, die mit einem Rausschmiss aus der Wohnung endete, in der sie aufgewachsen war. Die Mutter sollte Maria nicht wiedersehen.

Ihr Onkel, der Bruder ihrer Mutter, war der einzige Mensch, den sie in der Stadt kannte. Er war ihr Taufpate und lebte in einem Vorort von München, der bessere Zeiten nie gesehen hatte. Seine Adresse hatte sie als ersten Eintrag in dem Heft notiert, in das sie als Zeichen ihrer neu gewonnenen Selbstständigkeit ihre Einnahmen und Ausgaben gegeneinander verrechnen wollte. Vom Hauptbahnhof aus rief sie ihn an.

Mit ihm besprach sie bei einer Tasse Malzkaffee ihre Pläne. In einem Büro wollte sie arbeiten, mit eigenem Schreibtisch, geregelten Arbeitszeiten und festem Lohn. Der Onkel betrachtete Maria, während sie redete, von oben bis unten, brummelte etwas vor sich hin, das Maria weder als Ermutigung noch als Kritik an ihren Plänen verstehen konnte. Aber als sie sich einige Tage später wieder bei ihm meldete, hatte er etwas für sie gefunden. Maria belegte einen von ihm bezahlten Kursus in Stenografie und Schreibmaschine und fing am nächsten Ersten bei der «Büro- und Schreibartikel-Großhandlung Bäumler» als Mädchen für alles an.

Maria zeigte mir ein Foto von ihrem Chef, aufgenommen auf einem Betriebsausflug in den Tierpark Hellabrunn. Im Hintergrund sah man das Elefantenhaus, im Vordergrund einen tadellos gekleideten Mann unbestimmten Alters mit Rechtsscheitel, der gönnerhaft den Arm um Marias Schultern gelegt hatte. Sein wie mit einem Lineal gezogener Mund versuchte angemessen zu lächeln. Kurze Zeit später gab er ihr einen festen Anstellungsvertrag.

Maria, mittlerweile zwanzig, liebte ihre Unabhängigkeit, sie leistete sich ab und zu für ihr winziges Mansardenzimmer ein paar Blumen und im Schlussverkauf eine neue Bluse oder einen Rock, aber ihr Leben verlief ereignislos. Mit ihren Kolleginnen ging sie aufs Oktoberfest, fuhr Geisterbahn und schoss mit fünf Treffern ein Lebkuchenherz mit der Aufschrift «Ich bin noch frei». Einmal kamen ihre Brüder in die Stadt und nahmen sie mit ins Hofbräuhaus. Da saß sie auf einer harten Bank den ganzen Abend vor einer Mass Bier, hörte die Brüder grölen und sagte selbst kein Wort. So konnte es nicht weitergehen. Als eine Kollegin ihr erzählte, in ihrem Heimatdorf sei zu Kirchweih Tanz, fragte sie, ob sie mitkommen könne.

Maria ließ sich beim Friseur die Haare legen mit einer Tolle über der Stirn, wie es jetzt Mode war, und über der Brust kürzte sie den Spitzeneinsatz des hellblauen Dirndls, das ihr so gut stand. Der Festsaal war mit bunten Girlanden geschmückt, ein Trio spielte erst Volkstümliches, dann Schlagermusik. Maria saß mit der Freundin und deren Verlobtem an einem langen Tisch auf einer Art Empore und betrachtete die Tänzer. Sie betrachtete sie genau. Dann ein Tusch: Damenwahl.

Ohne ein Zögern ging sie auf den jungen Mann im Trachtenanzug zu, der zweimal zu ihr hochgeblickt hatte. Mit ihm wollte sie tanzen, mit keinem anderen.

«Ich bin die Maria», sagte sie. «Und wie heißt du?» Als er seinen Namen nannte, mussten sie lachen.

Sie tanzten Foxtrott, was Maria nie gelernt hatte. Aber er führte gut, und es waren seine Bewegungen, in die sie sich verliebte. Als um Mitternacht die Musik aufhörte zu spielen und sie müde und verschwitzt von der Tanzfläche gingen, stand für Maria fest: Dieser Josef war es, er war der Mann, auf den sie gewartet hatte. Noch in dieser Nacht wurde sie seine Geliebte.

Das Familienleben der Anleitners galt als problemlos und beschäftigte die Herrschaften in der Villa nicht weiter. Ich konnte mich nur an einen Vorfall erinnern, der alle in Aufregung versetzte: die Geschichte mit der Kröte.

Vor der Waschküche führte eine enge Treppe in einen feuchten, finsteren Kellerraum, in dem es – das glaubten alle – «von Spinnen und Schlangen wimmelte». Im Halbdunkel dieser Treppe fand Heiner eines Tages eine Kröte. Sie war so dick, dass er sie mit seinen Händen kaum halten konnte, als er sie aufgeregt in die Küche der Hausmeisterwohnung trug. Maria war tierlieb. Eine aus dem Nest gefallene Dohle hatte sie gefüttert, bis sie flügge war, eine von einem Auto angefahrene Katze gesund gepflegt, aber vor der Kröte ekelte sie sich. «Bist du denn noch gescheit!», rief sie und befahl dem Jungen, das Vieh wegzubringen, und zwar sofort. Heiner gehorchte nicht, er wollte die Kröte in ein Weckglas setzen und sie seinen Freunden zeigen. Da verlor Maria die Geduld. «Sie ist giftig», schrie sie den Jungen an. «Wenn sie dich vollpinkelt, kriegst du Warzen!»

Ob die Kröte ihm aus den Händen sprang oder er sie fallen ließ, war später nicht mehr festzustellen. Jedenfalls schlug das Tier so unglücklich auf den Dielen auf, dass seine Haut platzte und eine milchige Brühe durch das Zimmer spritzte. «Schau dir diese Sauerei an!» Maria gab ihm drei kräftige Ohrfeigen, wohl mehr aus Empörung über den Zustand ihrer Küche als aus Mitleid mit der armen Kreatur. Josef hatte das Geschrei gehört. Seine Strafe sollte Heiner lange nicht vergessen: Der Vater sperrte ihn für eine endlos lange Stunde in jenes dunkle Loch, aus dem die Kröte gekommen war.

Die Geschichte löste bei allen, die sie hörten, Mitleid aus, allerdings in unterschiedlicher Form. Die einen hielten zu der Mutter, die anderen hatten Mitgefühl mit dem so hart bestraften Jungen. Nur einer, Michel nämlich, bedauerte die auf einem frisch gescheuerten Küchenboden zu Tode gekommene Kröte.

Agathe

Am Ende der Mittagspause, als ich auf dem Weg zurück in die Bibliothek war, huschte plötzlich vor mir Agathe wie eine aufgescheuchte Fledermaus über den Flur. Ich wollte sie gerade ansprechen, da drehte sie sich um, stand klein und wichtig vor mir, knisterte mit einem Stück Papier, und ehe ich mich's versah, steckte sie mir einen Zettel in die Brusttasche. Dann verschwand sie in dem Halbdunkel, aus dem sie gekommen war. Zurück blieb ein leichter Geruch nach Mottenkugeln.

«Sehen Sie sich vor! Geben Sie Acht!», stand in Großbuchstaben auf dem Zettel. Und darunter: «Bewahren Sie Ihre Unschuld! Der Versucher tritt in verschiedenen Gestalten auf.» Später hatte sie wohl mit einem anderen Stift noch hinzugefügt: «Und ich werde Ihnen ein Geheimnis verraten.» Keine Unterschrift.

An meinem Arbeitsplatz saß ich unlustig vor einem Stapel Bücher und hätte, umgeben von dem wattigen Schweigen der nutzlos gewordenen Gegenstände, gerne mit jemandem über den Vorfall gesprochen. Dann las ich in dem merkwürdigen Gefühl, etwas Verbotenes zu tun, die Botschaft ein zweites Mal. Darauf steckte ich den Zettel, statt ihn wegzuwerfen, wieder in meine Brusttasche. Ich beschloss, Agathe bei nächster Gelegenheit anzusprechen.

Zu diesem Zeitpunkt wusste ich noch kaum etwas über Agathes Vergangenheit. Leons Worte über die «Eichhörnchenseele» hatte ich noch im Ohr, und aus Bemerkungen von Maria entnahm ich, dass Agathe noch als Mädchen ins Haus gekommen war und ihr ganzes Leben hier verbracht hatte. Dass sie nach der Geburt von

Elisabeth eine Scheinschwangerschaft hatte, in Wirklichkeit aber nie einen Mann gefunden hatte, der «sich ihrer erbarmt hätte», kam in dem lustvoll vertraulichen Ton der üblen Nachrede hinterher. Maria wollte auch wissen, dass die alte Frau Lauterbach kurz vor ihrem Tode Agathe anvertraut hatte, wo der Familienschatz versteckt war, das Kästchen mit den zehn Platten aus purem Gold, jede so groß wie eine Schokoladentafel.

Gut möglich, dass ihr «Geheimnis» nur ein Hirngespinst war, aber meine Neugier war geweckt. Ich ging suchend durchs Haus, begegnete Agathe aber nicht. Sie war unauffindbar, erschien auch nicht zur spätnachmittäglichen Stunde vor der Hausmeisterwohnung, und am Abend kam es mir so vor, als sei nur ihr Schatten anwesend, der sich nach dem Essen in nichts auflöste.

Alle beschäftigte ein Brief des Bürgermeisters, der an Elisabeth Lauterbach gerichtet war. Er kam nicht mit der gewöhnlichen Post, sondern wurde vom Gemeindediener gebracht, der sich den Staub der Straße von den Hosenbeinen schlug und behauptete, er dürfe die amtliche Mitteilung nur der Hausherrin persönlich überreichen. Vermutungen wurden angestellt, was der Bürgermeister wohl mitzuteilen hatte. Etwas Gutes konnte es nicht sein, darin war man sich einig. Elisabeth Lauterbach hatte das Schreiben noch in Gegenwart des Dieners gelesen, «Unerhört!» gesagt, nur das eine Wort, und ihn dann ohne Trinkgeld und Gruß weggeschickt. Seither ging man ihr am besten aus dem Weg.

Der Brief enthielt eine «Ankündigung», die Elisabeth mehr in Rage brachte als eine offene Beleidigung. Der Bürgermeister drohte, ein Enteignungsverfahren einzuleiten, falls Elisabeth sich nicht binnen einer Frist von vier Wochen bereitfände, Verhandlungen mit der Stadt über die Abtretung eines mehrere Meter breiten Streifens entlang der Uferstraße aufzunehmen und Vermessungsingenieure auf ihr Grundstück zu lassen. Dann folgte eine kurze Rechtsmittelbelehrung mit dem Kommentar, dass wohl kaum eine Chance auf Erfolg bestände.

Ausgelöst durch diese Provokation, die Elisabeth als einen Angriff auf ihre persönliche Freiheit empfand, kam es zu einem Zwischenfall: Elisabeth hatte Agathe geschickt, im Garten ein Dutzend langstieliger Gladiolen zu schneiden. Martha, die sonst immer die Blumen arrangierte, stand bereit, aber Elisabeth riss den Strauß an sich: «Lass mich! Du bist ja für die einfachsten Dinge nicht zu gebrauchen.» Da passierte es: Die zu kleine Vase kippte, ein Schwall Wasser ergoss sich über den Küchenboden. Kein großer Schaden, aber Agathe stieß einen schrillen Schrei aus und ließ die Gartenschere, mit der sie die Gladiolen geschnitten hatte, so ungeschickt fallen, dass sie Elisabeths Fuß traf. Ob sie ihn wirklich getroffen hatte, blieb ungeklärt, aber Elisabeth war außer sich, schrie, sie werde Agathe aus dem Haus jagen, und gab ihr eine Ohrfeige.

Eine Ohrfeige. Alle erstarrten, auch Elisabeth selbst. Stumm drehte sich Agathe zur Tür und ging mit eingeknickter Hüfte davon. Und wortlos folgte ihr Martha.

Die unerhörte Begebenheit, der Schlag, der nur ihre Wange gestreift hatte, brachte ihr das Mitgefühl aller ein. Mit einem milden Märtyrerlächeln ertrug sie die Demütigung, ließ sich trösten und verbreitete die Geschichte in der Nachbarschaft. So verging die Zeit.

Drei Tage schon steckte der Zettel in meiner Brusttasche, da endlich kam der Wink. Als sei dies der verabredete Ort, sah ich in der Tiefe des Flurs zunächst nur eine weiße Hand, und erst als ich näher kam, konnte ich Agathe in ihrem wie immer schwarzen Kleid erkennen, geheimnisvoll lächelnd, als wäre jetzt die Stunde der Wahrheit gekommen. Ein frischer Duft nach Mottenpulver empfing mich. Wieder wollte ich sie ansprechen, um der Szene ihre skurrile Unnatürlichkeit zu nehmen, da hatte sie bereits die Tür zum Turm geöffnet, einem runden Anbau, den ich bisher noch nicht betreten hatte.

Eine Steintreppe führte nach unten in den Heizungskeller, sie aber lief nach oben bis zu einem kleinen Raum, der lange nicht gelüftet worden war. Seine Wände waren mit vier auf den rohen Verputz gemalten Marmorsäulen verziert, durch bunte, in Blei gefasste Glasscherben fiel gedämpftes Licht auf einen kleinen Altar, auf zwei Betschemel, einen von einem knienden Engel gehaltenen Kerzenständer und einen Jesus aus Gips, der in seiner Rolle als Guter Hirte ein Schäfchen im Arm hielt.

Agathe hatte mich in die Hauskapelle geführt.

Unerwartet resolut platzierte Agathe mich auf einen der Betschemel, dann stellte sie sich vor den Altar und verschränkte die Arme, als wollte sie eine Predigt halten.

«Sie erwarten, dass ich Ihnen ein Geheimnis erzähle? Sie wollen wissen, wo die alte Madame Lauterbach das Kästchen mit dem Gold versteckt hat?» Sie kicherte. «Wenn Sie mir deswegen drei Tage lang nachgestellt haben, muss ich Sie enttäuschen: Die zehn Täfelchen hat es nie gegeben.» Und dann nach einem kurzen Zögern: «Jedenfalls sind sie unauffindbar. Ich habe keine Ahnung, wo sie versteckt sind. Als sie davon hörte, hat unsere gnädige Frau Stunden im Keller zugebracht und mit einem Hammer die Wände abgeklopft. An einer Stelle klang es hohl, da hat sie ein Loch in die Wand geschlagen. Sie glauben's nicht: Sie war auf den Kamin gestoßen. Kohlrabenschwarz kam sie nach oben, als hätte ihr der Teufel selbst den Ruß ins Gesicht geblasen. Geschimpft hat sie und geflucht, dass ich mir die Ohren zuhalten musste.» Vor Vergnügen zog sie die Schultern hoch.

«Ich könnte Ihnen einiges erzählen, was ich in diesem Hause erlebt habe. Die unglaublichsten Geschichten. Sünden, die nie bereut und nie vergeben wurden. Familiengeheimnisse, totgeschwiegen, aber unvergessen.»

Nach dieser Ankündigung sah sie mich mit ihren grauen Augen prüfend an, als wollte sie sich vergewissern, dass ich ihres Vertrauens würdig war. «Sie werden alles, was Sie von mir erfahren, für sich behalten?» Ich nickte. «Erzählen Sie bitte!» – «Du bist so jung und unerfahren wie Johannes, der Lieblingsjünger unseres Herrn. Ich werde dich duzen, dann fällt es mir leichter, an deine Verschwiegenheit zu glauben. Also, was willst du hören? Die Geschichte von Maximilian von Hornberg, Luise Lauterbachs Vater, der mit einem Strick um den Hals über seinen leer geräumten Hof lief auf der Suche nach einem Stuhl, auf den er steigen konnte, um sich aufzuhängen? Oder die Geschichte der ‹Unbesiegbaren› und der Hütte, in der ein Mädchen verbrannte? Oder lieber etwas Komisches? Soll ich dir erzählen, wie der rothaarige Florian als Strafe für sein unkeusches Treiben halb nackt hinter dem blauen ‹Adler› herrennen musste, mit dem ein gewisser Jurek auf Nimmerwiedersehen davonfuhr? Ach was! Du sollst meine Geschichte hören. Du sollst wissen, wie die Verhältnisse hier im Hause waren, als ich mit meinem Pappköfferchen vor dem Tor stand und läutete, ganz so, wie du neulich.»

Ich muss wohl genickt haben. Agathe ließ jedenfalls ein Schnalzen hören, es war ihr anzusehen, dass sie sich nicht kurzfassen würde. Um mich nützlich zu machen, verwandelte ich auch den zweiten Betschemel in eine Sitzgelegenheit. Sie dankte mir mit einem angedeuteten Knicks, setzte sich, wiegte den Kopf hin und her und begann – als sie sich beruhigt hatte – mit ihrer Geschichte. Obwohl sie nur knapp einen Meter neben mir saß, sah sie mich kein einziges Mal an. Ihr Blick war auf ihre Hände gerichtet, die, als wollten sie den Worten Nachdruck verleihen, gelegentlich zuckten.

Als Agathe zum ersten Mal den Klingelknopf der Villa Lauterbach drückte, war sie achtzehn, sah aus wie fünfzehn und war unsicher wie ein zwölfjähriges Mädchen. In einen kleinen Koffer hatte sie all ihre Sachen gepackt, es waren buchstäblich sieben: Socken und Leibwäsche, eine Bluse zum Wechseln, ein Stück französische Seife, an dem sie vor dem Einschlafen mit verwirrend sehnsüchtigen Gefühlen roch, einen von ihren Ersparnissen gekauften roten Hut, ein farblich passendes Täschchen, das der Apotheker, bei dem sie aufgewachsen war, ihr zum Abschied geschenkt hatte, und obenauf ihr kostbarster Besitz: ein Gebetbuch mit verblassendem Goldschnitt, das man ihrer Mutter nach einer kurzen Taufzeremonie in der Krankenhauskapelle geschenkt hatte. Agathe hatte es als Trost in trüben Stunden immer bei sich gehabt.

Ein Mann, der den Kies der Einfahrt gerade rechte, öffnete ihr. Es war Melf, Hausmeister, Chauffeur und Vertrauter von Direktor Lauterbach in einer Person, eine würdige Erscheinung. Mit dieser Würde hing wohl zusammen, dass alle von ihm als dem «alten Melf» sprachen, obwohl er noch keine fünfzig war.

Niemand hatte Agathe erwartet, niemand hieß sie willkommen. Eine kleine Ewigkeit saß sie in der kahlen Eingangshalle, fehl am Platz, hörte verschüchtert auf die Geräusche im Hause und starrte auf die Bilder eines Mannes und einer Frau, die mit dem Ausdruck von Toten auf sie herabblickten.

Dann näherten sich Stimmen, eine Tür sprang auf, eine junge Frau, gefolgt von drei Männern, trat in die Halle. «Die Garderobe der Herrschaften!», rief einer der Männer, worauf der alte Melf mit Mänteln über dem Arm erschien und mit einem Seitenblick auf Agathe etwas zu dem Mann sagte, der offensichtlich der Hausherr war. Der schüttelte nur den Kopf: «Später, später.» Und hielt der jungen Frau mit einem «Gestatten!» ein Cape hin, das sie sich elegant über die Schultern warf.

Während man sich wortreich verabschiedete, schlich ein junges Ding, auf dessen sündiges Wesen Agathe bei späterer Gelegenheit noch einmal zurückkommen würde, von allen unbemerkt mit schwerem Gepäck und für den weiten Weg zum Bahnhof viel zu zierlichen Schuhen durchs Gartentor davon. Auf Anweisung des Hausherrn hatte sie am Morgen ihre Kammer geräumt, die nun – das fügte sich gut – Agathe zugewiesen werden konnte.

Otto Lauterbach hatte dem Tag mit großen Erwartungen entgegengesehen. Er hatte alles bestens vorbereitet, auf den ersten Eindruck kam es an. Im Grunde war es wie im Geschäftsleben: Man musste den richtigen Zeitpunkt abwarten, die Lage der anderen realistisch einschätzen und dann seine Trümpfe ausspielen. Das war ihm gelungen, er war sich seines Erfolges sicher. Das Mädchen, das ihm der vom Pech verfolgte Freund aus Augsburg geschickt hatte, musste warten. Morgen würde er sich um sie kümmern.

«Morgen», das war ein Freitag, an dem Otto Lauterbach gerade beim Frühstück saß und ein Viereinhalb-Minuten-Ei mit einer Buttersemmel aß, in der morgendlichen halben Stunde also, die ihm heilig war, rief sein Prokurist an und verlangte ihn dringend zu sprechen. Ein Kunde, einer der besten, der jedes Jahr die Wohnung einer neuen Geliebten komplett einrichten musste, hatte unerwartet seinen Besuch angesagt. Sofort ließ Otto Lauterbach den «Horch» vorfahren, da blieb keine Zeit, sich mit der Neuen zu beschäftigen. Im Flur nahm er flüchtig ihre Kinderhand, fragte sie nach ihrem Namen und entschwand mit den Worten: «Sei schön fleißig! Mach dich nützlich, wo immer du kannst!»

Agathe machte einen Knicks, den er schon nicht mehr sah, und lief die ersten Tage mit unsicheren Schritten, aber offenen Augen hinter den Hausangestellten her. Man übertrug ihr die besonders langweiligen Aufgaben: Sie musste die Bänder, Schleifen und Wollfäden aufwickeln, die man in einem wirren Durcheinander vor ihr auf einem Tisch ausbreitete, oder mit einem Federwisch die Bücher der Bibliothek abstauben.

An manchen Tagen machte sie sich durchsichtig und geriet in

Vergessenheit. Dann saß sie stundenlang reglos wie eine Schaufensterpuppe in der hintersten Ecke der Küche und wartete darauf, dass es Sonntag wurde, Kirchtag. Vor dem Hochamt ging sie zur Beichte, sprach flüsternd die lateinischen Texte der Liturgie mit, konnte alle Strophen der auf einem Holztäfelchen angezeigten Lieder auswendig, und benebelt von den Weihrauchschwaden, kniete sie noch lange nach dem Schlusssegen auf ihrem Platz in der ersten Reihe.

Entweder Otto Lauterbach hatte nicht richtig hingehört, oder er hatte über wichtigeren Gedanken ihren Namen vergessen, er nannte sie «mein Fräulein». Dies mein Fräulein, das mein Fräulein, gut, gut, mein Fräulein, weiter so. Morgens lief sie zum Briefkasten und legte ihm die Post neben den Frühstücksteller, die persönlichen Briefe in ihren rosa oder fliederfarbenen Kuverts zuoberst. Wenn er nach Hause kam, nahm sie ihm Hut und Mantel ab und fragte nach seinem Befinden. Dazu lächelte sie mit ihren grauen Augen. Auch als er schon nicht mehr Junggeselle war, stellte sie in der Ankleide die zum Anzug passenden Schuhe zurecht und lief zum Apotheker, um Tabletten gegen den hohen Blutdruck zu holen. In einer Vitrine entdeckte sie hinter Vasen und Bierhumpen eine chinesische Tasse, die sie sorgfältig spülte. In ihr servierte sie ihm den Tee. Er merkte nichts, behauptete aber nach einiger Zeit, dies wäre schon immer seine Lieblingstasse gewesen. Gern hätte sie ihm, bevor sie sich in ihre Kammer zurückzog, als Gutenachtgruß eine Veilchenpastille aufs Kopfkissen gelegt. Das traute sie sich nicht. Aber wenn sie vor Gott dem Allmächtigen in die Knie ging, schloss sie ihn in ihre Gebete ein.

Für Otto Lauterbach war Agathe ein Kind, freudlos aufgewachsen in asozialen Verhältnissen. Ihr Obdach zu gewähren, war eine gute Tat. Ab und zu zog er eine Münze aus der Westentasche, legte sie ihr auf den Handteller und schloss, als wäre es eine Kostbarkeit, ihre Finger über dem Geldstück. Erst nach über einem Jahr, als sie den Platz einer schwanger gewordenen Kaltmamsell einnahm, gestand er ihr ein regelmäßiges Gehalt zu. Gelegentlich steckte er ihr auch dann noch eine Belohnung zu, die Agathe an ihren freien Tagen in Cremebonbons und Eisbällchen verwandelte. Ohne es sich klarzumachen, hatte Otto Lauterbach Agathe, die zum schwarzen Kittel jetzt eine weiße Schürze und ein weißes Häubchen trug, teils aus Gewohnheit, teils aus Gefallen an ihrem unauffälligen Wesen, lieb gewonnen.

Die Mitgift

Otto Lauterbach war ein Mann in jenem Alter, das man gemeinhin das beste nennt. Er war eine stattliche Erscheinung, ohne dick zu sein, und konnte auch ansonsten mit sich und der Welt zufrieden sein. Der von seinem Vater ererbte Antiquitätenhandel prosperierte, er kannte die Wünsche seiner Kunden besser als sie selbst, und wenn er am Monatsende seine Kontoauszüge ordnete, wurde ihm warm ums Herz. Er war ein geachtetes Mitglied der Münchner Gesellschaft, galt als vollendeter Kavalier und als ein Tänzer, der die Damen mit sicherem Griff übers Parkett führte. Wenn er auf sein bisheriges Leben zurückblickte, gab es da nur einen Vorfall, an den er sich nicht gern erinnerte, einen dunklen Fleck, den er ein für alle Mal aus seiner Biografie tilgen wollte.

Als junger Mann hatte er die Inhaberin eines Geschäftes für feine Herren- und Damenwäsche in der Theatinerstraße kennengelernt. Die Damen aus wohlhabenden, alteingesessenen Familien kauften dort ein, und die Herren kamen willig mit, denn die Inhaberin war eine reizvolle Person, und die Vorstellung, dass sie die im Laden ausgestellten Trikotagen auch selbst trug, beflügelte die Phantasien angenehm. Otto Lauterbach bezog bei ihr neben Schweizer Unterwäsche und Pyjamas aus italienischer Seide auch seine Hemden mit Monogramm, wobei er Wert darauf legte, dass sie selbst Maß nahm. Er, der bis in die höchsten Adelskreise als gute Partie galt, war auf ihr Dekolleté und auf das, was sich darunter kaum verbarg, hereingefallen. Er führte sie aus, unternahm, als man sich nähergekommen war, kleine Reisen mit ihr und bemerkte nicht, wie sie ihm das Geld aus der Tasche zog.

Er war taub für die Andeutungen von Leuten, die es, wie sie sagten, gut mit ihm meinten, überhörte ihre Warnungen, wenn sie «lebenslustig» sagten und «leichtfertig» meinten. Als die Person ein Kind erwartete, hatte er sie in der Erwartung geheiratet, dass Schwanger- und Mutterschaft eine beruhigende Wirkung auf ihren Charakter ausüben würden. Er sollte sich täuschen. Das Mädchen, das sie zur Welt brachte, überließ sie einer Amme und tauchte bald schon wieder auf Bällen und Künstlerfesten auf.

Diese erste Frau Lauterbach, deren Name nie genannt wurde und von der Agathe nur einmal als «die Miederverkäuferin» und an einer besonders drastischen Stelle als das «Luder» sprach, bestand auf einer Zofe und einem eigenen Wagen mit Chauffeur, und noch bevor das Töchterchen laufen konnte, kam es zum Eklat. Immer häufiger ließ sie den Hausarzt rufen, der sie binnen einer Stunde von drückenden Schmerzen befreite. So ging das eine Weile, bis Otto Lauterbach die beiden in flagranti erwischte. Diesmal lag seine Gattin mit einer Erkältung im Bett, und dieser Dr. Wagner war auf eine Art und Weise mit ihr beschäftigt, wie noch kein Arzt eine Patientin von Schnupfen geheilt hat.

Otto Lauterbach reichte die Scheidung ein. Die Person verließ mit ihrem Doktor die Stadt und zog nach Berlin. «Zum Abschied hat sie dem Herrn Direktor ein Hirschgeweih aufs Kopfkissen gelegt», schloss Agathe ihren Bericht über Otto frühe Verirrung.

Nach seiner Scheidung lebte Otto Lauterbach zwei Jahre als Junggeselle. Er ließ sich einen Schnurrbart stehen und holte sich eine Stenotypistin ins Haus, ein junges, träges Wesen, dem er keine Briefe diktierte, sondern das ihm das Frühstück ans Bett brachte, in die aus einer Villa der Toskana stammende «Löwenbadewanne» heißes Wasser einlaufen ließ und ihn nach dem Baden frottieren und mit Rosenöl einreiben musste. Sie schlief in der Kammer über ihm und hatte auf ein verabredetes Klopfzeichen zu ihm zu kommen und ihn nach seinen Wünschen zu fragen.

Im Haushalt musste sie sonst weiter nichts tun. Wenn er unterwegs war – und das geschah häufig –, konnte sie den lieben langen Tag in der Hängematte liegen und Heftchen mit Liebesromanen lesen. Von seinen Reisen brachte Lauterbach ihr kleine Geschenke mit, Seife, Dessous, vor allem Pralinen, denn er hatte es gern rundlich. Sie hätte mit ihrem Leben zufrieden sein und mit der Zeit eine beträchtliche Summe Geldes für ihre Aussteuer sparen können, hätte sie nicht mit einem Mal angefangen, sich in den Haushalt einzumischen und in seinen Räumen die Möbel umzustellen.

Das Leben als Junggeselle bekam Otto Lauterbach gut. Die Befürchtung, dass die Affäre seiner Frau mit dem Hausarzt seinem Ruf und damit dem Geschäft schaden könnte, bewahrheitete sich nicht. Angesichts der ihm angetanen Schmach hatte er entschlossen gehandelt, so war der Skandal bald vergessen, und andere gehörnte Ehemänner erregten Häme und Mitleid der Münchner Gesellschaft. Aus der einst begehrenswerten Frau wurde in Otto Lauterbachs Erinnerung ein kaltes, selbstsüchtiges Weibsstück, von dem er sich – hätte er seine sieben Sinne nur beisammengehabt – viel früher hätte trennen müssen. Und tatsächlich: Seit der durch ihre kapriziösen Lebensgewohnheiten verursachte Aderlass wegfiel, sammelten sich auf seinen Konten beachtliche Summen an, die jetzt allein ihm zur Verfügung standen.

Er kaufte sich einen «Horch», ein nobles Automobil, das im Fond noch die Eleganz großbürgerlicher Kutschen ahnen ließ. Am Steuer hatte ein Chauffeur in Uniform zu sitzen, der sich die Schirmmütze vom Kopf riss, bevor er dem Herrn Direktor die Wagentür zum Einsteigen öffnete.

Mit dem neuen Auto kam Melf in sein Leben, sein treuester, ergebenster, verschwiegenster Diener, der sein Vertrauter wurde und ihn zu jener Verabredung mit der adligen Kundin nach Niederbayern fahren sollte, von der Otto Lauterbach in einem Notsarg auf dem Rücksitz des «Horch» in die Villa am See zurückkehrte.

Nach dem Zwischenspiel mit der Stenotypistin wurde seine Lebensführung auf einmal solide. Dafür gab es einen Grund. Bei einer Ausstellungseröffnung in den Räumen seines Antiquitätenhauses fiel ihm eine junge Frau auf, die von Vitrine zu Vitrine ging und sich Notizen machte. Er hielt sie für eine Journalistin und stellte sich ihr vor: «Wenn Sie weitere Informationen wünschen, stehe ich jederzeit zur Verfügung.» Da lächelte sie und erklärte, sie seien sich vor einiger Zeit im Theater schon einmal begegnet. Lauterbach war geschmeichelt, tat so, als könnte er sich genau erinnern, und führte sie auf ein Glas Champagner ans Buffet. Es stellte sich heraus, dass der Tisch, an dem sie ihre Briefe, gelegentlich auch ein Gedicht schrieb, aus dem Antiquitätenhandel Lauterbach stammte. «Wie glücklich würde ich mich schätzen», sagte er an dieser Stelle, «wenn ich einen auf ebenjenem Tisch geschriebenen Gruß von Ihrer Hand erhielte.»

Sie hieß Luise, studierte an der Kunstakademie, hatte durchaus Talent und schien in Aussehen, Auftritt und Temperament all die Eigenschaften zu besitzen, die Lauterbach bei Frauen zeitlebens gesucht und jetzt endlich glaubte gefunden zu haben. Er verliebte sich auf der Stelle.

Schon an dem darauf folgenden Wochenende machte Luise mit ihren Eltern einen Ausflug an den See, an dessen Ufer die Lauterbach'sche Villa lag. Man fütterte die Schwäne und bestieg dann zur kleinen Rundfahrt die «Bayern». Als der Dampfer zum dritten Mal anlegte, ging man von Bord, am Steg winkte Otto Lauterbach, der es kaum erwarten konnte, den Gästen seine auf Hochglanz gebrachte Villa vorzuführen. Man ging über die gepflegten Kieswege durch den Garten und nahm scherzend, von einer Markise vor der Sonne geschützt, den Tee auf der Südterrasse ein, während in dieser schicksalhaften Stunde ein ganz in Schwarz gekleidetes Mädchen in der Eingangshalle den Beistand ihrer Namenspatronin, der heiligen Agathe, erflehte.

Luise war eine geborene von Hornberg. Ihre Eltern konnten sich «Freiherren» nennen und gehörten zu dem Teil des bayerischen Landadels, der über einen prächtigen Gutshof und ausgedehnte Ländereien verfügte, nicht aber über genügend Bargeld für ein standesgemäßes Leben mit Stadtwohnung in München und Ferien am Gardasee. Die Tochter auf die Kunstakademie zu schicken, wäre ein unerschwinglicher Luxus gewesen, hätte da nicht in Schwabing eine Tante gelebt, bei der Luise wohnen und essen konnte.

Unter dem Vorwand, es gäbe einige Möbelstücke zu begutachten, von denen man sich eventuell trennen wollte, wurde Lauterbach in den Gutshof der Hornbergs bei Ried gebeten. Der Besuch in seiner Villa lag noch nicht lange zurück. Der Glanz des Hauses, der gepflegte Garten und nicht zuletzt der «Horch» hatten ihre Wirkung getan, man hatte sich in bestem Einvernehmen getrennt. Die Freifrau hatte Lauterbach durch seine Aufmerksamkeiten, Herrn von Hornberg durch seine soliden Ansichten in wirtschaftlichen Dingen beeindruckt. Auch Luise war bei der Heimfahrt so heiter wie selten gewesen; die Eltern hatten sich einen bedeutungsvollen Blick zugeworfen.

Die Männer hielten sich nicht lange mit den zur Debatte stehenden Möbeln auf. Auf einer Bank unter einer jahrhundertealten Linde äußerte sich Lauterbach kurz zu dem einmalig schönen Blick auf die Benediktenwand, dann sagte Hornberg: «Ich will ja das Talent meiner Tochter nach besten Kräften fördern, das ist meine väterliche Pflicht. Aber wir leben in unsicheren Zeiten, die Preise steigen, man spricht von Revolution und Krieg. Die alten Werte verfallen, die Unterschichten drängen nach oben. In unserem Schützenverein, dessen Schirmherr schon mein Vater war, wurde ich als Vorsteher abgewählt, mein Nachfolger – stellen Sie sich das vor! – ist ein Bauunternehmer, der im Grunde nichts anderes ist als ein zu Geld gekommener Maurer.»

Hornberg räusperte sich. «Bei aller Hochachtung für die schönen Künste bin ich es meiner väterlichen Verantwortung schuldig, über Luises Zukunft nachzudenken. Sie muss auch die praktischen Seiten des Lebens kennenlernen. Daher meine Frage, lieber Lauterbach: Sie sind doch ein Mann von Welt, wie man so sagt, Sie haben Verbindungen und kennen doch sicher einen Betrieb, ein Unternehmen, ein solides Geschäft, in dem Luise einen Ausbildungsplatz finden könnte?»

Lauterbach fiel nicht nur ein Stein vom Herzen, er frohlockte. Er hatte damit gerechnet, dass Hornberg ihn um einen Kredit angehen würde. Das hätte ihn in eine ungemütliche Situation gebracht, schließlich war er kein Bankier, und tatsächlich lebte man in unsicheren Zeiten. Aber was die hübsche Tochter anbelangte, da wusste er Rat. Nach einer Anstandspause, in der er die Hand gedankenvoll an die Stirn legte, gab er sich einen Ruck: «Es wäre für mich eine Ehre und ein Vergnügen, Ihrer lieben Tochter in meiner Firma einen Lehrplatz zur Verfügung zu stellen.»

Luise wusste, was die beiden Männer unter der alten Linde verhandelten. Sie verfolgte das Gespräch von ihrem Zimmerfenster aus mit einem Feldstecher. Als die Männer sich erhoben und sich bedeutungsvoll die Hände schüttelten, war eine Entscheidung gefallen, die gut in ihre Pläne passte und der sie sich folglich nicht widersetzen würde. Später notierte sie in ihr Tagebuch: «Ich konnte Papa vom Gesicht ablesen, wie erleichtert er war, dass ich ihm künftig billiger zu stehen kommen würde. Was Otto durch den Kopf schoss, war unschwer zu erahnen: Es würde seine Pflicht sein, sich um die Praktikantin zu kümmern, und da müsste es doch mit dem Teufel zugehen, wenn sich nicht eine Gelegenheit ergäbe, ihre Tugenden auf die Probe zu stellen. Derlei sagte er meinem Vater natürlich nicht, aber ich sah, dass er sich unter dem Tisch die Hände rieb. Die beiden besiegelten den Handel mit einem ‹Enzian›, und ich ließ sie in dem Glauben, dass ich dabei die willige Kuh abgäbe. Als Papa mir die gute Nachricht überbrachte, fiel ich ihm überglücklich um den Hals.»

In der Folgezeit nahm Luise die Rosensträuße, Bonbonnieren und andere Aufmerksamkeiten, mit denen Lauterbach sie förmlich überschüttete, freundlich entgegen, küsste ihn zum Dank ein ganzes Stück von seinem Schnurrbart entfernt auf die Wange, aber wenn er glaubte, seine Praktikantin würde weiter gehen, hatte er sich getäuscht. Zum ersten Mal hatte er keinen Blick mehr für die hübschen Kundinnen, die sich im Kunsthaus Lauterbach umsehen wollten. Das registrierte Luise zufrieden, sie wartete, sie hatte es nicht eilig. In Gegenwart der Angestellten vermied sie die kleinste Berührung, und wenn er mit ihr abends ausging, war immer die Tante dabei. Otto Lauterbach, an Enthaltsamkeit nicht gewöhnt, verlor vor Ungeduld fast den Verstand.

Dann stand er eines Tages im Frühjahr 1905 mit einem Bouquet roter Rosen vor ihr, das so groß war, dass zwei Boten es hereintragen mussten, bevor Lauterbach versuchte, es Luise zu überreichen. Seine Stimme versagte, als er den entscheidenden Satz sagen wollte, er musste sich zweimal räuspern, bevor er sie fragen konnte, ob sie bereit wäre, seine Frau zu werden. Jetzt küsste Luise ihn näher am Schnauzbart, spürte seine Erregung, dankte für die wunderschönen Rosen und bat um eine Woche Bedenkzeit.

Durch ein barockes Altarbild beschleunigt, das Lauterbach für die Dorfkapelle in Ried stiftete, wurde kurzfristig die kirchliche Dispens erteilt, die erste Ehe annulliert, sie hatte vor Gott nie stattgefunden. Einer Hochzeit in Weiß und mit priesterlichem Segen stand nichts mehr im Wege.

Sie wurde für einen Sonntag im Mai in ebenjener Kapelle in Ried verabredet. Den mit Frühlingsblumen gesäumten Weg vom Hornberger Hof dorthin legte Luise mit ihrem Vater in einer Kutsche zurück. Dreimal ließ sie anhalten, um mit den Glückwünschen der Bauern aus der Umgebung Salz und Brot entgegenzunehmen. Unter dem barocken Altarbild gab sie Otto das Jawort.

Der Tag wurde vom Hoffotografen Wörlein im Bild festgehalten: Luise betritt am Arm ihres Vaters die Kapelle, Braut und Bräutigam tauschen die Eheringe, der Hochzeitskuss, das jungvermählte Paar winkt der Menge aus der nun mit Girlanden geschmückten Kutsche zu. Auf dem offiziellen Hochzeitsbild, das unter der Linde entstand, dem Ort, an dem alles begann, sieht man Maximilian von Hornberg, gestützt von Otto Lauterbach, mit eingeknickten Knien. Seine Frau hatte nicht verhindern können, dass er sich ohne Rücksicht auf die Festgesellschaft betrank.

Fast fünfzig Jahre später fand ich die unsortierten Fotos zusammen mit Glückwunschtelegrammen, Gratulationsgedichten und einem runden Gestell aus dünnem Draht, das wohl Luises Myrtenkranz Halt gegeben hatte, in einem Karton unter der Balustrade. Erst beim zweiten Durchsehen entdeckte ich auf den Bildern, verträumt und immer etwas abseits stehend, ein blondes Mädchen in langem Kleid und mit einem Körbchen am Arm. Die kleine Martha hatte wohl der neuen Frau Lauterbach, ihrer künftigen Stiefmutter, Blumen auf den Weg ins Eheleben gestreut.

Und ich fand noch etwas in dem schmucklosen Karton: ein Kuvert, in dem zwei Briefe in unterschiedlicher Handschrift steckten. «Lieber Otto», war der eine überschrieben. «Nicht mehr lange, dann wirst Du mit unserer geliebten Luise den Bund fürs Leben eingehen. Friederike und ich haben keinen Zweifel, dass unser Kind an Deiner Seite glücklich werden wird. Sie ist uns kostbar, und wir vertrauen sie gerne Deiner liebenden Fürsorge an. Deine gesellschaftliche Stellung, Dein Sinn für die Realitäten dieser Welt und Luises Herkunft, aber auch ihre künstlerische Begabung machen Euch zu einem Paar, das das Leben gemeinsam mit leichter Hand meistern wird.

Leider komme ich nicht umhin, Dich noch einmal auf die Möbelstücke anzusprechen, die Du Dir neulich angesehen hast. Sie sind seit Generationen im Besitz der Hornbergs, und Friederike hängt verständlicherweise sehr an ihnen. Dennoch muss ich mich von ihnen trennen, wenn wir die Hochzeit, die wir als die Brauteltern ausrichten müssen, standesgemäß begehen wollen. Es bleibt mir keine andere Wahl. Ich vertraue auf Deine fachmännische Einschätzung der kostbaren Stücke und hoffe baldigst auf einen Scheck, dessen Höhe ich ganz Deiner Fairness überlasse. Dein künftiger Schwiegervater,

Maximilian von Hornberg.»

Die Antwort von Otto Lauterbach kam postwendend:

«Lieber Maximilian!
Ich danke Dir für Deine freundlichen Worte zu der Verbindung, die Luise und ich eingehen werden.

Die Kosten für die Hochzeitsfeierlichkeiten habe ich überschlagen. Um sie bestreiten zu können, wirst Du Dich auch von dem Intarsientisch in Eurer Wohnstube trennen müssen. Bedauerlicherweise sind all Eure Möbel in einem schlechten Zustand; ich werde die Stücke, die ich übernehme, mit nicht geringem Aufwand aufarbeiten lassen müssen. Hinzu kommt, dass dunkle, schwere Eichenmöbel auf dem Markt zurzeit so gut wie gar nicht gefragt sind.

Ich bedaure, Dir keine bessere Nachricht geben zu können, und lege diesem Brief einen entsprechend ausgestellten Scheck bei.

Mit einer Empfehlung an Friederike,

Dein Otto Lauterbach.

PS: In dem Zusammenhang: Das Freibier, das Du an die Bauern ausschenken musst, geht auf meine Rechnung!»

Luises Rückkehr aus den Flitterwochen wurde durch einen gewaltigen Schrankkoffer angekündigt, den ein Möbelwagen der Firma Lauterbach vom Münchner Güterbahnhof in die Villa transportieren musste. Er erregte die Neugier der Hausangestellten, man rätselte, was er wohl alles enthalten könne, aber ohne seinen Inhalt genauer zu kennen, verstanden ihn alle als Zeichen, dass eine neue Epoche begonnen hatte.

Luise stieg aus dem «Horch», schüttelte sich den Staub der langen Reise aus den Kleidern und gab, noch bevor sie eine Tasse Tee getrunken hatte, Anweisung, den Koffer in ihre Ankleide zu schaffen. Dort zog sie einen Schlüssel aus einem perlenbestickten Handtäschchen und öffnete schweigend die beiden schweren Schlösser seiner Tür.

Als Erstes holte sie ein blauseidenes Negligé mit passendem Morgenmantel heraus, hielt es mit einer Hand um ihre Taille, schob ein Bein in Positur und prüfte die Wirkung vor dem großen Wandspiegel. Dann zog sie aus einem eigens dafür vorgesehenen Fach einen Hut mit breiter Krempe, setzte ihn so auf, dass sich die künstlichen Blumen und Früchte vorteilhaft mit ihrer Dauerwelle mischten, und betrachtete ihr Spiegelbild mit einem Blick, den sie der Verkäuferin in einem Mailänder Modesalon abgeguckt hatte. Übermütig steckte sie die Nase in die Seide des Morgenmantels, sog tief den Duft des Stoffes ein, einmal, zweimal.

Sie war so vertieft, dass sie Martha nicht bemerkte, die sich ins Nebenzimmer geschlichen hatte. Während es die Luft anhielt, brach in dem kleinen Mädchen eine seit langem schwärende Wunde auf: eine wilde Sehnsucht, dass diese Frau dort vor dem Spiegel eine Mutter für sie sein könnte. Mit Tränen in den Augen und nach vorn gestrecktem Kopf lief sie auf Luise zu, verfehlte sie und wäre geradewegs in den Schrankkoffer gelaufen, hätte Luise sie nicht gepackt und gesagt: «Bist du nicht bei Trost? Du zerdrückst ja meine neuen Sachen!»

Alles, was das Zimmermädchen aus den Tiefen des Schrankkoffers in der Ankleide anschließend sorgsam verstaute, war nach der neuesten Mode. Vorbei und vergessen die Zeit, in der sie Kleider ihrer Mutter aufgetragen hatte. Die neuen Chiffon-Röcke, die plissierten Blusen mit raffiniertem Ausschnitt verdrängten die Dirndl von einst. Aus der Landpomeranze war eine Dame von Welt geworden.

Es wurde wohl eine geglückte Ehe. Otto Lauterbach fühlte sich so jung und beschwingt, wie er sich selbst nicht kannte, er erfüllte seiner Frau jeden Wunsch und schränkte seine Eskapaden auf ein Minimum ein. Luise ließ sich verwöhnen, doch anders als ihre Vorgängerin nahm sie die Villa in Besitz. Sie hängte ihre luftigen Aquarelle in Zimmer und Flure, südliche Landschaften, braun gebrannte Bauernkinder auf blühenden Wiesen, die Kapelle von Ried mit ihrem Zwiebeltürmchen vor der Benediktenwand, Blumensträuße in hellen, sommerlichen Farben. Von den Hausangestellten ließ sie sich heiße Schokolade auf die Terrasse bringen, den Liegestuhl an dem von ihr bevorzugten Platz im Halbschatten aufstellen oder die Staffelei samt Malutensilien auf den Steg vor das Bootshaus tragen. Sie dienten ihrem Wohlbefinden, sie hatten ihre Wünsche zu erfüllen. Wenn sie dies zu ihrer Zufriedenheit taten, dankte sie es ihnen mit einem freundlichen Wort und auch schon mal mit etwas Geld. Was die Arbeit in Garten und Haushalt anbelangte, ließ Luise sie gewähren.

Knapp ein Jahr nach der Hochzeit rundete sich ihr Bauch, sie bat Otto, alle gesellschaftlichen Verpflichtungen abzusagen, und betrachtete stundenlang die Abbildungen der Nofretete, der Madonnen Raffaels, der «Primavera» des Sandro Botticelli und nackter Verführerinnen mit kleinen Brüsten auf Bildern Lucas Cranachs. Sie sog die Bilder weiblicher Anmut und Schönheit auf wie die milde Morgensonne den Tau der Wiesen, denn sie war sich sicher, dass das Lebewesen, das in ihrem Bauch strampelte, ein

Mädchen werden würde. Anfang September 1906 wurde im Eckzimmer der Villa im ersten Stock Elisabeth Lauterbach geboren.

Ein Mann für Elisabeth

Auf Grund gewisser Erfahrungen, die verdrängt, aber nicht vergessen waren, hatte Otto Lauterbach darauf bestanden, dass Luise sich während der Schwangerschaft einer Ärztin anvertraute.

Wie um deren Prognose zu widerlegen, es würde eine schwere Geburt werden, brachte Luise ihr Kind in knapp zwei Stunden zur Welt. Als noch einmal zwei Stunden später Otto an ihr Bett trat, war er tief gerührt. Es fehlte nicht viel, und er hätte niedergekniet, die Bettdecke zurückgeschlagen und Luise die Füße geküsst. Stattdessen zog er ein kleines rotes Lederetui mit Goldrand hervor, das einen Ring mit einem hochkarätigen Brillanten der Güteklasse «River» enthielt. Zärtlich steckte er ihn Luise mit dem Wunsch an den Finger, dass sie sich darüber freuen möge, aber auch mit der Anweisung, dass er an die eben geborene Elisabeth gehen solle, und zwar an deren Hochzeitstag, spätestens aber an ihrem dreißigsten Geburtstag. Luise hob die Hand, der lupenreine Stein brach funkelnd das Licht der Nachmittagssonne, aber wie sich später herausstellte: Ein Glücksbringer war er nicht.

Kindheit und Jugend Elisabeths wurden von immer neuen Fotografen, die der verliebte Vater in die Villa rief, fast lückenlos dokumentiert. Bilder, die ihm besonders gut gefielen, stellte er in silbernen Wechselrahmen so auf seinen Bürotisch, dass vor allem die Kundinnen nicht umhinkonnten, ihn auf seine hübsche Tochter anzusprechen. Oder er steckte sie in ein gesondertes Fach neben den größeren Geldscheinen in seine Brieftasche, die er, sozusagen auf dem Herzen, immer bei sich trug.

Die Übrigen landeten in Kartons und wurden von Luise, die als

Malerin die Fotografie für eine niedrige Kunstform hielt, nach dem Tod ihres Mannes in der Bibliothek, und zwar in dem mit massiven Holztüren verschlossenen Hohlraum unter der Balustrade, abgestellt. Während draußen der Krieg wütete und unwiederbringliche Kunstschätze zu Schutt und Asche wurden, lagerten sie dort trocken und staubgeschützt in völliger Dunkel- und Vergessenheit, bis ich sie bei meinen Aufräumarbeiten fand.

Die frühesten Bilder zeigten Elisabeth im Taufkleid auf den Armen des Vaters, es folgten Serien, bei denen sie mit verschiedenen Tieren zu sehen ist: die Zweijährige auf einem Schaukelpferd sitzend oder auf der Terrasse mit Benta, der Hündin ihrer Schwester, oder im Garten mit Kaninchen, Meerschweinchen und einem Pfau, Elisabeth immer an dem schwarzen Haarschopf und dem selbstbewusst in die Kamera gerichteten Blick zu erkennen.

Obwohl die Tochter Otto Lauterbachs nicht mit den Kindern kleinbürgerlicher Familien eine Bank der zuständigen Volksschule drücken musste, sondern von Privatlehrern unterrichtet wurde, fehlte nicht das Foto mit der Schultüte, die so groß geraten war, dass man auf dem Bild dem Kind die Mühe ansah, sie zu halten. Noch in der Vorpubertät steckte man sie in eine Ritterrüstung, die der Antiquitätenhändler eigens für das Foto anfertigen ließ, das sie auf den Stufen vor der pseudoromanischen Votivkapelle Ludwigs II. in Berg zeigt. Finster, die linke Augenbraue trotzig hochgezogen, blickt sie auf den durch ein schlichtes Holzkreuz gekennzeichneten Unglücksort hinab, wo der Bayernkönig im See ertrank.

Auf den späteren Bildern, mit deren Säuberung und Archivierung ich mich besonders ausführlich beschäftigte, wurde die Haltung kokett: Elisabeth mal als Prinzessin vor einem goldenen Spiegel in ihr Ebenbild versunken, mal als schwarz gelockte Nymphe am Rande eines Seerosenteichs, mal in graziöser tänzerischer Pose den Arm wie zufällig vor die nackte Brust gelegt. Je länger ich die Bilder betrachtete, desto mehr schien mir ihr Blick immer vielsagender auf mich gerichtet. Ich konnte der Versuchung nicht widerstehen: Das Bild von Elisabeth, der Tänzerin, ließ ich in meiner Hosentasche verschwinden.

In einer Mappe des Hoffotografen Wörlein fand ich ein Bild der Familie, wie sie sich auf besonders kostbaren Sitzmöbeln aus dem Antiquitätenhandel Lauterbach präsentiert: ohne ein Lächeln für den Fotografen die Eltern, im Mittelpunkt ebenfalls ernst, aber herausfordernd den Betrachter fixierend, Elisabeth und für sich gestellt, dem Bildrand schon so nahe, dass die Linse Kopf und Figur leicht verzog, Martha, die aussah, als wäre sie gerade aus einem Traum erwacht. Ein Foto nur von den beiden Schwestern fand sich nicht.

Die Kriegsjahre 1914–1918 verlangten Otto Lauterbach geschäftlich Opfer ab. Der Sinn für schöne Möbel ging mit jeder schlechten Nachricht von der Front mehr verloren. Auch in den Häusern seiner Kunden sprach man über das Einlagern von Kartoffeln, die Beschaffung von Brennmaterial und festes Schuhwerk für die kalte Jahreszeit und nicht mehr über die Kunst oder Fragen des guten Geschmacks. In den Räumen der Kunsthandlung Lauterbach herrschte trotzdem Hochbetrieb: Stücke aus altem Familienbesitz wurden günstig angeboten, das Lager schwoll bedrohlich an, aber die wertvollen Sachen kaufen, das wollte niemand.

Vorbei die Zeit der Künstlerfeste, vorbei die Kutschenfahrten zum Picknick auf der Jungfernhöhe, bei dem man auf karierten Decken inmitten einer Blumenwiese lagerte, während der alte Melf Brezeln, geräucherte Forellenfilets und goldbraune Hähnchenschenkel verteilte, die Erwachsenen sich ein Gläschen Weißwein genehmigten und die Kinder sich auf die Suche nach Maikäfern machten, die sie der nichts ahnenden Martha in die hochgesteckten Haare setzen wollten. Die beiden Pferde wurden vom Militär requiriert, auf die geringe Entschädigung verzichtete Otto Lauterbach aus vaterländischer Gesinnung großzügig, die

Kutsche, in deren Polstern es sich schon der Maler Franz von Lenbach und manch ein blaublütiger Gast bequem gemacht hatten, wurde unter einer schwarzen Plane in der Remise abgestellt.

Elisabeths Verehrer, junge Männer mit leidlich guten Manieren aus dem bayerischen Landadel, meldeten sich freiwillig in den Kasernen. Unter allgemeinem Jubel bestiegen sie, die Tornister auf dem Rücken, die mit Fähnchen und Wimpeln geschmückten Sonderzüge. Ihr Ziel war die Front, sie wollten es den Franzosen zeigen. Drei Monate später waren sie tot, alle gefallen auf dem Felde der Ehre an der Marne oder bei Tannenberg. Ihre Familienangehörigen trugen schmale, schwarze Bänder am Revers.

Junge Mädchen waren vom Kriegsdienst befreit, aber Elisabeth wollte auch etwas tun zum Wohl der Allgemeinheit: Im dritten Kriegsjahr organisierte sie mit der ganzen Energie ihrer zehn Jahre eine Heilkräutersammlung, alle Nachbarn mussten sich beteiligen. Kamillen- und Lindenblüten, die Blätter des Spitzwegerichs, des Sauerklees und der Schafgarbe lieferte sie getrocknet und in kleine Säcke gefüllt bei einer Annahmestelle des Roten Kreuzes ab. Das brachte ihr eine in Sütterlin verfasste Urkunde auf Pergamentpapier und die für ein Kind ungewöhnlichen Kenntnisse über wilde Heil-, Gewürz- und Nutzpflanzen ein, die ihr, als wieder Krieg war, zugutekommen sollten. Sie lernte auch, dass man andere begeistern konnte, wenn man es nur wirklich wollte und mit gutem Beispiel voranging. Und sie fand eine Freundin fürs Leben. Sie hieß Josephine, ein rothaariges, sommersprossiges Mädchen, das beim Kräutersammeln die besten Plätze kannte. Sie war immer zur Stelle und unermüdlich, wenn andere über wehe Füße oder Rückenschmerzen klagten. Fine war eine ergebene Helferin und die erste und einzige Freundin, die Elisabeth je hatte.

Sosehr ich auch suchte, ich fand keine anderen Fotos oder Dokumente, die mir Rückschlüsse auf das Leben in der Villa Lauterbach während der letzten Jahre des Ersten Weltkriegs und den Beginn der zwanziger Jahre hätten anschaulich machen können. Otto Lauterbach muss viel unterwegs gewesen sein, um den angeschlagenen Antiquitätenhandel wieder in Schwung zu bringen, Luise listete in ihrem Tagebuch nur von ihr fertig gestellte Bilder auf, viele waren es nicht, womit sie sich sonst beschäftigte, blieb im Dunkeln. Das Unglück ihrer Stieftochter war ihr nur ein paar Bemerkungen wert:

«Februar 1917. Am 13. kommt die Nachricht, dass Ferdinand irgendwo in Frankreich gefallen ist. Ein Militärbeamter spricht Martha sein Beileid aus, überreicht ihr die Offiziersmütze und den Säbel des Toten. Wir alle sind erschüttert, aber fast jede Familie in unserem Bekanntenkreis hat mittlerweile einen als Kriegshelden gefallenen Sohn zu beklagen. Martha, das arme Kind, war offenbar ganz unvorbereitet auf den Verlust. Sie hat Ferdinand kaum gekannt, zum Glück nie den Ehealltag kennen gelernt, doch jetzt isst sie nichts und läuft durch das Haus wie ein Gespenst. Ich versuche sie zu trösten, aber ihr ist nicht zu helfen.»

Und einige Tage später: «Martha hat unter heftigen Schmerzen ihr Kind verloren. Sie schrie so laut, dass noch die Nachbarn es hörten. Gott sei Dank ist es in ihrer Wohnung passiert. Ich konnte gerade noch verhindern, dass Elisabeth zu ihr lief. Der Anblick wäre für sie ein Schock mit unabsehbaren Folgen gewesen. Über Marthas Zukunft mache ich mir keine Illusionen. Sie ist noch nicht achtzehn und schon Witwe, ihr Leben ist verpfuscht.»

Luise war sicher nicht die Einzige im Haus, die so empfand. Der Teppich, auf dem Martha zusammengebrochen war, wurde gereinigt, man sprach nicht mehr über den Vorfall, ließ sie mit ihrem Kummer allein. Sie verstummte, sie vergrub sich in einem Schmerz, in dem das Kind, das sie nie gesehen hatte, die einzige Person war, mit der sie sprach. Sie gab ihm Kosenamen und erstarrte bei dem Gedanken, dass sie es nie in ihren Armen halten würde. An Ferdinand dachte sie selten, in die Trauer über seinen Tod mischte sich das unbestimmte Gefühl, dass er sie im Stich gelassen hatte.

Im Haushalt übernahm sie kleinere Tätigkeiten, die sie wie eine Geistesabwesende verrichtete. Nie sah man sie lächeln, ihr Gesicht war zu einer wächsernen Maske erstarrt. In ihrem Blick lag ein Vorwurf, den die anderen Hausbewohner ungerechtfertigt fanden: Niemand hatte ihr etwas getan. Aber es war auch keiner bereit, ihr zu helfen. Ihr Vater, bei allem Mitgefühl, fand ihre Reaktion überzogen, nein, er fand sie hysterisch. Er versuchte erst gar nicht, sie zu trösten. Für alles, was junge Frauen üblicherweise interessierte – Kleider, ein Theaterabend, Einladungen –, hatte sie nur ein Kopfschütteln. Im Hause Larosé fand eine Trauerfeier im kleinsten Familienkreis statt, man drückte sich zum Abschied kalt die Hand, danach brach der Kontakt zu den Schwiegereltern ab. Schon gequält von der Angst, den Verstand zu verlieren, raffte sie sich mit letzter Kraft auf, einen Brief an die Mutter in Berlin zu schicken. Er kam ungeöffnet mit dem Vermerk «Annahme verweigert» zurück. Martha verschwand in einem Nebel der Hoffnungslosigkeit, sie gab sich auf.

Elisabeth reagierte auf die Verhältnisse in ihrem Elternhaus wohl mit Protest. Dem Vater hielt sie seine häufige Abwesenheit vor, ihrer Mutter sagte sie ins Gesicht, sie sei selbstsüchtig. Sie entwickelte einen ausgeprägten Freiheitsdrang, selbstständig wollte sie sein und ihr Leben nach ihren Vorstellungen gestalten. An Ideen fehlte es ihr nicht, auch nicht an Energie, sie zu verwirklichen. Martha war für sie ein abschreckendes Beispiel: Diese depressive Bereitschaft, sich dem Schicksal auszuliefern – das würde ihr nicht passieren.

Als Otto Lauterbach ihr zu ihrem einundzwanzigsten Geburtstag ein eigenes Konto einrichtete, ausgestattet mit einem Betrag, über den sie frei verfügen konnte, zögerte sie nicht: Sie suchte sich ein Zimmer zur Untermiete im Münchner Stadtteil Schwabing, machte einen Erste-Hilfe-Kursus, belegte Vorlesungen in Biologie und Gesellschaftskunde an der Universität, lernte in einem Sprachinstitut Französisch und Italienisch, meißelte in einer Bildhauerklasse an der Akademie ihre ersten Steinplastiken und verbrachte die Semesterferien in Oberammergau, um bei einem Meister die Kunst des Holzschnitzens zu erlernen.

Sie war umschwärmt, galt als große Schönheit. Aber die Männer in ihrer Umgebung interessierten sie allenfalls als Begleiter, manchmal als Tänzer, bei Bergtouren als Gepäckträger. Komplimente ließ sie sich gefallen, Liebeserklärungen weniger gern. Auch sie verliebte sich wohl ab und zu, aber die jungen Männer, die ihr gefielen, haben nie von ihrem Glück erfahren. Sie wollte sich nicht binden, für keinen Tag und für eine Nacht schon gar nicht. Wenn es in ihrem Leben so etwas wie Bindung gab, dann allein an Fine. Vor ihr hatte sie – fast – keine Geheimnisse. Fine war bei all ihren Unternehmungen dabei, in ihrer Gegenwart konnte Elisabeth sich öffnen, vor ihr musste sie nicht die Unberührbare spielen, konnte hellauf über die Verschrobenheiten der Professoren lachen und herzhaft schimpfen auf Gott, die Welt und gelegentlich auch auf ihre Verwandtschaft in der Villa am See. Fine und Elisabeth waren unzertrennlich.

Wie jede Freundschaft wurde auch diese eines Tages auf die Probe gestellt, und zwar durch Konrad. Er tauchte in der Mensa, den Studententreffs und den einschlägigen Tanzlokalen auf, kam immer allein, war blass im Vergleich zu den anderen Studenten aus München und dem bayerischen Umland, die sich im Winter beim Skifahren und im Sommer in den Strandbädern der Seen eine gesunde braune Hautfarbe holten, er war anders. Er studierte Nationalökonomie, und – wie Elisabeth später bemerkte – so sah er auch aus: sauber und sorgfältig gekleidet, ein mäßiger Trinker, Nichtraucher. Immer etwas abseits, ein stiller Zuhörer, wenn die anderen lauthals debattierten – man konnte ihn leicht übersehen. Als Erste wurde Fine auf ihn aufmerksam.

Von ihr gab es in den Kartons der Bibliothek verschiedene Fotos. Als sie wie Elisabeth in München Biologie und Gesellschaftskunde studierte, galt sie allen als ein Mädchen, wegen dem man die Beine nicht vom Tisch nehmen musste. Den Backfischspeck, der ihr geblieben war, konnte man pummelig, die roten Haare apart und die Sommersprossen lustig finden, eine Schönheit war sie nicht. In Märchenstücken hätte sie den Kobold spielen können. Sie wusste das.

Als Mädchen hatte sie beim Klavierspielen Begabung gezeigt, machte rasch Fortschritte, übte unter Aufsicht und Anleitung von immer anspruchsvolleren Lehrern und gab, noch bevor sie das Abitur bestand, ihr erstes öffentliches Konzert. Ihre Mutter sah in ihr eine gefeierte Pianistin, aber der Vater hielt nichts von dem unsteten Leben einer Musikinterpretin und bestand auf einem Studium, das ihr den höheren Schuldienst ermöglichen sollte. Fine spielte nur noch gelegentlich, so einmal auf dem alten Klavier einer Studentenkneipe, einem rechten Schepperkasten, ein Geburtstagsständchen für einen Studienfreund. Bravorufe, grölendes Gelächter, nur einer klatschte Beifall, auch dann noch, als die anderen schon wieder die Bierhumpen am Mund hatten. Es war Konrad. Fine sah zu ihm hinüber, verbeugte sich leicht in seine Richtung, winkte ihm zu und verliebte sich auf der Stelle in ihn.

Anfangs fand Elisabeth, dass die beiden, schon wegen der blassen Hautfarbe, gut zueinander passten. Aber je mehr sie Konrad kennenlernte, je genauer sie ihn musterte, desto mehr beschlichen sie Zweifel. Mit Konrad konnte man lange, ernste Gespräche führen, er argumentierte stichhaltig, hatte Meinungen und konnte sie gut vertreten, die quirlige, sprunghafte Fine war für ihn nicht die Richtige. Eine lange, unruhige Nacht horchte sie in sich hinein, gegen Morgen klärten sich ihre Gefühle: Sie selbst war an dem jungen Mann mit dem schmalen Gesicht und den schmalen Händen interessiert.

Konrad stammte aus Düsseldorf aus einer alteingesessenen Unternehmerfamilie. Nach dem Studium, das er sicher mit «Summa cum laude» abschließen würde, sollte er mit einem einjährigen Praktikum bei einer Zulieferfirma im nahen Lüttich beginnen. So war es zwischen seinem Vater und ihm abgesprochen. Danach würde er als Junior in den Familienbetrieb eintreten, die ungeschriebenen Gesetze der Branche, die Niederungen des Rechnungswesens und der Menschenführung erlernen und durch praktische Erfahrungen seine theoretischen Kenntnisse der Nationalökonomie ergänzen. Fleißig müsste er sein und auf die Worte des Vaters hören – alles andere würde sich dann schon fügen. Konrads Werdegang war vorgezeichnet.

Elisabeth sollte von alldem erst später erfahren. Im Moment spielte sie mit dem Gedanken, einen ganzen Tag mit ihm zu verbringen, allein, ohne die liebe Fine. Sie wollte wissen, was von seinen moralischen Grundsätzen zu halten war, wenn man sie auf die Probe stellte. Sie schlug ihm vor, am nächsten Sonntag ein Tandemrad zu mieten und zu zweit die Isar aufwärts bis zu einem Gartenlokal zu radeln, in dem sie ihn zu einem Stück Kuchen einladen wollte. Konrad antwortete nicht gleich, und Elisabeth kannte den Grund für sein Zögern: Er war für ebendiesen Sonntag mit Fine verabredet. Und Elisabeth wusste noch mehr: Fine war nun ernsthaft verliebt und hatte sich vorgenommen, Konrad zu küssen, wenn er es nicht von sich aus tat.

Ob er von diesen Plänen Fines wusste oder nicht, er wollte ihr, die ihn lange vor Elisabeth gefragt hatte, wohl nicht absagen, andererseits aber auch Elisabeth nicht enttäuschen, und so hatte er die Idee, den Tag zu dritt zu verbringen, statt des Tandems drei Einzelfahrräder auszuleihen und das vorgeschlagene Gartenlokal anzusteuern. Er werde seinen Begleiterinnen eine Tasse Kaffee oder eine Schokolade spendieren. Konrad hatte mit seinem Vorschlag diplomatisches Geschick, aber auch Charakter bewiesen, obwohl Elisabeth es noch charaktervoller gefunden hätte, wenn seine Antwort die klare Entscheidung für einen Ausflug allein mit ihr gewesen wäre.

Die Radtour verlief ohne Zwischenfälle. Kein Beobachter hätte den drei jungen Leuten ansehen können, was sich in Wirklichkeit zwischen ihnen abspielte. Herausgefordert durch die Art, wie Fine Konrad anhimmelte, angestachelt durch kleine Bemerkungen, die man als Einverständnis zwischen den beiden deuten konnte, wurde Elisabeth, während sie in ihrem Erdbeerkuchen herumstocherte, blitzartig klar, dass sie es war und keine andere, die diesen Mann küssen würde.

Von der Bedienung ließ sie sich drei paar Würstchen zum Heißmachen und eine Portion Senf einpacken. «Die werden wir heute Abend bei mir essen», sagte sie. «Ich lade euch ein.» Ein paar Stunden später saßen sie in Elisabeths Wohnung, sie und Konrad wohlig erschöpft auf dem Sofa, Fine, die unter den wenig angenehmen Folgen eines zu harten Sattels litt, auf einem Sessel. Zu den Würstchen gab es Bier, danach «Kalterer See» aus der Literflasche. Der Wein tat seine Wirkung. Elisabeth legte ihren Kopf an Konrads Schulter. Sie streichelte seine blasse Hand, dann griff sie nach ihr und drückte sie heftig.

Schweigend sah Fine, dass Konrad den Avancen der Freundin keinen Widerstand entgegensetzte. Dass nicht sie, sondern eine andere ihm jetzt den Arm um die Schulter legte, schien ihm zu gefallen. Gegen Elisabeth hatte sie keine Chance. Mit den Tränen kämpfend stand sie abrupt auf, wünschte jetzt schon schluchzend den beiden einen schönen Abend und ging. Kaum waren sie allein, tat Elisabeth, noch in dem süßen Überschwang ihres Sieges, was sie sich vorgenommen hatte: Sie küsste Konrad, eine Stunde lang umarmten und drückten sie sich, dann gähnte sie zum Zeichen, dass es nun genug sei und er jetzt gehen müsse. Am nächsten Tag rief sie Fine an, nur um ihr zu sagen, viel habe sie nicht versäumt. «Du bleibst doch meine Freundin, oder?» Fine, an Widerworte nicht gewöhnt, sagte mit kleiner Stimme «ja».

Elisabeth besuchte weiterhin die Sprachkurse, übernahm in Biologie ein Referat, verwandelte eine Holzfigur, die eine Marktfrau hätte werden sollen, in einen Buben mit Lederhose und traf, nicht übertrieben oft, Konrad zu Ausflügen, für die er ab und zu einen Vorschlag beisteuern durfte. In ihr Zimmer nahm sie ihn nicht wieder mit. Was sie zurückhielt, war nicht die Sorge, dass er gegen ihren Willen aufdringlich werden könnte, sondern ganz im Gegenteil, dass sie in den weichen Kissen des Sofas die Kontrolle über sich verlieren könnte. Küssen war, das hatte sie in einem Buch in der Universitätsbibliothek nachgelesen, ein Austausch von Körperflüssigkeiten, es sei ein Gebot der Hygiene, danach die Zähne zu putzen und den Mund gründlich zu spülen. So betrachtet, hätte sie auf diesen Austausch verzichten können, wäre da nicht auch noch dieses seltsame, irritierende Wärmegefühl gewesen, das von den Zehen und Fingerspitzen ausgehend durch Brust und Beine strömte, sich flatternd im Bauch festsetzte und an das sie öfter zurückdenken musste, als ihr lieb war. Sie ließ keine Vorlesung, keinen Kursus aus, aber sie war nicht recht bei der Sache.

Unentschlossen, wie sie sich verhalten sollte – was sonst nicht ihre Art war –, zwang sie dann ein Zufall zum Handeln. Ihr Biologieprofessor hatte ihr ein Grundlagenwerk empfohlen, auf dem sie ein Referat aufbauen sollte. Auf der Suche nach diesem Buch drang sie bis in den hintersten Raum einer labyrinthischen Buchhandlung vor und sah … Fine und Konrad! Nur durch ein Regal von ihr getrennt standen die beiden, blind für die Welt, in enger Umarmung.

Ohne das gesuchte Buch, aber erfüllt von Wut und Rachegefühlen verließ sie die Buchhandlung. Jetzt war ihr klar, warum Konrad sie nicht drängte: Ihre beste Freundin, das rot gepunktete Unschuldslamm, war im Begriff, sie zu hintergehen. Aber so weit würde sie es nicht kommen lassen, Konrad gehörte ihr, ihr allein.

Am nächsten Abend saß Konrad auf ihrem Sofa, drei Kerzen brannten, es gab geräucherte Seerenken und italienische Vorspeisen, und auf dem Tisch stand in der Bastflasche bester Chianti. Elisabeth kurbelte am Grammofon, die passenden Platten hatte sie schon ausgesucht. Sie tanzten, bis ihnen so warm wurde, dass sie sich ausziehen mussten, erst Bolerojäckchen und Jackett, dann mehr und schließlich ganz, als sei dies das Natürlichste der Welt. Mit den Fingerspitzen berührte sie seine Brust in einer kreisenden Bewegung, wie um deren Festigkeit zu prüfen, glitt hinunter zu seiner Hüfte, wieder zogen die Finger Kreise, jetzt öffnete sie die Augen und griff zu, langsam und zielsicher, und hielt ihn fest, bis sie ein Pochen oder Zucken spürte. Elisabeth betrachtete nicht unbeeindruckt, was sie so noch nie gesehen hatte. Dann zog sie ihn zu sich heran, ein kurzer Schmerz, darauf war sie vorbereitet.

Es lief nicht alles wie im Lehrbuch beschrieben, dennoch durfte Konrad für den Rest der Nacht bei ihr bleiben. Beim Frühstück in einem kleinen Café um die Ecke kam sie auf die Villa am See zu sprechen, schilderte sie als ein kleines Paradies, in dem sie eine glückliche Kindheit zugebracht hatte. «Ich möchte sie dir zeigen», sagte sie, und noch ganz in dem Hochgefühl der Liebesnacht fügte sie hinzu, sie wollte ihn ihren Eltern vorstellen. Sie wären ja jetzt so gut wie verlobt. Und da er nicht widersprach, klärte sie schnell noch einen anderen Punkt: «Zwischen Fine und dir ist es aus! Du wirst sie künftig nur noch sehen, wenn ich dabei bin.»

Ob es sich genau so zugetragen hat oder ob ich wie ein Restaurator, der an einem alten Fresko arbeitet, die Konturen nachgezogen, verblichene Stellen mit neuer Farbe aufgefrischt, ja verloren gegangene Partien hinzugefügt habe, lässt sich mit letzter Sicherheit nicht sagen. Es muss Elisabeths Geheimnis bleiben. Was hat sie dazu gebracht, sich gerade auf diesen Mann einzulassen, der etwas Preußisches an sich hatte und so gar nicht in die Münchner Gesellschaft passte, in die sie hineingeboren war? War es die Lust, über die Freundin den Sieg davonzutragen? Hatte ihr nur die Natur ein Schnippchen geschlagen, oder hatte sie sich tatsächlich in Konrad verliebt, gerade weil er so ganz anders war als ihre anderen Verehrer?

In ihren Tagebüchern schildert Luise den ersten Besuch ihres künftigen Schwiegersohnes so: «Elisabeth hat sich für einen jungen Mann aus dem Rheinland entschieden. Er spricht Hochdeutsch, Gott sei Dank nicht diesen unangenehmen Dialekt seiner Heimatstadt. Er hat mir eine Flasche kölnisch Wasser mitgebracht, na ja, nicht gerade sehr originell, aber kein Fehler, ich werde sie bei Gelegenheit weiterschenken.

Er stammt aus gutem Hause, das spürt man. Er ist höflich und korrekt: Wenn Otto oder ich das Wort an ihn richteten, hat er ‹Genau! Ganz recht, ganz meine Meinung!› geantwortet. Das nenne ich Erziehung! Er scheint intelligent, wenngleich etwas schwächlich zu sein. Macht nichts, wenn sie denn heiraten, wird Elisabeth die Regie in der Ehe übernehmen, sie hat Energie für zwei.

Otto will Erkundigungen einziehen, wie vermögend die Familie Nettesheim ist und ob Konrad das Erbe ganz zufallen wird oder ob er es mit Geschwistern teilen muss. (Ich habe vergessen zu fragen, ob er welche hat.) Jetzt wird so viel von arischer Abstammung gesprochen. Mir würde es nichts ausmachen, aber ich denke, in dieser Hinsicht muss man sich bei ihm keine Sorgen machen: Er hat keine jüdischen Vorfahren. Aber interessieren würde mich, ob in seiner Familie Erbkrankheiten aufgetreten sind.

Elisabeth habe ich ins Gewissen geredet, sie hat die Form zu wahren, bis die Verlobungskarten verschickt sind und der Hochzeitstermin feststeht. Sie ist eine Lauterbach und muss sich hüten, als Geliebte eines Studenten der Nationalökonomie ins Gerede zu kommen. Durch ihr Studium sollte sie über Verhütungsmethoden Bescheid wissen. Ich bete, dass sie einen kühlen Kopf behält und sich noch einmal gewissenhaft prüft, ob dies der Mann ist, den sie sich als Vater ihrer Kinder wünscht. Vernunft ist jetzt gefragt.»

Konrad hatte sich während seines Studiums für Ausflüge aufs Land keine Zeit genommen, die Natur hielt er für eine Erfindung der deutschen Romane des neunzehnten Jahrhunderts, ihre Schönheiten hatte er nie zu entdecken versucht, und da er keine Freunde hatte, war er auch nie durch andere darauf gestoßen worden.

Kurzum, Konrad hatte den See noch nie gesehen. Auf der Fahrt zur Villa Lauterbach erkundigte er sich bei Elisabeth nach seiner Länge, Breite und Tiefe, wollte wissen, welche Fische darin vorkamen, und als er auf der Terrasse stand, war er von seiner Größe überrascht. Er stellte Überlegungen an, wie die enorme Wassermasse ökonomisch besser genutzt werden könnte, aber ob er sich bemühte, lobende Worte über die Aquarelle von Frau Luise zu finden, oder was sonst bei diesem schicksalhaften Besuch in ihm vorgegangen sein mag – wer weiß es. Elisabeth machte einmal obenhin die Bemerkung, er habe bei ihren Eltern einen guten Eindruck hinterlassen, aber von seinen Eindrücken war von ihr nichts zu erfahren.

Luise vertraute noch an anderer Stelle einige Gedanken über den Auserwählten ihrer Tochter dem Tagebuch an: «Ich sage es ganz ehrlich: Ich hätte Elisabeth einen anderen gewünscht, ein rechtes Mannsbild, meinetwegen einen Gutsbesitzer mit fünfzig Hektar Land, einen, der hinlangt, wenn die Kuh beim Kalben es allein nicht schafft, und der seiner Frau was zu bieten hat, in dieser und in jener Hinsicht.

Konrad hat gute Manieren, das weiß ich durchaus zu schätzen, er ist angenehm, vor allem mir begegnet er mit zuvorkommender Höflichkeit. Elisabeth hat dem Armen vollkommen den Kopf verdreht. In seinen Blicken erkenne ich mehr Hingabe als Leidenschaft. Er hat dünnes Haar, in zehn Jahren wird er es verlieren.

Otto hat, was die finanzielle Lage der Nettesheims anbelangt, positive Auskünfte erhalten. Die Firma läuft gut, keine Hypotheken, keine Schulden. Ein solides Geschäft, das Konrad erben soll. – Nein, es ist überhaupt nichts gegen ihn einzuwenden. Er ist zuverlässig und kann unserem Kind Sicherheit und ein standesgemäßes Leben bieten. Sie sind aus unterschiedlichem Holz geschnitzt, aber sie ergänzen sich gut. Wir werden sehen, was die Zukunft bringt.»

Als Luise diese Zeilen in ihr Tagebuch schrieb, war bereits alles entschieden: 1929 heirateten Elisabeth und Konrad in der Münchner Theatinerkirche. Der Tag, an dessen Vorabend die Lauterbachs und Nettesheims sich in kleinem Kreise wechselseitig das Du angeboten und auf die Verschmelzung der Familien angestoßen hatten, begann mit einer Verstimmung. Otto hatte Luise an den Brillantring der Güteklasse «River» erinnert, den er nun seiner Tochter neben dem Ehering an den Finger stecken wollte. Mehrfach hatte er Elisabeth darauf mit geheimnisvollen Andeutungen vorbereitet: «Eine große Überraschung wartet auf dich! Du wirst Augen machen.»

Aber als man aufbrechen wollte und der «Horch» schon seit einer Viertelstunde mit laufendem Motor und dem alten Melf am Steuer vor der Eingangstür wartete, war das kleine Lederetui mit Goldrand unauffindbar. Otto drängte Luise gereizt, sie solle sich gefälligst daran erinnern, wo sie den Ring versteckt habe. «Nirgends habe ich ihn versteckt! Er ist weg! Man hat das teure Stück gestohlen!»

Man fuhr – nicht bei bester Laune – ohne das Hochzeitsgeschenk zur Trauung. Der Ring blieb noch einige Zeit verschwunden, und just an dem Morgen, als Otto die Polizei einschalten wollte, fand er sich – wie von Geisterhand dort hingelegt – in einer der sechs Schubladen von Luises Schminktisch.

Als Elisabeth nach der Trauung ihr Bouquet in den Kreis ihrer unverheirateten Freundinnen warf, wünschte Otto, Martha hätte nach ihm gegriffen, aber die stand wie immer abseits, unbeteiligt, traumverloren, am Rande einer Ansammlung von Fremden. Die Feier, die ohne nennenswerte Peinlichkeiten verlief, war für ihre Eltern überschattet von dem Gedanken, dass Elisabeth von nun an in Düsseldorf leben musste. Auf entsprechende Fragen antwortete Luise knapp: «Sie hat es so gewollt.»

Ein Jahr später wurde an einem Sonntag Ingrid geboren. Sie war mit ihren dünnen Gliedern – das sah man sofort – eine Nettesheim. Konrad nahm das Mädchen beglückt auf den Arm und wiegte es so heftig, dass es eine weißliche Flüssigkeit auf sein Jackett erbrach. Die Großeltern schickten aus München ein Glückwunschtelegramm und kündigten ihren Besuch zur Taufe der Erstgeborenen an.

Als Elisabeth wieder schwanger wurde, war man sich einig, dass es ein Junge werden würde. Otto und Luise beschlossen, zur Taufe ins Rheinland zu fahren, Elisabeth zuliebe die weite Reise zu unternehmen. Die Vorbereitungen zogen sich über Wochen hin, so als plane man eine Weltreise. Otto war gerade in seinem Büro damit beschäftigt, seinen Angestellten Anweisungen für die Zeit seiner Abwesenheit zu geben, als ihm ein Schreiben der Kreisleitung der NSDAP überreicht wurde. Noch bevor er den Briefumschlag geöffnet hatte, wusste er, dass sein Inhalt nur Unheil bringen konnte.

Ihm wurde mitgeteilt, dass er in seinem Haushalt eine Angestellte jüdischer Abstammung beschäftigte. «Sie werden aufgefordert, hierzu unverzüglich Stellung zu nehmen, andernfalls …» Das Schreiben endete mit der Androhung von schwerwiegenden Konsequenzen.

Agathe. Ihre Tante hatte sie angezeigt.

Die Verleumdung

Otto Lauterbach hatte eine Eingebung, und er handelte sofort. Er war kein politisch denkender Mensch, er besaß nicht die grobschlächtige Raffinesse oder die raffinierte Grobschlächtigkeit derer, die im Begriff waren, die Macht an sich zu reißen. Er verschloss das Anschreiben in einer Schublade, in der noch nie ein Brief mit der Unterschrift «Heil Hitler» gelegen hatte, und verhielt sich wie im Geschäftsleben, wenn er für ein Gemälde, einen Gobelin oder ein Schmuckstück ein Angebot abgeben musste, ohne Expertise, ohne Vergleichswert, von einer Minute auf die andere. Er tat das Richtige.

Es war ein Leichtes, die Adresse von Agathes Mutter ausfindig zu machen. Lauterbach notierte sie auf das Kalenderblatt des 30. September, dann bat er den alten Melf zu einer Unterredung unter vier Augen in sein Arbeitszimmer. Agathe wusste, dass es um sie ging, und lauschte, konnte aber nicht verstehen, was die Stimme ihres Herrn hinter der verschlossenen Tür sagte. Sie schickte ein Stoßgebet zur heiligen Maria und musste vierundzwanzig Stunden in quälender Ungewissheit warten, ohne zu wissen, ob sie erhört worden war.

Ernst und schweigsam, als stünde ihm ein gefährlicher Einsatz bevor, holte der alte Melf nach dem Gespräch den «Horch» aus der Remise. Etwas fester als sonst presste er die Mütze an die Hosennaht, als er seinem Chef die Wagentür öffnete. Knapp eine Stunde später hielt das Auto vor einem heruntergekommenen Mietshaus. Kein Mensch zeigte sich auf den Bürgersteigen, alles wirkte wie ausgestorben. Vor den Hauseingängen standen Mülleimer, die

Fenster waren verschlossen, auf einem Balkon hing Wäsche zum Trocknen. In der Wohnung darunter, im dritten Stock verbrachten die beiden Männer die nächsten fünfundvierzig Minuten.

An einem Küchentisch mit abwaschbarer Tischdecke saßen sie einer Frau gegenüber, von der Agathe mir erzählt hatte. Es muss bei unserem zweiten Treffen gewesen sein, dass sie geradezu teilnahmslos auf diese Frau zu sprechen kam, die ihre Mutter war. Sie redete von ihr wie von einer entfernten Bekannten, einer ehemaligen Nachbarin, die man aus den Augen verloren hat. Sie glaube nicht an Gott und die Kirche, habe keine Grundsätze und keinen eigenen Willen, ein flatterhaftes Wesen sei sie.

Ich sollte an dieser Stelle erwähnen, dass wir unseren abendlichen Treffen den Schein des Zufälligen zu geben versuchten. Wenn ich ihr über den Weg lief, tat Agathe erstaunt: «Wo kommen Sie denn her?!», oder sie rief: «Ach, da sind Sie ja! Wenn Sie gerade nichts Besseres zu tun haben …» Sie sah sich um, ein schnelles Schnalzen mit der Zunge, dann lief sie mir auf Zehenspitzen voraus. Niemand sollte uns sehen. Wie Verschwörer gaben wir uns Zeichen, und wenn uns auf dem Weg zur Kapelle jemand begegnete, gingen wir in verschiedenen Richtungen auseinander, bis die Gefahr vorüber war.

Agathes Mutter war nicht hässlich, auch dafür hatte es nicht gereicht. Sie war jung, aber das war kein Vorzug, denn das Schicksal hatte nichts mit ihr vor. Sie wusste weder, was in der Welt, noch wollte sie wissen, was in ihr selbst vor sich ging, sie wusste nichts. Sie war zeit ihres Lebens ein Wesen ohne Vergangenheit, denn ihr fehlte die Fähigkeit, Erinnerungen zu speichern. Ihre Tage verliefen in einem grauen Nebel, der Unterscheidungen unmöglich machte.

Wenn sich ihr Männer näherten, sendete ihr Unterleib Befehle aus, die sie nicht verstand, denen sie sich aber auch nicht widersetzte. Ihnen zu gehorchen, war kein Vergnügen. Aber da sie sich nicht vergnügen wollte, nicht einmal wusste, was ein Vergnügen war, wusste sie auch nicht, was ihr fehlte.

Mit siebzehn wurde sie schwanger, und als Agathe zur Welt kam, hatte sie den Namen des Vaters bereits wieder vergessen. Als man ihr sagte, sie werde am nächsten Tag aus dem Entbindungsheim entlassen, hatte sie keinerlei Vorstellung, was aus ihrem Leben werden könnte. Zu keinem Gefühl fähig, hielt sie ihr Kind im Arm, hätte man es ihr weggenommen und in ein Waisenhaus gesteckt, wäre es ihr auch recht gewesen.

Die Taufe nahm in einer kurz gefassten Zeremonie der für das Heim zuständige Pfarrer vor. Eine der Stationsschwestern stellte sich als Taufpatin zur Verfügung, und da die Mutter nicht wusste, wie sie ihre Tochter nennen sollte, gab der Geistliche ihr den Namen Agathe. Sie erhielt die üblichen Geschenke: eine langstielige Kerze mit zwei Markierungen, wo sie bei der ersten heiligen Kommunion und etwas tiefer bei der Firmung anzuzünden sei, und außerdem ein Gebetbuch. Die Kerze steckte ihre Mutter in den nächstbesten Abfalleimer, das Gebetbuch wurde später Agathes kostbarster Besitz.

Nachdem der Pfarrer und die Schwester sie in dem kahlen Flur des Heims hatten stehen lassen, packte die Mutter ihre Habseligkeiten in einen Seesack und stand eine Stunde später mit dem in eine Decke mit dem Aufdruck «Städtisches Wohlfahrtsamt» gewickelten Baby vor der Wohnungstür ihrer Schwester Hilde im Münchner Stadtteil Sendling. Als sich die Tür öffnete, war ihre Jugend unwiderruflich zu Ende. Sie war nur noch ein kleines, schmächtiges Wesen mit fahrigen Bewegungen, dem von einer flüchtigen Begegnung mit einem Mann nichts geblieben war als das Kind, das sie nicht stillen konnte, und krampfartigen Schmerzen im Unterleib, die sie vor weiterem Verkehr mit Männern bewahrten.

Hilde war aus anderem Holz geschnitzt. Was Agathes Mutter an

Antrieb fehlte, hatte sie im Übermaß. Ihr Körper wirkte wie aufgepumpt, das Blut floss mit Hochdruck durch ihre Adern. Ihre Maxime hieß «Zucht und Ordnung», und da in ihrem Leben alles bis ins kleinste Detail geregelt war, fühlte sie sich aufgerufen, den Alltag ihrer Mitmenschen nach ihren Prinzipien zu organisieren. Freunde machte sie sich auf diese Weise nicht: Sie war gefürchtet, man ging ihr aus dem Weg.

Hilde hatte Charakter und einen Beruf, der diesem Charakter sehr entgegenkam. In einer Verwahranstalt für Blinde war sie für die Versorgung und Pflege von einem Dutzend Männer zuständig, und auch dort fand sie die Mittel, ihre Grundsätze durchzusetzen. Im freudlosen Einerlei der Blinden war sie das einzige weibliche Wesen, sie waren ihre willigen Opfer. Ihr aus dem Weg gehen konnten und wollten sie nicht, im Gegenteil: Wenn Hilde sie streng zurechtwies, befolgten sie ihre Anordnungen von dem Gefühl beglückt, dass sie ihre Aufmerksamkeit fanden. Sie mussten ihr die Füße massieren. Wenn einer es ihr recht machte, zwickte sie ihn mit den Zehen in die Nase.

Hilde hatte einen streng erzogenen Dackel. Als Agathes Mutter an der Wohnungstür klingelte, bellte er dreimal. Das war gegen die Regel, da vor der Tür eine ihm bekannte Person stand, und so wurde zur Strafe sein Fressnapf zwölf Stunden lang für ihn unerreichbar hoch ins Regal gestellt. Am Küchentisch nannte Hilde die Bedingungen, unter denen ihre Schwester «bis auf Widerruf» bei ihr Aufnahme finden konnte: Sie musste putzen, spülen, waschen und bügeln und durfte dafür in der Kammer am Ende des Flurs schlafen. Auch das Kind hatte seinen Platz in der Kammer, durfte nur zu den Mahlzeiten in die Küche geholt werden und hatte im Wohnzimmer grundsätzlich nichts verloren. Bei trockenem Wetter hatte sie das Recht, mit ihrem Baby zwei Stunden in den Park zu gehen, die Zeit auf der Parkbank konnte sie fürs Strümpfestopfen oder das Häkeln von Topflappen nutzen. Agathes Mutter wusste nicht, was sie an Freiheiten hätte verlangen können, und unterwarf sich den Forderungen der Schwester, litt unter den Krämpfen im Unterleib, war aber so anstellig, dass Hilde von ihrem Recht auf Widerruf keinen Gebrauch machen musste. So wuchs Agathe mit einer Mutter, die kaum mehr war als ein Schatten, und geprägt von ihrer tyrannischen Tante heran.

Wenn die Tante nach dem Frühstück den Tagesbefehl erteilt und die Wohnung verlassen hatte, wurden ihr Schlafzimmer und die Küche je eine halbe Stunde gelüftet, auf keinen Fall länger, im Winter wegen der Kälte, im Sommer wegen der Mücken. Zweimal die Woche wurde gekocht, dienstags und samstags, in bis aufs Gramm berechneten Mengen, die in Portionen aufgeteilt so lange reichen mussten, bis wieder Kochtag war. Hilde markierte zu Wochenbeginn das Butterpaket mit sieben Strichen in gleichem Abstand und schnitt jeden Morgen die Tagesration ab. Agathe zog nach dem Morgengebet an, was sie am Abend zuvor ordentlich gefaltet auf den Stuhl neben dem Bett gelegt hatte, das sie mit ihrer Mutter teilte. Unterwäsche und Socken wurden – wie im Blindenheim – jeden zweiten Tag gewechselt, der Rest nicht.

Zu keinem Zeitpunkt hatte Agathe das, was man eine Trotzphase hätte nennen können. Sie passte sich an und wäre niemals auf die Idee gekommen, Widerworte zu geben, wenn ihre Tante entschied, was für sie richtig war. Als sie nicht in den Kindergarten gehen durfte, weil man sich dort mit Keuchhusten anstecken und von den anderen Kindern schweinische Ausdrücke lernen konnte, war sie's zufrieden und beschäftigte sich lieber mit dem einzigen Spielzeug, das ihr gehörte: mit Ulla, einer aus einem fleischfarbenen Strumpf gedrehten und mit Wollresten gefüllten Puppe, deren runder Kopf auf der einen Seite mit einem Mädchen-, auf der anderen Seite mit einem Jungengesicht bemalt war. Die Neugier, von der getrieben andere Kinder Doktorspiele erfinden, kannte sie nicht, der ganze Unterschied bestand für sie darin, dass

Ulla vorn blonde und hinten braune Haare hatte. Sie hatte kein Bilderbuch, niemand erzählte ihr Märchen, keiner erklärte ihr die Welt, die vor der Wohnungstür im Treppenhaus begann und auf der Parkbank endete, auf der sie neben ihrer Mutter die Beine baumeln lassen durfte. «Schau, da ist ein Vogel», sagte die Mutter, aber da war nichts, nur ein paar Blätter, die der Wind vor sich hertrieb.

Agathe war für ihr Alter klein. Aber das fiel nicht auf, denn nie kam ein anderes Kind in die Wohnung, mit dem sie sich hätte vergleichen können. Als sie sechs Jahre alt war, musste sie zum Schularzt, wurde gemessen und gewogen und auch mit Rücksicht auf ihre geistige Entwicklung um ein Jahr zurückgestellt. Hilde war der Aufschub recht, der Stundenplan würde noch lang genug die häusliche Ordnung durcheinanderbringen. Als die Einschulung schließlich nicht mehr zu verhindern war, erreichte sie, dass Agathe bei den Ursulinerinnen unterkam. Eine der Ordensschwestern unterrichtete in einer Baracke neben dem Klostergebäude aus Barmherzigkeit Waisenkinder im Volksschulalter. Das hatte Vorteile: Hefte und die in Zeitungspapier eingepackten Bücher waren kostenlos, und nach der vierten Stunde gab es für alle ein einfaches warmes Essen. Die Lehrerin, ein junges, engelhaftes Wesen, setzte die kleine Agathe etwas abseits von den anderen, denn sie hatte beobachtet, dass das scheue Mädchen – auch in der Pause – am liebsten für sich blieb.

Es wurde viel gebetet und gesungen, fromme Lieder, deren Texte Agathe bald ebenso auswendig konnte wie die Geschichten, die von den Wundertaten der Heiligen erzählten. In kindlicher Verehrung für die Lehrerin lernte sie wie diese beim «Gegrüßet seist Du, Maria» die Augen zu senken und bei den Worten «Du bist gebenedeit unter den Weibern» fast unhörbar zu seufzen. Insgeheim schwärmte sie auch für den Pfarrer. Bei der Morgenandacht setzte sie sich in die vorderste Bank, damit beim Schlusssegen sein Blick als Erstes auf sie fiel, und wenn sie auf sein Bitten die Gesangbücher einsammelte, sehnte sie den Tag herbei, an dem sie aus seiner Hand zum ersten Mal die heilige Kommunion entgegennehmen würde. Bevor das zweite Schuljahr zu Ende ging, war Agathe in einer Liebe entflammt, die alles andere in den Schatten stellte und zu der man sich offen bekennen durfte: die Liebe zum Heiligen Herzen Jesu. Ihr Lebensweg als Nonne schien vorgezeichnet.

Von Zeit zu Zeit kamen wohltätige Damen der besseren Gesellschaft in die Schule für Waisenkinder. Sie reichten den armen, elternlosen Geschöpfen die Hand, sprachen einige tröstliche Worte und verteilten, immer in Eile, noch schnell ein paar kleine Mitbringsel: Karamellbonbons, Waldmeisterbrause, Lakritzrollen oder praktische Dinge wie einen Radiergummi, einen Bleistiftspitzer oder einen Tafelschwamm. Agathe als Kleinste der Klasse erregte ihr besonderes Mitgefühl und durfte sich oft als Erste ein Geschenk aussuchen. Was immer es war, es wurde ihr zu Hause von Hilde abgenommen. Agathe bat den lieben Gott, er möge ihrer Tante verzeihen, begann aber an geheimen Plätzen Depots einzurichten, wo sie ihre Schätze versteckte, darunter auch Schleifen und Haarspangen, die sie von anderen Mädchen gegen ihr Pausenbrot eintauschte. Sie entwickelte eine Geheimsprache, ein unverständliches Genuschel, mit dem sie ihrer Puppe Ulla von den einzelnen Stücken ihrer Sammlung erzählte. Ihre Mutter ahnte nichts von den Geheimnissen der Tochter. Die ließ ihr den größten Teil des gemeinsamen Bettes, das genügte ihr.

Hilde erteilte ihre Anweisungen klar und deutlich, sonst fiel in ihrer Wohnung nie ein lautes Wort. Das Gezänk der Eltern, in anderen Familien üblich, blieb Agathe erspart. Sie lebte in freudlosen, aber friedlichen Verhältnissen bis zu dem Tag, nach dem nichts mehr so sein sollte wie zuvor. Agathe war fünfzehn Jahre alt, auf Fürsprache der verehrten Lehrerin durfte sie wegen ihrer tadellosen Führung eine höhere katholische Mädchenschule besuchen, die eigentlich Töchtern wohlhabender Kreise vorbehalten war.

Stolz trug sie den schwarzen Schulkittel wie eine Ehrenuniform und steckte die Haare zu einem Knoten, einer Frisur, an der sich für den Rest ihres Lebens nichts mehr ändern sollte.

An einem jener Februartage, an denen die Leute sagen: «Der Frühling liegt in der Luft» und dann doch wegen des kalten Windes, der von den Bergen kommt, den Wintermantel überziehen, kam Agathe vorzeitig von der Schule nach Hause. Sie stand, um sich die Straßenschuhe aus- und ein Paar Pantoffeln anzuziehen – ein Ritual, zu dem die Tante sie erzogen hatte –, in der dunklen Ecke des Flurs. Da öffnete sich geräuschlos die Küchentür, die pralle Figur der Tante erschien im Gegenlicht, langsam, fast feierlich ging sie Richtung Badezimmer. An den Haaren zog sie die Mutter hinter sich her. Beide waren barfuß. Als die Mutter stolperte, riss ihr die Tante den Kopf herum, sodass Agathe für einen Augenblick ihr Gesicht sah: Sie grinste hilflos und ergeben. Dabei gab sie kein Geräusch von sich, kein Stöhnen, kein Wimmern, nichts. Absolute Stille, bis auf das Wasser, das jetzt in das Waschbecken lief. Agathe sah, dass sich die Tante auf die Zehenspitzen stellte und den Kopf der Mutter in das volle Becken stieß. Sie hatte die Mutter im Genick gepackt und drückte mit aller Kraft nach unten. Jetzt erschien auch in ihrem Gesicht ein Grinsen. Wieder Stille. Dann ging durch den Körper der Mutter ein wildes Zucken, als hätte ein elektrischer Schlag sie getroffen. Da ließ die Tante sie los, der Körper rutschte zur Seite und sackte langsam auf den Fliesenboden.

Agathe stand, noch immer mit den Pantoffeln in der Hand, wie versteinert. «Tot. Die Mutter ist tot», flüsterte eine Stimme, die sie nicht kannte. Doch da bewegte sich die Mutter, mühsam drehte sie sich zur Seite, bis sie vor der Tante kniete. Ihre Hände schlossen sich um deren Knöchel, sie senkte die Stirn und küsste den nackten Fuß vor ihr. Unter ihr hatte sich eine Urinpfütze gebildet. Das war das Letzte, was Agathe von ihrer Mutter sah, bevor sie in Panik aus der Wohnung stürzte.

Otto Lauterbach kam gleich zur Sache. Er wollte wissen, wer Agathes Vater war. Die Frau auf dem Stuhl ihm gegenüber zog die Schultern ein und schüttelte matt den Kopf. Sie konnte sich an nichts erinnern, nicht einmal den Namen wusste sie. Er konnte auf zwei Fingern pfeifen, das war alles. – Wie ihre Schwester Hilde auf die Idee kam, dass Agathe von einem Juden abstammte? Sie zuckte mit den Schultern. Oder doch: Sie hatte einen gekannt, einen gewissen Moritz. Mit dem war sie in den Tierpark gefahren, immer ins Affenhaus. Die Wärme und den Geruch der Affen fand sie schön. Wenn die rumsprangen und sich den Hintern leckten, hatte sie lachen müssen. Und wenn mal ein Affe auf den anderen draufgestiegen war, hatte sich der Moritz bei ihr festgehalten.

«Und weiter?»

«Nichts. Was soll denn weiter gewesen sein? Ach so! Die Hilde hat mir verboten, dass ich mich mit dem Moritz treffe. Das war gemein von ihr. Ich bin noch einmal mit ihm zu den Affen. Da hat sie angefangen zu toben, hat mich eine Judenhure genannt, wo ich doch mit dem Moritz gar nichts hatte.

«Ja, und? Was ist aus diesem Moritz geworden?» – «Die haben ihn abgeholt. Zum Abschied hat er geheult und mir seine gesamten Möbel vermacht. Das aber hat die Hilde nicht zugelassen. ‹Bereicherung an jüdischem Eigentum›, hat sie das genannt. Es wäre eine Schande, in einem jüdischen Bett zu schlafen, auch ohne Juden drin grenze das an Blutschande. Zur Strafe hat sie mir die Möbel weggenommen und mich angezeigt, dass ich ein Kind von einem Juden habe.»

Die Zeiten waren für die Schwester günstig. Sie stieg zur Aufseherin eines Lagers für politische Häftlinge auf, für die Blinden wurde eine andere Lösung gefunden.

Der Rest war schnell erledigt. Otto Lauterbach gab der Frau dreihundert Mark und stellte ihr einen monatlichen Scheck in gleicher Höhe in Aussicht, wenn sie Herrn Melf als den rechtmäßigen

Vater ihrer Tochter anerkannte und bei Befragen als Beweis einen handgeschriebenen Brief vorzeigen würde, der folgenden Wortlaut hatte: «Meine Liebste, ich bin froh, dass Du die Geburt unserer Tochter so gut überstanden hast. Wir wollen sie Agathe nennen. Ich werde ihr ein guter Vater sein. Dein Adolf.» Der Brief war auf den zweiten Tag nach Agathes Geburt datiert.

Jetzt waren ihr zur Absicherung noch einige Zeilen zu diktieren. Als wäre es sein Büro, ging Otto Lauterbach mit auf dem Rücken gefalteten Händen in der Küche auf und ab. Melf legte einen Bogen Papier vor ihr auf den Tisch und drückte ihr einen Federhalter zwischen die Finger. «Lieber Adolf, heute wurde unser Kind geboren. Es ist ein Mädchen. Ich glaube, sie sieht Dir ähnlich. Kein Wunder, Du bist ja schließlich auch ihr Vater.» Die Frau unterschrieb in einer kindlichen Schönschrift, dann raffte sie das Geld und steckte es ohne nachzuzählen in ihre Schürze. Die Männer schüttelten ihr zum Abschied die Hand, Otto Lauterbach mit angemessenem Druck, Melf flüchtig.

Otto Lauterbach ließ die Nazipartei bis an die Grenze des Möglichen warten, dann erst legte er die beiden Briefe zusammen mit einem Stammbuch der Familie Melf einem Uniformierten mit Bürstenhaarschnitt und einer Hakenkreuzbinde am rechten Arm zur Prüfung vor. Sichtlich überfordert, holte dieser einen zweiten Uniformierten herbei, den Otto Lauterbach mit einem weiteren, unwiderlegbaren Beweisstück empfing: mit Agathes Gebetbuch. Gleich auf der ersten Seite war der Satz in altdeutschen Schriftzeichen gestempelt: «Zur heiligen Taufe am …, Antonius-Krankenhaus München», und an die Stelle der drei Punkte hatte jemand das Datum vom 24. Februar 1886 gesetzt.

Als letzten Trumpf zog Otto Lauterbach einen Auszug aus dem Taufregister aus der Tasche, in dem die Geburt von Agathe M., der Name der Mutter, röm.-katholisch, und «Vater unbekannt» vermerkt war. «Es handelt sich um eine bösartige Verleumdung, der

Sie nachgehen sollten», sagte Otto Lauterbach. Die beiden Uniformierten standen stramm und schlugen zum Abschied die Hacken zusammen. Ohne den Hitler-Gruß zu erwidern, sagte er: «Ich werde an höherer Stelle Beschwerde einlegen.»

Das tat er natürlich nicht. Aber Tante Hilde erhielt einen Verweis und musste die unrechtmäßig angeeigneten Möbel herausrücken. In Anbetracht ihrer tadellosen Gesinnung konnte sie sie kurz darauf für einen symbolischen Betrag von jeweils einer Reichsmark zurückkaufen.

Das Leben in der Villa Lauterbach nahm seinen gewohnten Verlauf. Nichts hatte sich geändert, außer dass Agathe die Augen niederschlug, wenn sie dem alten Melf begegnete und Otto Lauterbach in ihre Fürbitten an die Gottesmutter Maria einbezog. Dieser behandelte sie mit der gleichen zerstreuten Freundlichkeit wie zuvor. Als sie sich für die gute Tat bedanken wollte, wehrte er ab, strich, wie um Zeit zu gewinnen, die widerspenstigen Haare an seinen Schläfen zurecht und sagte: «Ich habe einen Auftrag für dich, an dessen Ausführung mir sehr gelegen ist.» Sie fragte nicht, worin der Auftrag bestand. Gerne, antwortete sie, wollte sie sich ihm erkenntlich zeigen.

Luise

Otto Lauterbach, ein Konservativer mit vaterlandstreuer Gesinnung, zog unangenehm berührt die Augenbrauen hoch, wenn die braunen Horden auf den Straßen Münchens grölend seinen Weg kreuzten. Niemals würde er diesem Hitler seine Stimme geben, aber gegen ihn und seine bierbäuchigen Bonzen offen zu opponieren, unterließ er mit Rücksicht auf seine geschäftlichen Interessen.

Diese machten es notwendig, dass er in immer kürzeren Abständen zu einer adligen Dame nach Niederbayern fuhr, die sich mit dem Gedanken trug, das über Jahrhunderte zusammengekommene Inventar ihres Schlosses gegen die schmucklosen, kantigen Möbel im Stil der neuen Sachlichkeit einzutauschen. Der Adelstitel der Dame war nicht echt, aber die Möbel aus ihrem Familienbesitz waren nach Einschätzung von Otto Lauterbach «wahre Perlen».

Bei den abendlichen Gesprächen, in denen die Frau von Neudeck der Moderne das Wort redete, während Otto Lauterbach die traditionellen Werte vertrat, kam man sich näher. Er wäre angesichts des im reinen Louis XV. eingerichteten Salons entschlossen gewesen, es zum Äußersten kommen zu lassen, aber im entscheidenden Augenblick überfielen Frau von Neudeck Zweifel, ob das Bauhaus-Mobiliar in den alten Räumen so recht zur Geltung kommen könnte. Beim letzten Besuch, als schon seine Hand auf ihrem Knie ruhte, griff sie nach einem Kuvert, schwenkte es vor seiner Nase hin und her und eröffnete ihm, dies sei ihr Testament: Sie habe das Schloss mit seinem gesamten Inhalt «bis zum letzten Nagel» der Kirche vermacht. Ohne sich von der Verwirrung, die sie damit auslöste, beeindrucken zu lassen, legte sie den Briefumschlag in die mittlere Schublade ihres Sekretärs.

Unverrichteter Dinge, aber mit einem Plan kam Lauterbach in die Villa am See zurück. Er rief Agathe zu sich, und es kam zu dem kurzen Gespräch unter vier Augen.

Zweimal hintereinander musste der alte Melf Agathe nach Niederbayern bringen, zweimal hintereinander pflegte sie die Baronin, die unter einer hartnäckigen Unpässlichkeit litt. Beim ersten Mal nahm Agathe das Kuvert an sich, beim zweiten Mal legte sie es wieder an seinen rechtmäßigen Platz in der mittleren Schublade des Sekretärs. Da lag es fortan, als wäre nichts geschehen, alles war wie zuvor, bis auf eine kurze Hinzufügung in einer Handschrift, die der von Frau von Neudeck täuschend ähnlich sah. Bei ihrem Tod wäre nun ihrem lieben Freund Otto Lauterbach das gesamte Inventar des Schlosses als Erbe zugefallen.

Es war Betrug, aber er zahlte sich nicht aus. Um den Kontakt aufrechtzuerhalten und um sich zu vergewissern, dass die gute Freundin keinen Verdacht schöpfte, meldete er sich Anfang 1935 zu einem Besuch im Schloss an. Die Straßen waren vereist, Otto Lauterbach starrte aus dem Wagenfenster. Das Letzte, was er sah, waren Straßenarbeiter, die mit Seilen einen vom Sturm abgerissenen Ast von der Fahrbahn zerrten. Otto erlitt einen Schlaganfall und verstarb im kahlen Korridor eines Provinzkrankenhauses, ohne Luise zum Abschied die Hand gedrückt zu haben.

Von dem Tag an, an dem der «Horch» mit den sterblichen Überresten Lauterbachs langsam durchs Tor rollte und der eilig zusammengezimmerte Fichtensarg ins Haus getragen wurde, machte Luise eine Wandlung durch. Seit die Nachricht vom Tod ihres Mannes sie erreicht, seit sie den Telefonhörer so vorsichtig auf die Gabel gelegt hatte, als wäre er zerbrechlich, war sie in ein lähmendes Schweigen verfallen. Stumm zog sie ihr einziges schwarzes

Kleid an, stumm nahm sie das Hochzeitsfoto von der Kommode im Salon und stellte es auf ihren Nachttisch nah an ihr Kopfkissen, wortlos gab sie Anweisung, man solle den Toten in sein Schlafzimmer tragen und dort auf das frisch bezogene Bett legen. Auf die Frage, ob man den Pfarrer rufen solle, schüttelte sie den Kopf. Sie wollte weder Hilfe noch Beistand, sie wollte zum ersten Mal seit langer Zeit mit Otto allein sein. Sie verriegelte die Tür.

Den restlichen Tag und die folgende Nacht verbrachte sie an seinem Bett, ohne den Blick von ihm abzuwenden und ohne eine Träne zu vergießen. Er hatte sie aus einem Elternhaus befreit, in dem es nach Stall roch, er hatte sie verwöhnt, er hatte ihr ein sorgenfreies Leben ermöglicht – das hatte ihr gefallen, aber seine Liebesbekundungen erwidert hatte sie nicht. Mit ironischen, unernsten Bemerkungen hatte sie ihn auf Distanz gehalten.

Es hatte schon auf der Hochzeitsreise in Venedig begonnen: ein kaum wahrnehmbares spöttisches Lächeln, wenn beim Frühstück ein Tropfen Eigelb sich in seinem Schnurrbart verfing, die hochgezogene Augenbraue, wenn sie registrierte, wie ungeschickt er Trinkgelder verteilte, der nur angedeutete Tadel, mit dem sie den Knoten seiner Krawatte zurechtrückte, der zum Himmel gerichtete Blick, wenn ihm auf der Straße einfiel, dass er seine Handschuhe im Restaurant hatte liegen lassen. In einer von ihr bis ins Kleinste ausgefeilten Zeichensprache ließ sie ihn spüren, dass sie nicht ganz und gar die Seine war, und zwar so, dass die Kellner und Portiers, die Gondoliere und Schlafwagenschaffner, die Verkäuferinnen und Dienstboten es auch merkten. Er garantierte ihre gesellschaftliche Stellung, aber das hatte seinen Preis. Und den wollte sie nicht bezahlen.

Nach der Geburt von Elisabeth hatte sie auf einem eigenen Schlafzimmer bestanden, an dessen Tür er anzuklopfen hatte, bevor sie ihn einließ. Wenn er sich ihr näherte und sie ihm schon sein

Begehren am Gesicht ablesen konnte, sträubte sie sich und gab erst nach, als sie sich seinen hartnäckigen Zärtlichkeiten nicht mehr entziehen konnte.

Es war ein Spiel, bei dem sie die Regeln festlegte. Sie bestimmte, was von Vorteil war und wann er eine Strafkarte ziehen musste; sie erklärte üblich gewordene Züge als ungültig, führte neue ein und richtete es immer so ein, dass sie glauben konnte, die Gewinnerin zu sein. Wutausbrüche, Eifersuchtsdramen, Versöhnungsszenen gehörten zum Repertoire, Varianten und Kombinationen waren zugelassen, wenn sie in die Dramaturgie passten, nur ein Schachzug war nicht vorgesehen: der Tod. Er setzte alle Spielregeln außer Kraft, er machte Luise wehrlos.

Zeitlos war die Nacht der Totenwache. Luise faltete seine Hände, glättete eine Haarsträhne, die ihm übers Ohr gerutscht war, danach berührte sie ihn nicht mehr. Sie empfand weder Reue noch Dankbarkeit, aber sie wusste, dass der Mann, dessen Körper da kalt und bereits starr vor ihr lag, der Mann ihres Lebens gewesen war. Und noch etwas anderes wurde ihr beim Schein der Notkerze klar: dass sie ab jetzt inmitten der Familie und aller in ihrem Umkreis allein war. Bei der Vorstellung, dass sie von nun an Witwe war und das überflüssige Leben einer Frau führen würde, die nicht mehr jung und noch nicht alt war, stieg eine Art Abscheu in ihr hoch. Ihre engste Vertraute, die Ironie, verließ sie in dieser Nacht. Ihr einziger Kontrahent hatte sich ohne Vorankündigung davongemacht, das lieb gewonnene Spiel ein jähes Ende gefunden. Der Vorhang fiel, er war schwarz.

Als sie am nächsten Morgen die Tür des Totenzimmers öffnete und eines der Zimmermädchen rufen wollte, stieß sie einen Laut aus, der nichts anderes war als ein Schrei. Alle, die ihn hörten, stürzten herbei, und alle, die sie am Kopfende des Totenbettes stehen sahen, hielten die über Nacht in ihrem Gesicht eingravierten

Falten und ihre gebeugte Haltung für einen Ausdruck der Trauer. Sie gab mit ungewohnt leiser Stimme ihre Anweisungen und trat dann, bevor sie alles Weitere dem Pfarrer, der Totenwäscherin und dem Bestatter überließ, mit Elisabeth und Martha in die eisige Nähe des Toten.

Für eine Schweigeminute nahm sie die beiden Töchter bei der Hand, dann sagte sie: «Ob er ein guter Vater war, müsst ihr selbst beurteilen. Immerhin verdankt ihr ihm euer Leben.» Und nach einer Pause: «Ich bin sicher, er hat euch in seinem Testament großzügig bedacht.»

In dem Tresor der Firma Lauterbach fand sich in einem versiegelten Kuvert mit dem Vermerk «In Gegenwart eines Notars zu öffnen» Ottos Testament. Luise hatte es nicht gelesen, aber sie kannte seinen Inhalt, war sie es doch gewesen, die ihm einiges so geschickt nahegelegt hatte, dass er es in seinem letzten Willen aufnehmen konnte, als stammte es von ihm selbst.

Der Gang zum Notar war eine reine Formsache. Luise hätte ihn gern in die Villa bestellt, erinnerte sich aber daran, dass der Notar einen unangenehmen Geruch ausgeströmt hatte, der für Tage in den Vorhängen und Polstermöbeln hängen geblieben war. Also fuhren die drei Frauen in seine Kanzlei. Bevor der Notar, der das Testament laut vorzulesen begann, noch bei den Schlussfloskeln angekommen war, unterbrach ihn Luise mit der Bitte, er möge das Fenster öffnen und sich im Übrigen kurz fassen.

In seinem Testament setzte Otto Lauterbach seine geliebte Frau als Alleinerbin ein. Luise sollte über seinen gesamten beweglichen Besitz, über all die von ihm zusammengetragenen Kunstschätze frei verfügen dürfen. Niemandem war sie Rechenschaft schuldig, wenn es ihr in den Sinn kam, ein Gemälde oder eine Antiquität zu veräußern. Die Grundstücke vermachte er seinen Töchtern; und zwar sollte Elisabeth das Villengrundstück mit Haupt- und Nebengebäuden bekommen, Martha die Apfelwiese.

Abschließend erklärte der Notar, er komme nicht umhin, auf einen wichtigen Punkt hinzuweisen: Erbinnen des Villengrundstücks sowie der Parzelle «Langerstrand» seien zwar die Töchter, «Ihnen, sehr verehrte gnädige Frau Lauterbach, steht jedoch ein Recht auf Nießbrauch zu, auf das Sie nach eigenem Entschluss jederzeit verzichten können und das spätestens – ich muss es leider so sagen – eines hoffentlich fernen Tages bei Ihrem Tod endgültig erlischt.» Dann fragte er, indem er seiner Stimme einen feierlichen Klang gab, ob die Damen bereit seien, unter dieser Bedingung das Erbe anzunehmen.

Luise und Elisabeth sagten eilig Ja, selbstverständlich wollten sie das Vermächtnis des Verstorbenen respektieren. Auch Martha nickte zum Zeichen ihres Einverständnisses. Sie dachte an die blühenden Apfelbäume, die nun ihr allein gehören sollten. Sie meinte, die Amseln und Bienen zu hören, und war ihrem Vater dankbar für das Geschenk. Sie fühlte sich nicht benachteiligt, der Gedanke, dass sie den ungleich weniger wertvollen Teil bekommen sollte, kam ihr nicht. Der bei ihrer Schwester so ausgeprägte Sinn für Besitz fehlte ihr. Sie hatte den Vater auf ihre Weise geliebt und sich mit den seltenen Beweisen seiner Zuneigung begnügt. Wenn er die Schwester bevorzugte, spürte sie weder Bitterkeit noch Eifersucht. Sie war mit allem einverstanden und zufrieden, solange man ihr die Zimmer im Anbau der Villa ließ.

Mit einer Klammer an das Kuvert geheftet, war da noch ein zweiter Umschlag, auf den Otto in seiner breiten Schrift den Satz notiert hatte: «Im Falle meines Todes von meiner Ehefrau Luise in Gegenwart meiner Töchter Elisabeth und Martha zu öffnen».

Er enthielt folgende Anweisungen: «Ich habe für meine Witwe und mich auf dem Münchner Ostfriedhof eine Grabstätte in bester Lage gekauft. Dort will ich beerdigt werden.

Vorher will ich in meinen schwarzseidenen Frack gekleidet, mit dem Bayerischen Verdienstorden Erster Klasse und einer roten

Rose am Revers, zwei Tage in der Eingangshalle der Firma Lauterbach aufgebahrt liegen, um meinen Bekannten und Freunden sowie meinen Kunden Gelegenheit zu geben, von mir Abschied zu nehmen.

Obwohl ich mich als Freigeist betrachte, soll die Beerdigung ein katholischer Geistlicher vornehmen, wobei ich davon ausgehe, dass dies ein Vertreter des Erzbischofs sein wird.

Danach wird Luise die Trauergäste in den großen Ballsaal des Hotels «Vier Jahreszeiten» zu einem Essen einladen, das nicht protzig, aber doch unserer gesellschaftlichen Stellung angemessen ausfallen soll.

Als Grabschmuck habe ich die Figur eines Engels aus weißem Carrara-Marmor vorgesehen, die sich im Lager meiner Firma (in einer Holzkiste) befindet.

Unabhängig von meinen testamentarischen Verfügungen bestimme ich, dass aus meinem Barvermögen vorab Herr Adolf Melf und Frau Putzi Rieschender je 1000 Reichsmark erhalten. Weitere 500 Reichsmark gehen als Spende an den Verein der Kriegswaisen.

München, am 1. Januar 1931.

gezeichnet Otto Lauterbach.»

Als Luise dem Notar zum Abschied die Hand schüttelte, nahm sie sich vor, ihr Kleid zu Hause zum Lüften auf den Balkon zu hängen.

Dem alten Melf liefen Tränen über die Wangen, als Luise ihm einen Scheck in Höhe des ihm zugedachten Betrags überreichte. Niemand trauerte um den Verstorbenen unverhohlener als er. Wer Putzi Rieschender war und was es mit ihr auf sich hatte, das herauszufinden, musste bis nach der Beerdigung warten. Auch um die den Waisen zugedachte Spende würde man sich später kümmern. Vermutlich wurde sie im Trubel der nächsten Wochen vergessen.

Luise kostete es Überwindung, die Beerdigung so auszurichten, wie Otto es angeordnet hatte. Sie sah die Gesichter der Trauergäste vor sich, sie würde die geheuchelte Ergriffenheit, all die leeren Worte des Beileids ertragen müssen, und dass sich ihr hunderte von Händen entgegenstreckten, um von ihr gehalten und gedrückt zu werden. Sie hatte sich etwas ganz anderes, eine Feuerbestattung, vorgestellt. Mit der Urne wäre sie zum Schwalbennest hinaufgestiegen, weiß gekleidet, mit offenen Haaren wie in der Hochzeitsnacht. Bei Richard Wagner hätte sie die passenden Abschiedsverse gefunden und dann Ottos Asche in den Wind gestreut, der sie hinaus auf den See getragen hätte.

Elisabeth wusste, dass man die Wünsche des Vaters respektieren musste. Aber sie litt schon jetzt bei der Vorstellung, am Arm von Konrad gemessenen Schrittes und mit niedergeschlagenen Augen hinter dem Sarg hergehen und danach ein ewig lang sich hinziehendes Mittagessen über sich ergehen lassen zu müssen, garniert mit Reden des Vorsitzenden des Verbands der Bayerischen Antiquitätenhändler und des stellvertretenden Bürgermeisters der Stadt München. Sie hätte sich eine Beerdigung im engsten Freundeskreis gewünscht, oben auf dem Friedhof bei der alten Barockkirche, ein Grab mit Blick über den See und auf die Berge. Anschließend ein zünftiges Essen in der «Alm», wo der Vater gern eine halbe Ente mit Blaukraut und Knödeln gegessen hatte.

Martha graute es vor der schwarz gekleideten Menschenmenge. Eine heftige Migräne würde verhindern, dass sie mitfahren konnte. Man müsste den Leuten sagen, sie sei leider erkrankt, niemand würde sie vermissen. Sie hätte am liebsten den Vater auf dem Nachbargrundstück unter einen seiner geliebten Apfelbäume ins hohe, weiche Gras gelegt und ihn mit Wiesenblumen zugedeckt.

Die Trauergemeinde begrüßte ein junger Geistlicher, vermutlich der an diesem Tag auf dem Ostfriedhof Dienst habende Pfarrer, betete mit heller Stimme ein «Vaterunser» und ein «Gegrüßet seist Du, Maria» vor, sprach kurz über Endlichkeit und die Hoffnung auf Auferstehung, segnete den Sarg in der Leichenhalle mit geweihtem Wasser und abschließend vor der Grube durch ein Kreuzzeichen, bevor er sich rasch von den Hinterbliebenen verabschiedete. Ihn rief die Pflicht, die nächste Trauergemeinde wartete schon.

Der Erzbischof hatte ein Kondolenzschreiben geschickt, aber keinen hohen Würdenträger aus seinem Umkreis, wahrscheinlich wegen zurückliegender Spendenaufrufe für die Heidenmission, die Otto Lauterbach, ohne sich zur Überweisung einer nennenswerten Summe entschließen zu können, unter einem Stoß unerledigter Akten liegen gelassen oder in den Papierkorb geworfen hatte.

Luise trat als Erste ans Grab, der alte Melf stützte sie. Als sie sich von ihm löste, um von ihrem Mann für immer Abschied zu nehmen, taumelte der alte Melf und wäre, hätte nun nicht sie ihn gehalten, zu seinem Herrn in die Grube gestürzt.

Als Nächstes trat Elisabeth vor, ohne Konrad, der hinter ihr warten musste, bis er an der Reihe war. Da stand sie, eine beunruhigend schöne Frau, mit dem schwarzen Spitzentuch über ihrem schwarzen Haar, wie von Goya gemalt. Alle Augen waren auf sie gerichtet. Sie hatte sich geweigert, die für Beerdigungen vorgeschriebenen langen Handschuhe anzuziehen, ihre nackten Arme leuchteten inmitten all der Trauerdüsternis. Die Linke hatte sie auf ihren Busen gelegt, als müsse sie ihr Herz vorm Zerspringen schützen, in der Rechten hielt sie den von ihr selbst gepflückten Strauß aus Gartenblumen, den der Gärtner mit einem dünnen Draht zusammengebunden hatte. Sie holte aus, etwas zu stark vielleicht, um den Strauß zum Kopfende des Sarges hinunterzuwerfen, spürte einen kurzen Schmerz, und als sie auf die Stelle blickte, sah sie, dass mit dem Blumenstrauß auch der Brillantring, das Geschenk des Vaters an Luise am Tage ihrer Geburt, in die Grube gefallen war. Der Draht musste sich in ihm verhakt haben und hatte, als sie den Strauß schleuderte, ihren Finger geritzt. Keiner der Umstehenden hatte den Vorfall bemerkt, aber alle wurden Zeugen, wie Elisabeth die verletzte Hand vorstreckte und drei Blutstropfen auf den Sarg ihres Vaters fielen.

Den Ring erhielt sie zurück. Als sich die Trauergäste wie auf ein verabredetes Zeichen entfernten und sich auf den Weg ins «Vier Jahreszeiten» machten, bat sie Konrad, schon vorauszugehen. Sie drückte einem der Totengräber zehn Mark in die Hand, der stieg ohne Zögern in die Grube und zog unter all den anderen ihren Gartenblumenstrauß hervor. An einer Drahtschlaufe hing der Ring.

Luise beschloss, für den Rest ihres Lebens nur noch Schwarz zu tragen. Zusammen mit den eigenen Kleidern, Röcken und Blusen in ihren bisherigen Lieblingsfarben, auch den grauen und dunkelblauen, verschenkte sie alle Anzüge und Mäntel ihres verstorbenen Mannes, das heißt, sie verteilte die Kleidungsstücke, ohne lange zu fragen, ob die Beschenkten sie haben wollten. Im Ort und in der Umgebung waren mit einem Mal nicht nur der Gärtner und die Wäschefrau, sondern auch der Postbote, der Milchmann, der Bauer Moser, die Metzgersfrau, der Polizeibeamte, die Frau des stellvertretenden Bürgermeisters und manche andere in reine Seide und englisches Tuch von hoher Qualität gekleidet, alles bestens verarbeitet, wenn auch nicht unbedingt nach den Maßen der neuen Besitzer geschneidert.

Ohne die übliche Anstandsfrist zu wahren, begann sie den Witwenstand mit einem Autodafé. Ottos persönliche Aufzeichnungen, seine Notiz- und Tagebücher, den gesamten Inhalt seines Schreibtisches ließ sie ungelesen in Wäschekörbe kippen und unter ihrer Aufsicht vor der Remise verbrennen. Sämtliche Briefe, die er aufgehoben hatte, gingen in Flammen auf, sie wollte nicht wissen, von wem sie stammten. Auch sein Adressbuch warf sie ins Feuer, allerdings nicht, ohne sich vorher die Anschrift Putzi Rieschenders notiert zu haben. Mit Genugtuung sah sie auf den Haufen schwarzer

Asche, der von Ottos Vergangenheit übrig geblieben war. Befreit von den Relikten nicht nur erfreulicher Erinnerungen konnte sie jetzt an ihn mit Gefühlen denken, die sie früher nicht gewollt und sich nicht zugetraut hätte.

Zu diesem Zeitpunkt, Anfang 1935, hatte Luise vier Tagebücher mit Aufzeichnungen gefüllt. Nach dem Verlust ihres Mannes wurden die Eintragungen seltener, die Schrift verlor nicht an Schwung, aber der Ton änderte sich:

«15. April. Ich bin zweiundfünfzig, bald dreiundfünfzig Jahre alt. Ich habe mein Leben in diesem Haus zugebracht, es hat sich so ergeben, es war Zufall. Es hätte sich auch anders fügen können, mit einem anderen Mann, unter anderen Verhältnissen, an einem anderen Ort. Ich habe nie die Tuilerien, nie den Prado in Madrid und nie die weißen Klippen von Dover gesehen. Warum eigentlich? Nie habe ich für einen Filmschauspieler geschwärmt und werde nächstes Jahr für keinen der Sportler schwärmen, die zur Olympiade kommen. Was eine Amour fou ist, habe ich in einem französischen Roman gelesen, seinen Titel habe ich vergessen. Als junge Frau hatte ich eine Begabung für das Unvernünftige, Widersinnige. Ich hätte nach New York fahren und die Frau eines Farmers oder Revuegirl werden können. In mir steckten viele Leben. Ich weiß nicht, wer sie geworfen hat, aber meine Roulettekugel blieb bei einer Zahl liegen, die Lauterbach, Villa am See bedeutete. Kein schlechtes Los.

Ich werde nicht mehr reisen, ich werde bleiben, wo ich bin. Die Pyramiden von Giseh werden mir nachsehen, dass ich sie nicht besuche. Früher wollte ich unbedingt die Tempel von Paestum sehen, aber jetzt weiß ich: Die dort versammelten Götter, sie warten nicht auf mich. – Ich bleibe hier, wo alles von der ersten bis zur letzten Minute des Tages Gewohnheit ist. Ich werde mich ihr überlassen, und ihrer Schwester, der Eintönigkeit, wie ihrem Bruder, dem Überdruss.

Otto hat mich nicht enttäuscht. Ich habe nicht mehr von ihm erwartet, als er war. Er hat mich immer wieder durch seine Großmut, auch durch seine Kennerschaft (auch seine Gaunereien) überrascht. Wenn er mich gelangweilt hat, dann weniger als andere Männer.

Die wirkliche Enttäuschung meines Lebens besteht darin: dass ich keine gute Malerin geworden bin. Das große Vermögen, das fiebrige Verlangen, nie gesehene Bilder zu malen, habe ich in kleiner Münze ausgegeben. Aquarelle, Wandschmuck für Boudoirs und Ankleidezimmer. Hübsch sind sie, meine braun gebrannten Bauernkinder, meine Kapellen mit Zwiebeltürmchen vor der Bergkulisse, hübsche Zeugen eines bequemen Lebens.»

Als die Geschäftsfrau, die sie nicht war, verhängte Luise über den Lauterbach'schen Kunst- und Antiquitätenhandel einen Einkaufsstopp und konnte, da sich die Aktivitäten der Firma auf den Verkauf des Vorhandenen beschränkten, drei von sechs Angestellten entlassen. Sie ging durch die Ausstellungsräume und das Lager und setzte, ohne den wirklichen Wert zu kennen, den Preis der Gegenstände, die ihr nicht gefielen, um die Hälfte herab. Das zog Kunden an, die man früher nicht gern gesehen hätte. Aber Luise war es einerlei, ob das Renommee litt, sie hatte das Ende des Unternehmens, für das es ihr an Kenntnissen und an Interesse fehlte, bereits beschlossen.

Sie rief einen Auktionator, der ihr versprach, aus der Versteigerung das Ereignis des Jahres zu machen. Alles, was Otto Lauterbach aus Deutschland, Italien und Ostasien, an Fetischen aus Schwarzafrika und an präkolumbianischer Kunst zusammengetragen hatte, kam in der Eingangshalle, in der er vor Kurzem noch aufgebahrt gelegen hatte, unter den Hammer. Das Publikum strömte, war zum Teil von weit her angereist, sachkundige Sammler und Spekulanten, Kunstliebhaber und Schnäppchenjäger. Eine Atmosphäre wie bei einem Schlachtfest kam auf. Das Ergebnis übertraf die Erwartungen.

Luise weigerte sich, die Gegenstände, die keinen Käufer gefunden hatten, in Augenschein zu nehmen. Die verschmähten Objekte wurden in mehreren Möbelwagen in die Villa gebracht und in Otto Lauterbachs Bibliothekssaal abgeladen. Die leer geräumten Verkaufs- und Lagerräume fanden einen anderen Eigentümer, die Firma Lauterbach wurde im Handelsregister gelöscht.

Bei all diesen Aktivitäten verließ Luise nicht ein unterschwelliges Gefühl des Abscheus, das sie wie ein penetranter Schatten verfolgte. Nur die Auflösung der Nester, in denen die Vergangenheit brütete, die Beseitigung des Plunders, der sich über die Jahre in den Schränken, Truhen und Kommoden angesammelt hatte, eine Befreiung von all den unnötig gewordenen Dingen, deren Präsenz ihr den Atem nahmen, konnten ihr helfen. Mit einer wahren Leidenschaft setzte sie ihr Vernichtungswerk fort. Wenn das Feuer vor der Remise loderte, wenn sie einen Sack verschnürte, in den sie ihre Seidenunterwäsche, Negligés, elegante Schuhe und modische Hüte gestopft hatte, fühlte sie sich erleichtert. Auch vor ihren Aquarellen machte sie nicht Halt, sie unterzog sie einer strengen Prüfung, Dutzende sortierte sie als weniger gelungen aus: Sie wurden unter ihrer Aufsicht vernichtet. Überall im Park lagen kleine Aschefetzen.

Eines Tages fielen ihr beim Aufräumen nicht nur die liegen gebliebenen Spendenaufrufe des Erzbischofs, sondern auch der Zettel in die Hände, auf dem sie die Adresse von Putzi Rieschender notiert hatte. Später sollte sie bereuen, dass sie ihn nicht einfach in den Papierkorb geworfen hatte. Stattdessen schrieb sie, teils aus Neugier, teils aus Pflichtgefühl, ein paar Zeilen, in denen sie der Empfängerin des Briefes mitteilte, dass ihr verstorbener Gatte sie, Putzi Rieschender, aus nicht genanntem Grund mit einer Zuwendung bedacht habe, die sie sich nach vorheriger Anmeldung in der Villa Lauterbach abholen könne. «Hochachtungsvoll!»

Wenige Tage später wurde ihr gemeldet, eine Frau Rüscher oder so ähnlich sei am Telefon. Sie nahm das Gespräch entgegen, und eine piepsige Stimme erklärte ihr in starkem Dialekt, dass sie nicht daran denke, in die Villa zu kommen, «ums Verrecken nicht». An dieser Stelle wäre Gelegenheit gewesen, das Gespräch zu beenden. Aber statt aufzulegen, versuchte Luise sich vorzustellen, wie diese Person aussah, der eine solche Stimme gehörte und die jetzt wissen wollte, wie viel Geld der Lauterbach ihr hinterlassen habe.

«Das werden Sie erfahren, wenn Sie herkommen, um ...» Weiter kam sie nicht, die Stimme am anderen Ende der Leitung wurde schrill: «San Sie schwerhörig? Ich will jetzt wissen, was der Lauterbach in sein Testament geschrieben hat!» Wie war es möglich, dass Otto eine solche Frau gekannt hatte? Wodurch hatte er sich in ihre Schuld begeben? Dann nannte sie die Summe, die Frau Rieschender erhalten würde, als Einmalzahlung.

«Des is ja wohl a Witz! Mit lausigen tausend Mark lass i mi net abspeisen. Des tat Eana so passen! Der Bua wird jetzt zehn, da entstehen Kosten. Dreihundert Mark im Monat hat uns der Lauterbach gegeben, das war eh wenig genug. Die tausend Mark auf die Hand und dann weiter dreihundert jeden Monat, ham Sie verstanden?»

Nein, Luise hatte nicht verstanden. Oder doch? Ein Bub? Ein Kind von Otto? War das möglich? Musste sie das glauben? «Wenn Sie uns verhungern lassen, mach ich einen Skandal, darauf können Sie Gift nehmen. Einen Skandal, der sich gewaschen hat. Für die Beerdigung des hohen Herrn das Geld zum Fenster rausschmeißen, und dann fürs Kind vom eigenen Fleisch und Blut nur ein Almosen. Wenn Sie glauben, dass ich da mitspiel, ham Sie sich in den Finger geschnitten.»

So hatte noch niemand mit ihr gesprochen. Doch was sie schockiert, war weniger der Ton, in dem diese Frau sie zu erpressen versuchte, als die Vorstellung, sie könnte mit ihr etwas gemeinsam haben: ein Kind vom selben Mann. Es fiel ihr schwer, klar zu denken, sie musste dieses Gespräch beenden. «Schicken Sie den Buben vorbei. Ich will ihn sehen», sagte sie und hängte ein.

Schon am nächsten Morgen klingelte er am Tor, Agathe ließ ihn herein. Horst. Ein Blick genügte: die hohe, etwas flache Stirn, die breite, kurz geratene Nase, die vollen, unpassend weichen Lippen, das kräftige Kinn mit dem Grübchen. Der Bub da am Küchentisch, der nicht aufstand, als Luise den Raum betrat, und ihr die Hand nicht geben wollte, war Ottos Sohn. Die Ähnlichkeit war unverkennbar, nur die Augen lagen zu eng beisammen, und die Ausläufer der Brauen berührten sich über der Nasenwurzel, das musste er von seiner Mutter haben.

Er sah sich um, als müsste er zu Hause Bericht erstatten, er beobachtete, aber er stellte keine Fragen. In kurzen, knappen Sätzen sagte er nur das Notwendigste. Als Frau Bröhl ihm eines ihrer selbst gebackenen Plätzchen anbot, nahm er es stumm, ohne zu danken. Den Umschlag mit dem Geld steckte er in einen Beutel, den er um den Hals trug. Dann ging er, ohne sich zu verabschieden. Bis zu dem Moment, als er nach genau dreißig Minuten wieder vor dem Tor stand, hatte er keine Miene verzogen. Jetzt spuckte er aus und trat gegen den Zaun, bevor er verschwand.

Krieg

Als in Düsseldorf zum ersten Mal die Alarmsirenen heulten, wurde Elisabeth unruhig, nach dem ersten Bombenangriff begann sie für sich und die Kinder die Koffer zu packen. Der Anblick der ausgebrannten Häuser in den Straßen, in denen sie einzukaufen gewohnt war, entsetzte sie. Sie kam an einer Kirche vorbei, deren Fassade in Trümmern lag. Ein Teil des Deckengewölbes war eingestürzt, aus dem Schutt ragte der mit einem Nagel ans Holz geschlagene Arm des Gekreuzigten heraus. Das nahm sie als ein Zeichen. Sie wollte weg, der Abschied von dem Villenviertel, in dem spielende Kinder nicht gern gesehen wurden und in dessen Straßen Hunde nicht frei laufen durften, fiel ihr nicht schwer.

Luise schickte ein Telegramm: «Komm. Dein Elternhaus erwartet Dich. Hier bist Du mit den Kindern in Sicherheit.»

Während deutsche Soldaten auf Befehl ihrer Generäle die Furie des Krieges in weite Teile Europas trugen und die Länder ihrer Nachbarn im Osten und Westen verwüsteten, während Lager errichtet wurden, in denen alle Gebote der Menschlichkeit außer Kraft gesetzt wurden, ging das Leben in der Villa Lauterbach fast unverändert weiter. Einige Fenster hatte man mit schwarzem Papier zugeklebt, wenn nachts das Radio den Anflug feindlicher Bombengeschwader meldete, löschte man das elektrische Licht. Wurde Entwarnung gegeben, konnte man vom Steg aus am östlichen Himmel wie ein Wetterleuchten einen rötlichen Widerschein sehen. «München brennt», sagte man dann und war erleichtert, dass sich der Krieg woanders abspielte. Am nächsten Morgen sammelten die Kinder silberne «Lamettastreifen», die der Feind in großen Mengen abwarf, um die deutschen Verteidiger zu irritieren. Wenn sie in den Ästen der Fichten hängen blieben, sahen sie – vor allem im Winter bei Schnee – wie Christbaumschmuck aus.

In der Villa war genügend Platz für alle. Elisabeth zog in das ihr vertraute Zimmer in der ersten Etage. Das alte, enge Biedermeierbett aus ihrer Jungmädchenzeit wurde gegen ein breiteres ausgetauscht, in dem auch Konrad schlafen konnte, wenn er zu Besuch kam. Luise zog in das ehemalige Schlafzimmer ihres Mannes, das sie jahrelang für Besucher frei gehalten hatte, die nicht kamen. Nach einigem Sträuben übernahm Ingrid das Zimmer ihrer Großmutter, das sie, um alle Spuren von Luise zu tilgen, in einem rosa Farbton strich, für den Leon nur das Wort «Geschmacksverirrung» fand. Er erhielt, was ihm ganz selbstverständlich erschien, den schönsten Raum, der wegen eines Erkers «Burgzimmer» genannt wurde. Passend zu den alten, grau gewordenen Tapeten hängte er aus den Beständen der Bibliothek dunkle Samtvorhänge auf. Für Hanna war in der ersten Etage kein Platz, sie bekam ein Zimmer im zweiten Stock. Die Wasserflecken auf der Wand verdeckte sie mit Pferde-, Hunde- und Katzenpostkarten.

Konrad war in Düsseldorf unabkömmlich. Er hatte seinen Betrieb auf die Herstellung von kriegsnotwendigem Material umgestellt und verdiente weit mehr als in Friedenszeiten, vom Kriegsdienst war er freigestellt. Er wurde Parteimitglied, ein PG, das war ein Zugeständnis an die Verhältnisse, und dass er von seiner Familie getrennt lebte, war halb so schlimm. Schließlich hatte Hitler Autobahnen bauen lassen, da konnte man am Morgen noch in den Fabrikationshallen nach dem Rechten sehen und war zum Abendessen schon bei Frau und Kindern.

Man lebte auf Distanz, der Krieg zwang einen dazu, aber das hatte Vorteile. War es nicht in letzter Zeit häufiger zu Auseinandersetzungen gekommen, unschönen Streitereien wegen Nichtigkeiten? Elisabeth war schnell gereizt, verstrickte ihn in ermüdende Diskussionen, niemand konnte es ihr recht machen, immer war sie mit irgendetwas unzufrieden, und wenn es nur das Wetter im Rheinland war. Er musste in dieser schweren Zeit mit ganzer Kraft für seinen Betrieb da sein, so war es vielleicht gut, wenn man eine Zeit lang auf Abstand ging, der Krieg würde schon nicht ewig dauern, nach einer Serie von Blitzsiegen war das Rückgrat des Feindes ja schon gebrochen.

Als Elisabeth ihre Mutter sah, war sie entsetzt. In ihrer Erinnerung war Luise die Frau geblieben, die dem «Pelzchen» glich, jener von Rubens gemalten Frau, die sie auf einer der frühen Reisen mit ihrem Vater in Wien gesehen und deren Liebreiz sich ihr mehr als die Schönheit anderer Bilder eingeprägt hatte. Jetzt glich Luise – Elisabeth zögerte bei dem Vergleich –, jetzt glich sie einer Kröte.

Sie kam kaum noch ohne fremde Hilfe aus dem Bett. Sie musste gewaschen werden, eine Prozedur, die sie nur widerstrebend über sich ergehen ließ. Für den Abstieg ins Erdgeschoss musste Leon, mit seinen elf Jahren das einzig männliche Wesen im Haus, gerufen werden, um sie zu stützen. Mit schweren, schlurfenden Schritten schleppte sie sich dann, auf einen schwarzen Gehstock gestützt, auf die Veranda, wo ein besonders breiter Lehnsessel auf sie wartete.

Agathe, von allen anderen Pflichten freigestellt, war den ganzen Tag um sie. Sie brachte ihr Tee, Biskuits, eine Tasse Rinderbrühe, einen geschälten Apfel, eine Serviette, einen Schal, das Fläschchen «Eau de Cologne». Zusammen mit der Brille brachte sie ihr die Zeitung und trug sie später ungelesen wieder weg. «Scharwenzeln Sie nicht dauernd um mich herum», sagte Luise ungehalten, aber wenn Agathe sich auch nur kurz entfernte, klingelte sie sofort nach ihr: Die um ihre Beine gewickelte Decke musste festgesteckt werden, sie verlangte nach einem Taschentuch, um die tränenden Augen zu trocknen. «Immer, wenn ich Sie brauche, sind Sie weg!

Was machen Sie eigentlich die ganze Zeit?» Agathe betete. Sie flehte zur Mutter Gottes, dass sie dieser bösen Frau vergeben und sie möglichst bald in ihr Königreich aufnehmen möge.

Luise trank.

Unter Mühen machte sie den letzten Eintrag in ihr Tagebuch: «Man beobachtet mich. Sie verfolgen mich mit ihren Blicken. Ich weiß, was sie denken. Ich falle ihnen zur Last, sie wollen mich los sein.

Nur auf den Rotwein ist Verlass. Sollen sie denken, was sie wollen, er hilft mir über den Tag, ohne ihn wäre das Leben nicht zu ertragen. Ich richte es so ein, dass er immer in meiner Nähe ist, wenn ich Stärkung brauche. Agathe, das bigotte Frauenzimmer, hat die Unverfrorenheit und trägt das Glas weg, das ich bereitgestellt habe. Aber ich überliste sie, wie ein Straßenarbeiter trinke ich aus der Flasche.

Ich habe zwanzig Kilo zugenommen, ich bin unförmig geworden. Kein hübscher Anblick, den Spiegel in meinem Zimmer habe ich abnehmen lassen. Meine Füße sind geschwollen, in den Händen habe ich Arthritis, sie schmerzen so, dass ich kaum schreiben kann.

Ich sollte Elisabeth die Verwaltung des Hauses mit allem Drum und Dran übertragen. Was soll ich mich noch mit den Dienstboten herumärgern, die doch nur ein Interesse haben: mich zu bestehlen. Sie hassen mich alle, aber ich hasse sie auch. Wir sind also quitt.»

Von Luise Lauterbach sind aus den frühen vierziger Jahren bloß wenige Aquarelle erhalten. Wahrscheinlich war sie nur noch selten in der Lage, sich an die Staffelei zu setzen, möglich auch, dass sie in ihrem Furor die Bilder gleich wieder vernichtete. Sie muss aus dem Gedächtnis gemalt haben, die Konturen verschwammen, die Farben wurden grell, sie lösten sich in einem von gelben Schlieren durchzogenen schwarz-grauen Himmel auf. Zwanzig Jahre später fand gerade diese letzte Phase das Interesse eines Galeristen, er zeigte diese Arbeiten, sogar mit Erfolg, in einer Ausstellung. Danach geriet die Künstlerin Luise Lauterbach in Vergessenheit.

Martha nahm den Verfall ihrer Stiefmutter in den Anfängen gar nicht, dann, als er unübersehbar wurde, mit erschrecktem Staunen wahr. Ihre Wohnung im Seitenflügel der Villa, in der sie mit Michel lebte, verließ sie nur, um in ihren mit Apfelbäumen bestandenen Traumgarten oder bei Fliegeralarm in den Luftschutzkeller zu fliehen.

Michel, Marthas Sohn. Zu wissen, dass sie ihn hatte, war ihr einziges Glück. Sie umsorgte ihn mit ängstlicher Zärtlichkeit. Das Schicksal hatte es mit ihr, der immer Zukurzgekommenen, einmal gut gemeint. Es hatte ihr einen kräftigen Sportler geschickt. Von ihm empfing sie ihr Kind, keusch und mit hingebungsvollem Sträuben.

Sie nannte ihn Vishnu, als er sie mit vier vom Rudern gestählten Armen zu umfangen schien, denn Vishnu, dessen christlichen Taufnamen sie nie erfuhr, trainierte auf dem See in der Hoffnung, für die Olympischen Spiele 1936 ausgewählt zu werden.

Sie saß benommen von dem flirrenden Licht, das über dem See tanzte, auf den Ufersteinen des «Langerstrandes», als sein Boot sich ihr näherte. In einem seltsamen Schwebezustand winkte sie ihn zu sich, und als er verschwitzt und strahlend vor ihr stand, reichte sie ihm einen Apfel.

Der Ruderer setzte sein Training fort, eine ganze Woche lang, und Martha wartete auf ihn, bei ihr im hohen Gras der Apfelbaumwiese machte er Rast. Sie empfing ihn mit dem weichen Lächeln einer Träumenden und verabschiedete ihn mit einem ihrer rotbackigen Äpfel aus der eigenen Ernte.

Als kein Zweifel mehr bestehen konnte, gestand sie Elisabeth in einem günstigen Augenblick, dass sie schwanger war. «Ich … Ich werde Mutter.» Elisabeth wollte nicht wissen, wer der Vater war, sie fragte nur: «Bist du sicher?» Und als Martha nickte: «Das bleibt vorerst unter uns.» Das war alles.

In der Villa nahm das Leben seinen gewohnten Verlauf, während für Martha eine neue Zeitrechnung begann. Sie zählte die Tage und Wochen, betastete ihren Bauch in der Hoffnung, eine Wölbung zu entdecken, und schrie auf vor Glück, als sie meinte, eine erste Bewegung in ihrem Inneren zu spüren. Die Anfälle von Übelkeit, unter denen Martha litt, gab Elisabeth als Magenverstimmung aus. Die Schwestern teilten das Geheimnis, ohne dass daraus eine Vertraulichkeit entstand, bis zu dem Tag, an dem Elisabeth im Ton einer amtlichen Verlautbarung zu Beginn des Abendessens verkündete: «Wir erwarten Nachwuchs. Martha ist im fünften Monat schwanger.» Dann wünschte sie allen einen guten Appetit.

Martha berechnete weiter die Tage und Wochen und wünschte den Moment herbei, in dem die Wehen einsetzten. Sie sprach beruhigend mit dem Kind in ihrem Bauch, als wollte sie ihm die Angst vor den Schrecknissen nehmen, die hier draußen auf es warteten. Vorsorglich zog sie die Vorhänge zu, das Kind sollte gefiltert durch mit Blumengirlanden bedrucktes Leinen das Licht der Welt erblicken. Als es dann endlich so weit war, stand Elisabeth als Erste an ihrem Bett, gab kurze Anweisungen, legte, als der Kopf des Kindes sich zeigte, selbst Hand an, und als die Hebamme eintraf, hatte sie die Nabelschnur schon durchtrennt und ordentlich abgebunden. Martha erfuhr es aus Elisabeths Mund: «Es ist ein kräftiger gesunder Junge.» So wurde aus dem Samen Vishnus ein Junge geboren, dem sie den Namen Michael, den Namen des Drachentöters, gab.

Michel, inzwischen sieben Jahre alt, war weder blond noch blauäugig wie sein leiblicher Vater und hatte, was 1943 nicht von Vorteil war, eine leicht gebogene Nase. Diese wäre so wenig aufgefallen wie Leons abstehende Ohren, wäre da nicht Horst gewesen.

Jeden ersten Freitag im Monat kam er, nicht als Bittsteller, sondern um den ihm zustehenden Geldbetrag abzuholen. Man hatte sich an seinen Auftritt gewöhnt und dachte sich nichts dabei, als er von seinem zwölften Geburtstag an die Uniform des Deutschen Jungvolks, später die der Hitlerjugend trug und jeden, den er traf, mit ausgestrecktem rechten Arm grüßte. Luise verbat sich das, und als er nicht gehorchte, rief sie, man solle ihn ihr aus den Augen schaffen. Er nutzte seine Besuche, um sich umzusehen: Mal öffnete er das Tor der Remise, mal inspizierte er den Gemüsegarten. Auch im Haus tauchte er unversehens in Räumen auf, in denen er nichts verloren hatte. Nie rührte er etwas an, aber er registrierte alles. Eines Tages verstellte Elisabeth ihm den Weg. Er grinste: «Was ist denn, Schwester? Man wird sich im Hause des Vaters doch umsehen dürfen.»

Ein andermal wollte er, dass Michel ihm das Bootshaus aufsperrte. Der sagte nur wütend: «Was da drin ist, geht dich nichts an!» – «Heh, werd nicht frech, Hakennase!», schrie ihn Horst an. «Von wem hast du denn diesen Zinken geerbt? An deiner Stelle würde ich mal im Ahnenpass nachsehen, ob bei dir nicht ein Jud mitgemischt hat.»

An einem Nachmittag in der Karwoche rief Luise alle zu sich auf die Terrasse. Die ganze Familie scharte sich um sie, Maria, die im sechsten Monat schwanger war, durfte mit der kleinen Erika auf dem Schoß in der ersten Reihe Platz nehmen. Auch die Graßberger Marie, die an jenem Tag ein schwarzes Kleid mit einem falschen Einsatz um zwei Nummern weiter gemacht hatte, war dabei. Und noch jemand: Er stand im Halbdunkel hinter den anderen im Türrahmen und lauschte. Es war gar nicht Freitag, niemand wusste, wieso er gekommen war.

Luise wartete, bis Ruhe eingetreten war. «Die schlechten Nachrichten häufen sich. Ich habe gehört, dass die Deutschen Paris besetzt haben. Es hat sicher viele Tote gegeben, vor allem unter der Zivilbevölkerung, Frauen sind von den Soldaten vergewaltigt worden. Entsetzlich, ich finde den Krieg entsetzlich.» Sie machte eine Pause, und niemand wagte sie zu unterbrechen, um anzumerken, dass der Einmarsch in Paris schon Jahre zurücklag. «Ich habe die Franzosen immer gemocht, sie sind fröhliche Menschen.» Dann wusste sie nicht weiter, sie hatte den Faden verloren. Sie nahm einen Schluck, und als ihr Blick auf Maria fiel, sagte sie: «Josef ist jetzt schon im zweiten Jahr im Krieg. Ich vermisse ihn, ich wünschte, er wäre hier und das ganze sinnlose Morden hätte ein Ende.»

«Heißt das, Sie glauben nicht an den Endsieg?» Sie sah mit wässrigen Augen zu Horst hinüber und antwortete: «Ich versichere dir: In diesem Krieg wird es nur Verlierer geben.»

Nach diesem Zwischenfall entstand wieder eine Pause. Luise nahm noch einen Schluck: «Was ich eigentlich sagen wollte: Ich bin alt und krank und brauche Ruhe. Deswegen habe ich mich entschlossen, die Führung, ich meine die Verwaltung der Villa und des ganzen Anwesens, meiner Tochter Elisabeth zu übertragen. Sie kann das besser als ich, im Grunde kümmert sie sich ja schon jetzt um alle wichtigen Dinge. Ich wünsche ...»

Aber sie konnte nicht weitersprechen, erschöpft schloss sie die Augen.

Als alle gegangen waren, suchte sie nach der Flasche. Sie seufzte erleichtert auf, eine Last, das drückende Gefühl der Verantwortung, war von ihr genommen. «Meine Zeit ist abgelaufen», dachte sie.

Zwei Tage später, es war Karfreitag, standen drei Männer vorm Tor und klingelten Sturm. Elisabeth, nichts Gutes ahnend, ging ihnen, was sonst nicht ihre Art war, entgegen. Der eine war Dietrich, der für den Bezirk zuständige Polizist, der bei seinen Kontrollgängen gelegentlich in der Villa Lauterbach Station machte, «Alles in Ordnung» sagte, wobei offenblieb, ob es sich dabei um eine Frage oder eine Feststellung handelte, und es sich, nachdem der dienstliche Teil abgehandelt war, gefallen ließ, dass Frau Bröhl ihm eine Tasse Muckefuck vorsetzte. An diesem Tag sah er an Elisabeth vorbei und schlug, um seine Verlegenheit zu verbergen, die Hacken zusammen, statt ihr die Hand zu geben. «Heil Hitler!», brüllte er, bevor ihn die beiden anderen Männer beiseiteschoben.

Sie wirkten kühl und sachlich, wiesen sich als Beamte der Geheimen Staatspolizei aus und verlangten Frau Luise Lauterbach zu sprechen. Als Elisabeth sie, um Zeit zu gewinnen, fragte, worum es sich denn handele, antworteten sie nur knapp, es liege eine Anzeige vor, schwere Vorwürfe seien gegen Frau Lauterbach erhoben worden.

Elisabeth führte sie in den Salon, bot ihnen zu trinken an, meinte, das Ganze müsse ein Irrtum sein, der sich sicher schnell aufklären lasse, sie könne dabei gerne behilflich sein, nur ihre Mutter sei leider nicht zu sprechen. «Sie ist sehr krank, die Ärzte haben ihr jeden Besuch untersagt, sie darf nicht gestört werden.» Die Gestapo-Männer zeigten sich unbeeindruckt. «Ein schwer wiegender Fall von Wehrdienstzersetzung», sagte der eine, und der andere nickte dazu. «Wir wollen Frau Lauterbach sprechen, und zwar sofort, führen Sie uns zu ihr!» Das war unüberhörbar ein Befehl. Elisabeth ging voraus. Als sie auf die Veranda kamen, saß Luise in ihrem Stuhl, den Kopf auf die Brust gesunken. «Sie sehen doch, sie schläft», sagte Elisabeth. Einer der Gestapo-Männer ging zu ihr und schüttelte sie. «Sie schläft nicht, sie ist tot.»

Luise wurde ohne viel Aufhebens auf dem Ostfriedhof neben Otto Lauterbach beerdigt. Der Bürgermeister, der bereits eine Grabrede vorbereitet hatte, sagte seine Teilnahme auf einen Wink von oben kurzfristig ab. Die «Münchner Neuesten Nachrichten» begnügten sich mit einem kurzen Nachruf, in dem Luise Lauterbach als ländliche Aquarellmalerin mit überdurchschnittlichem Talent gewürdigt wurde.

Elisabeth entwickelte nun ungeahnte Energien. «Ich bin hier der einzige Mann im Haus und trage die Verantwortung für euch alle.»

Wenn sie auch manches Mal über die Last der Arbeit stöhnte, sie blühte auf. Jetzt war sie die «gnädige Frau». Mit Rucksack und Leiterwagen zog sie los, um bei den Bauern der Umgebung die Dinge einzutauschen, die der eigene Gemüsegarten und die Hühner und Kaninchen im Stall nicht lieferten. Sie trug bei diesen Hamsterfahrten ein geblümtes Dirndl, das ihre Figur betonte, und wenn die Bauern sich von einer Dauerwurst, einer Speckseite oder einem Klumpen Butter nicht gleich trennen wollten, stemmte sie die Fäuste in die Hüften, wie ihre Frauen es taten, und lachte, wie man nur auf dem Lande lachte, und zögerte auch nicht, notfalls im Wirtshaus eine Runde auszugeben. Auch mit den Bäuerinnen fand sie den richtigen Ton, brachte ihnen Vorhangstoffe mit oder hin und wieder ein Stück Spitze, das man über dem Busen in eine Bluse einnähen konnte. Das gängige Zahlungsmittel aber waren die Bilder ihrer Mutter. So kam es, dass in den Stuben und Schlafzimmern der Höfe im weiteren Umkreis helle, farbenfrohe Aquarelle hingen, die auch noch von der nächsten Generation, die sich nicht mehr Bauern, sondern Landwirte nannte, sehr geschätzt wurden.

Der «Horch» war, nachdem er auf seiner letzten Fahrt als Leichenwagen gedient hatte, günstig an einen hohen Funktionär der braunen Partei verkauft worden. Für Jahre gab es kein neues Auto, bis Elisabeth von ihrer Mutter zu ihrem dreißigsten Geburtstag einen «Adler», enzianblau, passend zu ihrer Augenfarbe, und mit zurückklappbarem Verdeck geschenkt bekam. Er stand in einer Wellblechgarage und stieß, wenn man ihn startete, nicht ganz so enzianblaue Abgaswolken aus. Elisabeth benutzte ihn nur gelegentlich, am Tag und bei schönem Wetter, und so war er zu dem Zeitpunkt, als es an den Tankstellen endgültig kein Benzin mehr für Privatzwecke zu kaufen gab, gerade erst sechstausend Kilometer gelaufen. Als Josef einmal auf Heimaturlaub da war, ließ sie ihn bei Dunkelheit die Räder abmontieren und den Wagen im äußersten Winkel der Remise aufbocken. Um ihn vor der Beschlagnahmung zu schützen, trennte sie die schlechtesten Kopien aus den Beständen des Lauterbach'schen Antiquitätenhandels aus ihren Keilrahmen und drapierte sie so geschickt über Kühler, Kotflügel und Dach, dass niemand darunter ein Auto vermutet hätte. So überstand der «Adler» unter Leinwänden, auf denen Nixen und Faune, eine Amazonenschlacht und die Ritter aus der Artus-Runde zu sehen waren, die Kriegs- und die Besatzungsjahre.

Im vierten Kriegsjahr, als die Lebensmittel knapper und die Durchhalteparolen lauter wurden, erlebte Elisabeth eine Zeit, die sie ohne Zögern eine glückliche genannt hätte. Das Wort war aus der Sprache der Zeitungen und Rundfunksender und aus Scham und Furcht aus den Unterhaltungen der Menschen getilgt. Die Angst vor dem Unglück ging um, niemand wusste, wen es als Nächsten treffen würde.

Sie war längst nicht mehr die «Elli», die, von Konrad in der Düsseldorfer Umgebung herumgereicht, sich in der fremden Gesellschaft zu behaupten versuchte, auch nicht mehr die strahlende junge Mutter von drei properen Kindern, die das Foto im Silberrahmen auf dem Stutzflügel im Wohnzimmer zeigte; auch nicht mehr die «Betti», die unter den Launen ihrer Mutter litt und sich noch an deren Krankenbett anhören musste, was sie alles zu lernen habe, bis sie fähig sei, ein Haus wie die Villa Lauterbach zu führen. Inzwischen erfüllte sie ihre Aufgabe mit der Umsicht und der organisatorischen Zielstrebigkeit einer Geschäftsfrau, wobei der Geschäftszweck allein der Erhalt des ererbten Besitzes war. Die Loyalität, die sie den auf ihrem Territorium Lebenden abverlangte, entsprach dabei genau dem Maß, in dem sie sich für sie verantwortlich fühlte. Sie musste fünf Erwachsene und sechs Kinder durchbringen. Sie war dabei auf sich allein gestellt, traf die Entscheidungen und hatte die Kraft dazu. Es waren schlimme Zeiten, sie würde ihnen trotzen.

Auf Plakaten und im Radio wurde die Bevölkerung zu Vorsicht

und Wachsamkeit aufgerufen. «Pst! Feind hört mit!», war die Parole. Misstrauen verbreitete sich, die Spitzel der Partei hatten ihre Ohren überall. Ein unbedachtes Wort konnte schwer wiegende Folgen haben. Man sah sich prüfend um, senkte die Stimme, tuschelte, sprach in Andeutungen, sah weg. Wer nichts gesehen und gehört hatte, konnte auch nicht belangt werden.

Erst war es nur eine vage Vermutung, nichts Genaues wusste man nicht. Die Graßberger Marie, die einmal die Woche bei den Baumeisters arbeitete, hatte ein Wort fallen lassen, ein hässliches Wort, und, als sie es aussprach, die buckligen Schultern hochgezogen. «Red keinen Schmarrn!», hatte Maria gesagt, aber Agathe hatte die Ohren gespitzt und das Wort aufgeschnappt. «Zwei Halbjüdinnen.» Das war nichts für eine Beichte beim Pfarrer Hindelang, das war politisch, das musste gemeldet werden.

Elisabeth spürte die Spannung im Haus, sie stellte sich Agathe in den Weg: «Was ist los?» Agathe duckte sich: «Ich weiß ja nicht, ob es stimmt, aber ich habe gehört, dass die Schwestern, die die Baumeisters beschäftigen, die eine als Haushälterin, die andere als Sekretärin, dass die beiden … na ja, dass die beiden Halbjüdinnen sind.» Und als Elisabeth sie prüfend ansah, fügte sie eine Unwahrheit hinzu: Das hätte sie aus zuverlässiger Quelle.

Elisabeth dachte an die jahrelangen Unstimmigkeiten, die mit dem Bau der «Zigarrenschachtel» auf dem Nachbargrundstück angefangen hatten. Sie befahl Agathe, mit niemandem über das Gerücht zu sprechen. «Ich halte das Ganze für eine Verleumdung», sagte sie. Auch das war nicht die Wahrheit.

Elisabeth wäre verpflichtet gewesen, die Nachbarn anzuzeigen. Das tat sie nicht. Vielmehr hatte sie eine Idee. Sie zwang sich, eine Nacht darüber zu schlafen, dann stand ihr Plan fest. Eine kurze Zeit später saß sie mit dem alten Ehepaar Baumeister in deren Wohnzimmer.

Sie kam gleich zur Sache, hielt aber, wie im Kartenspiel, ihr Ass zurück. Sie schlug den Baumeisters vor, auf der Rasenfläche vor ihrem Haus ein Kartoffelfeld anzulegen, das allein sie, Elisabeth Lauterbach, abernten dürfte. Sie hätte ein Dutzend Mäuler zu stopfen, da wäre es nachbarschaftliche Pflicht...

Die Baumeisters wollten nicht glauben, was sie da hörten, der Tee im Bauhaus-Porzellan wurde kalt. Ein Kartoffelacker direkt vor den Panoramascheiben und dem Blick auf den See? Natürlich, die Zeiten wären schlecht, aber sie bäten höflich, Verständnis dafür zu haben, dass sie auf ihren Wunsch nicht eingehen könnten. Sicher würde sich ein anderer Platz für den Anbau von Kartoffeln finden.

Jetzt spielte Elisabeth ihre Karte aus. «Ich verspreche Ihnen, keine Anzeige zu erstatten», sagte sie. Die beiden Schwestern könnten ja bei der Kartoffelernte helfen.

Es war eine Erpressung, und Elisabeth wusste, dass es das war. Sie verließ das Haus der Nachbarn ohne einen Anflug von schlechtem Gewissen als Siegerin. Herr Baumeister bedankte sich bei ihr für ihre Zusage, Stillschweigen zu bewahren, seine Frau weigerte sich, ihr zum Abschied die Hand zu geben.

Zu Hause rief sie alle zusammen und berichtete von dem freundlichen Angebot, das der alte Herr Baumeister ihr gemacht hatte. «Zehn Zentner Kartoffeln», sagte sie. «Mindestens.» Und als sie die fragenden Blicke sah: «Das ist alles! Irgendwelche Spekulationen verbitte ich mir.»

Der Rasen wurde umgepflügt, aber noch bevor die erste Kartoffel geerntet wurde, verließen Baumeisters ihr Haus. Sie zogen nach Zürich, Frau Baumeister war gebürtige Schweizerin, da konnten die Behörden ihr und ihrem Mann die Aufenthaltsgenehmigung nicht verwehren. Und gegen eine Kaution in beträchtlicher Höhe durften auch ihre Haushälterin und ihre Sekretärin einreisen.

Die «Zigarrenschachtel» stand Jahre leer. Erst nach der Währungsreform sanierte eine Tochter, Frau Baumeister-Häusler, das vernachlässigte Haus, säte Rasen auf dem einstigen Acker und hielt Abstand zu den Nachbarn in der Villa Lauterbach.

Weihnachten 1943 herrschte ein trügerischer Frieden. Kurz darauf wurden die Luftangriffe häufiger, oft war selbst am Tag Fliegeralarm. Wie in anderen Häusern auch, hatte man im Keller der Villa Feldbetten aufgeschlagen, Schaufel und Spitzhacke bereitgestellt und einen Wasservorrat angelegt. Martha war immer die Erste, die mit dem widerstrebenden Michel an der Hand ihren Platz einnahm. Leon sträubte sich, in dem stickigen Gewölbe konnte er nicht atmen. Er erschien erst, wenn das Dröhnen der anfliegenden Bombengeschwader und das Jaulen der Flak nicht mehr zu überhören waren. Am Tag danach sammelten die Kinder scharfkantige, wild gezackte Stahlfetzen, die von den Geschossen stammten, mit denen die Luftabwehr auf die Maschinen der Angreifer schoss. Sie waren beliebte Sammlerstücke. Ein besonders großes, messerscharfes Exemplar hatte in einem Haus am anderen Seeufer ein Fenster durchschlagen und einem alten Mann das Bein zertrümmert. Er war der einzige zivile Kriegsinvalide im Landkreis.

Je länger der Krieg dauerte, desto seltener kam Konrad zu Besuch. Die Autobahnen und die Bahnstrecken waren durch Bombenschäden unterbrochen, Brücken waren eingestürzt, das Reisen wurde immer schwieriger. Eine seiner Hallen lag in Trümmern, aber die Produktion der kriegswichtigen Ersatzteile lief weiter, er wurde von den Machthabern bevorzugt behandelt, er konnte nicht klagen. Seine Sekretärin, immer schon eine exzellente Mitarbeiterin und ihm zugetan, kümmerte sich jetzt mehr und mehr auch um die Versorgung des allein lebenden Chefs, bereitete ihm ein Frühstück auf dem Konferenztisch, kochte den Kaffee, auf den er trotz aller Versorgungsknappheit nicht verzichten musste, und war am Abend die Letzte, die mit ihm den Betrieb verließ.

Den Besuchen Konrads ging jedes Mal eine große Unruhe voraus. Jeder bekam von Elisabeth einen Besen, einen Schrubber, ein Putztuch oder einen Staublappen in die Hand gedrückt, alle mussten sich beteiligen. Konrad blieb zwei, höchstens drei Tage, in der Zeit mussten die Kinder alle Verabredungen absagen, ihre Hände und Füße hatten frisch gewaschen zu sein, in seiner Gegenwart durften sie nicht streiten, nicht laut rufen oder pfeifen. Die Hausbewohner mussten zu seiner Begrüßung antreten. Elisabeth ging ihm einige Schritte entgegen, die Kinder küssten ihn auf die Wange, den Erwachsenen reichte er seine blasse, schmale Hand. Er war müde von der langen Reise, musste sich von seinen kriegswichtigen Geschäften erholen, alle hatten Rücksicht zu nehmen. Die Kinder taten es mürrisch, nur Ingrid rutschte nachmittags, wenn Konrad auf der Terrasse Tee getrunken hatte, auf seinen Schoß und legte ihm den Arm um die Schultern. Leon und Hanna blieb dieser Mann fremd. Wenn er sich verabschiedet hatte, winkten sie hinter seinem Auto her und waren froh, dass die Zeit des «Ja, Papa» und «Nein, Papa» und der Anweisungen bei Tisch vorbei war. Die Tage nach seiner Abreise waren immer unbeschwerter, alle empfanden das so.

An einem heißen Tag im Juli, neun Monate nach Josefs letztem Heimaturlaub, bekam Maria in ihrer Küche ihr zweites Kind. Da die Hebamme nicht erreichbar war, half Frau Bröhl. Als die Wehen einsetzten, holte Ingrid, die bisher noch nicht durch ihre Kinderliebe aufgefallen war, die kleine Erika und ging mit ihr auf die Veranda, um Kinderlieder zu üben.

Es war ein Junge, Heiner. Elisabeth trennte sich von der «Heuernte», einem besonders schönen Bild ihrer Mutter, zog los und kam mit einem frisch geschlachteten Lamm nach Hause. Dem hatte der Haberer-Bauer das Fell abgezogen und mit den Worten behalten, das Bild sei schließlich auch nicht gerahmt. Das Lamm wurde auf einem offenen Feuer gebraten, das Filetstück bekam

Maria, der erste Schluck Dünnbier ging auf den Vater in Russland.

Jetzt, mit zwei kleinen Kindern, konnte Maria ihre Arbeit nicht mehr allein schaffen. Als Josef eingezogen worden war, hatte sie seinen Teil mit übernommen und für zwei geschuftet. Jetzt konnte sie nicht länger Holz hacken, den Gemüsegarten umgraben und die Wiese mit der Sense mähen. Elisabeth forderte Hilfe an, einen Kriegsgefangenen. Sie stellte einen Antrag, und als die Antwort auf sich warten ließ, wurde sie persönlich vorstellig, half mit einem Bild ihrer Mutter nach, brachte ihren guten Namen ins Spiel, hörte sich Vorschriften für den Umgang mit Kriegsgefangenen an und unterschrieb eine strafbewehrte Verpflichtung, den Gefangenen persönlich zu überwachen, ihn von den Angestellten fernzuhalten, ihm keinerlei Freiheiten zu gewähren, wöchentlich einen Bericht über seinen Arbeitseinsatz und sein Verhalten abzuliefern und jede Auffälligkeit sofort zu melden.

Der Villa wurde ein Pole, Jurek, zugeteilt, der auf der offenen Ladefläche eines Militärlastwagens herbeigeschafft wurde. Elisabeth musste einen Empfangsschein unterschreiben, dann wurden ihm die Handschellen abgenommen. Sie sah seine verstörten Kinderaugen, seine großen Hände und dass er kräftig war. Er brachte ein Bündel mit Unterwäsche, Socken zum Wechseln und drei Hemden mit. Den Empfang musste sie ebenfalls bestätigen.

In einer Kammer neben der Waschküche wurde er untergebracht. Auf dem Boden lag eine Matratze, er flickte einen zerbrochenen Stuhl und zimmerte sich aus Brettern einen Tisch – das waren seine Möbel. Die Kammer war eng, feucht und hatte kein Fenster. Wenn er die Tür hinter sich schloss, saß Jurek im Dunkeln.

Noch am Tag seiner Ankunft bekam er einen Spaten in die Hand gedrückt und musste eine Wiese unterhalb der Holzlege umgraben, auf dem Feld, das so entstand, wollte Elisabeth Kohl anpflanzen. Als Nächstes musste er mit Spitzhacke und Schaufel einen Graben bis in die Mitte des Gemüsegartens ausheben, in den er unter Aufsicht von Maria ein Wasserrohr mit Schlauchanschluss verlegte. Als nach einem heftigen Regen die Jauchegrube so zu stinken anfing, dass man an der Nordseite der Villa die Fenster nicht mehr öffnen konnte, stellte sich heraus, dass die Pumpe defekt war. So musste Jurek die Grube mit einem Eimer leer schöpfen. Als er fertig war, hatte sich die Haut von seinen Handflächen gelöst, und er hatte kaum noch die Kraft, sich in der Waschküche mit kaltem Wasser zu säubern.

Elisabeth beaufsichtigte alles, was er tat, nicht wegen des Berichtes, den sie schreiben musste, sondern weil sich ihr, hartnäckig, wie alle Vorurteile, die gängige Meinung eingeprägt hatte, die Slawen seien faul und unzuverlässig. Er war schweigsam, und wenn er etwas sagte, hörte niemand hin, man verstand ihn ja eh nicht. Als er ankam, konnte er nur «jawoll», «kaputt» und «große Scheiße» sagen. Niemand machte sich die Mühe, ihm ein paar zusätzliche Brocken Deutsch beizubringen. Dass er sich nicht verständlich machen konnte, wurde nicht als Nachteil angesehen, schließlich war er nicht zum Reden da. Was «Holz hacken» oder «Kohlen in den Keller schaufeln» bedeutete, würde er schon begreifen. Man rief ihm so laut, als habe man es mit einem Schwerhörigen zu tun, knappe Befehle zu, eine Antwort wurde nicht erwartet, es genügte, wenn er nickte.

Niemand wusste, was in ihm vorging, und keiner kam auf die Idee, ihn danach zu fragen. Man traute ihm offenbar keine Gefühle zu. Er hatte es gut getroffen, da war man sich einig, und musste für die eine warme Mahlzeit am Tag dankbar sein. Verglichen mit dem Leben im Lager war das hier das reine Paradies. Als er eines Sonntags hinter den Anleitner-Kindern her zur Kirche wollte, hielt man ihn zurück.

Es stellte sich bald heraus, dass Jurek fleißig war, was ihm aufgetragen wurde, erledigte er zuverlässig mit einem «Jawoll». Er war verschlossen, ohne Launen. Wenn Maria, Frau Bröhl und Agathe sich nach Feierabend auf der Bank vor der Hausmeisterwohnung trafen, hielt er sich abseits, saß auf einem Hackstock vor der Holzlege, summte kindlich Lieder und sah zu, wie die Kohlköpfe auf «seinem» Feld wuchsen. Mit Erika und Michel spielte er nicht, das war denen verboten.

Mit der Zeit schränkte Elisabeth ihre Kontrollgänge ein und gab sie schließlich ganz auf. Die Aufgabe, Anweisungen zu geben und Jurek zu beaufsichtigen, übertrug sie Maria, die wusste am besten, was gerade zu tun war. Seit Josef zum Kriegsdienst eingezogen worden war, waren die Blumen- und Gemüsebeete nicht mehr so unkrautfrei, im Park die Wiesen und Wege nicht so gepflegt und die Werkzeugkammer nicht so aufgeräumt gewesen. In der Remise richtete Jurek sich eine Ecke als Werkstatt ein. Dort verleimte er an Regentagen aus den Fugen gegangene Tische neu, reparierte Stühle und konnte sogar das geborstene Rohrgeflecht der Verandasessel flicken. Eines Tages entdeckte er den «Adler», ein Stück des blau schimmernden Kotflügels hatte ihn verraten. Als er die Wagentür mit einem Ruck öffnete und sich in das Innere zwängte, wusste er, dass er etwas Verbotenes tat. Es roch nach Leder und altem Öl wie in einer Werkstatt. Jurek tastete ehrfürchtig die Armaturen ab, fand das Zündschloss, gab Gas, warf das Steuer herum, jetzt war er im vierten Gang, er fuhr und fuhr bis in ein fernes Land, zwischen dessen Hügeln er die Wiesen und Felder seiner Kindheit erkannte.

Maria war froh über die Entlastung. Wenn die Kinder schliefen und mit einem Besuch aus der Villa nicht mehr zu rechnen war, stellte sie Jurek am Abend in der Küche einen Teller mit heißem Essen hin. Sie hatte nichts dagegen, dass er sie still musterte, während er aß. «Schmeckt's?», fragte sie. Er nickte: «Schmeckt gut!», stand auf und spülte seinen Teller und das Besteck.

Eines Abends wurde im Dämmerlicht ein großer Hund gesichtet, ein schwarzes, zotteliges Tier, dessen Aussehen in den Schilderungen auch derer, die ihn gar nicht gesehen hatten, immer wildere Züge annahm. Wie er auf das Grundstück gelangt war, blieb ein Rätsel. Am nächsten Morgen fand Michel in der Nähe des Tores ein blutiges Stück Fell, das – da war man sich einig – einer Katze gehört haben musste.

Wenige Tage später war Elisabeth unterwegs zum Gemüsegarten, um Ricki auszuführen. Erst vor einer Weile hatte sie das Hündchen ins Haus geholt, fütterte es selbst, ließ sich von seiner winzigen rosa Zunge süße Sahne vom Finger lecken, nahm es bei jeder Gelegenheit auf den Schoß und nachts mit ins Bett, wo es am Fußende seinen Schlafplatz hatte. Ricki wurde mehr gestreichelt als ihre Kinder.

Ricki lief einige Meter vor Elisabeth her, als mit schrillem Gebell der schwarze Hund aus der Hecke brach. Als sie sah, wie der Hund mit aufgerissenem Maul auf sie zusprang, schrie Elisabeth auf und schrie ein zweites Mal, als sie begriff, dass die Attacke nicht ihr, sondern Ricki galt.

Normalerweise greifen große Tiere sehr viel kleinere ihrer Art, noch dazu junge, nicht an. Der schwarze Hund aber hatte offenbar keine Beißhemmungen. Er war nur noch einen Satz von seinem Opfer entfernt, als ihn ein wuchtiger Schlag auf den Schädel traf und er jaulend einknickte. Jurek, der mit der Schaufel hinter ihm stand, war bereit zum zweiten Schlag, versetzte ihm dann aber einen mächtigen Tritt ins Hinterteil. Winselnd und mit eingekniffenem Schwanz verschwand das schwarze Vieh auf Nimmerwiedersehen in ebendem Loch in der Hecke, aus dem es kaum fünf Minuten zuvor gekommen war.

Ohne Jureks Eingreifen wäre auch von Ricki nur ein blutiger Fetzen Fell geblieben. Elisabeth betrachtete den Polen zum ersten Mal mit anderen Augen und wäre ihm beinahe vor Erleichterung und Dankbarkeit um den Hals gefallen. Aber sie beherrschte sich, zumal Maria und die Kinder herbeigelaufen waren. So drückte sie Jurek nur die Hand und sagte, er sei ein prima Kerl. «Sie haben Ricki das Leben gerettet. Ich werde mich erkenntlich zeigen.» Dazu boten sich bald zwei Gelegenheiten.

Maria wartete einen günstigen Moment ab, dann machte sie beiläufig eine Bemerkung. Jurek trank nicht, er rauchte nicht, anspruchslos aß er, was ihm vorgesetzt wurde, aber seine Hose war zerschlissen und sein Hemd so oft geflickt, dass er aussah «wie ein Seeräuber». Elisabeth brauchte drei Tage, um Ersatz herbeizuschaffen. Als er, neu eingekleidet, sich bei ihr bedanken wollte, überraschte sie ihn mit der Zusage, dass er von nun an mit einer kleinen Summe rechnen könne, nicht als Lohn für seine Arbeit, als Taschengeld.

Etwa zur gleichen Zeit, als Elisabeth gerade eines Morgens die Post las, kam Agathe aufgeregt in ihr Arbeitszimmer. «Wissen Sie schon das Neueste? Es ist ungeheuerlich, es fällt mir schwer, die rechten Worte zu finden. Mein Gott, wie soll ich mich ausdrücken?» – «Lassen Sie Gott aus dem Spiel und sagen Sie mir, was vorgefallen ist.» – Agathe hielt noch immer die Luft an, dann sprudelte es aus ihr heraus: «Maria hat den Jurek in ihre Wohnung gelassen, auch nachts – es ist ein Skandal –, auch nachts ist er bei ihr geblieben. Stellen Sie sich das mal vor!» – Elisabeth war nicht bereit, sich das vorzustellen, was Agathe jetzt mit geröteten Wangen beschwor: «Ich bin entsetzt. Eine verheiratete Frau! Und das vor den Kindern! Eine Todsünde!» – «Aber, liebe Agathe», sagte Elisabeth mit einem feinen Lächeln, «ist es nicht ein Akt der Barmherzigkeit, bei der Kälte einen Menschen vor Krankheit und Not zu schützen und ihm ein warmes Bett zu bereiten? Sie als gute Christin sollten das wissen.»

«Aber!» Agathe gab nicht auf. «Jeder nähere Kontakt zwischen Deutschen und Kriegsgefangenen ist verboten! Sie müssen dem

Einhalt gebieten, das ist Ihre Pflicht, sonst machen Sie sich schuldig.» – Bei dieser Bemerkung verschwand das Lächeln aus Elisabeths Gesicht. «Was nehmen Sie sich heraus!», rief sie. «Es ist nicht an Ihnen, mir zu sagen, was meine Pflicht ist. Auf Ihre Ratschläge kann ich verzichten!» – Agathe, derart zurechtgewiesen, geriet ins Stottern, und in ihrer Verwirrung rutschte ihr das Wort «Rassenschande» heraus. Da stand Elisabeth auf und trat dicht an Agathe heran. «Dann zeigen Sie Maria doch an! Stürzen Sie zwei Menschen ins Unglück! Worauf warten Sie noch, Sie bigotte alte Jungfer?» Für die «bigotte alte Jungfer» hatte sie die Stimme erhoben, eine Oktave tiefer fügte sie hinzu: «Wenn Sie Anzeige erstatten, werde ich gegen Sie und Ihre Behauptungen aussagen. ‹Das ist alles die Ausgeburt einer kranken Phantasie›, werde ich zu Protokoll geben. Mal sehen, wem man mehr Glauben schenkt, Ihnen oder Elisabeth Lauterbach.» Sie hielt inne, um die Worte wirken zu lassen, registrierte die Panik in Agathes Gesicht, wollte «Und jetzt raus hier!» rufen, besann sich aber und entließ Agathe mit den Worten: «Wenn Einmischung in die Angelegenheiten anderer Leute eine Sünde ist, haben Sie nun was zu beichten.»

Eines Morgens lagen im Garten Flugblätter. Man war vor den Lügengeschichten, die sie angeblich verbreiteten, im Radio schon gewarnt worden. Sie zu lesen, sie aufzubewahren und an andere weiterzugeben, war bei Strafe verboten. Man las sie trotzdem. «An die deutsche Zivilbevölkerung», stand auf den Zetteln. Die Wehrmacht sei am Ende, ihre Divisionen aufgerieben. Der Einmarsch der siegreichen Alliierten habe bereits begonnen, niemand sei mehr verpflichtet, den Wahnsinnsbefehlen der Nazis Folge zu leisten. Die Flugblätter wurden unter Aufsicht Marias eingesammelt, zusammengerollt und in der Schule vor Unterrichtsbeginn abgegeben. Nein, man habe gar nicht erst versucht, das Kauderwelsch zu entziffern.

Es ist nicht registriert worden, wie viele Bomben in den beiden letzten Kriegsjahren im Landkreis niedergingen. Die alliierten Geschwader warfen ihre tödliche Last über München ab. War eine Angriffswelle vorbei, aber die Bombenkammern noch nicht leer, entledigte man sich im bayerischen Umland noch schnell der letzten übrig gebliebenen Geschosse. Eine dieser Bomben verursachte einen Brand im Dachstuhl des Neptunbades, der schnell gelöscht wurde, weil die Feuerwehr das Wasser direkt aus dem See ins brennende Gebälk spritzen konnte. Die zweite, eine Sprengbombe, richtete größeren Schaden an: Sie zerstörte das Schulhaus bis auf die Grundmauern, zum Glück nachts, als niemand in dem Gebäude war. Am nächsten Morgen versammelte sich eine Schar Kinder um den Trümmerhaufen, unangemessen fröhlich bei dem Gedanken, dass unter dem Schutt sämtliche Schulbücher und Hefte begraben lagen. An Wiederaufbau war nicht zu denken, es dauerte Wochen, bis Gaststuben, Turnhallen und andere Notunterkünfte gefunden und für schulische Zwecke hergerichtet waren. So lange war schulfrei.

Ingrid trauerte als Einzige ihren sorgfältig in Zeitungspapier eingeschlagenen Heften nach, die ihr eine Eins in Schönschrift eingebracht hatten. Zweimal die Woche ging sie zum Tanzunterricht – sie sagte: «Ich nehme Ballettstunden» –, und dort verliebte sie sich zum ersten Mal. Der Junge hieß Florian, hatte rötliche Haare und eine blasse Haut und war von allen Tänzern der begabteste. Er legte den Arm um ihre Taille und führte sie so, dass sie zu schweben glaubte. Nie trat er ihr auf die Füße, nie zuckte sie zurück, wenn er bei schnellen Drehungen wie zufällig die Spitzen der Wölbung berührte, die einmal ein kleiner fester Busen werden sollten. Sie waren ein gutes Paar; als die Lehrerin ihnen eröffnete, dass sie den Abschlussball mit einem Ausdruckstanz eröffnen dürften, gaben sie sich auf dem Nachhauseweg den ersten Kuss.

Leon hatte den Bombeneinschlag vom «Schwalbennest» aus beobachtet, wo er frierend unter dem Sternenhimmel die Nacht verbringen wollte. Er war in Rechnen, Erdkunde und Sport schwach und deshalb ungern zur Schule gegangen, hatte in der Klasse keine Freunde gewonnen und daher nur froh, dass er jetzt ohne Unterbrechung durch Stundenplan und Hausaufgaben seinen eigentlichen Interessen nachgehen konnte. Er schrieb an einem Theaterstück, das er «Ramos Rache» nannte. Es handelte von einem guten König, der mit seinem treu ergebenen Diener unter die Räuber geriet. Sie nahmen ihm sein Gold und seine Tochter ab, und als er sich zur Wehr setzte, stachen sie ihn nieder. «Räche mich!», rief er sterbend seinem Diener zu. Dieser gehorchte dem letzten Willen seines Herrn, lockte mit Hilfe eines Zauberers die Räuber in einen Hinterhalt, sperrte sie in ein Turmverlies und heiratete die Prinzessin. So endete das Drama glücklich. Leon plante eine Aufführung mit Utensilien aus der Bibliothek und verbrachte schlaflose Nächte mit der Frage, ob er den König oder den heldenhaften Diener spielen sollte.

Im letzten Kriegsjahr wurde aus dem Spiel Ernst. Leon wurde mit seinen Klassenkameraden zu regelmäßigen Flakhelferübungen bestellt. Aber ihm drohte eine größere Gefahr: Das für den Landkreis zuständige Wehrkommando setzte ihn, den Dreizehnjährigen, auf eine Liste, aus der die Oberste Heeresleitung als letztes Aufgebot einen «Volkssturm» aus Kindern und alten Männern zusammenstellen wollte. Elisabeth war entschlossen, das zu verhindern: Sie richtete ihm im Bootshaus ein Versteck ein, das er nur nach Einbruch der Dunkelheit verlassen durfte. Auf die Anfrage, warum er nicht mehr zu den Übungen erscheine, erklärte sie, der Junge wäre bei seinem Vater in Düsseldorf, müsste dort bei der Herstellung des kriegsnotwendigen Materials helfen. So erlebte Leon unter einer Plane in einem alten Kahn verborgen die Befreiung durch die Amerikaner.

Hanna war, als das Schulhaus zerstört wurde, gerade im ersten

Schuljahr. Sie erzählte im Unterricht Geschichten, die das Fräulein Steininger gerade nicht hören wollte, schwätzte, ohne sich etwas dabei zu denken, mit ihren Nachbarinnen, verstand nicht, warum sie zurechtgewiesen wurde, wenn sie, ohne um Erlaubnis zu fragen, aufstand, guckte dann aber so treuherzig, dass die Lehrerin ihr nicht böse sein konnte. Dass man sich anstrengen musste, um gute Noten zu bekommen, wollte ihr nicht in den Kopf. Das erste Halbjahreszeugnis ließ sie irgendwo auf dem Schulweg liegen, Elisabeth bekam es nie zu sehen. Sie sah sich, um das Töchterchen zu disziplinieren, nach einer Klavierlehrerin um.

Michel wurde von Leon bei einem Gerangel auf dem Steg ins Wasser gestoßen. Er erwies sich als Naturtalent, konnte von Stund an schwimmen wie ein junger Otter und verbrachte die schulfreie Zeit mehr oder weniger im See. Aus Pappelrinde baute er sich Schiffchen, Zwei- oder Dreimaster, die er mit aus alten Hemden geschnittenen Segeln bestückte. Zum Entsetzen von Martha schwamm er mit diesen Schiffchen um die Wette, bis sie ihm verbot, sich weiter als bis ans Ende des Bootshauses hinauszuwagen.

Und Horst? Wie andere ein Handwerk, lernte er das Denunzieren. Zu sehen, wie seine Opfer abgeholt wurden, verschaffte ihm Genugtuung. Er konnte noch eine ganze Reihe von «Schädlingen am Volkskörper» ausmachen und brachte es bis zum SS-Obersturmbannführer. Das Kriegsende überlebte er unbeschadet, seine Mutter steckte ihn in Frauenkleider und war beeindruckt, wie gut sie ihm standen. Bei einer Hausdurchsuchung empfing sie die amerikanischen Militärpolizisten in Unterwäsche, die sich daraufhin, erschreckt durch den Anblick, schnell in ihren Jeep zurückzogen. Horst wanderte nach Argentinien aus, adoptierte mehrere Jungen aus den Armenvierteln von Buenos Aires, erzog sie streng und ließ sie gegen geringen Lohn auf seiner Hazienda arbeiten, die er – niemand weiß, wie – an sich gebracht hatte.

An dem Tag, an dem der Krieg zu Ende ging, hatte Elisabeth

mal wieder ihren Schlüsselbund verlegt, was ihr häufiger passierte. Weniger aus Angst, bestohlen zu werden, als aus Ordnungssinn sperrte sie Schränke, Kommoden, Tischschubladen, Zimmer auf und wieder zu, der Schlüsselbund war ihr Hoheitszeichen, niemandem hätte sie ihn anvertraut. Aus Sicherheitsgründen deponierte sie ihn wahllos in wechselnden Verstecken, vergaß dann aber, wo. Auch heute schlug sie Alarm, alle Familienmitglieder mussten sich an der Suche beteiligen, und erst, als sich der Schlüsselbund unter der Bügelwäsche gefunden und sie festgestellt hatte, dass nichts fehlte, erlaubte sie den Kindern, in den Ort zu radeln, um sich auf dem Marktplatz die Amerikaner in ihren Panzern und Jeeps anzusehen, als wären sie die Vorhut eines Zirkus.

Maria hatte die Neuigkeit verbreitet. Sie war gerade beim Einkaufen, als sie den ersten Ami ihres Lebens erblickte. Er saß am Steuer eines olivgrünen Lastwagens mit einem weißen Stern auf der Tür, hatte das linke Bein lässig auf dem Kotflügel abgestellt, grinste und war schwarz. Ein anderer Soldat stand hinter einem Maschinengewehr, grinste auch, kaute und war auch schwarz. Frauen und Kinder hatten ehrfürchtig einen Halbkreis um sie gebildet. Man wartete stumm, dass etwas passierte, bis eine junge Frau mit Kopftuch vortrat und «Chocolate. Have Chocolate?» sagte.

Frieden. Seine ersten Boten waren schwarz und wirkten gutmütig, Neger, wie man in aller Unschuld sagte. Als wäre das bei Kriegsende so üblich, schlossen die Geschäfte, die sowieso nichts mehr zu verkaufen hatten, die wenigen verbliebenen Handwerksbetriebe, denen längst das Material ausgegangen war, machten vorzeitig Feierabend, kein Schuss fiel, es war sonntägliche Stille im Ort. Dann endlich läuteten die Kirchenglocken.

Nirgends sonst, nur bei einer herrschaftlichen Villa an der Adolf-Hitler-Straße hingen weiße Laken aus dem Fenster. Frau Irmgard Höß ergab sich mit ihren drei Kindern, sie kapitulierte vor der

Übermacht der Feinde. Ihr Mann, der Stellvertreter des Gauleiters, hatte auf eines der Leintücher mit Kreide das Wort «Peace» geschrieben, war dann, nachdem er seine Frau auf die Wange, die Jungen und das Mädchen auf die Stirn geküsst hatte, mit einem Bündel unterm Arm in der Dunkelheit verschwunden. Die Magd vom Bauer Moser fand ihn am nächsten Morgen beim Holzsammeln im Normann-Wäldchen mit einem Strick um den Hals am Ast einer Buche.

Die Villa Höß wurde von der amerikanischen Besatzungsmacht einschließlich des gut gefüllten Weinkellers beschlagnahmt. Proviantwagen und der Chevrolet des Offiziers parkten in den vormals gepflegten Blumenrabatten, bis zur Straße war Musik zu hören, der Boogie-Woogie, und abends standen junge Frauen, «Ami-Schicksen», vor dem Tor, die tags darauf Nylonstrümpfe trugen und ihren kleinen Geschwistern Chewing-Gum mitbrachten. So begann die neue Zeit. Die Idee, von einer Stunde null zu sprechen, kam erst später auf.

Frieden

Alle hatten den Frieden herbeigewünscht, man dachte an die Zeit überbordender Lebensmittelgeschäfte und Metzgereien mit Wurstgirlanden und Bergen von Fleisch, an Kolonialwaren und Südfrüchte und Kaufhäuser, in denen es alles zu kaufen gab. Friedenszeiten, das klang nach deutscher Wertarbeit und gutem Geld für gute Arbeit, erinnerte an ein früheres Leben, in dem es noch Oben und Unten, Gut und Böse gab, in dem jeder wusste, wo er hingehörte, und einer, der «ja» sagte, es auch so meinte.

Man dachte nicht gern an den Krieg zurück, aber nachts, in den Albträumen, war er wieder da als eine Art Naturkatastrophe, der man hilflos ausgeliefert gewesen war. Wer sich aufs Land geflüchtet hatte, kehrte in seine Stadt zurück und stand fassungslos vor den Schuttbergen und ausgebrannten Hausruinen. Wie es angefangen hatte, wollte man lieber vergessen, und die lästige Frage nach dem «Warum» brachte nichts. Das Schicksal hatte es so gewollt, meinten die einen; eine Strafe des Himmels, sagten die anderen. Man war das Opfer der Fliegerangriffe, der Bomben, von Hungersnot und froststarren Wintern ohne Kohle geworden. Man hatte sich geduckt, in Kellern verkrochen, Todesängste ausgestanden, aber man war durchgekommen, hatte überlebt, das war die Hauptsache.

Man sprach von den Nazis in verächtlichem Ton, auch wenn man selbst einer gewesen war. Man hatte sich fügen müssen, den Verantwortlichen wurde in Nürnberg der Prozess gemacht, dieser Bande, die die eigentliche Schuld trug, weil sie das Volk aufgehetzt hatte.

Die Entnazifizierung war ein voller Erfolg. Wer braune Flecken auf der Weste hatte, zog sie aus und ließ sie verschwinden. So mancher Staatsdiener wurde über Nacht bekennender Demokrat und blieb – da man auf seine Erfahrungen nicht verzichten konnte – im Amt. Der Bürgermeister, den Elisabeth nicht zu ihren Freunden zählte, war nur ein Beispiel unter vielen. Es wurde viel geschwiegen, und wenn man ins Gespräch kam, war man sich schnell einig, dass der wiedergewonnene Frieden eigentlich recht enttäuschend war.

In den Zeitungen war die Rede von Freiheit und Demokratie nach amerikanischem Vorbild, aber jeder hatte seine eigenen Vorstellungen, was das bedeuten und was er davon haben würde. Man machte sich keine Illusionen, war misstrauisch, hatte Ängste, traute dem Frieden nicht. Vor allem die Älteren waren sich einig, dass es eine Schande sei, unter dem Befehl einer Besatzungsmacht zu leben.

Den Jüngeren gefielen die Amerikaner. Sie schlugen nicht wie die zur Wehrmacht eingezogenen Väter die Hacken zusammen, ihre Lässigkeit machte Eindruck auf die Mädchen, und bei den jungen Männern wurde es Mode, die brennende Zigarette auch beim Sprechen nicht aus dem Mundwinkel zu nehmen. Man sagte «o.k.» statt «jawoll» und legte die Füße auf den Tisch, am liebsten hätte man es in amerikanischen Militärstiefeln getan. Abgetragene GI-Uniformen wurden auf dem Schwarzmarkt teuer gehandelt, und kleine Fahnen mit den «Stars and Stripes» steckte man sich an den Fahrradlenker. AFN war der beliebteste Radiosender, die Songtexte konnte man bis auf die immer wiederkehrenden Worte «love» und «sweetheart» nicht verstehen, aber ihre Melodien ließen sich gut nachpfeifen oder auf der Mundharmonika spielen, und zu ihren Rhythmen versuchten viele ihre ersten Tanzschritte.

In der Nähe von München hatte es ein Lager gegeben, aber was mit den Insassen geschehen war, hatte man höchstens gerüchteweise gehört. Die Amerikaner hatten als Erstes die überlebenden Häftlinge befreit, abgezehrte Gestalten, die zum Fürchten aussahen. Sie zogen jetzt, so hörte man, durch die Gegend und nahmen sich, was sie kriegen konnten. In der Umgebung waren sie noch nicht aufgetaucht, aber man konnte sie sich vorstellen: mit eingefallenen Wangen, die Augen tief in den Höhlen, die Schädel rasiert. Die Villenbesitzer fühlten sich bedroht, auch Elisabeth wollte sich und ihr Eigentum schützen. Sie besorgte sich, wie die anderen, eine Sirene, mit der man Hilfe herbeirufen konnte. Der Staat hatte kapituliert, die «Military Police» zu rufen, traute man sich nicht aus Angst, sie könnte gleich das ganze Haus beschlagnahmen, also half man sich selbst mit einer Heimwehr. Aber man hatte sich umsonst geängstigt, niemand kam, um die Ruhe zu stören. Die Sirenen verrosteten mit der Zeit, ohne je im Einsatz gewesen zu sein, landeten sie Jahre später auf dem «Tempo»-Dreiradwagen des Schrotthändlers.

Nur einmal ereignete sich ein Zwischenfall, der dazu führte, dass Frau Bröhl die Kartoffeln in der Pfanne anbrennen ließ. Vielleicht hatte sie Hilferufe gehört, vielleicht hatte ihr aber auch ihr sechster Sinn eingegeben, dass Gefahr im Verzug war, jedenfalls eilte sie aus der Küche und stand Sekunden später, das große Messer in der erhobenen Faust – es konnte auch die Kohlenzange oder der Teppichklopfer gewesen sein –, vor einem dicklichen Soldaten der US-Army, der Hanna und ihre Freundin Anita bis vor die Haustür verfolgt hatte. Statt den Revolver zu ziehen, sagte der Mann etwas in seiner unverständlichen Besatzersprache, das wohl beruhigend wirken sollte, und holte in seiner Verwirrung eine Tafel Schokolade aus der Jackentasche, um die Furie vor ihm zu besänftigen. Die Mädchen hatten sich inzwischen in Sicherheit gebracht, Frau Bröhl ließ ihre Waffe sinken, aber soll, noch immer in Rage, dem GI die hingestreckte Schokolade aus der Hand geschlagen haben, oder, wie andere behaupteten, als Geste der Versöhnung die

Tafel in der Mitte durchgeschnitten haben, worauf der Verfolger kleiner Mädchen und deren Verteidigerin auf der Stelle ihre Hälften verspeisten. Dann hat sie den ersten und einzigen Amerikaner, mit dem sie je zu tun hatte, bis zur Straße eskortiert und das Tor hinter ihm verriegelt.

Eines Nachts fuhren drei Militärlastwagen, von Jeeps der «Military Police» eskortiert, an der Villa Lauterbach vorbei. Schon von weitem hörte man das dunkle Dröhnen der Motoren. Wer bereits zu Bett gegangen war, schreckte auf und lief, von einer düsteren Ahnung getrieben, zum Fenster. Sie mussten schwer beladen sein, nur mühsam fraß sich das Scheinwerferlicht durch die Dunkelheit. Der mit dem bläulichen Dunst ihrer Abgase getränkte Staub stand noch über der Straße, da begann schon das Rätselraten. Was war da los? In welcher Mission waren sie unterwegs?

Leon wollte gehört haben, dass sich irgendwo in den Bergen, in einem unzugänglichen Hochtal, eine Eliteeinheit der SS verschanzt hatte, ausgerüstet mit einer Art Rakete von unvorstellbarer Sprengkraft, die ferngesteuert jedes auch noch so gut getarnte Ziel und dessen weites Umfeld zerstören konnte. Diese VX hatte eine Gruppe von deutschen Forschern in den letzten Kriegswochen in unterirdischen Labors und Versuchsstätten entwickelt, aber die Pläne waren verraten worden. Und jetzt war der Konvoi, beladen mit Dynamit, unterwegs, um die Wunderwaffe und das Felsennest in die Luft zu sprengen.

Tatsächlich hörte man in den frühen Morgenstunden im Abstand von zehn Minuten von einem Ende des Sees bis zum anderen drei Explosionen, die so heftig waren, dass die Fensterscheiben klirrten. Niemand zweifelte daran, dass sie mit dem geheimnisvollen nächtlichen Transport zusammenhingen.

In dieser Zeit hatte sich in der Gegend auch eine Bande von Halbwüchsigen zusammengerottet. Es hatte harmlos angefangen, sie hatten eine Fußballmannschaft gegründet, die weniger ihrer spielerischen Fähigkeiten wegen, als wegen der brachialen Gewalt gefürchtet war, mit der sie Tore schoss. Nach einer Niederlage machten sie aus der Umkleidekabine des Gegners Kleinholz, und einmal in Fahrt, brachen sie in die in ein Offizierskasino verwandelte Villa Höß ein und schleppten weg, was sie an Zigarettenstangen und Whiskeyflaschen nur tragen konnten. Mit ihrer Beute streiften sie durch die Wälder, bis sie eine einsam gelegene Hütte fanden. Sie zertrümmerten die Fensterläden, traten ein Fenster ein und verwüsteten den Wohnraum auf der Suche nach verstecktem Bargeld und etwas Essbarem. Unterwegs hatten sie einige Mädchen aufgetan, denen sie erzählten, sie könnten sie, wenn sie brav wären, von oben bis unten mit Schmuck behängen. Die hatten Vergnügen an dem brutalen Spaß und wurden, als das wüste Fest begann, auf den aufgeschlitzten Matratzen wie die Whiskeyflaschen herumgereicht.

Der Streifzug der elf wäre ohne Folgen geblieben, wenn sie nicht, um ihre Spuren zu verwischen, die Hütte anschließend angezündet hätten. Was von den Zigaretten und Flaschen noch übrig war, brachten sie in Sicherheit, vergaßen aber eins der Mädchen, dem sie erst, damit es mitmachte, und dann, als keiner es haben wollte, nur um es zu quälen, bis zu ihrer Bewusstlosigkeit Alkohol eingeflößt hatten.

Als die Hütte in Flammen stand, hatten sie das Mädchen schreien hören, aber die Hitze war schon so groß, dass keiner Lust hatte, es herauszuholen. Das Mädchen verbrannte. Die Bandenmitglieder wurden erwischt und einem Richter vorgeführt. Der verurteilte den, der die Hütte in Brand gesetzt hatte, wegen Beschädigung fremden Eigentums und fahrlässiger Tötung in Tateinheit zu fünf Jahren Jugendarrest, die anderen ließ er laufen. Die deutschen Gerichte waren überlastet, sie hatten andere Sorgen.

Die verbliebenen zehn trafen sich an wechselnden Orten, um die Militärpolizei zu überlisten, die seit dem Einbruch ein Auge auf sie hatte. Mit Vorliebe versammelten sie sich im Untergeschoss eines Hauses, das einem der Väter gehörte. Dort verbrachten sie gerade die Nacht, als sie den Knall der Explosionen hörten und die Erschütterung spürten, die so stark war, dass über der Couch im Wohnzimmer der unbeugsame «Wilderer», die Flinte über der einen, die gerade erlegte Gämse über der anderen Schulter, von der Wand rutschte und ein heller Fleck sichtbar wurde, wo bis vor Kurzem noch das Bild des Führers gehangen hatte.

Als der letzte Widerstand gebrochen war und die amerikanische Militärverwaltung sich bemühte, in ihrer Besatzungszone Ruhe und Ordnung wiederherzustellen, fuhren Lautsprecherwagen durch die Gegend und befahlen der Bevölkerung, Schusswaffen und Munition, aber auch Säbel und Dolche unverzüglich abzuliefern. Die angedrohten Strafen waren drakonisch. Alte Waffenscheine wurden für ungültig erklärt und überall scharf bewachte Sammelstellen eingerichtet. Beliebig und mit nur mäßigem Erfolg führten US-Soldaten Hausdurchsuchungen durch, und es kam vor, dass sich, wenn sie eine Wohnung stürmten, der Besitzer einer Pistole, die ihn durch all die Kriegsjahre begleitet hatte, vor ihren Augen eine Kugel in den Kopf jagte.

Die im Landkreis zusammengetragenen Waffen und Munition füllten die Ladeflächen von drei schweren Lastern bis zum Rand. Als die Aktion für abgeschlossen erklärt wurde, fuhren die Laster, um möglichst wenig Aufsehen zu erregen, nachts zu einer abgelegenen Kiesgrube. Dort sprengte ein Spezialist die gesamte Ladung und ließ geborstene Gewehrläufe, zerfetzte Patronengürtel und einen Scherbenhaufen zurück, der aus den zerbrochenen Klingen der einst als Zeichen arischer Männlichkeit getragenen Stichwaffen bestand.

Kurze Zeit später, als Pulverdampf noch wie Nebel über der Kiesgrube lag, waren die zehn Bandenmitglieder als Erste zur Stelle. Vorsorglich hatten sie einen gestohlenen Lieferwagen mitgebracht. Sie suchten das Trümmerfeld ab und wurden an dessen Rändern fündig. Alles, was unversehrt oder nur leicht beschädigt war, schleppten sie weg, sogar ein intaktes Maschinengewehr war dabei. Jetzt taten sich Möglichkeiten auf, von denen sie bisher nur geträumt hatten, jetzt konnten sie es mit den Münchner Banden aufnehmen. Sie nannten sich «die Unbesiegbaren» und spezialisierten sich auf bewaffnete Raubüberfälle.

Michel saß auf dem Steg, hob den Zeigefinger in die Luft, um die Windstärke zu prüfen, und berechnete gerade, wie lange er mit einem Segelboot auf die gegenüberliegende Seite des Sees brauchen würde, als drei junge Männer fluchend und auf dem Ufergeröll stolpernd auf ihn zugelaufen kamen. Er konnte nicht wissen, dass es «Unbesiegbare» waren, die mit Schäferhunden von einer Militärpatrouille verfolgt wurden. Genauso wenig konnte er wissen, dass sich in dem Rucksack, den sie mitschleppten, zwanzig edle, mit dem Naziemblem verzierte Dolche aus bestem Solinger Stahl befanden, die sie einem amerikanischen Corporal gegen harte Dollar verkaufen wollten. Man hatte den Zeitpunkt der Übergabe und als Treffpunkt einen am See gelegenen Pavillon abgesprochen. Es war eine Falle. Der Corporal erschien mit zwei Landsleuten, die eine «MP»-Binde am Arm trugen. Da ergriffen die drei Unbesiegbaren trotz eines in die Luft abgefeuerten Warnschusses die Flucht.

Als sie den Bootssteg der Villa erreichten, stand Michel auf. Noch bevor er fragen konnte, was sie wollten, schlug ihm einer der Männer so hart ins Gesicht, dass Michel auf die Holzplanken hinschlug. Starr vor Schreck blieb er liegen und hörte das Schlagen der Bootshaustür, schwere Schritte, Schreie und Hundegebell. Als er die Augen aufschlug, sah er eine scheinbar friedliche Szene: Am Rande des undurchdringlichen Schilfs standen sechs Männer, keuchend, als hätten sie ihre Kräfte in einem Geländelauf gemessen. Die Hunde hatten sich beruhigt, sie beschnüffelten die Beine der Verlierer, ein Päckchen «Lucky Strike» machte die Runde. Die Zigarettenkippen schmissen sie in den See, dann zogen sie ab in die Richtung, aus der sie gekommen waren. Den Rucksack trug jetzt der Corporal.

Die Zeichen der neuen Zeit ließen auf sich warten, aber da, wo sie sichtbar wurden, beobachtete sie Elisabeth mit Misstrauen. Überall war von Wiederaufbau die Rede, neue Häuser, neue Straßen, neue Städte. Dagegen war nichts einzuwenden, aber der Krieg hatte um die Villa Lauterbach einen Bogen gemacht, ihre Welt wollte sie so erhalten, wie sie war. Einige Reparaturen da und dort, keine unnötigen Neuerungen, einen Hunger nach Fortschritt verspürte sie nicht.

In der Zeitung war zu lesen, dass die Straße, die am Grundstück vorbei um den See führte, geteert und bei der Gelegenheit um zwei Meter verbreitert werden sollte. Warum war das notwendig, wozu war das gut? Elisabeth dachte an den Lärm und den Gestank der Baumaschinen, sie würde freiwillig keinen Quadratmeter für den Straßenbau abtreten. Sie wollte Unterschriften sammeln, zum Bürgermeister gehen, protestieren – immer wieder kam sie darauf zu sprechen.

Elisabeth hatte eine tief sitzende Abneigung gegen Autoritäten. Ihre Beziehung zu Pfarrer Hindelang war getrübt, seit sie sich darüber erregt hatte, dass er an Sonntagen um 6.45 Uhr die Glocken zur Frühmesse läuten ließ. Obwohl sie von der «unerträglichen Ruhestörung» in keiner Weise betroffen war, setzte sie als Erste ihren Namen unter einen Beschwerdebrief.

Ihre Abneigung gegen den Bürgermeister saß tiefer. Der hatte ihr, als sie fast noch ein Kind war, in plumper Form einen Heiratsantrag gemacht und – als sie ihn abgewiesen hatte – behauptet, der Antrag wäre nicht ernst gemeint gewesen. Diese Kränkung hatte sie ihm nie verziehen. Sie hielt ihn für unfähig und korrupt und legte sich bei jeder Gelegenheit mit ihm an.

Ein Streitpunkt, älter als der geplante Ausbau der Straße, war jene Kiesgrube, in der man die Waffen zerstört hatte. Sie lag hinter einem Fichtenwald, ungefähr einen Kilometer von der Villa entfernt. In dem von der Explosion aufgerissenen Krater staute sich fauliges Wasser, von schleimigen Algenfäden durchzogen, zwischen denen Mückenschwärme ihre Eier ablegten. Außer Elisabeth achtete niemand auf die Lastwagen, die – meist nach Einbruch der Dunkelheit – zur Kiesgrube fuhren, niemand fühlte sich zuständig. Sie füllte sich mit stinkenden Abfällen, abgefahrenen Reifen, zerschlissenen Säcken voller Unrat, aus rostigen Kanistern lief Öl, und in den geborstenen Munitionskisten hauste ein Volk von Ratten.

Bei Nordostwind sagte Agathe: «Es riecht.» – «Es riecht nicht, es stinkt!», korrigierte sie Elisabeth jedes Mal. «Es ist ein Skandal!» Sie ließ die Fenster der Rückfront schließen und nahm sich vor, sich erneut beim Bürgermeister zu beschweren.

Es war beim Mittagessen, Elisabeth war mal wieder, von Leons Frage stimuliert, ob es nicht Zeit sei, den «Adler» von seiner Camouflage zu befreien und eine Probefahrt zu riskieren, bei ihrem Lieblingsthema, da ging die Tür auf, und im Rahmen stand eine Riesin. Sie stand da mit einem verbeulten schwarzen Hut auf dem Kopf, in einem schweren Mantel, der ihr bis zu den Knöcheln reichte, und mit einer Tasche in jeder Hand. Sie sah auf die Tischgesellschaft herab, als müsste sie sich erst vergewissern, wo sie war, dann sagte sie in einem Tonfall, den keiner je gehört hatte: »Ich bin Frau Pitter und komme aus dem Riesengebirge.» Ingrid dachte: «Das sieht man!», Leon dachte: «Rübezahl», und Hanna, von der tiefen Stimme erschreckt, dachte, die Gestalt wäre bestimmt ein verzauberter Bär. Alle waren erstarrt, nur Michel fragte sich, was die Frau wohl in den Taschen hatte, die an ihren Händen festgewachsen schienen.

Immer noch stand Frau Pitter im Türrahmen, nahm dann beide Taschen in die linke Hand und zog mit der Rechten ein gefaltetes

Stück Papier aus der Manteltasche. Elisabeth gab Hanna ein Zeichen, es ihr zu bringen. Es war ein Einweisungsschein. Die Flüchtlingsfrau wurde zwangseinquartiert. Für sie war im Hauptgebäude ein Raum von mindestens zwölf Quadratmeter Grundfläche, mit einem oder mehreren Fenstern ins Freie und direktem Zugang zu einer Waschgelegenheit und einer Toilette unentgeltlich bereitzustellen.

In den ersten Wochen in der Villa stellte Frau Pitter keine Ansprüche, verlangte nichts außer einem Schlüssel, mit dem sie ihr Zimmer absperren konnte. Wenn sie durchs Haus ging, war ihr fester Schritt nicht zu überhören, sonst war sie zurückhaltend, stellte keine Fragen, und wenn sie überhaupt den Mund auftat, breitete sie die Arme aus, als wollte sie etwas verkünden. Niemand war von ihrer Anwesenheit beeinträchtigt, aber alle fühlten sich gestört, ohne sagen zu können, warum.

Agathe hielt Frau Pitter für ein männliches Wesen in Frauengewand, für Beelzebub oder einen seiner nahen Verwandten. Erika und der kleine Heiner fürchteten sich vor ihren Händen, die groß wie Spaten waren, mit denen sie aber ein ins Haus verirrtes Pfauenauge einfangen und, ohne die Flügel zu verletzen, vors Fenster setzen konnte. Maria Anleitner zögerte lange, bis sie ihr anbot, einmal am Abend bei ihr hereinzuschauen, aber als die Flüchtlingsfrau endlich kam, war gerade kein Stuhl mehr frei und der Tee ausgetrunken. Allein Elisabeth begegnete ihr freundlich. Auf einen Esser mehr kam es ihr nicht an, sie ließ sie den Gemüsegarten umgraben, Holz hacken, und außerdem konnte sie Jurek zur Hand gehen. Ungefragt nahm Frau Pitter das seit Menschengedenken defekte Laufwerk der barocken Standuhr im Salon auseinander, ölte die feinen Rädchen und setzte sie so geschickt zusammen, dass die Uhr wieder tickte und korrekt die Stunden schlug. Frau Pitter sagte, sie könne auch Schafswolle spinnen und Flickenteppiche anfertigen, aber dazu kam sie nicht.

Sie hatte eine Eigenheit: Sie roch, nicht unangenehm, aber sie roch. Erdig, meinten die einen, wie Pferdeleder, sagten andere, man einigte sich auf harzig, einen Geruch nach Tannenharz. Und sie hatte einen Damenbart, vor dem sich Leon so ekelte, dass er behauptete, der sei ihr als Strafe dafür gewachsen, dass sie Rübezahl geküsst hatte.

Aber da war noch etwas anderes, Unheimliches: In klaren Mondnächten lief sie kreuz und quer durch den Garten, lief und blieb an verschiedenen, jedes Mal anderen Stellen stehen. Dort fand man am nächsten Morgen glatte Stöckchen ohne Rinde, die mal an der einen, mal an beiden Seiten angespitzt waren. Sie lagen einzeln oder parallel nebeneinander oder über Kreuz und zeigten auf einen Baum, einen Stein oder in Richtungen, für die sich keine Erklärung fand. Was es denn damit auf sich habe, wurde sie schließlich gefragt. «Strömungen», sagte sie dann mit ausgebreiteten Armen. «Umkreise das Kreuz.» Oder: «Halt an beim doppelten Pfeil! Hier endet dein Weg.» Oder: «Spring über den Pfeil, der nach Osten zeigt! Er bringt dir Glück.» Da es nicht viel anderen Gesprächsstoff gab, machte man sich über die Stöckchen lustig, aber auf sie zu treten, sie zu zerbrechen, wagte niemand. Einmal sammelte sie Erika in kindlicher Unbefangenheit ein, um die Umrisse eines Hauses zu legen. In der Nacht kam ein Sturm auf, der einen Dachbalken aus der Verankerung hob. Die Stöckchen waren wie durch ein Wunder liegen geblieben, nur das eine, das Dach, fehlte.

Die Menschen in der Nachkriegszeit hatten ihre Sorgen und Nöte, sie stöhnten unter der Last ihres Lebens, aber krank waren sie selten. Sie hatten im Herbst, wenn die Temperaturen fielen, einen Schnupfen, aber bekamen keine fiebrige Grippe, sie husteten, wenn der Ofen rußte – und das tat er häufig –, aber holten sich keine Lungenentzündung. Die Kinder hatten Bauchkrämpfe, wenn sie unreifes Obst gegessen hatten, sie mussten einen Tag lang Kohletabletten schlucken, dann waren sie wieder gesund. Die alten Leute hatten beim Wetterumschwung ein Ziehen und Reißen in den Knochen, aber eine Krankheit nannten sie das nicht.

Elisabeth war in all den Jahren, seit sie in Düsseldorf ihre Koffer gepackt hatte und wieder nach Bayern gezogen war, nur einmal wirklich krank. Eines Nachts erwachte sie nach kurzem, traumlosem Schlaf in ihrem kalten Bett und wurde von dem Gedanken gequält, dass alles vergebens war, hoffnungslos der Versuch, die Villa, die der Großvater erbaut, die ihre Mutter ihr übergeben und die sie zu ihrem Lebensinhalt gemacht hatte, auf Dauer zu halten. Als der Morgen sich mit dem ersten fahlen Lichtstreifen über dem See abzuzeichnen begann, war sie zu erschöpft, um diese Ängste abzuschütteln. Nie hatte sie auch nur einen Anflug von Schwäche zugelassen, jetzt spürte sie mit einem Mal eine nie gekannte Mattigkeit, gegen die sie wehrlos war. Zum Frühstück erschien sie im Morgenrock und erschreckte alle durch die dunklen Ringe unter ihren Augen. Ihr wurde schwindelig, noch bevor sie sich setzen konnte, sie schleppte sich in ihr Zimmer zurück, die Angst folgte ihr wie ein böser Schatten.

Sie verweigerte das Essen, lag da mit hartem, geschwollenem Leib. In ihrem Nachttisch tastete sie nach Papier und Bleistift, um die Kosten zu addieren, die ihr monatlich entstanden, aber kaum hatte sie mit der Auflistung begonnen, da tanzten ihr die Zahlen vor Augen, sie glaubte, sie müsste sich erbrechen. Aber selbst als der Schüttelfrost sie überfiel, war ihr klar, dass sie nie wieder nach Düsseldorf wollte.

Von Konrad kam ein Telegramm: «Gute Besserung. Lass es mich wissen, wenn Du Hilfe brauchst.» Hilfe suchte Elisabeth bei der Hausärztin, die besorgt den Kopf schüttelte und ihr rosa Pillen verschrieb, dreimal täglich zu den Mahlzeiten einzunehmen. Aber essen konnte sie nicht, sie schluckte die Pillen mit lauwarmem Wasser, sie halfen ihr nicht. Obwohl ihr Bauch sich spannte, verlor sie an Gewicht. Die Ärztin, jetzt schon sichtlich beunruhigt, gab ihr zusätzlich ein weißes Pulver und kündigte an, sie, wenn nicht binnen vierundzwanzig Stunden eine Besserung eintreten würde, ins Krankenhaus einweisen zu lassen. Als sie das Wort «Krankenhaus» hörte, geriet Elisabeth in Panik.

Ein unruhiger Dämmerzustand überkam sie. Tränen traten ihr in die Augen, durch die sie verschwommen eine Gestalt am Fußende ihres Bettes wahrnahm. «Der Erzengel Gabriel, der Sieger über Luzifer», dachte sie gefasst. Es war aber Rosalie Pitter, mit einem schmalen Lederetui in der Hand, aus dem sie einen Gegenstand zog, den Elisabeth nicht genau erkennen konnte. Aus einem hölzernen Griff ragte so etwas wie ein biegsamer Stängel, an dessen Spitze eine Kugel befestigt war. «Was machen Sie da?», wollte sie fragen, brachte aber nur ein Flüstern hervor. Ergeben schloss sie die Augen, der Engel würde sie beschützen.

Frau Pitter trat an den Nachttisch, auf dem die rosa Pillen und das weiße Pulver lagen. Sie hielt das Gerät über die Medikamente und wartete. Langsam begann die Kugel zu kreisen, noch unentschlossen zog sie ihre Bahn, änderte ihren Kurs, blieb für einen Bruchteil einer Sekunde wie erstarrt stehen und verfiel dann in eine nickende Bewegung. Heftig schlug das Pendel aus. Frau Pitter hatte es nicht anders erwartet, sie schob die Arzneimittel verächtlich beiseite.

Dann schlug sie die Decke, unter der Elisabeths matter Körper lag, zurück, ließ das Pendel über ihren Kopf, die Brust und den Bauch kreisen, murmelte etwas von «Schlacken» und begann, die Bewegungen des Pendels aufnehmend, den verhärteten Leib zu massieren, erst vorsichtig, dann mit verstärktem Druck. Elisabeth spürte eine wohltuende Entspannung, es schien, als könnte sie gelöster atmen, schrie aber plötzlich auf: Ein Daumen hatte sich an der Stelle in ihren Unterleib gegraben, wo der Schmerz sich zurückgezogen hatte. Sie sprang aus dem Bett und lief aus dem Zimmer.

Keiner der Hausbewohner hatte Elisabeth je nackt gesehen. Selbst im Badeanzug – er war dunkelblau, einteilig, mit der Andeutung eines Röckchens – glitt sie so geschickt ins Wasser, dass auch ein genauer Beobachter nichts über ihre nackten Arme und Beine hätte sagen können. Vor Frau Pitters Händen jedoch empfand sie kein Schamgefühl. Die ließ sie Unmengen einer salzig schmeckenden Flüssigkeit trinken, verordnete ihr ein Präparat aus getrockneten Feigen, wiederholte mehrmals die Bauchmassage, und Elisabeth ließ es sogar zu, dass sie ihr einen Einlauf machte.

Ob Frau Pitter einen Darmverschluss geöffnet, sie von einem Bandwurm befreit oder giftige Ablagerungen gelöst hatte, blieb ungeklärt. Nach wenigen Tagen war das Pendel mit den Vorgängen in Elisabeths Körper sehr zufrieden, die Krankheit war überwunden. Sie dankte dem Erzengel und schenkte Rosalie Pitter ein Silberkettchen mit Anhänger, das nach kurzer Überprüfung durch das Pendel mit einem zustimmenden Kopfnicken angenommen wurde.

Es stellte sich heraus, dass Frau Pitter sich mit Pilzen, Beeren, essbaren und heilenden Kräutern bestens auskannte, sodass auch Maria noch von ihr lernen konnte. Wenn im Gemüsegarten die Tomaten und der Salat nicht wachsen wollten, kannte sie den Grund: Sie waren bei abnehmendem Mond gepflanzt. Sie machte nicht viele Worte, und selbst die Zweifler, die die angespitzten Stöckchen und das Pendel für Hokuspokus hielten und an die Wirkung der Kräuter und die Bedeutung der Mondphasen nicht glauben konnten, widersprachen ihr nicht.

Am meisten Achtung aber verschafften ihr die Fähigkeiten als Heilerin. Dass sie Elisabeth vor dem Krankenhaus gerettet und, angesichts einer gefährlichen Kolik, erreicht hatte, was die Medikamente aus der Apotheke nicht vermochten, machte die Runde. Ihre Bärenstimme flößte Respekt ein. Mit Jurek unterhielt sie sich in einer Mischsprache, für die es weder Wörterbücher noch Grammatik gab, erzählte ihm von einem verwundeten Polen, den sie im Winter auf dem Hohen Venn bei minus zwanzig Grad in tausend Meter Höhe halb erfroren gefunden und auf den Schultern bis ins Tal getragen hatte. In einer Kammer hatte sie ihn versteckt, was streng verboten war, bis er wieder laufen konnte. «Im Übrigen», sagte sie zu Jurek, «pass auf deine Nieren auf. Halt sie warm. Sie haben unter der Kälte gelitten.»

Wie um nach überwundener Krankheit ein Zeichen zu setzen, fasste Elisabeth einen Entschluss an dem Tag, an dem sie sich wieder auf den Beinen halten und mit Ricki unterm Arm bis zur Remise gehen konnte. Wie ein Lauffeuer ging es von Mund zu Mund: der «Adler»! Elisabeth rief Maria und Jurek herbei und gab Befehl, ihn von seiner Tarnung zu befreien.

Die verbeulten, mit undefinierbaren Ablagerungen bedeckten Leinwände, auf denen die Schlacht der Amazonen, die Nixen, Faune und die Ritter aus Artus' Runde nicht mehr zu erkennen waren, wurden eingerollt. Das aufklappbare Verdeck war unversehrt, die Räder fanden sich in ihrem Versteck auf dem Heuboden. Schnell waren die Spinnweben von den Scheinwerfern und das Mäusenest auf dem Rücksitz entfernt, alle fassten an, schoben und zogen, Meter um Meter rollte der «Adler» ans Tageslicht. Enzianblau, platt auf den Felgen, mit leerem Tank und leerer Batterie stand er umgeben von seinen Bewunderern als ein Symbol des wiedererlangten Friedens.

Leon, dann Michel, schließlich auch Heiner durften sich ans Lenkrad setzen, Gas- und Bremspedal treten und Schalter und Knöpfe am Armaturenbrett betätigen, als wären sie auf den Straßen einer Großstadt unterwegs. Bis der «Adler» aus eigener Kraft die dreißig Meter zur Wellblechgarage fahren konnte, vergingen allerdings noch einige Tage. Die Reifen und der Tank wurden gefüllt, für die defekte Batterie hatte sich im Tausch gegen ein Bild

Luises Ersatz gefunden. Nur der Zündschlüssel war nicht da, wo er hätte sein sollen. Elisabeth überprüfte heimlich jedes Versteck der letzten Jahre, beteiligte dann alle an der Suche und versprach dem Finder eine Belohnung, deren Höhe sie allerdings offenließ. Es war Jurek, der den Schlüssel fand: Er lag unter der Fußmatte des Beifahrersitzes.

Der Heimkehrer

Abgezehrt und mit hängenden Schultern kamen Männer aus der Kriegsgefangenschaft zurück. Manche brachten ein abgegriffenes Foto, einen nicht zu Ende geschriebenen Brief oder andere Habseligkeiten von einem Kameraden mit, der als vermisst gemeldet, in Wirklichkeit aber gefallen war. Die Zahl der Kriegswitwen wuchs, die Frauen, die ihre Männer wieder am Tisch und im Bett hatten, wichen den Blicken der anderen aus. Maria hatte eine Suchanzeige aufgegeben, sie wartete, ohne es sich einzugestehen, und wusste, dass Josef eines Tages zurückkehren würde. Jurek war frei, er konnte jederzeit gehen. Aber zu Hause wartete niemand auf ihn, so blieb er, liebte Maria und tat seine Arbeit.

Bis eines Tages 1947 eine Mitteilung mit dem Stempel der Besatzungsmacht kam, Anleitner, Josef, Gefreiter, werde aus russischer Kriegsgefangenschaft entlassen und am kommenden Freitag mit einem Sondertransport in München eintreffen. Spät kehrte er heim, aber er lebte. Seit die Bestätigung auf dem Küchentisch lag, hatte Jurek Maria nicht mehr angefasst. Wortlos waren sie sich einig, dass er gehen müsste, wortlos nahmen sie Abschied.

Sie hatte ihn gemocht, sehr sogar, diesen Menschen, den sie sich nicht ausgesucht hatte. Die Herrschaften drüben in der Villa hatten ihn angefordert, denen war er zugeteilt worden, nicht ihr. Sie hatte seine Hände gemocht, mit denen er ihr elektrisches Bügeleisen auseinandergenommen, eine mit feinem Kupferdraht umwickelte Spule ausgetauscht und es dann Stück für Stück wieder zusammengesetzt hatte, als er noch gar nicht bei ihr schlief, sondern noch in seinem Verschlag auf einer modrigen Matratze. Sie mochte seine Schweigsamkeit, dass er ihr nie mit irgendwelchen Geschichten aus seinem früheren Leben gekommen war, dass er nicht viel fragte, sie nahm, wie sie eben war, und nichts von Josef wissen wollte, von dem ein Foto in feldgrauer Uniform mit Käppi im Vitrinenschrank stand. Er lachte selten, aber wenn es ihn überkam, lachte er unbändig, kindlich, albern, lachte sich in eine Stimmung, in die sie ihm nicht folgen konnte. Sie mochte, wie er Ja sagte, ohne Zögern, er musste nicht lange überlegen und verschwand gleich wieder in seiner Schweigsamkeit.

Sie hatte aber auch seinen Körper gemocht, mit dem er sie zudeckte und dabei Worte in seiner unverständlichen Sprache ausstieß. Seinen Schlaf, in dem er ihr wie ein Kind vorkam, hatte sie auch gemocht.

Dann stand er in der Tür zum Schlafzimmer und warf einen letzten Blick in die Richtung, aus der Marias Atemzüge zu hören waren. Er ging noch auf Socken in die Kammer der Kinder, lauschte ein paar Minuten ihrem Schlaf und nahm Abschied von der Wohnung, in der er Zuflucht und die erste Frau seines Lebens gefunden hatte.

Den Rucksack hatte er bereits am Vorabend gepackt, in dem mühelos seine paar Habseligkeiten Platz fanden, dazu ein Brot, ein Stück Schinkenspeck und ein harter Käse. Mitten in der Nacht brach er auf, ohne Licht zu machen. Er schloss die Wohnungstür hinter sich, unwiderruflich, und verschwand in der Dunkelheit, Moritz, in Verkennung der Situation, lief schwanzwedelnd hinter ihm her. Den Hund sollten die beiden Kinder sogar noch mehr vermissen als den Mann, der fast drei Jahre wie ein älterer Bruder zu ihnen gewesen war.

Jurek wusste, was Trennung bedeutete. Als er noch zur Volksschule gegangen war, hatten sich seine Eltern getrennt. Ein Jahr später war sein Großvater gestorben, der abends an seinem Bett gesessen und ihm Geschichten erzählt hatte, wenn er nicht einschlafen konnte. Seine Fußballmannschaft, für die er die Tore schoss, wurde auseinandergerissen, als die Einberufungsbefehle zum Militärdienst kamen. Und von seinen Kameraden, mit denen er entgeistert auf die ersten Toten seiner Kompanie gestarrt hatte, war er getrennt worden, als er in Kriegsgefangenschaft geriet.

Als der Morgen dämmerte, hatte Jurek bereits das erste Dorf hinter sich gelassen. Er dachte an Maria, die um diese Zeit aufstand und vielleicht gerade jetzt den Zettel las, den er ihr hingelegt hatte. Ma – ri – a. Er blinzelte in die Strahlen der aufgehenden Sonne, hielt sich abseits der Straßen, lief querfeldein, und mit jedem Hügel und jedem Waldstück, das sich zwischen ihn und die Villa Lauterbach schob, wurde ihm leichter ums Herz. In seine Trauer mischte sich Neugier und Freude. Nie in seinem Leben hatte er sich so frei gefühlt, die ganze Welt stand ihm offen.

Hie und da tastete er, wie um sich zu vergewissern, nach seinen Ausweispapieren: ein Passierschein in den Sprachen der vier Besatzungsmächte, die Bestätigung, dass er als polnischer Soldat von den Nationalsozialisten zur Zwangsarbeit nach Deutschland verschleppt worden war, und ein provisorischer Personalausweis mit zwölf Monaten Gültigkeit. Seine Papiere waren in Ordnung, er hatte nichts zu befürchten. Trotzdem war er auf der Hut. Die Bauern, zurück aus einem verlorenen Krieg, machten kurzen Prozess, wenn sie einen Polen erwischten. Erst neulich hatten sie nicht weit von hier einen, den sie für einen Russen hielten, halb totgeschlagen und mit gebrochenen Knochen in eine Kiesgrube geschmissen. Jurek duckte sich in Gräben, verschwand im Unterholz, machte sich unsichtbar.

Als Maria erwachte, war das Bett neben ihr leer. Sie atmete einige Male schwer, wie um unter Schmerzen Platz zu schaffen für ein Gefühl der Erleichterung. Dann stand sie auf, nahm frische Leintücher und Kissenbezüge aus dem Schrank und riss das Fenster auf. Sie ging im ersten Morgendämmer ins Waschhaus, zögerte einen Augenblick, als sie vor der Wanne mit Seifenwasser stand, und steckte dann, weil niemand sie sah, mit einem Stöhnen die Nase tief in das noch warme Wäschebündel.

Auf dem Küchentisch fand sie einen Zettel: «Danke für alles!»

Maria ließ die Kinder schlafen, sie hatten heute schulfrei. Der Sonderzug wurde am frühen Nachmittag erwartet, sie hatte Zeit, die Wohnung auf Hochglanz zu bringen. Sie schrubbte den Dielenboden, klopfte den Teppich auf der Stange, wendete die Matratzen, putzte die Fenster. Zum Schluss stellte sie einen dicken Wickenstrauß, den sie im Garten geschnitten hatte, auf die frisch gebügelte Tischdecke.

Die Kinder, die achtjährige Erika und der fünfjährige Heiner, hatten den Vater seit vier Jahren nicht gesehen. Die Nachricht, dass der Papa endlich nach Hause kommen würde, hatten sie ungerührt zur Kenntnis genommen. «Darf ich dann mein gutes Kleid anziehen?», hatte Erika gefragt und an die geblümte Schleife gedacht, die sie das letzte Mal an Weihnachten getragen hatte. Heiner kündigte an, dass er nur bereit sei, sich von oben bis unten zu waschen, wenn er anschließend seine geliebte Lederhose tragen dürfe. Ob der Papa ihm etwas mitbringen werde, wollte er wissen.

Maria erzählte den Kindern von dem Motorrad, mit dem Josef sie abgeholt hatte, als sie noch nicht verheiratet waren. Zu Dorffesten waren sie gefahren, zur Kirchweih und zum Maitanz, sie hinter ihm auf dem Soziussitz, die Arme um seine Brust geschlungen. Josef war ein guter Tänzer gewesen, die anderen Mädchen machten ihm schöne Augen, daran erinnerte sie sich genau, aber er hatte immer nur mit ihr getanzt, bis ihr schwindelig war und ihr die Füße weh taten. «Lass uns gehen», hatte sie dann gesagt. Er war mit ihr zu einem Platz am Waldrand gefahren, den sie schon kannte.

Von Jurek sagte Maria nichts. In der Wohnung waren alle Spuren getilgt, als wäre er nie da gewesen.

Gegen Mittag stand Maria vor dem Spiegel und versuchte ihre

widerspenstigen Haare in Locken zu legen. Die letzten Stunden hatte sie wie in Trance zugebracht, Dinge hin und her getragen und aufgeräumt, wo es nichts aufzuräumen gab. Als sie den dunkelblauen Faltenrock anzog, veränderte sich ihre Stimmung. Zu Erikas Taufe hatte sie ihn aus einer Tischdecke genäht, aber seither nicht mehr getragen, sondern erst gestern aus dem Schrank geholt und mutig um eine Hand breit gekürzt. Wenn sie sich drehte, knisterte der Rock leise. Wer sie kannte, hätte eine leichte Röte in ihrem Gesicht entdecken können. Josef war ihr Mann, und sie würde ihn in ihrer Wohnung willkommen heißen.

Gerade wollte sie: «Kinder, es geht los!» rufen, als Agathe wie zufällig in der Tür stand.

«Soso, alles frisch geputzt», sagte sie und ließ ein leises Schmatzgeräusch hören. «Alles schön sauber zum Empfang des Herrn Gemahl. Wie es sich gehört. Wir freuen uns alle so sehr, dass er wiederkommt, der gute Josef. Was der durchgemacht hat, schrecklich, schrecklich. Und dann immer die Ungewissheit, wie's der Familie zu Hause geht, ich meine, was die Frau so macht und die lieben Kinder.»

Maria schob sich mit Erika und dem Jungen an der Hand an ihr vorbei. «Wir müssen gehen», sagte sie. «Wenn Sie wegen der Dickmilch gekommen sind, sie steht in der Kammer.»

Etwa zur gleichen Zeit versteckte Jurek sich in einem einsam gelegenen Stadel. Er kletterte ins Heu und aß ein halbes Brot mit Speck und Käse. Für Moritz blieben die Rinde und ein Stück Schwarte. Gerade hatte er sich hingestreckt, den Rucksack unter dem Kopf, als er von fern ein Motorengeräusch hörte, das ihm bekannt vorkam. Eine Staubwolke näherte sich dem Stadel. Jurek rutschte von seinem Rastplatz und verschwand mit Moritz hinter einem von Spinnweben überzogenen Gestänge, das einmal eine landwirtschaftliche Maschine gewesen war.

Ein Rumpeln und Quietschen, auf dem Streifen Wiese vor dem Stadel heulte ein Motor kurz auf, dann war Stille. Durch die Speichen des Mähdreschers hindurch konnte Jurek einen enzianblauen Kotflügel erkennen. Was da stand, war unverkennbar der «Adler» aus der Remise.

Aus dem Auto stiegen Ingrid und Florian, das rotblonde Haar vom Fahrtwind zerzaust. Sie hatten eine Decke mitgebracht, verschwanden im Heu und lagerten genau an dem Platz, den Jurek eben geräumt hatte.

Er hielt den Atem an und Moritz das Maul zu. Bald hörte er es knistern und rascheln und sah aus seinem Versteck mal einen Arm, mal ein nacktes Bein. «Wie habe ich das herbeigesehnt», flüsterte Florian lauter als notwendig. «Ja, ja, ich auch», antwortete Ingrid, «mach mit mir, was du willst.»

Dann wieder das Rascheln im Stroh, begleitet von einem Kichern. Das war das Signal für Jurek: Geräuschlos glitt er hinter dem Mähdrescher hervor und hinaus auf die Wiese, den Hund fest an sich gedrückt.

«Warte», hörte er Ingrids Stimme. «Da ist jemand, ich habe was gehört.» Aber schon war Jurek beim «Adler», sprang hinein, sah, dass der Zündschlüssel steckte, startete und fuhr davon, mit einem Schlag für die Jahre der Zwangsarbeit gebührend entlohnt, auch kein Polack mehr, sondern ein Herr mit Auto, vor dem die Bauern auf den Feldern den Hut ziehen würden. Im Rückspiegel sah er, wie Florian ein Stück wild gestikulierend hinter dem «Adler» herlief und dann, schon zu einem weißen Tupfer in der Landschaft geschrumpft, zu Ingrid zurückkehrte. Als diese ihrer Mutter den Diebstahl meldete, war sie immer noch Jungfrau.

Die Bahnsteige 1 und 2 hatte man an diesem Freitag «für Normalreisende gesperrt». Der Stationsvorsteher stand an der Sperre zum Aufgang und wies die Neugierigen zurück. Nur die Angehörigen der sechs erwarteten Spätheimkehrer, ein Vertreter der Stadt, eine Krankenschwester mit einer Rote-Kreuz-Binde am Arm und ein Berichterstatter des «Land- und Seeboten» mit Blitzlichtkamera hatten Zutritt.

Maria kam mit den beiden Kindern als Letzte. Die Amtsperson, ein jüngerer Mann mit schütterem Haar und blasser Gesichtsfarbe, ging auf sie zu und wünschte ihr im Namen des Stadtrats viel Glück an diesem bedeutungsvollen Tag. Sie war ihm dankbar, als er sich dann mit der Andeutung einer Verbeugung von ihr abwandte und auf seine Armbanduhr sah. Der Sonderzug hatte Verspätung.

Maria wusste nicht, ob es richtig war, hier abseits von den anderen stehen zu bleiben. Außer einer älteren Frau, die sich mit der Krankenschwester unterhielt, sprach niemand. Es herrschte ein angespanntes Schweigen. Maria hatte den Eindruck, dass die anderen sie vorwurfsvoll musterten, sie hatte als Einzige keine Blumen zur Begrüßung mitgebracht. Vom See blies ein kühler Wind über den Bahnsteig. Maria fröstelte.

Dann kam eine Durchsage. Erschreckt griff Erika nach Marias Hand, der Junge drängte sich an sie. «Wir müssen jetzt zusammenhalten», dachte Maria, sie hätte nicht sagen können, wie sie das meinte. An Jurek zu denken, hatte sie sich verboten, aber wo er jetzt war, hätte sie gerne gewusst. In diesem Moment hörte man den Pfiff einer Lokomotive, kurz darauf noch einen und noch einen. «Sie kommen!» Als sei sie von einem bösen Zauber erlöst, kam Bewegung in die Gruppe: Die Frauen überprüften ihre Frisuren, die Kinder machten vor Aufregung kleine Hüpfer, der Stationsvorsteher rückte seine Mütze zurecht, der Repräsentant der Stadt nahm Haltung an.

Der Sonderzug bestand aus einem Waggon. Er rollte an den Wartenden vorbei und kam erst fünfzig Meter weiter zum Stehen. Alle liefen hinter dem Zug her und bildeten, wo er gehalten hatte, als sei das Vorschrift, einen Halbkreis. Der Vorsteher trat nach vorn, der Fotograf ging in Stellung, die Rote-Kreuz-Schwester drängte in die erste Reihe. Im Inneren des Waggons nur eine graugrüne Bewegung. Dann erschien der erste der sechs Heimkehrer in der geöffneten Tür, hielt inne, blickte wie geblendet in das Halbrund und sprang mit einem unerwarteten Satz aus dem Zug. Die anderen drängten hinter ihm her, alle blinzelnd, als kämen sie aus großer Dunkelheit. Die Lokomotive ließ schnaubend Dampf ab, ein Ruf ertönte, kurz und hart wie ein Befehl. Die Männer machten kehrt, Kartons und Bündel wurden durch ein Fenster zu ihnen heruntergereicht. Die Wartenden sahen ihre Rücken, die hochgestreckten Arme, erkennen konnten sie sie nicht.

Um diesem Augenblick Würde zu verleihen, auch um ein Durcheinander zu vermeiden, hatte sich der junge Mann mit den schütteren Haaren vorgenommen, an dieser Stelle eine kurze Rede zu halten und das Begrüßungsgeschenk der Stadt, einen Kugelschreiber im Etui, zu überreichen. Aber jetzt gab es kein Halten mehr, er wurde einfach überrannt. Namen wurden gerufen: «Da bist du ja!» – «Endlich, endlich!» Freudenschreie, ein Drängen und Wirbeln, aneinandergepresste Körper, Küsse, Schluchzen, Tränen, verrutschte Kappen, zerquetschte Blumen, dann ein Strahlen: «Bist du's wirklich!»

Maria blickte mit klopfendem Herzen durch einen Nebel. Sie sah die Männer, und für den Bruchteil einer Sekunde dachte sie: «Himmel, er ist nicht dabei!» Doch dann wusste sie, welcher es war, an der Bewegung, wie er sein Bündel absetzte, erkannte sie ihn. Sie wollte auf ihn zufliegen, ihm um den Hals fallen, aber mit den Beinen stimmte etwas nicht. Mühsam schob sie sich an den anderen vorbei, dann stand sie vor ihm. Sie blickte ihm ins Gesicht. «Josef!», sagte sie, dass nur er es hören konnte, und schlang ihre Arme um seinen Hals. «Josef!» Er drückte sie an sich, hüllte sie ein in den dumpfen Geruch seiner schweren Jacke.

«Da, schau, deine Kinder!», sagte sie, und jetzt liefen ihr doch die Tränen über die Wangen. Verlegen standen Erika und Heiner vor ihrem Vater. Er strich ihnen über den Kopf, mehr nicht. «Groß seid ihr geworden. Ich habe immer versucht mir vorzustellen …» Er schluckte, schloss die Augen und konnte den Satz nicht zu Ende bringen.

Maria fasste ihm unter den Arm, als müsste sie ihn stützen, und führte ihn die Bahnhofstreppen hinunter. Dann nur noch einige Schritte, und sie standen auf dem Vorplatz. Er war mit blau-weißen Girlanden geschmückt. Als alle versammelt waren, spielte eine Blaskapelle «Muss i denn, muss i denn zum Städtele hinaus …» Die Heimkehrer mussten für ein Gruppenfoto Aufstellung nehmen, erst allein, dann mit ihren Angehörigen. Darauf rief der Vertreter der Stadt ein sechsfaches «Herzlich willkommen in der Heimat!» und überreichte die Kugelschreiber im Etui. Die Neugierigen, die sich auf den Gehsteigen drängten, applaudierten. Die sechs Männer mussten viele Hände schütteln, heftig wurde ihnen auf die Schultern geklopft, die Krankenschwester verteilte Becher mit heißem Kräutertee. Sie bedankten sich artig für den überaus freundlichen Empfang. Ja, sie seien froh, wieder daheim bei ihren Lieben zu sein, sagten sie dem Zeitungsmann. Dann spielte wieder die Musik, diesmal: «In der Heimat, in der Heimat, da gibt's ein Wiedersehen.» Die Bahnhofstauben flogen eine Ehrenrunde, Hunde bellten, es herrschte Festtagsstimmung. «Ein unvergesslicher Tag», sagte jemand. Da war man sich einig.

Martha bekam von alldem nichts mit. Sie führte ein zurückgezogenes Leben. Sie hätte Einladungen folgen, sich einem literarischen Zirkel anschließen oder die Musikabende besuchen können, die in Privathäusern veranstaltet wurden. Aber solche Unternehmungen ermüdeten sie, in Gesellschaft musste sie gegen Migräneanfälle ankämpfen, wenn andere sich unterhielten, saß sie unbeteiligt dabei, und die Zeit schien ihr stillzustehen. Ihr fehlten die richtigen Worte, ihr fehlte das Bedürfnis, sich mitzuteilen.

Menschen erschreckten sie. Sie sah die abschätzigen Blicke, die verräterischen Gesten in unbeobachteten Momenten, die gierig zupackenden Hände, die abfällig verzogenen Münder. Schnell hingeworfene Freundlichkeiten, die nichts zu bedeuten hatten, schüchterten sie ein, auch wenn sie gut gemeint waren.

«Du wirst schrullig.» Martha fürchtete die Bemerkungen ihrer Schwester, denen sie nichts entgegenzusetzen hatte. Sie ging ihr aus dem Weg. Aber Elisabeth verfolgte sie mit kleinen Aufträgen: «Du könntest dir eigentlich mal die Hausaufgaben der Kinder ansehen» oder «Du könntest dich eigentlich morgen mal für Milch und Butter anstellen.» Oder mit gelegentlichen Sticheleien: «Du gehst langsam aus dem Leim.» Martha war gekränkt. Entmutigt betrachtete sie sich im Badezimmerspiegel. Ja, sie ging aus dem Leim. Wie zum Trost strich sie sich über die Haare, zu einem Turban konnte sie die dicken Strähnen flechten, sie glänzten, sie dufteten wie eh und je, sie waren ihr ganzer Stolz.

Marthas Wohnung glich einem Schneckenhaus. Eine Wendeltreppe führte von der breiten Eingangstür zu einem engen Gang, von ihm gingen die Räume ab, in die sie sich mehr und mehr zurückzog. Sie war keine gute Hausfrau, aber sie hielt auf Ordnung und Sauberkeit, schon um Michel ein Vorbild zu sein. Stundenlang legte sie Patiencen oder blickte, noch gefangen in der Stimmung eines Buches, das sie gerade gelesen hatte, von ihrem Sessel aus unverwandt auf den See.

Bei einem ihrer seltenen Besorgungsgänge in die Stadt fiel ihr eine Frau auf, die an dem Schwarzen Brett vor dem Rathaus einen Zettel anbringen wollte. Martha trat näher und las die Überschrift, das breit ausgemalte Wort «Mitfahrgelegenheit». Sie tat, was sie noch nie getan hatte: Sie sprach die unbekannte Frau an. Es stellte sich heraus, dass sie mit ihrem Auto nach Vézelay in Burgund fahren wollte und eine Begleiterin suchte, die bereit wäre, sich an den Fahrtkosten zu beteiligen. Die Frau, die sich als Beatrice, kurz Bea, vorstellte, schilderte ihr die Schönheit der dortigen Klosterkirche so eindringlich, dass Martha ihr auf der Stelle zusagte. Fünf Tage sollte die Reise dauern.

Sie hatte auf die innere Stimme, die immer mahnte: «Sei vorsichtig!», «Nimm dich in acht!», «Tu's nicht!» und sie hinderte, Entscheidungen zu treffen, nicht gehört. Sie hatte plötzlich keine andere Wahl gehabt, als eifrig mit dem Kopf zu nicken, bevor ein anderer ihr den Platz im Auto streitig machte. Erst später, auf dem Heimweg, kam ihr der Gedanke, dass sie sich mit Elisabeth hätte absprechen müssen, in deren Obhut sie Michel zurückließ.

Bea besorgte ihr ein Einreisevisum für Frankreich. Aus Kehl am Rhein, kurz vorm Grenzübertritt, rief Martha zu Hause an. Elisabeth war am Telefon. Michel habe sich auf dem Bootssteg einen Splitter in die Ferse gerammt, die Wunde habe sich entzündet. Blutvergiftung. Sie müsse sofort zurückkommen. Martha war starr vor Schreck, sie spürte den Stich der schwarzen Natter: Sie hätte ihr Kind nicht verlassen dürfen. Mit dem nächsten Zug fuhr sie nach München zurück.

Bea setzte die Reise allein fort. Als sie aus Vézelay zurückkehrte, hatte Michel bereits kein Fieber mehr und humpelte mit verbundenem Fuß durch den Garten. Sie brachte Martha außer ein paar Ansichtskarten von der Wallfahrtskirche Sainte-Madeleine einen kleinen Karton mit. Als Martha ihn öffnete, schlug sie vor Überraschung die Hände zusammen: Über das ausgelegte Reblaub krochen mehrere Dutzend Weinbergschnecken. Martha war entzückt von den kunstvoll gedrehten Häusern. So geformt stellte sie sich die goldverzierten Kuppeln indischer Paläste vor. Sie ließ die Schnecken über ihren Handrücken gleiten, berührte behutsam ihre Fühler und bewunderte die Empfindsamkeit ihrer Körper, die mit der glitschigen Unanständigkeit der Nacktschnecken nicht zu vergleichen waren. Sie meinte, sie unterscheiden zu können, gab ihnen Namen und entließ sie auf ihrem Apfelbaumgrundstück in die Freiheit.

Aus München hörte man erstaunliche Geschichten. In den Schwabinger Künstlerateliers entstanden Bilder, die schön zu finden schwierig war: Kreise und Felder mit spitzen Winkeln, zusammengehalten von Flächen in grellen Farben. Wenn man über diese neue Kunst sprach, musste man zwischen «gegenständlich» und «abstrakt» unterscheiden, wobei das eine für «gestrig und überholt», das andere als Ausdruck der modernen Zeit galt. Man stritt über eine neue Ästhetik, und die Vertreter des Fortschritts vertraten die Überzeugung, dass nach zwei Weltkriegen der bürgerliche Schönheitsbegriff endgültig ausgedient habe. Spießig sei, wer jetzt noch ein Stillleben mit Krug und Äpfeln auf gebauschter Tischdecke malte. Radikal gestimmte Männer und Frauen arbeiteten mit dicken Pinseln und Spachteln und ließen Farbbeutel auf der Leinwand zerplatzen, immer in der Absicht, die alten Sehgewohnheiten zu verletzen. Wenn sie angefeindet wurden, eine Schmiererei sei das, nicht besser als das Gekritzel von kleinen Kindern, war ihnen das gerade recht und ein Beweis, dass sie auf dem richtigen Weg waren.

Elisabeth lehnte die Produkte der neuen Malerei ab, ohne je eines gesehen zu haben. Es war ihre Freundin Fine, die sie mit Neuigkeiten aus der Münchner Boheme versorgte. Fine hatte überall Zugang, gab zwar längst keine Konzerte mehr, war aber inzwischen die Muse eines Malers, der sich die Augenlider schwarz schminkte, eines Pianisten, der bei seinen Auftritten die Saiten des Klaviers mit an den Fingern befestigten Nägeln zupfte, und eines Poeten, dessen Verse rückwärts gelesen werden mussten. Sie verteilte ihre Gunst an die drei zu gleichen Teilen, wodurch ihr zwangsweise die Rolle einer Vermittlerin zwischen den Künsten zufiel.

Fine erzählte Elisabeth von einem Mann mit besonderem Charisma, um den sich ein immer größer werdender Kreis von Frauen scharte, wie in Judäa einst die Jünger um Jesus. Er war wohl aus der Emigration nach Deutschland zurückgekehrt, hatte sich aus den in Kalifornien verbrachten Jahren die nasale Aussprache bewahrt, die seine Rede unverwechselbar machte, und sein Blick, sagte Fine, sei so durchdringend, dass er den Menschen direkt ins nackte Herz sehen könne. Er habe sie gleich in seinen Kreis aufgenommen und sie könne Elisabeth gerne mit ihm bekannt machen. Das sei im Übrigen ganz unverfänglich, denn der Meister, wie er sich nennen lasse, habe noch nie eine der ihn umgebenden Frauen angerührt.

Erasmus Donat war ein Mann des Wortes. Nach der Zeit der Parolen, der gebrüllten Befehle, der Aufrufe und Durchsagen, waren viele empfänglich für Worte, an deren Bedeutung man glauben konnte und die das Nachdenken nicht untersagten, sondern geradezu herausforderten. Donat hatte ein schier unerschöpfliches Repertoire an solchen Worten, sie waren in seinem gigantischen Schädel gespeichert, er formte sie mal verhalten, indem er jede einzelne Silbe betonte, mal flossen sie ihm so gedrängt über die starken Lippen, dass man sich beim Zuhören vorbeugen musste, um ihm recht folgen zu können. Dabei fügte er Worte, wie man sie täglich benutzte, so zusammen, dass sie einen unerwarteten Sinn ergaben, oder er kam zu einer überraschenden Schlussfolgerung, von der man sich sagen musste, dass man schon oft so empfunden hatte, aber es nie so hätte ausdrücken können. Wenn Donat sprach, verstand jeder seiner Zuhörer etwas anderes, aber jeder das für ihn Richtige.

Elisabeth war von Erasmus Donat begeistert. Sie hatte sich vorgenommen, ihm ein paar Fragen zu stellen, nach seiner Herkunft, nach seiner akademischen Ausbildung. Aber zu ihrer eigenen Überraschung hatte sie in seiner Gegenwart plötzlich den Drang, sich ihm zu offenbaren. In der knappen Stunde, die er sich in Fines Wohnung für sie Zeit nahm, erzählte sie ihm offen von ihrer Sorge, das väterliche Erbe nicht erhalten zu können, und sprach zu diesem Fremden mit einer Offenheit wie nie zuvor über ihre Widerstände gegen eine Rückkehr zu ihrem Mann. Zum Schluss blieb ihr gerade noch Zeit, ihn zu einem Vortrag in die Villa Lauterbach einzuladen.

Donat hörte ihr ohne ein Zeichen der Skepsis oder der Zustimmung einfach nur zu. Er unterbrach sie weder mit einer Frage noch mit einem Kommentar. Als sie ihren Schwur: «Nie wieder nach Düsseldorf!» wiederholte, sagte er nur: «Sie brauchen Zeit zum Nachdenken. Das Problem liegt allein in Ihnen begründet.» Auf dem Heimweg notierte sie seine Sätze auf einem Zettel, den sie an einem Spiegel in ihrer Ankleide befestigte, um ihn jeden Morgen vor Augen zu haben. Am liebsten hätte sie den Mann gleich in der nächsten Woche bei sich zu Gast gehabt, aber er war über Monate ausgebucht, und er wollte sich auf keinen Termin für einen Vortrag in der Lauterbach'schen Villa festlegen. Darüber wurde es Sommer. Am einundzwanzigsten Juni nahm er an einer Sonnwendfeier in den Isarauen teil. Tags darauf war er verschwunden.

Mit der Währungsreform ging die Nachkriegszeit zu Ende. Der Frieden war keine Errungenschaft mehr, er wurde zur Normalität. Die kleinen privaten Zirkel, in denen man sich nach den kulturellen Entbehrungen der Naziepoche zu Musikabenden, Wohnzimmerlesungen, Büchertausch, Ausstellungen und Vorträgen getroffen hatte, lösten sich auf und machten eingetragenen Vereinen mit besserer Organisation und besserem Programm Platz. Improvisation und Idealismus waren keine gefragten Tugenden mehr, an deren Stelle traten professionelle Leistung und das Streben nach Profit.

Max Löhlein

In der schlechten Zeit nach Ende des Krieges erschien in der Villa Lauterbach gelegentlich ein gewisser Max Löhlein mit Rucksack und einem kleinen Koffer vor dem Tor. Agathe ließ ihn mit einem «Da sind Sie ja wieder» ein, ihn mit Namen zu begrüßen – so weit ging sie nicht. Sie wusste, was ihn herführte.

Max Löhlein war Schwarzhändler, er brachte gute Butter und echten Kaffee, Trockenmilch und Rindfleisch in Büchsen, fabrikneue Nylonstrümpfe, süß duftende Seife und amerikanische Zigaretten der Marke «Lucky Strike». Natürlich hatte er nicht immer alles gleichzeitig im Angebot, aber an allem, was er mit der Miene eines Zauberkünstlers hervorholte, bestand Bedarf. Er hatte seine Verbindungen, die Bezugsquellen blieben im Dunkeln.

Elisabeth sah seinem Besuch mit Ungeduld entgegen, aber ließ ihn in der Küche warten, wenn er ihr gemeldet wurde, wegen eines Schwarzhändlers ließ man nicht gleich alles stehen und liegen, er hatte sich zu gedulden, bis sie kam. Das gehörte zum Ritual.

Seine Preise waren unverschämt hoch. Ein guter Teil des Geldes, das Konrad aus Düsseldorf schickte, verschwand in Löhleins speckiger Brieftasche.

Gelegentlich machte Löhlein Andeutungen, wie er den Krieg zugebracht hatte. Er war bei der Wehrmacht gewesen, nicht an der Front, versteht sich, sondern im Hinterland, wo er sich um die Verteilung der «Versorgungsmittel für die kämpfende Truppe» verdient gemacht hatte. Frachtscheine über Tonnen von Lebensmitteln aller Art gingen über seinen Schreibtisch. Löhlein wollte «die armen Schweine, die ihren Kopf fürs Vaterland hinhielten», nicht berauben, aber je länger der Krieg dauerte, desto weniger wurden es, er musste verhindern, dass die überzähligen Versorgungsmittel in die Hände des Feindes gerieten. So war es nur natürlich, dass er gewisse Teile in Sicherheit brachte und auf eigene Rechnung an Mittelsmänner verkaufte, die sie ohne Aufhebens an andere Mittelsmänner weiterreichten. So entstand ganz von selbst ein Netz von Verbindungen, alles zuverlässige Leute, die nach dem Krieg gern an die gute Zusammenarbeit anknüpften. An Stelle der Wehrmachtsbestände verschob man jetzt Kostbarkeiten aus den Depots der amerikanischen Armee, die es für die lappigen Scheine der Reichsmark in den armseligen Nachkriegsläden nicht zu kaufen gab.

Von dem, was er aus Rucksack und Köfferchen zog und vor seinen Kunden ausbreitete, lebte Löhlein gut. Wenn eine Schweizer Uhr, ein Foto- oder Radioapparat, Fahrradschläuche oder Wolldecken im Handel auftauchten, griff er zu. Diese Dinge hielt er zurück für den Tag, an dem das Geld wieder etwas wert sein würde. Dieser Tag würde kommen, das witterte er. Dann würde er nicht mehr mit Butter und Kaffee handeln, nicht mehr nach Einbruch der Dunkelheit an die Dienstboteneingänge der Villen klopfen, dann würde er Geschäfte im großen Stil machen, den «Big Deal», wie seine amerikanischen Freunde sagten.

Manchmal blieb Löhlein länger als notwendig, er saß dann noch eine Weile in der Küche, nachdem Elisabeth die gelieferte Ware in Empfang genommen und sich zurückgezogen hatte, um sie in einem einbruchsicheren Schrank im Keller zu verstauen. Wenn er alles zur Zufriedenheit hatte liefern können und über einen angemessenen Preisnachlass mit sich hatte reden lassen, durfte er sogar manchmal zum Abendessen bleiben. Dann wurde für ihn am unteren Ende der Tafel gedeckt, in gebührendem Abstand von der Hausherrin.

Löhlein verstand sich nicht nur aufs Feilschen, er hatte auch ein schier unerschöpfliches Repertoire an Witzen aller Art – für jede Gelegenheit den passenden –, die er vor allem den Kundinnen ungefragt erzählte, seiner Pointen sicher, und während die Zuhörerinnen noch lachten, gab er schon den nächsten zum Besten. Mit dem Gefühl für das Richtige im richtigen Moment erzählte er zum Beispiel, wenn er zufällig einmal gerade mit Agathe allein war, einen leicht anzüglichen Witz, worauf sie errötete, sich solche Schweinereien verbat, sich den Witz aber merkte, um ihn bei nächster Gelegenheit Pfarrer Hindelang zu beichten.

In ihr Sündenregister gehörte auch eine andere Schwäche, die sie mit Max Löhlein verband. Wenn sie ihr nachgab, schlich Agathe sich in Elisabeths Badezimmer und wusch sich dort mit der so verlockend süß duftenden Seife die Hände. Pfarrer Hindelang ermahnte sie, in ihrem Alter auf solche Eitelkeiten zu verzichten, aber eine Sünde sei das nicht, nicht einmal eine lässliche.

Als hätte er Agathes heimliche Leidenschaft für Düfte geahnt, drückte Löhlein ihr kurze Zeit später ein rubinrotes Fläschchen in die Hand. Einer dieser Probeflakons sei das, wie sie in Pariser Parfümerien an bevorzugte Kundinnen verteilt würden. Agathe vergaß vor Aufregung, sich für das Mitbringsel zu bedanken, lief davon und schloss sich in ihrem Zimmer ein. Vorsichtig öffnete sie den winzigen Schraubverschluss und sog mit geschlossenen Augen den betörenden Geruch ein. «Bel Ami», der schöne Freund, den ihr das Schicksal vorenthalten hatte. Einen Tropfen auf ihren Schläfen zu verteilen, gestattete sie sich nicht. In der darauf folgenden Nacht huschte sie den Flur entlang bis zum stillgelegten Etagenaufzug und versteckte das Fläschchen in einer von außen uneinsehbaren Nische, in der sie schon andere Schätze in Sicherheit gebracht hatte. Dann ging sie zu Bett und schlief selig. Sie hatte auf ihr Kopfkissen einen Hauch des Parfums getupft.

Löhlein war auch ein begabter Vogelstimmenimitator. War er besonders gut aufgelegt, ließ er, meist in unpassenden Momenten,

Laute hören, die zu erzeugen menschliche Stimmbänder eigentlich ungeeignet sind. Die einen fanden sie amüsant, die anderen respektlos; Elisabeth fand sie nur albern.

So trillerte er wie eine Lerche, wenn die kleine Erika ein Lied vorgesungen hatte, wenn Leon Verse von Baudelaire vortrug, krächzte er wie ein Rabe, die Reden der jungen Leute bei Tisch begleitete er mit Spatzengetschilpe. Machte Frau Pitter den Mund auf – was selten geschah –, so ließ er den Ruf des Waldkauzes hören. Auf Agathes Einwürfe antwortete er, ganz unpassend, mit dem Klappern eines Storches. Wenn Ingrid oder ihr Freund Florian sprachen, verdrehte er den Hals zum Schwanengesang. Und Hanna machte er mit Entengeschnatter nicht gerade zu seiner Freundin. Bei Elisabeth hielt er den Schnabel, und auch bei Martha hielt er sich – vorläufig noch – zurück.

Elisabeth beobachtete Löhlein mit Unbehagen. Am Tage nach der Währungsreform sah sie ihn zum ersten Mal mit Krawatte und passendem Einstecktuch, er trug einen nagelneuen hellgrauen Flanellanzug, der ihm gut stand. Aber sie ließ sich nicht täuschen. Über seine Witze konnte sie nicht lachen, sein Gezwitscher fand sie unerträglich, und sie sah in ihm bloß den Emporkömmling, der er war. Eine neue Zeit war angebrochen, mit neuem Geld, von dem jeder den gleichen Betrag erhielt, aber es war noch kein Monat vergangen, da trug Löhlein bereits ein dickes Bündel neuer D-Mark-Scheine in der Hosentasche. Als in der Bibliothek eine Reihe von Gesamtausgaben und einige Folianten aus dem 18. Jahrhundert fehlten, stellte sie ihn zur Rede. Löhlein hatte sie an einen gut zahlenden Händler verkauft. Reumütig brachte er ihr das Geld und behauptete, er hätte keine Mark für sich behalten. Elisabeth glaubte ihm kein Wort und erteilte ihm für einige Zeit Hausverbot.

Überall füllten sich über Nacht die Ladenregale mit Waren, an denen vor Kurzem noch Mangel bestanden hatte. Für die neue

D-Mark konnte man kaufen, was das Herz begehrte, ein Schwarzmarkt existierte nicht mehr. Elisabeth gab die Losung aus: «Keine unnötigen Anschaffungen!», sie würde dem neuen Fieber, dem Kaufrausch, nicht verfallen. Sie blieb nüchtern: Im Gemüsegarten musste Salat nachgepflanzt, die Himbeeren und Johannesbeeren konnten eingekocht, die Obstbäume mussten mit Brennnesselsud gegen Milben gespritzt und Hühnerfutter beim Bauer Moser nachbestellt werden.

Täglich las sie den «Land- und Seeboten», der seinen Umfang auf vierundzwanzig Seiten verdoppelt hatte. «Neu» war das Schlagwort, dessen Magie das ganze Land verfallen schien. Die Uferstraße vorm Tor, an deren Schotterbelag nichts auszusetzen war, sollte geteert werden. Elisabeth schüttelte den Kopf, die neue Verschwendungssucht würde sie in ihrem Haus nicht dulden.

Dann lag eines Tages ein an sie gerichteter Brief im Kasten. Unter dem fett gedruckten Namen des Absenders stand in einer geschmeidigen Handschrift «Verehrte Gnädige Frau», der Brief endete mit den Worten: «Mit vorzüglicher Hochachtung, Ihr sehr ergebener Max Löhlein». Was Elisabeth da las, konnte sie ebenso als demütigen Wiedergutmachungsversuch wie als Erpressungsmanöver verstehen. Er habe seinen Fehltritt tausendmal bereut und leide schrecklich unter seiner Verbannung, schrieb Löhlein. In der Hoffnung, dass sie ihm verzeihen könne, und als Eingeständnis seiner Schuld wolle er ihr einen 200-Liter-Kühlschrank der Marke «Frigidaire» für nur hundert D-Mark überlassen. Der Transport gehe selbstverständlich auf seine Kosten, er selbst werde den Kühlschrank vorbeibringen.

Elisabeth zögerte. Jeden Morgen musste Frau Bröhl mit einem gefährlich spitzen Gerät kleine Stücke von einem Eisblock abschlagen, um verderbliche Lebensmittel kalt zu halten. Das war mühsam und kostete Zeit. Sie informierte sich, stellte Preisvergleiche an. Ein Schrank dieser Größe kostete im Elektroladen das Vierfache. Und im Zusammenhang mit der Marke «Frigidaire» hörte sie zum ersten Mal das Wort «Spitzenprodukt». Sie gab ihren Widerstand auf. Löhlein fuhr in einem Lieferwagen vor, den er gerade angeschafft hatte, und entlud den noch originalverpackten Kühlschrank mit Hilfe eines jungen Mannes, den er als einen Mitarbeiter seiner Firma vorstellte. Versöhnlich gestimmt, schenkte Elisabeth ihm einen Enzian ein. Er prostete ihr zu: «Auf die Zukunft!»

Die Begegnung war geschäftsmäßig verlaufen, und der Kühlschrank wurde rasch zu einem unentbehrlichen Bestandteil des Haushalts. Elisabeth ersetzte, wenn sie von ihm sprach, «dieser» durch «Herr» Löhlein. Einmal stand er unangemeldet vorm Tor, und Agathe wollte ihn schon abweisen, da hielt er ihr eine in das Violett der Fastenzeit verpackte Schachtel hin. «Für Sie!»

Agathe ließ ihn ein, er führte sie zu einem abgelegenen Gartentisch und löste, begleitet vom Balzruf des Birkhahns, die Schleife des Päckchens. Löhlein stellte ein mit feinen Schnitzereien verziertes Holzkästchen auf den Tisch, eine Art Tabernakel, in das die Worte «Ave Maria» eingraviert waren. Er betätigte einen Hebel, erst war ein leichtes, knarrendes Geräusch zu hören, dann öffneten sich, während Agathe vor Entzücken der Atem stockte, unter den Klängen von «Maria, breit den Mantel aus» zwei Türchen, und unter einem Baldachin aus dunkelrotem Samt erschien en miniature das Gnadenbild, ein Gipsabguss der Heiligen Mutter Gottes von Altötting. Agathe standen Tränen in den Augen. «Für Sie!», sagte Löhlein nochmals und ließ sich, nun selbst gerührt, ausgiebig die Hand schütteln.

Von Stören war jetzt keine Rede mehr. Die Gnädige Frau würde sich sicher freuen, ihn zu sehen. Und so war es. Elisabeth nutzte die Gelegenheit, um Löhlein zu fragen, ob er ihr, zum halben Preis, einen Föhn besorgen könne. Aber Löhlein war nicht wegen Elektrogeräten gekommen. Er hatte höher gesteckte Pläne, und um das richtige Gesprächsklima zu schaffen, brachte er eine Flasche echten Champagner mit. Champagner! Der Duft, der in der Nase verführerisch kitzelte, erinnerte Elisabeth an die Feste, die ihr Vater an seinen Geburtstagen gefeiert hatte. Sie dachte an frühere Verehrer, denen sie, wenn sie ihr den Hof machten, bedeutungsvolle Blicke zugeworfen hatte, die nichts zu bedeuten hatten. Schade, dass Max Löhlein so ganz indiskutabel war.

In einem Ton, als beabsichtigte er um ihre Hand anzuhalten, fragte Löhlein sie, ob sie als Teilhaberin in sein noch junges, aber schon sehr erfolgreiches Unternehmen einsteigen wolle. «Einsteigen», sagte er. War es dieses abstoßende Wort, war es der Ansatz seines neuen Doppelkinns, oder waren es die gestohlenen Bücher, die sie noch nicht vergessen hatte, sie lachte: «Nein!» Und als dieses Nein so hart und unbegründet im Raum stand, fügte sie schnell hinzu: «Das ist nichts für mich.» Die Champagnerlaune aber war verflogen. Mit dem Auftrag, ihr preisgünstig einen Föhn zu beschaffen, verließ Max Löhlein die Villa.

Im Licht der neuen Zeit wurden verschiedene Schäden am Haupthaus und an den Nebengebäuden deutlich sichtbar. Am einst strahlend gelben Anstrich der Villa zeigten sich Flecken und Löcher, die Regenrinnen der Remise waren durchgerostet, und die Dachziegel, die im Hagelsturm des letzten Herbstes zu Bruch gegangen waren, mussten dringend erneuert werden. Elisabeth holte Kostenvoranschläge ein, addierte die Summen und seufzte.

Seit zwei Jahren baute Konrad nun schon an dem Haus im Düsseldorfer Villenvorort, in dem sie irgendwann ihr künftiges Leben verbringen sollten. Um die Handwerker bezahlen zu können, hatte er ein Darlehen aufnehmen müssen. Ihn konnte und wollte sie nicht nach Geld fragen. Die Villa war ihr Erbe, deren Zustand ihr Problem. Sie heftete alle Angebote mit einer Büroklammer zusammen und ließ sie mit dem unbestimmten Gefühl, mit ihrer Absage an Max Löhlein einen Fehler begangen zu haben, in einer Schreibtischschublade verschwinden.

Die roten Lieferwagen von «Elektrowaren Löhlein» versorgten nicht nur die umliegenden Gemeinden mit all den Neuerungen, die das Leben der Hausfrauen in bisher unbekannter Weise leichter machten, sie waren mit Näh-, Wasch- und Bohrmaschinen, Bestellwert mindestens hundert Mark, bis in entlegene Gegenden Niederbayerns und Schwabens unterwegs. Löhlein war der Erste, der einen vierfarbigen Katalog an seine Kunden verteilte, er verkaufte den ersten Geschirrspüler und den ersten Trockenrasierer nach dem Krieg im Landkreis. Er legte sich eine stattliche Anzahl maßgeschneiderter Anzüge und einen stattlichen Bauch zu, den er stolz vor sich hertrug. Was er anpackte, glückte, das Geld lief ihm nach, wie die Leute sagten. Er hätte sich mit dem neu gewonnenen Wohlstand ein schönes Leben machen, er hätte sich mit dem Gefühl, auf seinem Gebiet der Größte zu sein, zufriedengeben können, aber nachts, wenn die anderen schliefen, saß er aufrecht im Bett und heckte immer neue Pläne aus.

Er kaufte von einem Bauunternehmer, der sich übernommen hatte, günstig einen Lastwagen voll Zementmischmaschinen. Diese verlieh er tage- oder wochenweise an Leute, die nach dem Motto «Selbst ist der Mann» die Ärmel hochkrempelten und Wand für Wand ihr Eigenheim allein oder mit Hilfe von Freunden hochzogen, solange die Ersparnisse reichten. Eine Kleinanzeige im «Land- und Seeboten» genügte, und die Zementmischer waren mittelfristig ausgebucht. Ihren Anschaffungspreis hatte Löhlein schon bald wieder verdient.

An Wochenenden verschwand er, um sich zu entspannen, nach München, niemand wusste, was er dort trieb. Aber Löhlein war auch niemandem Rechenschaft schuldig. Manch allein lebende Kundin machte dem vom Glorienschein des Geldes umgebenen Jungunternehmer schöne Augen, aber er hielt Geschäfts- und Privatleben streng auseinander. Er war Junggeselle und wusste auch, wie lange er es bleiben wollte. Als die erste halbe Million D-Mark sich auf seinen Konten angesammelt hatte, saß er eines Nachts wieder aufrecht im Bett, diesmal aber nicht mit neuen Geschäftsideen, sondern mit der Planung seines Privatlebens beschäftigt.

Gleich am nächsten Tag meldete er sich in der Villa am See an. Sein Besuch fiel auf einen warmen Nachmittag, Elisabeth ließ den weißen Tisch auf der Terrasse mit einer geblümten Decke und dem Limoges-Geschirr decken, das sie nur bei besonderen Gelegenheiten benutzte. Löhlein hatte am Telefon einen merkwürdig feierlichen Ton angeschlagen, ein unbestimmtes Gefühl sagte ihr, dass er nicht wegen eines der üblichen Geschäfte ins Haus kam. Um in dieser zweifelhaften Situation nicht allein mit ihm am Teetisch zu sitzen, bat sie ihre Schwester, ihr doch Gesellschaft zu leisten.

«Ich nehme das Limoges», sagte sie und wollte damit zum Ausdruck bringen, dass Martha sich mit ihrem Aussehen ein bisschen Mühe geben und zum Geschirr passend ein hübsches Kleid anziehen möge.

Löhlein war pünktlich. Als hätte er geahnt, dass sie seinen Lieblingskuchen, eine Apfeltarte, backen würde, überreichte er Frau Bröhl «mit bestem Dank im Voraus» eine Schachtel Pralinees aus schwarzer Schokolade. Wenn sie sich revanchieren wolle, könne sie den Kuchen ja mit einer extradicken Schicht Puderzucker bestäuben.

«Kleine Geschenke erhalten die Freundschaft», dachte er und griff nach dem Strauß aus roten Rosen und weißem Flieder, den er im Entree abgelegt hatte. Das Seidenpapier raschelte geheimnisvoll. Er verbarg die Blumen hinter seinem schon nicht mehr schmalen Rücken, als er die Terrasse betrat und sich vor den beiden Frauen verbeugte. Elisabeth sah sie trotzdem sofort und beschloss, was immer er ihr gleich antragen würde, «nein» zu sagen.

Löhlein knäuelte das Einwickelpapier zu einem Ball, den er treffsicher in die Öffnung einer Terrakottavase warf, und hielt das Bouquet über den Tisch, als präsentiere er den Damen ein kostbares Collier aus Mondstein und Granaten. Wenn er Applaus erwartet hatte, wurde er enttäuscht. Martha blickte überrascht, und Elisabeth formulierte schon im Stillen ihre Absage. Während sie schwiegen, löste er eine Rose aus dem Ensemble und hielt sie Elisabeth hin. Den ganzen Strauß aber überreichte er der verdutzten Martha.

«Als Zeichen meiner Verehrung», sagte er und sah, wie Martha in ihrer Verwirrung an den Blumen roch. «Bitte gestatten Sie mir, dass ich Sie am nächsten Samstag zum Abendessen ins Neptunbad einlade.» Und als Martha aufblickte, fügte er hinzu: «Es wäre eine große Freude für mich.»

Martha war rundlicher als ihre Schwester. Sie hatte leicht vorstehende Augen, aber ihre blasse Haut war faltenfrei. Das Schönste an ihr waren aber die blond gelockten Haare, die ihre jetzt leicht geröteten Wangen schmeichelhaft einrahmten. Sie hatte Elisabeths Anspielung verstanden und ein langes Chiffonkleid in hellen Tönen angezogen, das sie als junge Frau im Sommer getragen hatte. Es stand ihr gut, ihre Figur hatte sich seit jener lang zurückliegenden Zeit kaum verändert.

Löhlein hatte «Abendessen mit anschließendem Tanz» gesagt, sie hatte «Diner dansant» verstanden. Sie meinte die Musik der Bälle zu hören, auf denen sie in die Münchner Gesellschaft eingeführt worden war, sie sah die blitzenden Kristalllüster der festlich geschmückten Säle, sie sah sich in den Armen von Ferdinand beim Eröffnungstanz. In seinen Armen über das Parkett zu fliegen, wenn die Kapelle «Wiener Blut» spielte, hatte ihr mehr bedeutet, als später ihren ehelichen Pflichten nachzukommen.

Sie hatte nicht gemerkt, dass Frau Bröhl den Kuchen serviert hatte. Ein Stück mit reichlich Puderzucker lag jetzt auf ihrem Teller. Noch bevor sie zur Gabel griff, musste sie etwas sagen, Löhlein wartete auf eine Antwort. Hilfe suchend blickte sie zu ihrer Schwester. Das «Nein», das Elisabeth schon auf der Zunge gehabt hatte, war zu einem spöttischen Lächeln geschmolzen. Noch ein Moment des Zögerns, dann sagte Martha mit erstaunlich fester Stimme: «Ja. Ja, sehr gerne.»

Martha konnte sich später an den weiteren Verlauf des Nachmittags nicht genau erinnern. Die schnell gegebene Zusage und die Verpflichtung, die daraus entstand, verwirrten sie. Sie war es nicht mehr gewöhnt, auszugehen, die Vorstellung, einen ganzen Abend im Stimmengewirr eines überfüllten Lokals unter völlig fremden Leuten verbringen zu müssen, ängstigte sie. War dieses Restaurant nicht eigentlich eine Badeanstalt? Hatte es nicht einen zweifelhaften Ruf? Und worüber sollte sie bei Tisch mit diesem Löhlein sprechen, den sie nicht näher kannte und von dem sie nicht wusste, was er von ihr wollte? Vielleicht würde sie sich am kommenden Samstag mit einem ihrer plötzlichen Migräneanfälle entschuldigen ...

In diesem Moment erhob sich Max Löhlein. Er verteilte zum Abschied Handküsse, bei Elisabeth korrekt, wie es sich gehörte, bei Martha so, dass seine feuchten Lippen tatsächlich ihren Handrücken berührten. «Dann bis übermorgen! Um neunzehn Uhr bin ich mit meinem Wagen zur Stelle.»

An diesem Abend erschien Martha nicht zum gemeinsamen Essen. Der Apfelkuchen lag ihr schwer im Magen. Als der Gong ertönte, hatte die Neuigkeit, dass nicht Elisabeth, sondern ihre unglückliche Schwester von Herrn Löhlein einen stattlichen Blumenstrauß bekommen hatte, schon die Runde gemacht. «Er ist ein fescher Kerl», sagte Maria Anleitner. «Er hat Geld wie Heu», sagte Frau Pitter, und Agathe schnalzte mit der Zunge und fügte hinzu: «Vielleicht hat er es auf sie abgesehen. Es würde mich nicht wundern.»

Für den Bau des Neptunbades hatte man nach dem Vorbild Venedigs einen Wald von massiven Eichenpfählen in den Grund des

Sees gerammt und darauf ganz aus Holz ein weitläufiges Gebäude errichtet. Es galt als pikante Attraktion, dass man durch Astlöcher in der Trennwand zwischen den Umkleidekabinen blinzeln konnte, was die männlichen Besucher des Bades angeblich ausnutzten, um zu sehen, wie die Frauen sich in gespielter Unschuld vor ihren Augen entkleideten. Beim gemeinsamen Bad im See konnte man anschließend Kontakt aufnehmen, sich dann an der Bar im Bademantel kennenlernen und, wenn alles glücklich lief, bei einer Verabredung im Restaurant enden.

Das lag im ersten Stock, der Dielenboden war mit rotem Spannteppich ausgelegt, der alle Geräusche angenehm dämpfte. Kerzen auf den Tischen verbreiteten eine intime Atmosphäre. Was Martha besonders gefiel, als sie mit Max Löhlein den Raum betrat, waren die Spitzbogenfenster im venezianischen Stil und die goldenen, dazu passenden Stühle. Sie meinte, ganz ähnliche im Dogenpalast gesehen zu haben.

Der Abend verlief unkomplizierter, als sie befürchtet hatte. Löhlein übernahm die Bestellungen, schenkte ihr nach und bestritt die Unterhaltung. Er sprach von seinen geschäftlichen Erfolgen, von der hübschen Summe, die sich auf seinen Konten angesammelt hatte. Martha brauchte nur zuzuhören, freundlich zu lächeln und ab und zu mit dem Kopf zu nicken. Als er sie zum Tanz aufforderte, war sie schon beschwipst, sie lächelte immer noch, als er sie ohne Gespür für den Rhythmus der Musik vor sich herschob und mit so harter Hand führte, dass ihr bald der Rücken weh tat. Sie wollte sich setzen. Während er sie zurück an ihren Tisch führte, erwähnte er beiläufig, dass er sich seit neuestem auch mit dem Verkauf von Immobilien beschäftige, und als er beim Kellner schon die Rechnung bestellt hatte, fügte er hinzu, er habe ihr da einen Vorschlag zu machen, der sie vielleicht interessieren könnte.

Dann schlug er unvermittelt eine romantische Mondscheinfahrt in seinem Mercedes Benz zu einem einsam gelegenen Aussichtspunkt mit phantastischem Rundblick vor. Martha lehnte ab, in dem überflüssigen Gefühl, ihm etwas schuldig geblieben zu sein, das sie auch nicht verließ, als sie sich für den schönen Abend bedankt, ihm eine gute Nacht gewünscht hatte und allein die Treppen zu ihrer Wohnung hinaufgestiegen war.

Dass Marthas Weigerung, mit ihm nach dem teuren Abend im Restaurant ein Schäferstündchen zu verbringen, Max Löhlein nicht sonderlich enttäuschte, kann man nur vermuten. Geduld im Umgang mit Frauen war sicher nicht seine größte Stärke. Die paar Zärtlichkeiten auf der Rückbank des geräumigen Wagens waren allerdings nur als Einstimmung gedacht gewesen. Sein wirkliches Anliegen war geschäftlicher Natur. Er wartete zwei Tage, die er für die Beantragung einer Lizenz zum Aufstellen von Glücksspielautomaten in Gaststätten benötigte, bis er wieder nachmittags, diesmal allerdings ohne Blumenstrauß, an Marthas Seiteneingang schellte. Gleich bei der ersten Tasse Tee kam er zur Sache: Er sprach sie auf das verwilderte Seegrundstück an, die Parzelle «Langerstrand». Einen beträchtlichen Wert stelle sie dar, die Grundstückspreise seien auf einem Höhepunkt. Martha dachte an ihre Apfelbäume und spürte einen Stich. Als er ihre Bestürzung sah, fügte er schnell hinzu, man müsse das Grundstück ja nicht gleich verkaufen, sie könne es doch verpachten, einem Unternehmer zur Nutzung überlassen. Er könne ihr da schon profitable Vorschläge machen.

Martha fand nicht den Mut, ihm eine Absage zu erteilen. Er hätte niemals verstanden, wie sehr sie ihr verwunschenes Paradies liebte. Und vielleicht hatte er recht: Sie war so ahnungslos, er aber kannte sich aus in den Belangen dieser Welt. Sie brauchte die Hilfe eines männlichen Beraters. Sie bat ihn um Bedenkzeit.

Löhlein schmunzelte und wechselte das Thema. Er erzählte von einer Kundin, der Besitzerin eines sprechenden Papageis. Ein prächtiger Vogel mit einer ungewöhnlichen Auffassungsgabe. Neulich habe er Günter, den Ehemann der Frau, mit den Worten «Hermann, ich liebe dich!» empfangen und damit ein streng gehütetes Geheimnis verraten. Jetzt hänge bei der Kundin der Hausfrieden schief.

Max Löhlein ahmte die Stimme des Papageis nach, wiederholte ein zweites und noch ein drittes Mal das: «Ich liebe dich», bis Martha zu lachen begann. Gelacht hatte sie seit Jahren nicht mehr. Er tschilpte und krähte, und Martha, die Menschenscheue, bog sich vor Lachen wie im Krampf, bog sich lachend in seine geöffneten, behaarten Arme. Als er gurrend ihre Bluse aufknöpfte und sich schnatternd unter ihre Röcke wühlte, wurde ihr Lachen schriller. «Dazu bin ich doch …», rief sie, das «… viel zu alt» kam ihr nicht mehr über die Lippen.

Nichts an Löhlein konnte nach ihrem Geschmack sein. Aber wenn er sie packte, vergaß sie den vorwurfsvoll strafenden Blick der Schwester, der sie bis in ihre Träume begleitete, wenn er sich auf sie drückte, war sie sein williges Opfer. Und Opfer zu sein, war Marthas Bestimmung.

Eine Gewitternacht

Das Verschwinden Erasmus Donats beschäftigte eine Weile die Presse und die Gemüter der Münchner Gesellschaft, Vermutungen und Gerüchte machten die Runde. Donat wurde vorübergehend zur mystischen Gestalt und geriet dann in Vergessenheit. Seine Anhängerinnen trafen sich noch einige Male und spalteten sich dann in zwei Parteien, von denen die eine überzeugt war, der Meister sei auf der Sonnwendfeier von einer amerikanischen Freundin aus der Zeit der Emigration in die USA entführt worden. Die zweite Gruppe glaubte, er sei nachts in der Isar ertrunken, eine Abweichlerin machte sich mit der Bemerkung unbeliebt: «… nach dem Genuss von reichlich Alkohol.» Das hielten seine treuesten Verehrerinnen für pietätlos und entwickelten den Plan, an der Stelle im Fluss, an der das Unglück geschehen sein musste, ein Kreuz zu errichten, ähnlich dem im Starnberger See bei Schloss Berg. Als erneut Streit aufkam, ob denn ein Kreuz in diesem Fall das richtige Symbol wäre, verlief die Angelegenheit im Sande, noch bevor die Behörde ihre Genehmigung verweigern konnte.

Drei Jahre später, im Mai 1952, erhielt Elisabeth einen Brief, der klarstellte, dass all die Vermutungen falsch waren. Donat lebte und schrieb: «Liebe, sehr verehrte Elisabeth Lauterbach, gerne erinnere ich mich an das Gespräch, das wir seinerzeit in der Wohnung unserer Freundin Josefine geführt haben. Wenn Sie mir mein langes Schweigen nicht verübeln und an einem Vortrag von mir in Ihrer Villa noch Interesse haben, würde ich Sie nur zu gerne zusammen mit meinem Freund aufsuchen, um das Thema abzustimmen und den Tag festzulegen.» Er schloss den Brief in dem Glauben an Schönheit und Vollkommenheit mit vielen freundlichen Gedanken und in der Hoffnung, bald ein Lebenszeichen von ihr zu erhalten.

Elisabeths Interesse an Donat war eingeschlafen, auch entströmte dem Brief nicht die Energie, die sie einst bei seinem Händedruck verspürt hatte, aber er weckte bei ihr doch den Wunsch nach einem Wiedersehen. Sie beschloss allerdings, ihn in seiner Wohnung in einem Münchner Vorort aufzusuchen. Der Besuch fiel auf einen Samstag.

Es war mein erstes freies Wochenende. Ich wollte in die Stadt, um Georg, eigentlich auch Marianne, zu treffen. Um mich abzumelden, hatte ich an die Tür von Elisabeth Lauterbachs Arbeitszimmer geklopft. Sie stand barfuß an ihren Schreibtisch gelehnt und hatte die Ärmel ihrer Bluse hochgekrempelt, als wollte sie mit den Papierstapeln vor ihr kurzen Prozess machen. Mit einem Kopfnicken hörte sie mich an, griff zum Telefonhörer, wählte eine Nummer, die sie auf dem Papier der Schreibunterlage notiert hatte, sagte «Hallo, ich bin's, Elisabeth Lauterbach», dann: «Ich komme heute Nachmittag zu Ihnen, um alles zu besprechen.» Und zu mir: «Sie können mich begleiten. Ich werde Ihnen in München das Geschäftshaus meines Vaters zeigen.» Sie lächelte kurz, offensichtlich gefiel ihr der Gedanke. Sie nannte mir noch den Zug, mit dem wir fahren würden. Dann verscheuchte sie eine Fliege, kein Zweifel, meine Audienz war zu Ende.

Überpünktlich stand ich in dem blauen Hemd, das ich auf Anraten Ulrikes passend zu meiner Augenfarbe gekauft hatte, in der Eingangshalle und wartete. Die Abfahrt verzögerte sich, Elisabeths Schlüsselbund war verschwunden. «Hier auf den Tisch habe ich ihn gelegt, er kann sich doch nicht in Luft aufgelöst haben! Irgendjemand muss ihn weggenommen haben.» Solche Momente heller Aufregung kamen häufiger vor, der Schlüsselbund, ohne den sie nie das Haus verließ, war meist schnell gefunden, heute hatte er sich in den geheimnisvollen Tiefen ihrer Handtasche versteckt.

Wir erreichten den Bahnhof in letzter Minute, die Zeiger der Normaluhr bildeten ein V, zwölf nach elf. Ich erinnere mich so genau, weil sie mein Geburtsdatum anzeigten, den 12. November.

Elisabeth war aus dem Taxi gesprungen, hatte dem Fahrer zugerufen, sie hätte jetzt keine Zeit zu bezahlen. «Ein andermal!» Dann lief sie in die Unterführung, sie lief, wie ich noch nie eine Frau hatte laufen sehen, mit ausholenden, runden Bewegungen, die Handtasche weit von sich gestreckt. Ich lief dicht hinter ihr her, es roch in der Unterführung nach Eisen und Urin, aber darauf achtete ich nicht, ich musste nur der Duftfahne folgen, die sie hinter sich herzog.

Der Mann mit der roten Mütze hatte die Trillerpfeife schon im Mund, als Elisabeth die Tür eines Waggons aufriss, «Komm schon!» rief und sich mit einem «Uff» auf eine Holzbank dritter Klasse fallen ließ. Sie lachte und sah mich mit diesem Frauenblick an, der – das sollte ich erst später merken – bei mir ein heilloses Durcheinander anrichtete. Dann ordnete sie ihre Haare und wurde mit jeder Strähne, die sie mit einer Spange bändigte, wieder Frau Lauterbach, meine Arbeitgeberin, die Respektsperson.

Elisabeth war damals etwa so alt wie meine Mutter. Die Natur hatte es mit ihr besser gemeint als mit deren Freundinnen, die mit gespitzten Lippen Tee aus Porzellantässchen schlürften und respektlos ihren Körpern gegenüber, die jegliches Geheimnis eingebüßt hatten, über schlechte Verdauung klagten. «Jenseits von Gut und Böse», hatte mein Vater einmal gesagt und offengelassen, ob er nur die Freundinnen oder auch meine Mutter damit meinte. Was mir da im Zugabteil gegenübersaß, war eine Frau anderer Art. «Energisch, lebenslustig», schrieb ich in mein Tagebuch. Und: «Gut durchblutet.»

Erster Halt Mühlwiesen. «Als ich sechzehn war, bin ich diese

Strecke geritten. Die Straße war damals eine Allee, ungeteert, man begegnete noch Kutschen und Ochsenkarren. Meine ‹Gretel›, eine Schimmelstute, war ein Geschenk meines Vaters. Ich habe sie geliebt. Sie hat nur mich auf ihrem Rücken geduldet, niemanden sonst. Ihr Trab war federnd, im Galopp hatte man das Gefühl zu schweben.» – Nach dem Wort «federnd» hatte sie einen Moment lang gesucht und wiederholte es jetzt, als würde sie damit noch eine andere Erinnerung verbinden. Ich wollte fragen, ob sie im Damensattel ritt, wie es damals üblich war. Aber dann tat ich es doch nicht, es schien mir plötzlich unpassend.

Neben ihr nahm ein beleibter Herr Platz, der aufdringlich nach Knoblauch roch. Elisabeth rückte von ihm ab, hielt sich die Nase zu und bat mich, das Fenster zu öffnen. Sie blinzelte im Fahrtwind.

«Es hat sich so viel verändert.» Sie sah aus dem Fenster. «Überall neue Häuser und Straßen, wo früher Wiesen und Wälder waren. Diese hässlichen Reklametafeln! Wenn ich Königin von Bayern wäre, würde ich sie verbieten. Ich würde den übermäßigen Verzehr von Knoblauch verbieten, stinkende Motorräder und alles, was Lärm und Dreck macht.»

Der dicke Mann hatte ein Wurstbrot hervorgeholt und begann zu kauen, dass die Backenknochen knackten.

«Aber es gibt ein Sinnbild der Beständigkeit. Das ist für mich die Normaluhr auf dem Bahnhofsvorplatz. Die gab es schon, als ich ein kleines Mädchen war. In all den Jahren ist sie nur ein einziges Mal stehen geblieben, und zwar an dem Tag, an dem Adolf Hitler kam.»

Als der Name fiel, zog der Mann erschreckt den Kopf ein und hörte auf zu kauen, als sei ihm der Bissen im Halse stecken geblieben. Dann hörte man wieder das Knacken der Kieferknochen.

«Niemand wusste, warum er kam, aber es hieß, die Direktion der Reichsbahn hätte eigens für diesen Ausflug einen Salonwagen angefordert. ‹Sein Besuch ist für unsere Stadt eine Auszeichnung›, sagte der Bürgermeister und ließ Hakenkreuzfahnen verteilen. Die Kinder bekamen schulfrei, den Jungen wurde ein Rechtsscheitel gezogen, den Mädchen Zöpfe geflochten, sie sahen frisch gewaschen und deutsch aus, wie der Führer es liebte.

Auf dem Bahnhofsvorplatz war ein Gedränge und Geschiebe, wie man es nur vom Oktoberfest kannte, die SS-Männer standen breitbeinig in der ersten Reihe. Ich wollte den Mann sehen, der uns einen glorreichen Sieg über den Erbfeind im Westen und die Barbaren im Osten versprach, wurde aber von der Menge immer mehr in eine Seitenstraße abgedrängt. Dann kam eine Durchsage, erst liefen einige, die am Rande standen, dann die anderen Richtung Hauptstraße. Alle kamen zu spät.» Sie lachte.

«Hitler hatte es sich anders überlegt. Statt des Salonwagens hatte er die Limousine genommen. Mit geschlossenem Verdeck brauste er durch die Stadt, dann über die auf seinen Befehl gebaute Olympia-Straße bis nach Garmisch, wo der dortige Bürgermeister ihn mit den Worten begrüßte, dass der Besuch für die Stadt eine große Auszeichnung bedeute, und frisch gewaschene Schulkinder Hakenkreuzfähnchen schwenkten. Bei uns aber jubelte niemand mehr, wir schwiegen gekränkt. Und wer es nicht glauben wollte, konnte sich vor Ort überzeugen: Die Normaluhr war in der Minute stehen geblieben, in der Hitler über die nach ihm benannte, menschenleere Hauptstraße gefahren war.»

Wir erreichten Pasing. Unser Mitreisender erhob sich, wirbelte eine letzte Knoblauchwolke auf, schon im Gehen drehte er sich um, sah uns böse an und sagte: «So schamlose Geschichten zu erzählen! Das wird Ihnen noch leidtun.» Dann hielt der Zug mit einem Ruck, der Mann stolperte, fluchte und verschwand.

München strahlte. Die Leute wirkten aufgekratzt wie in Erwartung eines unerhörten Ereignisses. Hunde jagten mit nervösem Kläffen auf dem Stachus die Tauben, Autos hupten wichtig und hielten mit quietschenden Bremsen vor den wenigen Ampeln. Vermutlich war Föhn.

Auch Elisabeth strahlte. Sie hatte ihre Jacke über die Schulter geworfen und schritt, als könnte ihr die unerwartete Hitze nichts anhaben, kräftig aus. Wieder lief ich hinter ihr her, und als wir bei dem Gebäude angelangt waren, das sie mir zeigen wollte, kämpfte ich gegen ein Schwindelgefühl an. Die alte Beschriftung hatte man von der Fassade entfernt, aber die Buchstaben hatten einen Schatten hinterlassen: *Antiquitätenhaus Lauterbach*. Ein Geschäft für nordische Möbel hatte die Räume übernommen. Mit gespieltem Interesse betrachtete ich Sitzgarnituren und Schlafzimmer aus hellem Holz, aber in Wirklichkeit hing mein Blick an Elisabeth, die sich in der Schaufensterscheibe spiegelte.

Elisabeth. Sie schwieg, da war nichts, was sie mir zeigen wollte, und doch denke ich, dass sie wusste, warum ich mit angehaltenem Atem neben ihr stand.

Dann sehe ich uns in einer Gastwirtschaft sitzen, sie erzählte von einer Tante, bei der sie während ihrer Studienzeit gewohnt hatte, und als sie einen besonders hartnäckigen Verehrer erwähnte, dessen Name ihr nicht einfiel, berührte sie kurz meine Hand, absichtslos, mir aber trieb es die Röte ins Gesicht. «Ich werde dich von jetzt ab duzen», sagte sie unvermittelt. «Du gehörst ja jetzt fast zur Familie. Alle mögen dich.» Und wieder lachte sie dieses herausfordernde Lachen, das ich noch heute hören kann, wenn ich die Augen schließe.

Alles Weitere war ohne Bedeutung an dem Tag. Unglücklich lief ich durch die Straßen. Georg zu treffen, wie ich es vorgehabt hatte, kam nicht in Frage. Er würde mir meine Stimmung ansehen und mich auslachen: «Du bist ein hoffnungsloser Fall!» Ich hasste mich.

Während ich mich auf den Heimweg machte, stieg Elisabeth die knarrenden Dielen eines Treppenhauses hinauf, in dem es nach den Kartoffelsuppen von Generationen roch. Vor der Wohnungstür im dritten Stock standen blassgrüne Topfpflanzen. Sie klingelte.

Ein Mann öffnete ihr, den sie einen Moment lang für Donat hielt. Wenn er es war, dann waren Kopf, Arme, Beine, die ganze Gestalt wie durch einen Schicksalsschlag geschrumpft. War er es nicht, dann war die Ähnlichkeit doch frappierend. Im Dämmerlicht stand eine Miniaturausgabe des Meisters vor ihr. Auch die Stimme, mit der er sie einzutreten bat, brachte keine Klarheit, erst als sie sah, dass er eine Schürze mit roten Kreuzstichmustern trug, verlor sich ihre Unsicherheit, und sie sagte, sie sei mit Erasmus Donat verabredet.

Der Mann bat Elisabeth um etwas Geduld. Professor Donat habe einen unvorhergesehenen Termin in der Stadt wahrnehmen müssen, ihre Verabredung aber keineswegs vergessen und komme sicher jeden Augenblick zurück. Er sprach leise, als wollte er eine mögliche Verstimmung erst gar nicht aufkommen lassen, und rollte dabei leicht, aber doch auffallend das R. Als er sie ins Wohnzimmer führte, konnte sie die Frage nicht unterdrücken: «Sind Sie ein Bruder von Herrn Donat?» – «Nein», war die Antwort, «ich bin Hagen, sein Freund.» Er bat sie, es sich bequem zu machen, und ließ sie dann allein.

Sie setzte sich in einen dunkelbraunen Ledersessel mit schuppigen Armlehnen und sah sich um. Sie befand sich in einer Art Bücherdepot. Die Wände waren vom Boden bis zur Decke mit Bücherregalen vollgestellt. Kein Platz für Bilder, Vorhänge oder eine Kommode. Bücher überall, in Stapeln neben und auf dem Couchtisch, auf dem Sockel der Stehlampe, auf dem Stuhl, der in einer Ecke stand. Die überquellende Fülle wirkte bedrohlich, die Luft war abgestanden, um frische Luft in den Raum zu lassen, hätte man erst das Fensterbrett freiräumen müssen.

Sie hätte einen Band herausgreifen und sich damit die Wartezeit verkürzen können, aber sie begann, nur um sich zu beschäftigen, die Titel auf den Buchrücken im Regal ihr gegenüber zu lesen. «L'amour bleu» stand da neben «Der hellenistische Jüngling – Ein Schönheitsideal» und «Der Knabe in der Kunst von den Manieristen bis zu den Präraffaeliten», so als hätte es nach dem Geständnis, einen «Freund» zu haben, noch einer weiteren Bestätigung bedurft.

Als Erasmus Donat endlich die Wohnung betreten hatte und eilig auf sie zukam, schien er ihr gealtert, als seien seit ihrem ersten Treffen nicht drei, sondern weit mehr Jahre vergangen. Unter dem Jackett wurden die Träger sichtbar, die eine ihm zu groß gewordene Hose hielten, und sein Blick, der ihren traf, war nicht mehr so durchdringend wie früher.

Sie wollte ihn nach dem Grund für sein Verschwinden fragen, wollte hören, wie es ihm in der Zeit des Schweigens ergangen war und warum er sich gerade jetzt wieder bei ihr gemeldet habe, aber er kam ihr mit der Frage zuvor, ob sie die Zeit genutzt habe, wie er es ihr geraten hatte. Da begann sie wieder, ganz gegen ihre Absicht, von sich zu erzählen, dass es sie immer mehr Kraft kostete, die Verantwortung für das Haus und alle, die dort lebten, zu tragen, wie es sie belastete zu sehen, dass die Kinder dringend einen Vater brauchten, sich aber ihrem leiblichen Vater immer mehr entfremdeten. Es war eigenartig, was ihr sonst dumpf auf der Seele lastete, zeigte sich mit einem Mal in einem klaren Licht, sodass Ursachen und Verstrickungen, die sie auslösten, klar erkennbar wurden. Und dann sagte sie zu diesem ihr immer noch fremden Menschen etwas, das sie bisher nicht einmal sich selbst eingestanden hatte. Jetzt, da sie wusste, dass die zwischen Mann und Frau gängigen Verwicklungen in ihrer Beziehung nicht auftreten würden, konnte sie ohne Stocken aussprechen, wie sehr ihr der Umgang mit Männern fehlte. «Der sexuelle Umgang?» – «Ja, ebender!»

Danach entstand eine Pause. Elisabeth wollte, um von dem

Thema abzulenken, bei dem Donat ihr ja eigentlich nicht weiterhelfen konnte, etwas Beiläufiges fragen, etwa, ob er denn all diese Bücher gelesen habe, als er seinerseits ein Geständnis machte: «Ich hätte die zurückliegenden Jahre nicht ohne die Lehren des Buddha überstanden, die mir geholfen haben, mit all den Nachstellungen und Anfeindungen fertig zu werden. Darüber will ich in Ihrem Hause sprechen.»

Ein Termin war schnell gefunden, es erschien beiden folgerichtig, sich für den einundzwanzigsten Juni, den längsten Tag des Jahres, zu verabreden. «Hagen und ich werden um neunzehn Uhr bei Ihnen sein. Auf ein Sonnwendfeuer wollen wir verzichten, und ich verspreche, mich weder entführen zu lassen noch im See zu ertrinken.»

Der Verlauf des Vortragsabends wurde sorgfältig geplant. Er sollte im Wohnzimmer stattfinden, das bei solchen Gelegenheiten «großer Salon» genannt wurde und in dem, wenn die Sofas und tiefen Sessel an die Wand gerückt wurden, etwa zwanzig Personen bequem Platz finden konnten. Elisabeth setzte aus der Nachbarvilla, der «Zigarrenschachtel», das junge Ehepaar Baumeister-Häusler auf die Einladungsliste, ein spontaner Einfall, ein Wiedergutmachungsversuch als Schlussstrich unter die alte, längst verjährte Geschichte. Die anderen Gäste waren meist ältere Damen aus der Umgebung, die als gebildet galten, von denen man annehmen konnte, dass sie sich für fernöstliche Weisheiten interessierten, und die sich bei nächster Gelegenheit bereitfinden mussten, einen Aufruf gegen eine unnötige Neuerung mit zu unterzeichnen. Hanna und Michel sollten beim Servieren der kalten Getränke helfen, aber ihnen wurde von Elisabeth erlaubt, sich später zu verabschieden und im Garten zu spielen. Schließlich wurden noch Stühle für Frau Pitter, die als Heilerin ein gewisses Ansehen genoss, und für Agathe aufgestellt, die jedoch gleich erklärte, dass sie den Buddhismus für einen Götzenkult halte, sich aber vornahm, unauffällig Notizen zu machen, um Pfarrer Hindelang berichten zu können, welch gottloses Gedankengut in seiner Gemeinde verbreitet wurde.

Noch bevor die Gläser auf der Terrasse bereitgestellt waren, erschienen genau in dem Moment, als Elisabeth sich fragte, warum in aller Welt sie diesen Vortragsabend veranstaltet hatte, Erasmus Donat und Hagen. Als Elisabeth sie begrüßte, wurde ihr erst bewusst, mit welcher Selbstverständlichkeit sie zum ersten Mal zwei Männern die Hand schüttelte, die an ihr als Frau kein Interesse hatten. Natürlich hatte sie von Homosexuellen gehört, aber das hatte sie so wenig interessiert wie die Tatsache, dass man bei bestimmten afrikanischen Stämmen die Hälse der Frauen durch Schmuckringe verlängerte. Homosexualität hatte in der Gesellschaft, aus der sie stammte, als strafbar gegolten. Und jetzt führte sie zwei Männer in den großen Salon, die keinen Hehl aus ihren Neigungen machten und sich beim Eintreten berührten, als sei dies das Natürlichste der Welt.

Donat machte zunächst eine Sprechprobe, den Schallverlust durch die zwanzig Gäste eingerechnet, war er mit dem Ergebnis zufrieden und bat anschließend den Ort zu sehen, an dem die Villa stand. Dem Ausblick auf den See schenkte er keine Beachtung, er ging mit gesenktem Blick einmal ums Haus, stieß auf ein «Auge», drei über Eck liegende größere Steine, deren Herkunft niemand erklären konnte, stutzte vor vier von Frau Pitter ausgelegten Stöckchen, die ihm den Weg versperrten, drehte sie in Gehrichtung und überraschte Elisabeth mit der Bemerkung, dies werde kein einfacher Abend. Er spüre den unheilvollen Einfluss des Uranus.

Dann räusperte er sich und sagte mit einem Blick auf ihre linke Hand: «Legen Sie diesen Ring ab, der Stein bringt Unheil.» Als sie ihm antwortete, sie halte derlei Befürchtungen für Aberglauben, es sei ein Erbstück, das sie in Ehren halte, seufzte er und gab ihr den

Rat, den Ring, wenn überhaupt, an der rechten Hand und nicht auf der Seite des Herzens zu tragen.

Die Gäste versammelten sich im milchigen Licht der Abendsonne, nippten am wässrigen Himbeersaft und unterhielten sich angesichts der ungewohnten Situation mit gedämpfter Stimme. Es war drückend warm, kein Lufthauch regte sich.

Donat hatte sich zurückgezogen, er wollte sich mit Atemübungen auf seinen Vortrag konzentrieren. Elisabeth war nervös, fuhr Agathe an, die mit indigniertem Gesicht herumstand, statt den Gästen nachzuschenken. Warum hatte sie diesen Abend nur für ein Publikum arrangiert, dessen Kenntnisse des Buddhismus aufzufrischen nicht ihre Aufgabe sein konnte? Ihr war heiß, gleich würden sich unter den Achseln auf ihrer Bluse dunkle Flecken zeigen. Die Gespräche kamen ins Stocken, als wäre über den Einfluss der für Juni ungewöhnlichen Hitze auf die Hopfenernte und die durch den milden Winter begünstigte Mückenplage alles gesagt. Da betrat Max Löhlein die Szene. Er fragte unüberhörbar, wessen Beerdigung denn hier gefeiert werde, öffnete einen flachen Karton und verteilte schwungvoll schwarze Fächer an die Damen. Deren Gesichter hellten sich auf, sie wedelten sich mit einer im bayerischen Voralpenland unbekannten Grandezza frische Luft zu, und nur Elisabeth störte sich daran, dass Löhlein sich bei seinem Auftritt die Freiheit nahm, wie eine Gans zu schnattern.

Elisabeth wollte die Veranstaltung hinter sich bringen. Martha war ihr bei solchen Gelegenheiten keine Stütze, hielt sich abseits, stand hinter ihrer Freundin Bea bei der Regentonne, ohne sich an einer Unterhaltung zu beteiligen. Elisabeth wandte den Blick von der Schwester ab, die sich nicht die geringste Mühe gab, sich anders als weltfremd und versponnen zu verhalten. Sie wollte gerade die Gäste bitten, im Salon Platz zu nehmen, da trat Bea zu ihr und hielt sie am Ärmel zurück. «Kann ich aufrichtig mit Ihnen sprechen?», fragte sie. Elisabeth sah, wie erregt sie war, und nickte. «Dieser Donat», stieß sie hervor, «dieser Donat ist ein Scharlatan. Ich kann Sie nur vor ihm warnen! Er versucht, Sie mit tiefen Blicken und tönenden Redensarten zu beeindrucken. Aber schenken Sie ihm kein Vertrauen, nichts an ihm ist echt, weder der Professorentitel noch die ganze Gelehrsamkeit, mit der er sich umgibt.» Bea musste schlucken, so schnell hatte sie gesprochen. «Er heißt auch nicht Erasmus, sondern Heinz. Ein Heinz Donat wurde polizeilich gesucht, weil er sich einem Jungen unsittlich genähert hatte. Deshalb war er drei Jahre lang von der Bildfläche verschwunden, und ich sage Ihnen ...»

«Genug jetzt!», unterbrach sie Elisabeth. «Wenn Sie so genau Bescheid wissen, warum haben Sie mich dann nicht früher informiert? Gelegenheiten hätte es genug gegeben. Da Sie sich diesen Augenblick ausgesucht haben, kann ich nur annehmen, dass Ihre Vorwürfe Verleumdungen sind. Die sexuellen Vorlieben von Herrn Donat interessieren mich so wenig wie die Ihren. Jetzt bitte ich Sie, sich drinnen einen Platz zu suchen und alles, was Sie über ihn zu wissen glauben, für sich zu behalten.»

Elisabeth holte Donat herein. Sie hatte ihn im kleinen Salon am Fenster stehend vorgefunden, und noch bevor sie sagen konnte, es sei Zeit, man müsse jetzt beginnen, wendete er ihr seinen mächtigen Kopf zu: «Was immer sie Ihnen über mich gesagt hat, glauben Sie es nicht. Ich habe dieser Person einmal eine Enttäuschung bereiten müssen, seitdem verfolgt sie mich mit übler Nachrede.» – «Seien Sie unbesorgt», antwortete sie, «ich vertraue auf meinen Instinkt.»

Sein Auftritt war gekonnt, er war eindrucksvoll. Hoch aufgerichtet stand er vor der Schar seiner Zuhörer, blickte sie unter seinen buschigen Augenbrauen an, bis alle Aufmerksamkeit auf ihn gerichtet war, trat dann einen Schritt zurück, senkte den Kopf, um sich zu sammeln, hob ihn mit einer plötzlichen Bewegung wieder und begann.

Erasmus Donat sprach von der Begegnung mit einem vietnamesischen Mönch, einem Erleuchteten, der ihn in die Lehren des Buddha eingeführt und ihn durch Unterweisungen auf dem Pfad der Meditation begleitet hatte. Von ihm habe er gelernt, dass der Mensch drei Hindernisse überwinden müsse, um den Frieden des inneren Selbst zu erlangen: die Begierde, den Hass und die Unwissenheit. Voraussetzung dafür sei der «schlackenfreie Geist».

«Einer, der am Ufer eines klaren, ungetrübten Teiches steht, sieht die verschiedenartigen Muscheln, die Kieselsteine und die Scharen der sich im Wasser tummelnden Fische. Ebenso kann der Mensch bei klarem Verstand und schlackenfreiem Geist das Heil erkennen, das eigene und das der anderen.»

Ohne zu stocken, sprach Erasmus Donat das Wort «Heil» aus, und als er die Begierde und den Hass Gifte nannte und die Unwissenheit eine Plage, kam sein Unterkiefer mächtig in Bewegung. Er zermalmte geradezu die Worte. Dabei sprach er frei, und da er sich nicht einmal Stichworte notiert hatte, die er hätte ablesen müssen, konnte er ohne Unterbrechung sein Publikum im Blick behalten. Es herrschte eine Stille, die selbst Max Löhlein nicht zu stören wagte. Noch immer war es drückend schwül, doch lagen die Fächer ungenutzt auf den Knien der Frauen. Vom Ende des Sees her hörte man Donnergrollen.

«Das Streben nach Erleuchtung», fuhr Donat fort, «muss selbstlos sein. Es entsteht durch Mitleid und Liebe. Das Leben von der Geburt bis zum Tod ist Leiden. Wie aber können wir Sorge, Schmerz, Verlust, Verzweiflung und andere Leiden überwinden? Nur wenn wir erkennen, dass wir den Wunsch, Leiden zu überwinden und Glück zu erlangen, mit allen Wesen gemeinsam haben. Nur so und durch Mitleid, das heißt den Wunsch, alle Menschen frei von Leiden zu sehen, können wir zum Glück anderer beitragen und dadurch Liebe verbreiten.»

Dann zählte er die Tugenden auf, mit deren Hilfe das Leiden

vermindert werden kann: rechtes Tun, rechte Gesinnung, Rede und Achtsamkeit. Als er auf die Keuschheit zu sprechen kam, hörten ihm noch alle aufmerksam zu, aber bei Bescheidenheit, Treue und Brüderlichkeit ließ die Konzentration seiner Zuhörer nach: Ich ertappte mich bei Gedanken an die belegten Brote, die in der Küche auf Platten auf die Gäste warteten. Martha war unruhig, sie wäre vermutlich am liebsten aufgestanden, um nach Michel zu sehen; unter Elisabeths Stuhl scharrte Ricki ungeduldig mit den krummen Vorderbeinen, und die alten Damen in der Runde strichen mit der Zunge über ihre trockenen Lippen und sehnten sich nach einem erfrischenden Getränk. Unterdessen hatte sich der Himmel verdüstert, das Gewitter kam näher.

Fast eine Stunde war nun vergangen. Agathe hatte längst aufgehört, sich Notizen zu machen, da ließ Donat einen Summton hören, wie ein Geiger, der sein Instrument zum finalen Fortissimo stimmt, und hob seine Stimme: «Für den freien Geist kann es keine Gebote und Vorschriften mehr geben, keine himmlische Macht, kein irdisches Regime kann ihm den rechten Weg vorschreiben. Er hat in zwei fürchterlichen Kriegen die Fesseln veralterter Dogmen abgeworfen. Mündig ist der moderne Mensch hervorgegangen aus den Feuern der Vernichtung und entscheidet nun selbst über das eigentliche, das für ihn angemessene Leben.» Und noch einmal steigerte er die Gewalt seiner Stimme für den krönenden Satz: «Der Mensch ist zum Maßstab aller Dinge geworden!»

In dem Moment drückte ein kalter Windstoß so heftig gegen das Fenster, dass es aufsprang. Donat hob wie in Abwehr die Arme, die Gäste zuckten zusammen.

In der Nähe des Fensters sprang man auf, ein Tumult entstand, in dem der Applaus unterging. Elisabeth verzichtete auf die Dankesworte, die sie sich zurechtgelegt hatte, schüttelte Donat nur kurz die Hand, dann versuchte sie das Fenster zu schließen, bevor die ersten schweren Regentropfen gegen die Scheiben klatschten.

«Es ist angerichtet!» Als hätten sie eine lange Fastenperiode überstehen müssen, drängten sich alle um die Platten und Schüsseln, die Frau Bröhl aufgetragen hatte. Ich unterhielt mich mit Frau Baumeister-Häusler, blond, Kurzhaarschnitt und als einzige der anwesenden Frauen in Hosen. Sie hatte die Lenbach-Porträts der Großeltern Lauterbach entdeckt und wollte nun die Meinung eines angehenden Kunsthistorikers zu einer Malweise hören, die ihrer Einschätzung nach «altmeisterlich», ja «vorgestrig» sei. Sie sammelte mit ihrem Mann Gegenwartskunst, abstrakte Bilder der Avantgarde. Sie nannte Namen und wollte mich gerade einladen, mir ein paar besondere Arbeiten in ihrem Haus anzusehen, als ein Donnerschlag die Villa erschütterte, ein Knall, der die Glasketten des venezianischen Lüsters klirren ließ.

Ohne Strom, ohne Licht stand die Gesellschaft reglos im fahlen Abenddämmer. Agathe bekreuzigte sich mit einem Stoßgebet auf den Lippen. Einige fanden ihr Verhalten nach dem eben gehörten Vortrag unpassend, andere hätten es ihr gerne gleichgetan. Der Wind war plötzlich verstummt, als sammelte er neue Kräfte. Nichts, nur das Rauschen der Wassermassen, die aus tief hängenden Wolken stürzten. «Der Weltuntergang», sagte jemand.

Da war ein Jammern, ein klagender Ton zu hören, erst weit draußen aus der Tiefe des Unwetters, dann näherte er sich, war jetzt im Haus. Türenschlagen, Klirren, ein unterdrücktes Schluchzen, darauf schnelle, unsichere Schritte auf dem Flur. In der Tür stand Frau Bröhl. Elisabeth sah ihre geweiteten Augen, die weißen Haare, die ihr vom Kopfe standen, das Zittern ihrer Wangen. Sie musste die paar Schritte zu ihr hingehen, musste jetzt unter den Augen all der Leute Haltung zeigen, würde sie fragen müssen: «Was ist? Was ist denn los?» Frau Bröhl würde dann den Mund öffnen und einen Satz sagen, und Elisabeth wusste, dass danach nichts mehr so sein würde wie zuvor.

«Der Junge … um Himmels willen, der Junge ist draußen auf dem See!»

Ein Schaudern ging durch den Raum, ein eisiger Schrecken. Dann ging das Licht an, geblendet von der plötzlichen Helligkeit sprangen alle auf, liefen fassungslos durcheinander. «Wer? Was ist passiert?» – «Ich kann es nicht glauben!» – «Wer hat ihn zuletzt gesehen?» – «Hilfe! Wir müssen Hilfe rufen!»

Da bahnte sich eine weiße Gestalt ihren Weg durch das Gestrüpp der gestikulierenden Arme. Sie ging wie eine Schlafwandlerin, stöhnte, stand breitbeinig im Raum, starrte, riss sich an den Haaren, riss und riss, schlug sich auf die Brust, auf das Kleid, als stände es in Flammen. Ihr Blick war starr auf Elisabeth gerichtet, ihr Mund aufgerissen zu einem Schrei, der ihr im Halse stecken blieb, sie würgte, fixierte die Schwester, stieß nach ihr. «Du!», schrie sie mit einer fremden Stimme und noch einmal «Du!», wollte zupacken, griff aber ins Leere, ließ den Kopf fallen, dann sackte der ganze Körper zusammen.

Elisabeth fing sie auf. Jetzt schrien auch die anderen, alle schrien durcheinander. Elisabeth stemmte sich gegen den zuckenden Körper, vier Arme zu einem Knäuel verschlungen, es war die letzte Runde eines lebenslangen Kampfes. Jemand schlug in Panik den Gong. Tränenlos, mit offenem Mund hing Martha an Elisabeths Hals. Die umfasste sie, drückte sie an sich, hob sie vom Boden, der ihr keinen Halt mehr gab, hoch, ging mit ihr die drei Schritte zum Sofa, bettete die Ohnmächtige und deckte sie mit einem Tuch zu, das ihr irgendjemand gereicht hatte. Dann legte sie behutsam die Stirn an Marthas Schulter, deren Gesicht unter ihren Locken begraben war.

Endlich richtete Elisabeth sich auf. «Ruhe!», rief sie. Und dann noch einmal: «Ruhe! Gehen Sie nach Hause! Ich bitte Sie, gehen Sie jetzt nach Hause!» Als Elisabeth ans Telefon gehen wollte, hatte ich bereits die Polizei benachrichtigt.

Die Gäste flüchteten geradezu aus dem Unglückshaus. Max Löhlein geleitete sie zum Gartentor, sie drückten ihm die Hand, als wollten sie ihm ihr Beileid aussprechen, bei ihm bedankten sie sich für den «trotz alledem» anregenden Abend.

Martha lag da wie aus Holz. Sie schien nicht zu atmen. Ihre Augen waren weit geöffnet. Nur Elisabeth wagte sich in ihre Nähe. Ihr Puls jagte, stolperte, setzte aus. Die Hausärztin musste gerufen werden, sie gab ihr eine Beruhigungsspritze. Jetzt rief Martha wie eine Halluzinierende Michels Namen. «Wo bist du, mein Junge? Komm zu mir, komm zu mir, komm, komm!»

Donat, gefolgt von Hagen, war, als der Regen nachließ, zum Steg hinuntergegangen und hatte nach einem Zeichen Ausschau gehalten. Da kam ihm aus dem schwarzen Dunst, der über dem aufgewühlten Wasser lag, nass bis auf die Haut und schlammverschmiert Josef entgegen. Wortlos ging er vorbei, den Blick gesenkt, schüttelte er nur den Kopf. Zurück in der Villa begegnete Donat Elisabeth, er wollte etwas sagen, sie aber ließ ihn nicht zu Wort kommen und zog aus der Rocktasche sein Honorar, wie sie es ausgemacht hatten.

In ihrem Zimmer saß Hanna auf der Bettkante. Sie war die Treppe hochgeschlichen, ohne Licht zu machen, niemand hatte auf sie geachtet. Vorhin, vor dem Gewitter, hatte Michel versucht, sie zu küssen, sie fand es eklig und hatte ihn abgewehrt, deswegen war er wütend weggelaufen. Sie saß zusammengesunken da und biss sich feine Hautstreifen von den Fingernägeln, bis das Blut kam. Dicke Tränen liefen ihr über die Wangen, sie wurde von Schluchzern geschüttelt. «Ihm ist kalt. Er friert jetzt sicher fürchterlich. Wenn du wiederkommst, darfst du mir einen Kuss geben, einen oder so viele du willst.»

Inzwischen versammelten sich die Anleitners bei Frau Bröhl in der Küche. Maria hatte eine Kerze und ein Foto mitgebracht, Michel barfuß und in kurzen Hosen, einen Ball unterm Arm, darüber ein lachendes Jungengesicht. Josef saß mit hängendem Kopf auf der Bank, die kalte Pfeife im Mundwinkel, und dachte an Andreas, seinen Freund im Lager, der an Typhus gestorben war und den er auf Befehl eines russischen Wachsoldaten an den Beinen zur Kalkgrube geschleift hatte. Erika spielte mit Garnröllchen Schule, und Heiner schlief, den Kopf auf dem Schenkel des Vaters. Frau Pitter saß im Halbdunkel, holte ein Bündel Stöcke hervor, ließ sie, als wäre es ein Spiel, auf ein Tuch fallen, betrachtete dann lange das Muster, beugte sich über sie und zerbrach einen nach dem anderen. Von Agathe war ein Wispern zu hören, aus einem Versteck hatte sie Baldrianpillen geholt, die sie nervös zerkaute.

Und da war noch jemand, eine kleine bucklige Gestalt. In einer Ecke hockte sie, tropfnass. Es war die Graßberger Marie, die Flickschneiderin, ihre Klagelaute hatte man im Toben des Windes gehört. Sie hatte bei den Nachbarn gearbeitet. Durch die großen Panoramascheiben des Hauses sah sie, von den Blitzen erleuchtet, wie ein kleines Boot gegen Wind und Wellen kämpfte, dann von einer besonders heftigen Böe erfasst wurde und kenterte. Sie hatte die schlimme Nachricht überbracht.

Nach über einer Stunde kamen zwei Polizisten in ihrem Streifenwagen. Vom Wolkenbruch waren mehrere Straßen überschwemmt, da waren sie im Einsatz gewesen. Sie nahmen die Personalien des vermissten Jungen auf, ungerührt stellten sie ihre Fragen und fertigten ein Protokoll an. Sie hatten ihre Kollegen von der Wasserschutzpolizei informiert, die mit dem einzigen auf dem See zugelassenen Motorboot aufgebrochen waren, um ein in den Wellen treibendes Segelschiff zu suchen, ab und zu sah man in den Nachtschwaden ihren Suchscheinwerfer aufblitzen.

Ich gab für die Polizeiakten zu Protokoll: «Michel hat einen Schein als Frei- und Fahrtenschwimmer. Er ist kräftig und hat mehrjährige Segelerfahrung. Sein Boot ist eine O-Jolle, Baujahr 1937, in gutem Zustand und heißt ‹Möwe›.»

Alle aufgeführten Personen wurden als Zeugen benannt. Am Schluss stand: «Die Wassertemperatur wurde in der Nacht vom einundzwanzigsten auf den zweiundzwanzigsten Juni von dem Beamten der Wasserschutzpolizei Hofinger mit siebzehn Grad Celsius gemessen.»

Der zweiundzwanzigste Juni 1952 war einer jener klaren Frühsommertage, an denen das bayerische Alpenvorland seine ganze Schönheit ausspielt. Die weichen Wellen des Sees nahmen die Sonnenstrahlen auf, spielten mit ihnen, brachten sie zum Funkeln. Smaragdfarbene Libellen saßen wie kostbarer Schmuck auf den Blättern von Seerosen, Teichhühner kamen mit wippenden Schwanzfedern aus dem Schilf, die braunen Bällchen ihrer Küken im Gefolge. Schwäne zogen mit einer Bugwelle vor der Brust das Ufer entlang, der Jubel der Lerchen erfüllte den Himmel.

Die Menschen auf den Straßen, in den Geschäften und in den Ämtern gönnten sich ein Lächeln, die Ferienzeit war nicht mehr fern. Picknickkörbe wurden gefüllt, Badetücher auf Gepäckständern verstaut, die Frauen zeigten unter duftigen Sommerröcken ihre noch blassen Beine. Ein junger Mann ruderte im Vorgefühl der Lust seine Braut zur Roseninsel. Einige Mutige schwammen zum ersten Mal ein Stück in den See hinaus, in dessen Tiefen ein toter Körper trieb. Sie schwammen mit kräftigen Bewegungen, das Wasser war noch kalt.

Die letzten Pfützen, die an die Turbulenzen der vergangenen Nacht hätten erinnern können, waren bald getrocknet, einige vom Sturm abgerissene Äste schnell aus dem Weg geräumt. Josef Anleitner ging das Gelände ab. Die Keller waren trocken, das Dach des Heubodens hatte dem Wind standgehalten. Das Wasser hatte Kies in den Gemüsegarten geschwemmt, das war alles.

Am «Langerstrand» fand er die «Möwe». Der Mast war aus der Halterung gerissen, auf den Bug gestürzt und hatte im Fallen das

Segel aufgeschlitzt. Josef zog das Boot über den Kiesel, zog und zerrte, bis es nicht mehr weiterging. Da blieb es liegen, ein Wrack, ziemlich genau an der Stelle, an der vor sechzehn Jahren Vishnu dem Wasser entstiegen war.

Zwei Angebote

Der Juli begann mit einer meteorologischen Ungereimtheit, die für Schlagzeilen sorgte: Auf der Zugspitze fielen zehn Zentimeter Neuschnee, während in München die Menschen unter der Schwüle litten. An den langen Abenden flüchtete man in die Biergärten und an die Seen im Umland. Die Zeitungen berichteten von Raufereien aus nichtigem Anlass. Auf der Theresienwiese kam es zu Ausschreitungen, als die Polizei das unangemeldete Freiluftkonzert einer Jazzband auflösen wollte. Drei Personen wurden vorübergehend in Gewahrsam genommen. In den Isarauen sorgte eine Frau für Aufsehen, die mit nacktem Oberkörper ein Sonnenbad nahm. Der «Land- und Seebote» zeigte daraufhin das Foto einer ähnlich schamlosen Person an einem Seeufer – vor der Brust prangte ein schwarzer Balken –, die sich als «Vorkämpferin für die Gleichberechtigung der Frau» bezeichnete. Zur üblen Laune aller, die in der Natur Erfrischung suchten, trug auch eine Mückenplage bei, wie sie Bayern seit Menschengedenken nicht erlebt hatte.

Über vier Wochen waren seit meinem Eintreffen in der Villa Lauterbach vergangen, ohne dass Agathe je meinen fragenden Blick mit einem Kopfnicken beantwortet hätte. Seit den Zeiten des alten Herrn Lauterbach gehörte es zu ihren Pflichten, den Briefkasten zu leeren, und sie registrierte genau, wer von wem was für Post bekam. Mir schrieb niemand. Sehnsüchtiger, als ich mir eingestand, wartete ich auf einen Feriengruß von Marianne, die mit einer Freundin irgendwo in Oberitalien unterwegs war.

Einmal, als es so stark regnete, dass Agathe nicht vor die Tür gehen wollte, überließ sie mir die Schlüssel. Ich nutzte meine Kaffeepause, um an die Straße zum Briefkasten zu gehen. Mein Einsatz wurde belohnt: Im Kasten lag ein Brief von Georg.

Er habe, schrieb er, das erste Drittel der Semesterferien an eine schwedische Akademie-Studentin verschwendet, Virve, die zu seiner Erleichterung gestern in ihre Heimatstadt nahe am Polarkreis abgereist sei und sich damit aus seinem Leben verabschiedet habe. Große Mühe habe er sich mit ihr gegeben, sie in eines seiner Lieblingslokale ausgeführt, sie aber habe nur in den niederbayerischen Spezialitäten herumgestochert und kleine Kreischlaute von sich gegeben, die er nicht als Ausdruck von Begeisterung habe interpretieren können. Außerdem habe sie mit ihrer hellen Haut eine solche Angst vor Sonnenbrand gehabt, dass sie selbst bei elektrischem Licht Rock und Bluse anbehalten habe. «Sie war in jeder Hinsicht eine Enttäuschung.» Und dann schrieb er: «Sei froh, dass Du ohne Frauen auskommst, ich beneide Dich darum.»

Ich wusste, was er mir damit sagen wollte: Ich war ein hoffnungsloser Fall, einundzwanzig Jahre alt und hatte noch nie eine Freundin gehabt! Noch nie! Irgendetwas stimmte mit mir nicht.

Doch dann lernte ich Jasmin kennen.

Mit ihr schien alles ganz einfach zu sein. Sie bediente in einem Restaurant für Balkanspezialitäten und war für den Tisch zuständig, an dem ich an einem freien Samstag mit Georg zu Abend aß. Nach Dienstschluss setzte sie sich zu uns und half, eine Flasche «Kalterer See» zu leeren. Sie erzählte von ihren Erlebnissen mit den Gästen und brachte in jedem Satz das Wort «furchtbar» unter, das zu «interessant» ebenso gut passte wie zu «langweilig», «schön», «spannend», «geizig», «lecker» und «anstrengend». Ich hörte ihr nicht sehr aufmerksam zu, ich hätte gerne ihre glatte, sonnengebräunte Haut berührt.

Den Namen Jasmin hatte sie selbst gewählt. «Ich finde, er passt zu mir», sagte sie. Sie wollte Journalistin werden. Ein guter Freund hatte ihr ein Praktikum in einer Zeitungsredaktion in Aussicht gestellt, was mich erstaunte, denn Jasmins Wortschatz war begrenzt: Sie fand alles «toll» oder «doof», «o.k.» oder «geht so». Auch «süß» oder «fies» kamen gelegentlich vor. Der gute Freund hatte ihr gesagt, sie sei begabt, sie müsse sich nur ihre Spontaneität erhalten, der Rest sei Technik, und die wollte er ihr beibringen.

Am nächsten Tag trafen wir uns zufällig in einem Eiscafé. Ich spendierte ihr einen Milkshake, rückte meinen Stuhl ganz nah an den ihren und legte ihr beruhigend die Hand auf die braune Schulter, als sie erklärte, sie sei furchtbar aufgeregt, denn am Montag nächster Woche habe man sie zu einem Vorstellungsgespräch in die Redaktion eingeladen.

Dann gingen wir durch die Theatinerstraße. Plötzlich nahm sie meine Hand, sagte: «Sind die nicht süß!» und zog mich in einen Laden für Damenunterwäsche. Ich wusste vor Peinlichkeit nicht, wo ich hinschauen sollte. Jasmin hatte sich ein lila Ensemble, «ein Gedicht» nach Meinung der Verkäuferin, zeigen lassen, entschied sich dann für das gleiche Modell in Schwarz. Anschließend drückte sie mir den Kassenbon in die Hand, küsste mich auf die Wange und sagte: «Sei ein Kavalier!» Ich zahlte. Ich war erstaunt, dass der Preis für so wenig Stoff so hoch sein konnte. Schon auf der Straße sagte sie: «Heute ist mein freier Abend. Bei mir werde ich dir unsere Neuerwerbung vorführen.» Als sie das so natürlich und selbstverständlich sagte, dachte ich: «Es ist passiert.» Ich hatte mich verliebt. Aber ich dachte auch: Mein Vater wäre entsetzt.

Der weite Raum, der früher einer Schreinerei als Lager gedient hatte, lag in einem Hinterhof. Mir wehte ein Geruch von Harz und Leim entgegen, als Jasmin mich einließ. An der Rückwand war ein Matratzenlager, ein Wust aus Kissen, Decken und Plüschtieren, einige Stühle standen herum, bedeckt mit allen möglichen Kleidungsstücken, mehr Möbel hatte sie nicht. Eine Eisentür mit Milchglasscheiben führte in einen zweiten, kleineren Raum, der Essküche, Badezimmer und Toilette in einem war. Durch das

Oberlicht hatte die Sonne den Raum aufgeheizt. Jasmin empfing mich im schwarzen Ensemble.

Ich hatte den dunkelgrauen Anzug angezogen, den einzigen, den ich hatte. Schon auf dem Weg war mir warm geworden, ich hatte mich beeilt, das letzte Stück war ich gelaufen. Jetzt machte ich ein paar unsichere Schritte, ich schwitzte. Wie gepanzert stand ich vor der fast nackten jungen Frau, die mich amüsiert betrachtete. «Furchtbar seriös siehst du aus», sagte sie und knöpfte mir die Jacke auf, dann die Hose, als wäre das so verabredet. Auf dem Boden bildete sich ein Kleiderhaufen. Sie hielt mir ein schwarzes Dreieckshöschen hin: «Bitte zieh das an!» Ich musste tief durchatmen, starrte auf Jasmin, die sich mir gerade von hinten zeigte. Ich gehorchte. Und als sie mich zum Matratzenlager führte, gehorchte ich auch.

Wir saßen nebeneinander, ein Bündel Kissen im Rücken. Jasmin wühlte in den Sachen auf dem Boden neben ihr und fand das Manuskript, von dem sie mir erzählt und das zu lesen ich ihr versprochen hatte. Sie wollte an einem literarischen Wettbewerb teilnehmen. «Es wäre doch toll, wenn ich den Preis gewinnen würde!» Sie ordnete die Seiten. «Ich bin furchtbar gespannt, was du dazu sagst.»

Ich begann zu lesen, versuchte es, während Jasmin anfing, mit meinem Ohrläppchen zu spielen. Mein Herz klopfte wieder unauffälliger, aber ich konnte die Worte kaum entziffern, fremd und ungewohnt standen sie nebeneinander. Manche Sätze musste ich zweimal lesen, bevor ich sie verstand. «Ja, die Rechtschreibung, ich weiß …», sagte Jasmin.

Was ich da las, war der Bericht einer Dreizehnjährigen, Jasmins Schilderung ihrer Jugendjahre. Ihr Vater hatte es sich zur Gewohnheit gemacht, sie ins Bett zu bringen. Unter der Decke spielte er «Mondfräulein und der dicke Max» mit ihr, es endete damit, dass er ihr mit dem Finger zwischen die Beine fuhr. Sie heulte, aber er ließ nicht von ihr ab. Am nächsten Abend kam er wieder, und an den darauf folgenden auch. Nach einiger Zeit konnte sie keine feste Nahrung mehr zu sich nehmen, magerte ab, wurde todkrank. Als sie nur noch Haut und Knochen war, schlüpfte er abends ins Zimmer der jüngeren Schwester, um ihr gute Nacht zu sagen, und spielte seine Spielchen mit ihr. Die Mutter schwieg. Sie hatte einen Freund, einen richtigen «Anfasser», der das Bier des Vaters wegtrank, ohne dass der etwas sagte. Keiner sagte etwas. Es war ein Geschäft auf Gegenseitigkeit.

Ich war entgeistert, aber es ging noch weiter: Ein Mann, der in derselben Straße wohnte, zerrte sie in eine dunkle Ecke. Da musste sie sich auf ihn setzen. «Hoppe, hoppe Reiter», sang er dazu. Das sahen drei achtzehn- bis zwanzigjährige Jungen. Die warteten, bis der Mann sich die Hose zugeknöpft hatte und gegangen war. Dann fielen sie über sie her, einer nach dem anderen. Der letzte Satz lautete: «Ich hatte wirklich keine schöne Kindheit.»

Jasmin ließ das Ohrläppchen los und fragte: «Findest du das nicht toll?» Ich suchte nach einem anderen Wort, sagte schließlich: «Beeindruckend!» und gab ihr den Rat, einige Kraftausdrücke zu streichen. Aber sie hörte schon nicht mehr zu. Sie sprang auf und legte eine Platte auf, kam zu mir zurück und drückte mir eine kleine braune Flasche in die Hand: «Reib mich damit ein. Ich muss mich jetzt entspannen.» Sie schlüpfte aus dem schwarzen Ensemble und legte sich auf den Bauch. «Fang an, aber nicht zu kräftig.»

Ich verteilte das Öl mit kreisenden Bewegungen, auf dem Rücken bildete sich ein Film, über den meine Finger in Spiralen glitten, sie zeichneten ein Kreuz, ein Herz. Dann verstärkte ich den Druck, ging systematisch vor, erspürte zwischen den Muskeln kleine Verdickungen, die musste ich wegmassieren.

Ich strich an ihrem Rückgrat entlang, auf und ab, wo die Nervenstränge zusammenliefen. Jasmin schien sich mir ganz zu überlassen, sie hatte den Kopf zur Seite gelegt, die Augen geschlossen.

Verstohlen schaute ich auf die Wölbung ihrer Po-Backen. «Die auch», hauchte sie. Als ich mich den Beinen zuwenden wollte, drehte sie sich auf den Rücken.

Was ich jetzt vor mir hingebreitet sah, war schön, aber da war nicht das mystische Leuchten, das meine Phantasie mir vorgegaukelt hatte. Ich ließ einen dünnen Ölstrahl von ihrer Halskuhle, zwischen den Brüsten hindurch, in ihren Nabel bis zum Haaransatz fließen, strich über ihren Bauch und schob ihr schnell eine Hand zwischen die Beine. Dann wusste ich nicht weiter. Ich blickte zu ihr auf, um mir Rat zu holen. Da sah ich, dass sie weinte, ihr Gesicht war tränennass. Sie hätte sich die Nase putzen sollen, wischte mit dem Handrücken über die Wange, ein schwarzes Rinnsal lief ihr aus den Augenwinkeln. Was hatte ich falsch gemacht, ich war fassungslos. Dann sagte sie den einen Satz, der alles veränderte. In ihrer Not schrie sie ihn noch ein zweites Mal. Jetzt war er bei mir angekommen.

Ich stürzte zu dem Kleiderhaufen, streifte die lächerliche schwarze Unterhose ab, fuhr in meine Kleider, das Hemd war verdreht, die Socken umgestülpt, die dicke Jacke klemmte ich unter den Arm. Irgendetwas fehlte, egal, ich war draußen und lief so hastig durch die Straße, wie ich gekommen war.

Jasmin war von dem guten Freund im dritten Monat schwanger.

Ich vergrub mich in meiner Arbeit. Verunsichert überprüfte ich die bereits geordneten Buchreihen. Als ich einen belanglosen Fehler entdeckte, war ich fassungslos, ich traute mir selbst nicht mehr. Ich kam zu spät zum Abendessen, saß stumm vor meinem Teller und spürte, wie mich vom Kopf des Tisches her ein Augenpaar beobachtete. Als ich aufstehen wollte, stand Elisabeth hinter mir. Ich konnte ihrer Stimme das Lächeln anhören, als sie sagte: «Nimm's nicht so tragisch.»

Kurz darauf war wieder eine Karte von Georg in der Post.

Er wusste schon Bescheid. Jasmins Situation war «natürlich eine scheußliche Sache». Das Vorstellungsgespräch war nicht zustande gekommen, auf Empfehlung des guten Freundes hatte die Redaktion eine andere Praktikantin genommen. Jasmin hatte er, seine Verbindungen nutzend, einen Termin in einer außerhalb gelegenen Privatklinik verschafft. Sie hatte den Eingriff gut überstanden, es ging ihr gut. Sie wollte jetzt als Vegetarierin leben, nannte sich Samsara und verbrachte ihre Zeit mit Meditieren und versuchte ihr Karma zu finden.

So wurde es Sommer.

An einem Morgen, an dem sich durch ein gelbliches Licht über dem wie erstarrt daliegenden See der erste heiße Tag des Sommers ankündigte, steckte mir Agathe ein doppelt gefaltetes Papier zu.

«Lieber Robert,
letzte Nacht habe ich von Dir geträumt. Es war ein schöner und ganz intensiver, aber auch rätselhafter Traum. Es ist für mich wichtig, ihn zu verstehen. Nur Du kannst mir dabei helfen. In diesem Haus wird man ständig beobachtet. Wo kann ich einmal in aller Ruhe mit Dir sprechen? Ungestört! Bitte gib mir bald Nachricht, lass mich nicht lange warten.

Deine Ingrid

PS: Uns verbindet doch vieles!»

Ich las die Zeilen noch ein zweites Mal, knüllte sie dann zu einem Ball zusammen, den ich in den Papierkorb warf. Mir war aufgefallen, mit was für einem Augenaufschlag Ingrid mir in letzter Zeit einen guten Morgen gewünscht hatte oder dass sie im zweiteiligen Badeanzug, den sie normalerweise nur am Bootssteg trug, überraschend bei mir auftauchte, um sich ein Buch auszuleihen. Nie vorher hatte ich sie in die Lektüre eines Romans vertieft gesehen.

Mit einem Mal interessierte sie sich für Bücher, insbesondere für die in der obersten Reihe des Regals, sodass ich ihr, die weißen Beine vor der Nase, die Trittleiter halten musste. «Ich danke dir von ganzem Herzen», sagte sie dann und zeigte lachend die Zähne, wie ich es bei Filmschauspielerinnen aus Hollywood gesehen hatte. Das Ganze beeindruckte mich wenig. Ich wusste von Florians vergeblichen Bemühungen, die Rolle des Rivalen wollte ich nicht übernehmen. Ich ließ sie zwei Tage auf Antwort warten, sie fiel kurz und bündig aus.

Was ich nicht wusste, war, dass Agathe es übernommen hatte, Florian bei seinem letzten Besuch abzufangen, um ihm einen Brief in derselben Handschrift zu überreichen.

«Lieber Florian», stand da, «Deine ewigen Liebesbeteuerungen gehen mir auf die Nerven. Ich mach Schluss, es ist aus mit uns. Unsere Liebesbeziehung (wenn es eine war) ist unerfüllt geblieben.

An mir hat es nicht gelegen.

Ich liebe einen anderen. Wenn Du diesen Brief liest, bin ich bereits seine Geliebte.

Adieu, Ingrid.

PS: Such Dir eine andere, die Du anschwärmen kannst. Werde Sänger oder Tänzer. Entscheide Dich so oder so, nur entscheide Dich endlich!»

Tags darauf, bei anhaltender Hitze, so gegen zwei Uhr. Kein Tellergeklapper in der Küche mehr, kein Türschlagen, die Gespräche verstummten. Da hörte man gegen jede Gewohnheit Schritte im Treppenhaus. Es war Elisabeth, ihr harter Tritt verriet, dass sie in keiner guten Stimmung war. Mit einem Ruck öffnete sie die Tür zum Salon, als wüsste sie, dass dahinter etwas Unerlaubtes geschah. Ihr Blick verfinsterte sich. Agathe hatte es sich in dem blauen Sessel bequem gemacht, der ihr, Elisabeth, vorbehalten war.

Agathe war nicht zum Mittagessen erschienen, hatte sich mit

einem plötzlichen Unwohlsein entschuldigt, war später, als alle anderen sich zurückgezogen hatten, in den Salon gehuscht und hatte, wohl wissend, was sie tat, in dem verbotenen Sessel ein Stück von einem alten, harten Streuselkuchen verzehrt. Darüber war sie eingenickt, ohne die Spuren ihrer Mahlzeit zu beseitigen: Elisabeth sah Brösel auf Agathes Kittel, auf dem Polster, sogar auf dem Teppich.

«Es wäre mir lieber, wenn Sie Ihre Mittagspause in Ihrem Zimmer verbrächten», sagte sie mit der spitzen Stimme, mit der schon ihre Mutter Dienstboten zurechtgewiesen hatte. «Bitte stehen Sie jetzt auf und rufen Sie meine Tochter Ingrid. Dann servieren Sie mir einen Tee. Ihre Essensreste können Sie später entfernen.»

Um sich zu beruhigen, trat Elisabeth an eines der Fenster, übersah die toten Fliegen auf der Fensterbank, schloss für einen Moment die Augen, bis sie spürte, dass sie nicht mehr allein im Zimmer war. «Was ist denn?», hörte sie Ingrid fragen.

Ingrid, ihr Unglückskind. Auf dem Namen hatte Konrad bestanden. Eine Tante hatte so geheißen, ein blasses, vom Schicksal benachteiligtes Wesen, das nach drei trostlosen Jahren in einem Sanatorium mit fünfundzwanzig Jahren an Tuberkulose gestorben war. Ihr Andenken zu bewahren, indem er seine Tochter nach ihr benannte, hielt er für seine Pflicht.

Elisabeth hätte ihr Mädchen gerne Susanna genannt. Dann wäre eine begehrenswerte Frau aus ihr geworden, füllig und doch zart, wie die Susanna auf dem Bild mit den beiden Alten, von dem ihr Vater ihr eine Postkarte aus Berlin geschickt hatte, als sie im dritten Monat schwanger gewesen war. Ein Mädchen hatte sie sich gewünscht, aber eines mit der spröden, unabhängigen Fügsamkeit einer Katze und nicht dieses …

Wieder hatte Ingrid ihre Haare zu einer ungünstigen Frisur, zu einer Art dünnstrahligem Springbrunnen hochgesteckt. Ihr Anblick war …, er war Elisabeth peinlich.

«Was ist los?», fragte Ingrid ein zweites Mal. – «Das frage ich dich!», kam die Antwort. «Wie du wieder aussiehst! Deine Haare sind strähnig. Du solltest sie waschen und dann aufdrehen.»

Ingrid seufzte und verzog den Mund. «Lass mich! Ich benutze keine Lockenwickler! Sie sind absurd hässlich und schaden den Haaren.» Und dann, mit einem Blick auf den Kopf ihrer Mutter: «Dauerwellen sind übrigens nicht mehr in Mode. Sie sind spießig und machen dich älter, als du bist. Aber vielleicht hast du …» Den Rest verschluckte sie und sagte mit einem frechen Lächeln: «War's das? Kann ich jetzt gehen?»

Es war ein Fehler, aus einer Laune heraus die Tochter zu rufen. Sie sah die kleinen roten Flecken in ihrem Gesicht, sah, wie verkrampft sie vor ihr stand. Aber anstatt sie mit irgendeinem Auftrag zu entlassen, sagte sie: «Ich erwarte, dass sich dein Verhalten Hanna gegenüber ändert. Eure kindischen Streitereien sind unerträglich, sie gehen allen Erwachsenen auf die Nerven. Du bist die Ältere, lass sie in Ruhe mit deinen Sticheleien. Sag mal was Nettes zu ihr, sie ist in einem schwierigen Alter. Warum unternehmt ihr nicht mal was zusammen, ihr seid Schwestern! Macht eine Dampferfahrt, geht meinetwegen ins Kino, irgendwas wird dir schon einfallen.»

«Eine Dampferfahrt?» Ingrid streckte den Kopf vor. «Hanna würde hemmungslos wildfremde Leute ansprechen, vollkommen peinlich. Sie benimmt sich immer daneben, sie ist einfach unerzogen, sie ist unmöglich. Und die Filme, die hier gezeigt werden, kommen für mich nicht in Frage, sie sind primitiv und unkultiviert.»

Elisabeth hatte jetzt die toten Fliegen auf dem Fensterbrett im Blick, und sie überkam ein schmerzliches Gefühl der Vergeblichkeit. Es war hoffnungslos, Ingrid war ein hoffnungsloser Fall. Sie fühlte einen Stich. Einem Impuls folgend, mit dem sie nicht gerechnet hatte, sagte sie lauter als beabsichtigt: «Hast du eine Antwort auf deinen Brief an Robert erhalten?»

Agathe hatte etwas genuschelt, sodass Elisabeth sie auffordern musste, deutlicher zu sprechen. So hatte sie von dem Brief erfahren. Eine Nacht, an die sie sich nicht gerne zurückerinnerte, hatte sie gegen die Erkenntnis gekämpft, dass sie aus einem diffusen Gefühl ihrer Tochter nicht gönnen konnte, was schon lange überfällig war. Sie schlief schlecht. Dann kam die gute, die beruhigende Nachricht. Mit Genugtuung nahm sie sie entgegen. Als Ingrid den Antwortbrief gelesen hatte, hatte sie sich heulend auf ihr Bett geworfen. Agathe erhielt ein Stück Lavendelseife als Dank.

«Du bist gemein!» Ingrid floh aus dem Zimmer. Elisabeth blickte hinter ihr her. Ja, die Frage war gemein. Sie war selbst überrascht. Aber sie war erleichtert, sie fühlte sich wohler.

Es klopfte. Agathe brachte ihr in der Nymphenburger-Porzellan-Kanne, die sie so liebte, ihren Nachmittagstee.

Der Rausschmiss

Am Morgen des vierzehnten Juli, einem Freitag, trat ein schlanker, sommerlich gekleideter Mann aus einem der beiden Aufzüge des «Bayerischen Hofes». Aus der Art und Weise, wie er hinüber zum Empfangschef grüßte, konnte man schließen, dass er seinen Auftritt genoss. Tatsächlich hatte sich Konrad Nettesheim, nachdem ihm auf Grund der guten Geschäftslage die preiswerten Pensionen, in denen er bisher abgestiegen war, nicht mehr angemessen erschienen, zum ersten Mal ein Doppelzimmer in diesem repräsentativen Grandhotel geleistet. Als er durch die Halle schritt, knöpfte er sein hellbeiges Jackett zu und hielt mit der Linken einen neuen Strohhut auf dem Rücken. Dem Pagen an der Drehtür, der ihn mit einem «Guten Morgen, Herr Direktor» begrüßte, steckte er, was sonst nicht seine Art war, ein Zwei-Mark-Stück zu.

Erst am gestrigen Abend hatte er sich mit einem Wagenbauer aus Ingolstadt über die Lieferung von dreitausend Anhängerkupplungen zu einem sehr günstigen Preis geeinigt. Anschließend hatte er eine Flasche Champagner auf seine Kosten bestellen müssen. Jetzt stand er gut gelaunt, den Hut bereits auf dem Kopf, auf dem Promenadeplatz und beschloss, die paar Schritte zum Café Luitpold zu gehen, um dort bei einem Kaffee vorbeiflanierende Münchnerinnen in Augenschein zu nehmen.

Es war nicht nur eine Geschäftsreise. Um 10.45 Uhr wollte er mit einem Blumenstrauß Marga Blüchel vom Zug abholen. Er wollte sie zum Hotel führen, dort erst die von ihr mitgebrachte Geschäftspost durchsehen und dann im Doppelzimmer genießen, was – da im Arbeitsvertrag nicht vorgesehen – er «freiwilligen Sondereinsatz» nannte. Wenn ihm das Wort über die Lippen kam, tat sie erst so, als wüsste sie nicht, was gemeint war, bei seinen ersten Berührungen spielte sie «tote Motte» oder ließ sich mit einem «Aber, aber, Herr Direktor! Unzucht mit Abhängigen!» aufs Bett fallen, und nach dem kurzen Gestrampel, das dann folgte, pflegte sie zu sagen: «Überstunden ohne Sondervergütung!» Konrad Nettesheim liebte ihren Humor.

Er hatte das Wochenende durchgeplant: Mittagessen im «Franziskaner», Mittagspause, danach Stadtbesichtigung. Ab 18.30 Uhr lagen in den Kammerspielen zwei Karten für «Stützen der Gesellschaft» von Ibsen abholbereit. Er kannte das Stück nicht, aber der Titel hatte ihm gefallen, er erschien ihm für einen Mann in seiner Stellung passend. Vor dem Zubettgehen wollte er Marga mit einem Diner bei Kerzenlicht im «Bayerischen Hof» überraschen. Sie war schlank, sehr schlank sogar, da konnte es nicht schaden, wenn sie ein paar Pfund zulegte.

Weniger angenehm würde der Samstag werden. Konrad hatte sich zu einem Besuch bei Elisabeth angemeldet. Gern ging er nicht in das Trauerhaus, er hatte Martha in einem Brief sein Beileid ausgesprochen, aber es gehörte sich, dass er bei ihr erschien und ihr ein paar tröstliche Worte sagte. Für die Schwägerin hatte er nie große Sympathien empfunden: die ewige Migräne, das uneheliche Kind, die Unfähigkeit, für sich selbst zu sorgen. Wie konnte sie, die Übervorsichtige, nur dem Jungen zu seinem fünfzehnten Geburtstag ein Segelboot schenken!

Vormittags wollte er mit Marga den Zug nehmen. Sie müsste sich die Zeit am See vertreiben, in einem Café eine Zeitschrift lesen, im Neptunbad schwimmen oder ein Eis essen. Das war unverfänglich, denn schließlich kannte sie ja dort niemand.

An diesem Samstagmorgen, während Konrad sich sein Frühstück im Bett schmecken ließ, um sich für den Tag zu stärken, erwachte draußen in der Villa seine Tochter Hanna mit einem unbekannten Schmerz tief in ihrem Bauch. Wieder hatte sie von Michel geträumt. Allein waren sie in einem Wald umhergeirrt, bis sie eine Lichtung erreichten. Dort hatten sie angefangen, aus Steinen, Holzstücken, Rinde und Moos einen Turm zu bauen, der aber, als sie ihm eine Krone aus Tannenzapfen aufsetzen wollte, in sich zusammenstürzte. Da hatte Michel sich mit verhülltem Gesicht abgewendet und war in einer Hütte verschwunden, in die sie ihm nicht folgen konnte.

Noch bevor sie die Augen aufschlug, spürte sie etwas Klebriges zwischen den Beinen. Auf dem Nachthemd entdeckte sie rotbraune Striemen, die Gott sei Dank nicht auf das Leintuch abgefärbt hatten. Sie war nicht erschrocken, sie schämte sich. Das Nachthemd versteckte sie in einer Schublade, später wollte sie es heimlich auswaschen und im Speicher zum Trocknen aufhängen. Erst aber wusch sie sich und zog sich an, als sei nichts geschehen.

Unter dem Kommando von Elisabeth kam Leben ins Haus wie seit jenem verhängnisvollen einundzwanzigsten Juni nicht mehr. Alle Räume lüften, das ganze Erdgeschoss mit einem feuchten Besen kehren, gründlich Staub wischen, das Silber putzen, Tischtücher und Servietten bügeln: kurz und präzise kamen die Anweisungen. Alle, von Frau Pitter bis zur kleinen Erika, waren mit Eifer bei der Sache, ich half beim Teppichklopfen, und Martha, ganz in Schwarz, spülte die lange nicht benutzten Kristallgläser, sie glänzten, als wollte man einen König und sein Gefolge bewirten. Elisabeth kam mit einem Arm voll Blumen aus dem Garten, die sie geschnitten hatte und nun zu üppigen Sträußen drapieren wollte. Frische Luft, ein Duft von Kernseife strich durch die Flure, und das Treppenhaus, das alte Gemäuer atmete auf. Mit jedem Spinnweben wurden aus den Ecken und Winkeln düstere Erinnerungen gekehrt.

Pünktlich auf den Schlag zwölf standen alle bereit, in frisch gewaschenen Blusen und Hemden und festlicher Stimmung, um Konrad zu begrüßen. Nie war ein Wort darüber verloren worden, aber sie wussten oder ahnten doch, dass er den Scheck mitbringen würde, von dem auf absehbare Zeit der Fortbestand ihrer Welt abhing. Da hörte man Motorgeräusch. Ein Taxi fuhr mit knirschenden Reifen auf dem frisch geharkten Kies vor. «Grüß Gott, Herr Doktor!» Maria hatte ihm die Wagentür geöffnet, sagte: «Herzlich willkommen!» und deutete auf die kleine Erika, die, als der Mann im dunklen Anzug vor ihr stand, einen Knicks machte und anmutig das Liedchen: «Kommt ein Vogel geflogen» zur Begrüßung sang.

Elisabeth kannte jede von Konrads Bewegungen, und doch war ihr dieser Mann, der gerade mit linkischer Großzügigkeit dem Chauffeur ein Trinkgeld gab, fremd. Sie schloss ihn in die Arme, wie eine Ehefrau ihren Mann vor Publikum in die Arme schließt, spürte einen Widerstand gegen seine Umarmung, sah ihm ins Gesicht, versuchte sich vorzustellen, was er in diesem Moment empfand, und wollte lächeln. Da ließ er sie auch schon los, über ihrer Schulter suchte sein Blick nach Ingrid. Die kam ihm entgegengeflogen, schlang ihm die Arme um den Hals und küsste ihn stürmisch. Leon, der mit eckigen Schritten auf ihn zuging, als habe er Scharniere in den Knien, klopfte er kameradschaftlich auf die Schulter, und als Hanna angeschlichen kam, sagte er: «Na, geht's dir gut, meine Kleine?» Den anderen nickte er leutselig zu und verkündete laut, er könne leider nur kurz bleiben, die Pflicht rufe ihn nach Düsseldorf zurück, aber er freue sich, hier zu sein.

Die Begrüßung hatte nur ein paar Minuten gedauert. Konrad ging mit großen, besitzergreifenden Schritten ins Haus, ohne Frau Pitter beachtet zu haben, die hinter ihrem Rücken mit gekreuzten Daumen und Zeigefingern das Zeichen Luzifers gemacht hatte.

Auf der Terrasse angekommen, atmete er erleichtert auf. Seine Befürchtung, ein Trauerhaus zu betreten und in Gesichter blicken zu müssen, die ihm Betroffenheit abverlangten, war offenbar unbegründet gewesen. Das Unglück musste ein Schock gewesen sein, aber nun hatte Elisabeth die Dinge wieder in die Hand genommen, das sah man. Fast bewunderte er sie. Diese Energie, das Organisationstalent, diese Bereitschaft zu kämpfen: Wäre sie ein Mann, sie hätte einen guten Geschäftsführer abgegeben. Aber als Ehefrau war sie, wie sollte er das ausdrücken, anstrengend. Kein Zweifel, sie sah gut aus. Eine attraktive Frau, deren Augen, deren Figur, deren braune, glatte Haut immer noch verlockend waren.

Er trat einen Schritt zurück, um ihr das sagen zu können, was sie doch schon wusste: «Ich kann nur kurz bleiben, zwei Stunden, vielleicht zweieinhalb. Bitte hab Verständnis. Ich würde ja gerne, aber es geht nicht. Leider. Muss nach dem Rechten sehen, die Konkurrenz schläft nicht.» – «Ja, ja», sagte Elisabeth und dachte an die kühle Wäsche, mit der sie das Doppelbett im ersten Stock hatte beziehen lassen. Die Mühe hätte sie sich sparen können. Mit einem Gefühl der Vergeblichkeit fuhr sie sich über die Haare und wendete sich dann dem bereits gerichteten Mittagstisch zu, als suchte sie nach etwas, das nicht an seinem Platz war. Hätte er sie angesehen, statt an seiner Krawatte zu zupfen, hätte er in ihrem Gesicht eher Verärgerung als Enttäuschung entdeckt.

«Ich will jetzt Martha meine Aufwartung machen.» Seine Zunge stolperte über das T in ihrem Namen, und er sagte tatsächlich «Aufwartung». In dem Versuch, sich ihre Gekränktheit nicht anmerken zu lassen, antwortete Elisabeth: «Mach ihr deine Aufwartung! Worauf wartest du noch?»

Nachdem er die Wendeltreppe hochgestiegen war, rief er in dem engen, finsteren Flur: «Martha», ging, ohne eine Antwort abzuwarten, durch die offene Tür, sah sie wie eine schwarze Statue in einem Sessel am Fenster sitzen, sagte noch einmal: «Martha» und hätte am liebsten auf dem Absatz kehrtgemacht. Ohne ihn zu begrüßen, ohne den Blick von der leeren Fläche des Sees abzuwenden, sagte sie: «Warum störst du mich?» – «Martha, ich wollte dir nur sagen … wie sehr auch mich der Verlust getroffen hat, den du erlitten hast.» – «Ich bitte dich, hör auf! Diese leeren Phrasen kann ich nicht ertragen. Es gibt nichts, was du mir sagen könntest. Bitte geh, ich brauche Ruhe.» Sie hatten sich von Anfang an nicht gemocht, aber das hier ging zu weit. Auch im Leid musste man die Form wahren. «Wie du meinst», sagte er und schlich davon.

Frau Pitter hielt Daumen und Zeigefinger immer noch gekreuzt, als er nach kurzem Zögern an Leons Tür klopfte. Mit ihm zu sprechen, hatte er sich während der Taxifahrt vorgenommen. «Wer da?» – «Dein Vater.» – Leon stand dicht vor ihm, wie um ihm den Eintritt zu verwehren. «Ich will mit dir sprechen.» Dann korrigierte er sich: «Ich wollte dich fragen, was du so treibst.» Leon drehte sich einmal um die eigene Achse, als wäre er ein Torero und wollte den angreifenden Stier durch eine Pirouette verblüffen. «Ich schreibe.»

Der Tag hatte so schön begonnen. Konrad dachte an sein Frühstück, an den Moment, als er im Bett seinen Porridge aß. Und jetzt diese Feindseligkeiten! Wenn das so weiterging, würde er den vorbereiteten Scheck in der Innentasche seines Jacketts stecken lassen, wo er ihn mit einer Sicherheitsnadel am Futter befestigt hatte. Er war nicht auf sie, sie waren auf ihn angewiesen.

Leon musste seinem Vater eine Antwort geben. Was er denn in beruflicher Hinsicht vorhabe, hatte der gefragt. Wieder eine halbe Pirouette. «Theater! Ich habe mich auf der Schauspielschule angemeldet …», sagte er etwas hastiger, als ihm recht war.

«Weißt du, was das bedeutet?» Konrad lockerte seine Krawatte. «Willst du dein Leben lang vor irgendwelchen Intendanten Kratzfüße machen, damit sie dir eine Rolle geben? Willst du immer nur zum Besten geben, was andere sich ausgedacht haben, und vor einem Publikum, dem letztlich Lady Curzon und Chateaubriand mehr bedeuten als Lessing und Goethe, Verbeugungen machen, bis dir der Buckel krumm wird? Nein, mein Sohn, das schlag dir aus dem Kopf!»

Leon weigerte sich, das zu verstehen.

«Nimm Vernunft an! Ich bin bereit, dir ein Studium der Volkswirtschaft zu finanzieren. Das ist eine solide Grundlage, davon verstehe ich etwas. Nach dem Examen kommst du zu mir in den Betrieb. Dort ist dein Platz. Ich setze große Hoffnungen in dich, wenn du mich nicht enttäuschst, werde ich dich als Juniorpartner in die Firma aufnehmen.»

In dem Moment ertönte der Gong, das Mittagessen war bereitet. Leon verschluckte eine Bemerkung, in die er seinen ganzen Abscheu vor dem «Betrieb» des Vaters legen wollte. Und Konrad verzichtete auf die Frage, welcher Teufel Leon geritten habe, als er sich die Haare abschnitt, er sagte nur: «Und lass dir deine Haare wieder wachsen, das steht dir besser.» Mit diesen Worten knöpfte er sein Jackett zu und ging hinunter auf die Terrasse.

Der Tisch war so festlich gedeckt wie sonst nur an Feiertagen. Elisabeth hatte eine Damastdecke, ein Erbstück, auflegen lassen, das Silberbesteck glänzte, und die von Martha gespülten Kristallgläser warteten auf den süßen Wein, den Elisabeth kalt gestellt hatte. Konrad ließ sich den Aufwand, der seinetwegen getrieben wurde, gefallen, aber er vermutete, dass das Festmahl und die freundlichen Mienen nicht ihm, sondern dem Scheck in seiner Tasche galten. Dabei hatte Elisabeth andere Beweggründe: Sie wollte, dass das Haus erneut in seiner ganzen Schönheit erstrahlte, sein Besuch war nur der Anlass. Es war ein Essen in kleinem Kreis, sie hatte die Kinder neben die Eltern platziert und plauderte mit ihrem Mann, wie sie mit einem alten Bekannten aus der Geschäftswelt geplaudert hätte. Ein Außenstehender hätte den Eindruck einer Familie gewonnen, die fröhlich ein Geburtstagsfest oder ein bestandenes Abitur feierte.

Das üppige Essen und der süße Wein machten Konrad schläfrig. Elisabeth brachte ihm eine dünne Sommerdecke zu dem Liegestuhl im Halbschatten, der für ihn bereitstand. Wohlig streckte er sich aus und schloss die Augen.

Beim Abräumen des Tisches kam es zu einem Zusammenstoß zwischen Ingrid und ihrer Schwester. Noch erregt von einer Liebkosung – Konrad hatte ihre Knie gestreichelt und sie «mein großes Mädel» genannt – fuhr Ingrid Hanna an: «Ich finde dich unausstehlich! Da kommt Papa zu Besuch, und was machst du? Du tust, als wäre er Luft. Kein Lächeln, kein freundliches Wort, nichts. Meinst du, er merkt das nicht? Er weiß genau, was er von dir halten soll: Dick, dumm, faul und unangenehm, hat er gesagt, und damit hat er bestimmt dich gemeint.»

Ingrid wollte eigentlich noch sagen, dass Hanna beim nächsten Besuch von Papa auch im Hühnerstall essen könne, aber Hanna ließ sie nicht ausreden. «Hör auf! Lass mich in Ruhe, du blöde Kuh!», sagte sie und versuchte, sie vors Schienbein zu treten. In dem Moment machte Ingrid einen Satz auf sie zu, deutete auf einen kleinen Flecken auf Hannas Rock und rief so laut, dass das ganze Haus es hören musste: «Schaut euch das an! Nicht zu fassen: Unser Trampeltier hat seine Tage bekommen!» Jetzt trat Hanna wirklich gezielt und mit aller Kraft nach ihr und traf Ingrids Bein so heftig, dass sie die Schüssel mit roter Grütze fallen ließ.

Während Frau Bröhl versuchte, die Spuren des Dramas zu beseitigen, schrie Ingrid weiter und presste an der Stelle, an der sie getroffen worden war, einen Blutstropfen hervor. Angelockt von dem Lärm erschien Agathe, schlug, als sie die Verletzung sah, die Hände über dem Kopf zusammen und rief der flüchtenden Hanna hinterher: «Wie kannst du dich an deiner Schwester vergreifen, du böses Mädchen, du! Der Himmel wird dich dafür bestrafen!»

Bei Hanna hinterließ dieser Streit eine tiefere Verletzung. Sie fühlte sich ungeliebt. Immer wieder klangen ihr die Worte des Vaters im Ohr, der in einem Gespräch, das sie heimlich belauscht hatte, zu Elisabeth gesagt hatte: «Wir sind uns doch einig, unser liebes Trampeltierchen ist eher von schlichtem Gemüt.» Dann hatte er auf eine Weise gelacht, die sie nicht mehr vergessen konnte. Damals hatte sie angefangen, an den Fingernägeln zu kauen.

Während Agathe die Wunde mit Jod behandelte und anschließend verband, endete der Vorfall für Ingrid mit einer Erkenntnis: Niemand anders als ihre Mutter war daran schuld, dass sie sich in diesem Haus nicht mehr wohl fühlte. Dass ihrer missratenen Schwester nicht mehr Respekt vor ihren Geschwistern und vor dem Vater anerzogen worden war, war ein Fehler der Mutter. Zum ersten Mal kam ihr der Gedanke: «Ich bin keine Lauterbach, ich bin eine Nettesheim. Mein Platz ist bei meinem Vater.» Und wie um seinen Wahrheitsgehalt zu prüfen, sprach sie ihn aus. Agathe schluckte erschreckt und sah sie irritiert an.

Agathe war schon nach dem Frühstück in die Kirche gegangen, um die Blumen für die Gottesdienste am Wochenende zu arrangieren. Sie liebte diese mit Pfarrer Hindelang in der Nähe des Altars verbrachten Stunden, die sie durch endloses Hin- und Herrücken der Vasen zu verlängern suchte.

Noch ganz erfüllt machte sie sich auf den Heimweg, kaufte sich zur Belohnung bei der Konditorei Kufer ein Bällchen Schokoladeneis, das sie unter einer Kastanie vor dem «Königshof» schleckte. So kam sie zwar verspätet, aber doch noch rechtzeitig zurück, um Ingrid beizustehen. Verletzte zu verbinden, war ein Akt christlicher Nächstenliebe.

Konrad wurde vom Klappern der Teetassen und dem Duft frisch gebackenen Marmorkuchens geweckt. Humpelnd kam Ingrid auf ihn zu. Sie wollte ihm gerade über Hannas Anschlag berichten, als er aufstand, ihr den Arm um die Schultern legte und sagte, sie solle doch ihre schönen Beine nicht durch so einen hässlichen Verband verschandeln. Beglückt und von ihren Schmerzen befreit, schmiegte Ingrid sich an ihn.

Angeregt von Konrad, der teils amüsante, teils etwas langatmige Geschichten aus dem Geschäftsleben erzählte, trank man gut gelaunt Tee. Elisabeth trug ihre Haare zu einem dezent ausgeschnittenen Dirndl offen, Hanna hatte ihre Tränen getrocknet, Leon ließ sich nicht anmerken, wie sehr er sich langweilte, und Martha lächelte versöhnlich, als wollte sie die barschen Worte des Vormittags vergessen machen. Konrad sah nicht mehr auf die Uhr, er entwickelte ausführlich die These, dass der westliche Teil Deutschlands, den «Bundesrepublik» zu nennen man sich jetzt angewöhnen sollte, besonders gute wirtschaftliche Entwicklungschancen hätte. Gerade weil nach den Verwüstungen des Krieges alles neu aufgebaut werden musste, sehe er für Handel und Industrie unbegrenzte Möglichkeiten. Der Aufschwung sei nicht zu übersehen, gestützt auf die D-Mark erhebe sich Deutschland wie der Phönix aus der Asche. Bedeutungsvoll blickte er in die Runde, und es war ihm anzusehen, dass er entschlossen war, nach Kräften von dem «Wunder» zu profitieren.

Jetzt wäre die Gelegenheit gewesen, den Scheck aus der Tasche zu ziehen. Stattdessen holte er einen Packen Fotos hervor, die den Stand der Bauarbeiten am Düsseldorfer Haus zeigten. «Du siehst, meine Liebe, es geht voran.» Ein Foto nach dem anderen schob er Elisabeth zu, gab zu jedem einige Erklärungen ab und bat sie, die Bilder herumzureichen. Man sah unverputztes Mauerwerk, leere Fensterhöhlungen, einen Stapel Balken für die Dachkonstruktion. Und man sah auf dem letzten Foto neben einer Zementmischmaschine eine sehr schlanke, jüngere Frau mit Stift und Stenogrammblock stehen. Bevor Elisabeth, der sich die Vorstellung, das Haus könnte eines Tages fertig werden, schwer auf den Magen legte, noch fragen konnte, kam schon die Auskunft: Das sei seine Sekretärin, Marga Blüchel, die hervorragende Arbeit leiste, erstens im Büro und zweitens bei allen baulichen Angelegenheiten.

Die Letzte, bei der die Fotos landeten, war Agathe. Sie war eigentlich nur gekommen, um Tee nachzuschenken, aber mit ihrem sicheren Instinkt für Konflikte wollte sie sich die Bilder vom Düsseldorfer Haus nicht entgehen lassen. Als sie das Foto mit Marga Blüchel und der Zementmischmaschine sah, neigte sie den Kopf und sagte unüberhörbar: «Nun ja, ich kann mich ja täuschen …» Und nachdem sie ihre Brillengläser geputzt hatte: «Nein, ein Irrtum ist ausgeschlossen, diese Frau habe ich heute im Garten des ‹Königshofes› sitzen sehen.» Ein hellblaues Kleid habe sie angehabt und auf dem Kopf einen für die Sommermonate viel zu warmen Stoffhut.

Die gerade noch so friedliche Stimmung auf der Terrasse schlug jäh um, niemand sagte etwas, panisch blickten alle zu Boden. «Vor Gott, es ist die Wahrheit», dachte Agathe, und Elisabeth: «Geliebte, er hat eine Geliebte!» Martha schoss das Wort «Betrüger» durch den Kopf, und Ingrid spürte den grausamen Stich der Eifersucht. Konrads Gesichtsausdruck verriet die Anstrengung, nach einer plausiblen Ausrede zu suchen, alle schienen sich vor dem zu fürchten, was jetzt folgen musste.

«Hast du deine Sekretärin tatsächlich mit auf die Reise genommen?» Elisabeths Stimme war heiser. Konrad stocherte in den Resten des Marmorkuchens: «Natürlich nicht! Eine Verwechslung, nur eine Verwechslung.» – «Du lügst, ich sehe es dir an!» Elisabeth war aufgesprungen, und Leon dachte, sie würde die Teekanne auf Konrads Kopf zertrümmern. «Du belügst mich schamlos vor den Kindern. Was bist du nur für ein gewissenloser Mensch!» Sie nahm einen Schluck aus der Wasserkaraffe und spuckte vor ihm aus. Jetzt war ein Damm gebrochen, wie eine Furie fuhr sie auf ihn los: Ein Scheißkerl sei er, ein Lügner und Betrüger! Sie schrie so laut, dass alle es hören konnten: «Ich gebe dich frei! Frei für dieses Prachtexemplar, für diese dürre Geiß. Jetzt und auf der Stelle sage ich mich von dir los.»

Ungeschickt stand Konrad auf, stieß seinen Stuhl um, warf einen Hilfe suchenden Blick in die Runde und sagte matt: «Aber Elisabeth! Beruhige dich, nimm doch Vernunft an, bitte.» Elisabeth hatte noch einmal einen Schluck Wasser genommen, und niemand hätte es gewundert, wenn sie ihm ins Gesicht gespuckt hätte. Aber sie rief nur: «Raus! Raus mit dir! Sofort!» Wie benommen ging er ein paar Schritte, drehte sich dann um, als hoffe er auf ein Wunder, da flogen ihm die zu kleinen Fetzen zerrissenen Fotos von dem Heim, das nun niemals ein gemeinsames werden sollte, vor die Füße. Er ging. Konrad war schon im Dunkel des Flurs verschwunden, als Ingrid aufsprang und mit einem Aufschrei «Papa! Papa!» hinter ihm herlief.

Nachdem mit Konrad auch der ersehnte Scheck durchs Tor verschwunden war, brauchte es einige Tage, bis sich das Leben in der Villa wieder normalisierte. Agathe wurde nicht müde, eine immer detailgenauere Schilderung der Frau im ‹Königshof› abzugeben. Maria sagte wenig, dachte aber, es sei verständlich, dass sich zwei Menschen durch die lange Trennung entfremdeten. Alle hatten Elisabeths Ausbruch mit angehört, man einigte sich darauf, dass das eigentliche Vergehen ihres Mannes nicht darin bestand, von seiner Sekretärin in der langen Zeit des Alleinlebens nicht nur Hilfe im Büro, sondern auch ein gewisses Entgegenkommen nach Dienstschluss zu verlangen – solche Geschichten ereigneten sich auch in Bayern –, das eigentliche Vergehen war, dass er seine Geliebte auf eine Reise zur Familie mitgenommen hatte. Das war eine unverzeihliche Geschmacklosigkeit, meinten die einen, eine Blödheit, die bestraft gehörte, die anderen. Frau Pitter schwieg. Dass sie hinter dem Rücken mit Blick auf die Nasenwurzel des fremden Mannes das Satanszeichen gemacht hatte, verriet sie niemandem.

Elisabeth lebte auf. Zwar konnte sie jetzt nicht mehr mit den Überweisungen aus Düsseldorf rechnen, aber sie würde dafür auch nie in diesen hässlichen Neubau ziehen, auf dem kleinen Grundstück Rhododendronbüsche pflanzen und ihren Lebensinhalt darin suchen müssen, mit dem Hund durch den nahe gelegenen Park zu marschieren, mit den Nachbarinnen Kochrezepte auszutauschen und den Vorsitz in irgendeinem wohltätigen Verein zu übernehmen. Sie hatte Geld beiseitegelegt, von dem niemand etwas wusste, aber lange würde das nicht reichen. Vielleicht würde sie in einem der vielen neu eröffneten Antiquitätenläden in München Arbeit suchen, sie, die Tochter Otto Lauterbachs, würde man sicher nehmen. Oder sie würde doch den Streifen Land verkaufen, den die Stadt für die Verbreiterung der Straße so dringend brauchte. Ihr würde schon etwas einfallen.

Und da war noch etwas: Durch ihre neu gewonnene Freiheit veränderte sich nicht nur ihr Lebensgefühl, sondern auch ihr Aussehen. Elisabeth stand vor dem Spiegel und staunte: Ihr Busen rundete, ihre Haut glättete sich, ihre dunklen Haare fielen fast bis zur Taille. Seit langem betrachtete sie sich zum ersten Mal wieder zufrieden und mit Lust.

Ingrid blieben die Veränderungen ihrer Mutter nicht verborgen, sie beobachtete sie mit Angst und Eifersucht. Nach dem schmählichen Rausschmiss des Vaters fühlte sie sich dieser Frau ausgeliefert, deren Vitalität sie einschüchterte. Nie könnte sie gegen sie ankommen.

«Eines Tages werde ich …» Sie konnte den Gedanken nicht zu Ende denken, zum ersten Mal überkam sie die Ahnung, dass sie zu den Verlierern dieser Welt gehören würde.

Als sie sich wieder beruhigt hatte, erlebte sie einen Augenblick der Klarheit. Es war diese Marga, diese Spinne, die den Vater umgarnte, die das verräterische Bild unter die anderen gesteckt hatte. Sie stand so herausfordernd an der Mischmaschine, weil sie in dieses Haus einziehen wollte. Ihr Vater war das Opfer eines üblen Spiels. Sie wollte ihm die Augen öffnen. Sie würde mit ihm an ihrer Seite das Richtfest feiern, sie würde den Garten anlegen mit einer Rosenlaube und immer blühenden Sträuchern. Der Vater wäre stolz auf sie und würde sie gerührt streicheln. Als Elisabeth sie rief, hatte sie schon ihren Koffer gepackt. Vierundzwanzig Stunden später kam sie gleichzeitig mit den Ausläufern eines Atlantiktiefs in Düsseldorf an.

Elisabeth fand die Entscheidung Ingrids, zu ihrem Vater zu ziehen, folgerichtig. Hanna hatte Züge von Luise Lauterbach, Leon seine aufbrausende Art vom Urgroßvater, auch einem Lauterbach, geerbt, aber Ingrid glich – die bläuliche, durchscheinende Haut, die dünnen Haare, die spitze Nase – ihrem Vater. Sie war eine Nettesheim. Sie, Elisabeth, hatte sich von Konrad befreit. Ihm blieben, wie die Dinge jetzt lagen, zwei Frauen mit ähnlichen Erwartungen. Das würde Konflikte geben. Mal sehen, wie er sich aus der Affäre zog.

Da sie sah, wie entschlossen Ingrid war, hatte sie keine Einwände erhoben. Aber es machte sie traurig, dass ihre Älteste, das Kind, das sie sich so sehr gewünscht hatte, dieses kränkliche, blasse Wesen, das sie nur unter besonderen Mühen durch die schlechten Zeiten gebracht hatte, dass Ingrid, der es nicht gelingen wollte, Frau zu werden, das Haus ihrer Niederlagen und Enttäuschungen verließ. Folgerichtig war aber auch, dass sie, Elisabeth, künftig an sich selbst, ihre eigenen Wünsche und Bedürfnisse denken wollte. Und sie entschloss sich, gleich damit zu beginnen.

In den ersten Wochen nach Michels Tod hatte sie sich um Martha kümmern müssen. Man dürfe sie nicht allein lassen, hatte die Ärztin gemeint, ihr Zustand sei besorgniserregend, sie wäre unter Umständen suizidgefährdet und könnte sich in einem unbeobachteten Moment in den See stürzen. Hinzu kam die Aufgabe, den von einer anhaltenden Lähmung befallenen häuslichen Betrieb aufrechtzuerhalten. So kam es, dass sie im Vertrauen auf meine Zuverlässigkeit ihre Kontrollbesuche in der Bibliothek aussetzte.

Um so überraschter war ich, als sich einmal gegen Abend, ich sah gerade die Jahrgänge der «Fliegenden Blätter» durch, die Tür öffnete und Elisabeth die sechs Treppenstufen zu mir hinabstieg. Es hatte geregnet, es war dämmrig kühl in der Bibliothek. Sie knipste das Licht an und stellte mir eine Tasse Kaffee auf den Tisch. Ich wollte ihr gerade den Stand meiner Arbeit erklären, als sie mich unterbrach, lachte und sagte: «Schon gut. Ich sehe doch, dass du fleißig bei der Sache bist.»

So hatte sie noch nie mit mir gesprochen. Ich sah sie an, sie war gekleidet wie immer, und doch war heute irgendetwas anders an ihr. Jetzt sah auch sie mich an, wieder dachte ich: «anders». Sie legte mir die Hand auf die Schulter: «Bleib ruhig sitzen, bis ich dich rufe.» Und dann: «Ich wollte den Kostümschrank ausmisten. Wer braucht die alten, mottenzerfressenen Sachen noch?» Kleidungsstück für Kleidungsstück nahm sie heraus und warf die Plüschroben, die Majorsuniformen, die Kittel der Marketenderinnen, Schneewittchens oder Dornröschens Kleid, die Kostüme von Tod und Teufel, die Engels- und Haremsgewänder hinter zwei pseudoägyptische Standvasen auf einen Haufen. Nur einige Kostüme, Erinnerungsstücke vielleicht, ließ sie im Schrank.

Was darauf geschah, war für mich so weit außerhalb des Vorstellbaren, war so schockierend, dass es mir den Atem verschlug. Ein Rascheln, ein leichtes Knistern, das zarte Tapsen von nackten Füßen auf dem Parkett. Elisabeth stand vor mir, nur mit einem Schleier bekleidet. Ich hatte ein Rauschen in den Ohren, durch das ich drei Anweisungen hören konnte: «Steh auf!» – «Komm!» – «Zieh dich aus!»

Sie hatte das Licht gelöscht, meine Hände zitterten, aber im Halbdunkel fiel es mir nicht so schwer, das Hemd über den Kopf zu streifen und den Gürtel der Hose aufzumachen. «Warte, ich helfe dir.» Ich spürte, wie ihre Finger mich anfassten, mit einer zarten Streichbewegung erst, dann fester, als müsste das so sein. Darauf trat sie einen halben Schritt zurück und betrachtete mich. «Gut siehst du aus.» Sie lachte.

In dem Augenblick löste sich in mir ein Knoten, ich konnte wieder frei atmen. Schnell zog ich ihr den Schleier von den Hüften, griff nach ihren Schultern, wollte sie fassen, aber auf der glatten Haut rutschten meine Hände ab. Ich hielt für die kleine Ewigkeit zwischen einigen Atemstößen ihren sanften, weichen Busen.

Sie ließ es geschehen, war jetzt so nah bei mir, dass ich die Wärme ihres Körpers spürte. Sie öffnete die Lippen und küsste mich. Dann warf sie den Kopf in den Nacken, und wieder lachte sie.

Sie lachte immer noch, als sie sich hinter den Vasen in den Kostümhaufen fallen ließ. Mit beiden Händen zog sie mich zu sich hinunter. Sie umschlang mich mit ihren Beinen. «Bleib ganz ruhig so liegen! Rühr dich nicht! Ich will dich spüren und diesen Augenblick nie vergessen.»

Ich gehorchte. Wie betäubt lag ich auf ihr, die Augen geschlossen, die Stirn auf ihrer Stirn. Die Stoffe gaben unter dem doppelten Gewicht nach, ihr Geruch nach Puder und alter Schminke vermischte sich mit dem Duft von Algen. Etwas Hartes, vielleicht der Sporn einer Gürtelschnalle, grub sich in meinen Oberschenkel. Ein heißes Frösteln lief über meinen Rücken, ich zuckte, was sie mit einer Anspannung ihres Körpers beantwortete. Ich spürte einen Stoß, sah in ihrem Gesicht den halb geöffneten Mund, musste mich gegen sie anstemmen, ließ mich dann fallen, suchte Halt in der wolligen Kleiderwolke, mein Fuß landete am Sockel der ägyptischen Standvase. Ich stieß mich von ihm ab, schlug mit dem Kinn gegen ihre Schulterknochen, ich stöhnte, was ich sagen oder rausschreien wollte, ging in einem krachenden Getöse unter. Ein Strudel zog mich in die Tiefe, alles, meine ganzen aufgestauten Nöte explodierten in einer lustvollen Katastrophe. Einer Glückskatastrophe.

Vorsichtig, wie um mich zu vergewissern, dass es kein Traum war, tastete ich nach ihr. Sie saß auf mir, schwerelos, ihre Lippen waren noch feucht. Ein Glanz lag auf ihrem Gesicht. «Eine Frau», dachte ich. «Du könntest mein Kind sein», sagte sie leise.

Die alten Kleider blieben noch eine Weile hinter den falschen Vasen liegen. Zu Lebzeiten von Otto Lauterbach hatten sie glanzvolle Abende erlebt, aber nie ein so stürmisches Fest wie an diesem Nachmittag. Für mich begann der dritte Monat meines Aufenthaltes in der Villa am See mit wirrem Hoffen, aber Elisabeth kam kein weiteres Mal in die Bibliothek.

Die Gokart-Bahn

Im August fiel kein Tropfen Regen. Die alten Leute, auf die sonst niemand mehr hörte, erklärten, eine solche Trockenheit hätte es seit ihrer Kindheit nicht mehr gegeben, und nannten dann eine Jahreszahl aus dem 19. Jahrhundert. Die Isar verlor so viel Wasser, dass man an der Maximiliansbrücke mit hochgekrempelten Hosenbeinen von einem Ufer zum anderen waten konnte, am Walchensee wurden auf der Straße Gämsen gesehen, die der Durst ins Tal getrieben hatte, und den Bauern schrumpften auf den Feldern die Kartoffeln zu Rosinen. Die Freibäder quollen unter dem Andrang verschwitzter Besucher über, nur die Bierbrauer und die Limonadenfabrikanten freuten sich über eine Nachfrage, die sie kaum befriedigen konnten. An einem Wochenende trieb ein heißer Wind Sand aus der Sahara über die Alpen, der die Augen reizte und den Schweinsbraten zwischen den Zähnen knirschen ließ, wenn man ihn auf dem Balkon oder im Garten essen wollte.

Der Tausendjährige Kalender wurde zu Rate gezogen, brachte aber keine Hilfe. Pfarrer Hindelang blätterte in einem Kompendium auf der Suche nach einem Heiligen, den er auf einer Bittprozession um Regen anflehen wollte. Alle, auch die Atheisten, waren sich einig, dass es sich bei der Dürre um eine Plage von biblischen Ausmaßen handelte.

Aber der Himmel blieb bayerisch-blau, Tag für Tag, kein Wölkchen zeigte sich, kein Hoffnungsschimmer.

Die Villa Lauterbach erreichten die unheilvollen Nachrichten nur mit Verspätung und ohne ihre Bewohner sonderlich zu beeindrucken. Elisabeth interessierte sich nicht für den Wasserstand der Flüsse, für das Verhalten der Alpentiere, nicht für die gestiegenen Preise für eine Maß Bier, für den Schweißgeruch in den Umkleidekabinen der Bäder, und gegen den afrikanischen Staub hatte sie ein einfaches Mittel: Sie ließ die Fenster und Schlagläden schließen.

Josef Anleitner stieß in der Holzlege auf ein Nest Kreuzottern, sie kringelten und züngelten wie Höllengezücht, und nur durch großes Glück und einen Satz zur Seite konnte er sich aus der tödlichen Gefahr retten. Aus dem Brunnen im Gemüsegarten schöpfte Maria drei schwarze, tote Ratten, übergroße Tiere mit grünlich schillernden Schwänzen, von denen Agathe behauptete, sie unterständen dem Befehl des Teufels und hätten im Mittelalter die Pest in Europa verbreitet. Aber mehr als alles andere beschäftigte die Runde, die sich, wenn die Hitze nachließ, vor der Hausmeisterwohnung traf, die Frage, ob das schon spärlich fließende Wasser für den Gemüsegarten ausreichen würde.

Erasmus Donat kam jetzt öfters ins Haus, er widmete sich seit neuestem der Astrologie, fragte jeden nach seinem Tierkreiszeichen und erstellte auf Wunsch für zwanzig Mark ein Horoskop. Tischrücken und Kartenlesen lehnte er ab, aber aus den Sternen konnte er das Schicksal eines Menschen vorhersagen. Um den Gestirnen des Himmels nah zu sein, verbrachte er manche mitternächtliche Stunde allein und in tiefer Meditation auf der Terrasse. Und einmal mit dem Glockenschlag zwölf passierte es: Es erschien ihm Luises Geist. Ihr Astralkörper strahlte in einem bläulichen Licht, sie schwebte auf einer Art Dunstwolke. Sie machte sich um Elisabeth und den Zustand der Villa Sorgen, erkannte aber sofort, dass Donat nicht der Mann war, der da helfen konnte. Getragen von Sphärenklängen hinterließ die Tote eine Nachricht: Donat glaubte zu hören, dass es um eine mit Diamanten und Burma-Rubinen besetzte Kette von großer Schönheit ging, die sie in den gefährlichen Kriegszeiten vor Dieben und Plünderern versteckt hatte. Donat hielt den Atem an, spitzte die Ohren, aber es gelang ihm nicht, den genauen Wert des Schmuckstücks und den Ort, wo es lag, zu verstehen. Als er nachfragen wollte, verblasste die Erscheinung und verschwand.

Am nächsten Morgen berichtete er Elisabeth von dem übersinnlichen Erlebnis, sie lachte über den Spuk und meinte, wenn es denn der Geist ihrer Frau Mama gewesen sei, wäre er mit seinen Kenntnissen nicht auf dem neuesten Stand: Die im Übrigen hässliche Kette habe sie nach Kriegsende von einem Juwelier ihres Vertrauens auseinandernehmen lassen und die einzelnen Steine – alle von zweitklassiger Qualität – Stück für Stück gegen Schweinehälften und Dauerlieferungen von Butter und Schmalz eingetauscht.

Den legendären Familienschatz, jenes Kästchen mit zehn Platten aus purem Gold, der ihr ein rußverschmiertes Gesicht und hinter vorgehaltener Hand den Spott ihrer Hausangestellten eingebracht hatte, erwähnte sie nicht. Donat befragte die Planeten, aber auch sie wussten nichts von einem verborgenen Schatz.

Mit ganz irdischen Dingen beschäftigte sich unterdessen Max Löhlein. Sein Geschäft mit Elektrowaren hatte er um einen Spielzeughandel erweitert, die Ideen flogen ihm nur so zu: Im Winter verkaufte er Skier mit Kandaharbindung, im Frühjahr die ersten Fahrräder mit Dreigangschaltung, im Sommer Luftmatratzen und aufblasbare Schwimmreifen in Form von Enten und Schwänen und im Herbst wasserdichte Wanderstiefel mit Kreppsohlen. Rechtzeitig vor Beginn der Hitzewelle ließ er in einer ehemaligen Brauerei mit Himbeer-, Zitronen- und Waldmeistergeschmack versetztes Leitungswasser in Flaschen füllen, die reißend Absatz fanden. So schuf er ein kleines Firmenimperium, dessen Zusammenhänge nur er allein durchschaute. Es gab Rückschläge, aber die schmerzten ihn wenig, gewandt zog er sich aus dem Geschäft zurück, und noch bevor die Gläubiger ihn behelligen konnten, war die Firma – eine unter vielen – wieder aufgelöst. Persönlich haftete Max Löhlein nie.

Von seiner ersten USA-Reise kam er mit einer Idee zurück, die er für ähnlich profitabel hielt wie die Spielautomaten, die er in Wirtshäusern und Nachtbars aufgestellt hatte. In Detroit, der Autostadt, hatte er die Gokarts entdeckt, für die er sich sofort begeisterte, kleine, bunt angestrichene Flitzer, die man für einen «Run» auf einer durch Strohballen abgesicherten Rennstrecke, einer Gokart-Bahn, mieten konnte. Er drehte eine Runde und noch eine, und während er Gas gab und die Kurven schnitt, schmiedete er schon Pläne. Die Deutschen hatten in Kriegs- und Nachkriegszeiten lange auf das besondere Lebensgefühl, das nur das Steuerrad eines Autos vermitteln kann, verzichten müssen. Was er hier erlebte: Das Quietschen der Reifen, das Heulen der heißen Motoren, den Öldunst über der Piste, war die Antwort. Spannung und Unterhaltung, er würde den deutschen Männern dieses Vergnügen liefern. Er fühlte sich als Pionier und bestellte sofort acht Karts zur baldigen Lieferung.

Löhleins Besuche bei Martha waren seltener geworden. Vorbei die Zeit der Rosensträuße, vergessen das Diner dansant im Neptunbad, die Leidenschaft jenes Nachmittags hatte sich als Strohfeuer erwiesen. Martha konnte sein vornehmes Getue so wenig ertragen wie seine gestreiften Unterhosen. Auch ihm fiel es schwer, sich weiterhin für sie zu begeistern, nur sein ungemindertes Interesse am «Langerstrand» ließ ihn an der Beziehung festhalten. Gerne hätte er das Grundstück gekauft, auch einen angemessenen Preis dafür bezahlt, aber daran war nicht zu denken. Er hatte noch einmal versucht, sie zu überzeugen, aber Martha hatte gedroht, dass sie ihn nicht mehr sehen wollte, wenn er nicht aufhörte, sie wegen ihrer Apfelbaumwiese zu bedrängen.

Da legte er ihr einen Pachtvertrag vor, der, so erklärte er, ganz zu ihrem Vorteil sei. Nichts würde sich ändern, das Grundstück bliebe in ihrem Besitz. Sie müsste sich lediglich auf fünf Jahre binden, fünftausend Mark könnte er ihr jährlich für die Nutzung geben, eine Menge Geld, wenn man bedenke ... Martha nahm den Vertrag, den er schon unterschrieben hatte, und legte ihn auf einen Stapel unerledigter Post.

Als von Löhlein eine erste Anzahlung kam, ließ sie den Scheck liegen und vergaß ihn. An den länger werdenden Abenden ging sie hinüber zum «Langerstrand» und erfreute sich an der Blüte ihrer Apfelbäume. Tatsächlich, es hatte sich nichts verändert.

Doch die Ruhe war trügerisch. Die Apfelblüten hatten sich in kleine grüne Bälle verwandelt, da drang eines Morgens sehr früh ein Trupp Männer in den «Langerstrand» ein und rodete das Grundstück binnen Stunden. Als Josef Anleitner die Nachricht überbrachte, weigerte sich Martha zunächst, ihn anzuhören. Verständnislos blickte sie auf die Rauchsäule, die von ihrem Grundstück aufstieg. Elisabeth protestierte in Stellvertretung ihrer Schwester, nannte die Arbeiter Vandalen und verlangte, ihren Auftraggeber zu sprechen. Ein Bauleiter erschien, auch er wurde beschimpft, aber als er zu Wort kam, widersprach er: Nein, von einem Willkürakt könne keine Rede sein, er zeigte ihr die mit einem Stempel des Stadtratsamtes versehene Genehmigung für den Bau einer Gokart-Bahn.

Elisabeth verschlug es, wenn auch nur für kurze Zeit, den Atem. Sie wusste zwar nicht, was eine Gokart-Bahn war, aber sie sagte ihrem Bau den Kampf an. Sie verlangte von Martha den Pachtvertrag, sah, dass die Unterschrift der Schwester fehlte, wollte wissen, ob sie ihren Namen unter Löhleins Ausfertigung gesetzt habe, und drängte so lange auf eine Erklärung, bis Martha in Tränen ausbrach. Sie konnte sich an nichts erinnern.

Darauf wurde Elisabeth beim Bürgermeister vorstellig, der sie nicht in bester Laune empfing. Er rechnete mit einem weiteren Protest gegen den bei der Hitze geradezu infernalischen Gestank der Müllkippe in der alten Kiesgrube, wollte ruppig werden, entspannte sich aber, als er begriff, warum Elisabeth gekommen war. «Herr Löhlein ist ein Unternehmer, der an der Entwicklung unserer Stadt einen nicht unbedeutenden Anteil hat», sagte er. «Die geplante Bahn ist die erste in ganz Bayern, eine echte Attraktion, viele Gemeinden werden uns darum beneiden.» Mit zweihundert Besuchern pro Tag könnte man im Sommerhalbjahr rechnen, das gäbe Auftrieb für den gesamten Landkreis. Er als Bürgermeister stände voll hinter dem Projekt. Sie solle doch erst einmal abwarten, und wenn sie sich nach Inbetriebnahme tatsächlich gestört fühle, könne sie ja zum Nachbargrundstück hin eine Hecke pflanzen. Er erwähnte nicht, dass er für sich und seine Familie ein Jahresfreiabonnement für die Bahn erhalten hatte. Und die Vereinbarung mit Frau Larosé? Die sei rechtsgültig. Schließlich habe sie einer Verpachtung «zu jeglichem Zweck» zugestimmt und auch schon eine erste Zahlung angenommen.

Das Planieren des Parcours ging zügig voran. Aus den USA reiste ein Berater an, der den Plan für eine kreuzungsfreie Strecke mitbrachte, die Krümmung und Überhöhung der Haarnadelkurven berechnete und die Höchstgeschwindigkeit auf sechzig Kilometer pro Stunde festlegte. Kunstrasen wurde ausgerollt, eine Getränkebude und ein Kassenhäuschen gezimmert, Fahnenstangen errichtet. Schließlich wurde das Datum für die Eröffnungsfeierlichkeiten festgelegt und die Einladung an einhundertfünfzig Honoratioren, einflussreiche Persönlichkeiten aus Politik und Wirtschaft und an Geschäftsfreunde von Max Löhlein verschickt. Die dritte Klasse des Städtischen Gymnasiums erhielt für ihre Beteiligung an der Aktion «Unsere Stadt soll schöner werden» Freikarten spendiert.

Wenige Tage vor dem Ereignis hielt ein BMW neuer Bauart vor der Villa. Ein gut gekleideter Mann ließ sich als Herr Stanbowski bei Elisabeth melden, eine Aufgabe, die Agathe vor Aufregung lispelnd übernahm. «Der Jurek, unser alter Jurek steht im Flur und will Sie sprechen.» Elisabeth ließ sich ihre Überraschung nicht anmerken. Sie freute sich, ihn zu sehen. Sie ging mit ihm ins Wohnzimmer und fragte ihn bei einem Obstler, was ihn denn herführe. Er sei gekommen, sagte er, um eine alte Schuld zu begleichen.

Und dann erzählte er in einem leicht bayerisch gefärbten Deutsch seine Geschichte: Wie er von Maria und den Kindern Abschied nehmen musste, vom Schmerz der Trennung, der Rast mit Moritz im Heu und, nach einem zweiten Gläschen, dass Ingrid und Florian vorgefahren seien und er, Jurek, als die beiden gerade abgelenkt waren, sich mit dem blauen «Adler» davongemacht habe. Elisabeth staunte: «Dann waren Sie es, der meinen Wagen ... entführt hat!» – «Ich war es. Er war mein Startkapital.»

Jurek hatte es zu etwas gebracht, war Automechaniker und Besitzer einer florierenden Reparaturwerkstatt in einem Vorort Münchens geworden. Er stand auf, holte ein Kärtchen mit Adresse und Telefonnummer aus einem Etui und überreichte es Elisabeth mit einem Schlüssel, der an einem runden, blau-weißen Medaillon hing, und verbeugte sich. «Der BMW, der im Hof steht, ist auf Ihren Namen zugelassen.» Sie zögerte keinen Augenblick, das Geschenk anzunehmen, und bedankte sich herzlich für die Wiedergutmachung. «Sie verstehen also etwas von Motoren?», fragte sie nach einer kurzen Pause. «Oh ja! Ich bin Automechaniker und kenne mich aus mit allem, was dazugehört: Motoren, Bremsen, Radaufhängung, Fahrgestell. Aber seien Sie unbesorgt, bei Ihrem neuen Wagen ist alles überprüft und in bester Ordnung.»

Das brachte Elisabeth auf eine Idee. Jurek stellte zwei, drei Fragen, überlegte einen Moment und nickte dann mit dem Kopf.

Am Eröffnungssonntag war Kaiserwetter. Der Andrang zu «Deutschlands erster Gokart-Bahn» war noch größer als erwartet, sogar aus Augsburg und Rosenheim waren Leute gekommen. Max Löhlein hielt eine kurze Begrüßungsrede, nahm vor Aufregung und Glück schwitzend den Applaus des Publikums entgegen, dann ließ er Freibier zapfen. Einige Frauen trugen Hüte, als wären sie zu einem Pferderennen gekommen, die Männer überschlugen in Gedanken den Gewinn, der sich aufs Jahr gesehen mit einer solchen Piste erzielen ließ, und Löhlein stieß mit dem Berater aus den USA auf ein gutes Geschäft und noch viele weitere Gokart-Bahnen in Deutschland an. Blasmusik spielte, und die Spannung stieg, tausend amerikanische Wimpel flatterten in der Sommerbrise. Dann ertönte ein Hupton, die Honoratioren nahmen ihre Plätze auf der Ehrentribüne ein. Niemandem fiel auf, dass vorn einige Sitze frei geblieben waren. Die Nachbarn aus der Villa Lauterbach waren nicht erschienen.

Als Erster sollte der Bürgermeister eine Runde drehen. Als Mann von Welt grüßte er die Menge und zwängte sich dann etwas ungelenk in das enge Gefährt. Er ließ den Motor an, doch kaum war er gestartet, ertönte ein Knall. Zehn Meter rollte das Kart, dann war die Fahrt zu Ende. Die Schulklasse in der Nordkurve spendete unerwünschten Beifall, die Blaskapelle spielte einen Tusch. Löhlein warf dem Berater einen bösen Blick zu, hob dann beschwichtigend die Arme und fand keine Worte, um die Panne zu entschuldigen. Betretenes Schweigen, als der Bürgermeister mit hochrotem Kopf aus dem Gefährt stieg.

Zweiter am Start war der Brauereibesitzer, der das Freibier für den Festsonntag gestiftet hatte. Nervös drückte ihm Löhlein die Hand und wünschte ihm Hals- und Beinbruch. Ein blaues Kart wurde herbeigeschoben. Sportlich winkte der Brauereibesitzer den Frauen auf der Tribüne zu, doch kaum hatte er Platz genommen, heulte der Motor auf, er schoss davon, kam aber nicht weit. Die erste Kurve schaffte er nicht, sondern landete unter dem Gelächter der Zuschauer in den Strohballen, die die Piste begrenzten.

Jetzt musste Löhlein selbst ran, um Ehre und Geschäft zu retten. Ein rotes Kart stand für ihn bereit. Niemand klopfte ihm auf die Schulter, niemand drückte ihm die Daumen. Der Start gelang, aber kaum war er an der Ehrentribüne vorbei, hörte man ein hässliches Geräusch, als würden Knochen brechen. Schrauben und Zahnräder spritzten unter dem Fahrgestell hervor, Löhlein zog eine Bremsspur hinter sich her. Der Fotograf vom «Land- und Seeboten» drückte auf den Auslöser, er hatte die ganze Unglücksserie im Bild festgehalten.

Mit Freibier war jetzt nichts mehr zu retten. Buhrufe ertönten, zerknüllte Zeitungen und allerhand Abfall flogen auf die Fahrbahn, murrend zog die Menge ab. Die Honoratioren waren mit ihren Frauen als Erste gegangen, nur einer, der sich mit dem Gedanken getragen hatte, in der Nähe von Ingolstadt eine Gokart-Bahn zu bauen, drückte Löhlein flüchtig die Hand und schüttelte den Kopf dazu. Als es still wurde am «Langerstrand» und man nur noch die Männer der Blaskapelle und der freiwilligen Feuerwehr hörte, die sich mit Freibier volllaufen ließen, stand der Immobilienmakler Klein neben Löhlein. «Verzeihen Sie, Herr Kollege», sagte er, «aber dieses Unternehmen war eine Schnapsidee. Eine Gokart-Bahn können Sie auf dem Gelände einer aufgelassenen Kiesgrube bauen, aber nicht auf einem Grundstück mit Seeblick. Der ‹Langerstrand› wird demnächst Bauland, und dann, mein Lieber: Einfamilienbungalows, Hangbebauung dreigeschossig!» Er schlug ihm auf die Schulter und zog den Hut.

Die amerikanischen Wimpel flatterten noch immer im Wind. Löhlein fühlte sich wie ein Feldherr nach verlorener Schlacht, er hatte sein Waterloo erlebt. «Sabotage! Es war Sabotage», war alles, was er hervorbringen konnte. In seiner Ratlosigkeit und Verzweiflung sah er nicht den Jungen, der sich durch die Hecke zum Nachbargrundstück drückte. Es war Heiner, der Elisabeth von dem Knall, dem dicken Mann, der in die Strohballen gefahren war, den

Schrauben und Zahnrädern und der schwarzen Bremsspur berichtete. Sie lachte und überflog noch einmal das Anschreiben des Immobilienmaklers Klein.

Der Abschied

Am liebsten hätte ich den Brief meiner Mutter, der zu Beginn der letzten Woche zwischen grellbunten Werbekarten für eine Eisdiele, ein neu eröffnetes Strandcafé und für Luftmatratzen zu Sommerpreisen steckte, ungelesen in den großen Korb geworfen, dessen Inhalt regelmäßig hinter der Holzlege verbrannt wurde. Ich wollte nicht an die Welt erinnert werden, aus der ich kam. Ich sah der aufgeregten Handschrift meiner Mutter auf dem Umschlag an, dass er keine guten Neuigkeiten enthielt.

«Mein lieber Robert», schrieb sie. «Deinem Vater geht es schlecht. Sein Zustand ist Besorgnis erregend.» Seltsam unbeteiligt las ich weiter. Es folgte, viel zu ausführlich, eine Beschreibung, wie schwierig es gewesen war, am Wochenende einen Arzt zu finden, der ins Haus kam. Erst danach kam sie zur Sache: «Er hat einen Schlaganfall erlitten, einen leichten zwar nur, aber wir befürchten, dass ein noch schlimmerer folgen könnte.» Wen sie mit «wir» meinte, schrieb sie nicht.

Auf der zweiten Seite versuchte sie zu schildern, was geschehen war. Ich musste sie zweimal lesen, bevor ich mir ein ungefähres Bild machen konnte. Wie jeden Morgen hatte mein Vater die Zeitung geholt und sich nach dem Frühstück in seinen Ohrensessel gesetzt, während meine Mutter die Küche aufräumte. Plötzlich hörte sie einen Schrei, sah, wie er versuchte aufzustehen, in den Sessel zurückfiel, und als sie bei ihm anlangte, hörte sie: «Tot! Er ist tot.»

Er deutete mühsam auf eine Meldung: Kurt Schumacher, sein Idol, der einzige Politiker, den er noch gelten ließ, war am Vortag in Bonn gestorben. Wie er hatte er sich nach dem Notabitur freiwillig an die Front gemeldet, wie er war er vom Krieg gezeichnet, ihn verehrte er als unbeirrbaren Gegner der NSDAP, an ihn als Fraktionsvorsitzenden der SPD hatte er nach dem Zerwürfnis mit den Genossen geschrieben.

Kurt Schumacher hatte ihm geantwortet. Den Brief las er immer wieder, wenn ihn Schlaflosigkeit plagte:

«Werter Genosse,
für Ihre offenen Worte danke ich Ihnen.
Sie wollten Landtagsabgeordneter unserer Partei werden, wurden aber in Ihrem Bezirk nicht auf die Vorschlagsliste gesetzt. Bei allem Verständnis für Ihre Enttäuschung bleibt festzustellen, dass es sich bei dem Vorgang, den Sie beklagen, um eine demokratisch durchgeführte Wahl handelt.
Wir alle müssen uns dem Votum der Mehrheit unterwerfen und unsere persönlichen Empfindlichkeiten hintanstellen, wenn es um das Wohl der Sozialdemokratie geht. Nur einig sind wir stark! Kehren Sie also ohne Groll an Ihren Platz zu den Genossen zurück. Es ist für mich undenkbar, dass Sie wegen Ihrer Kriegsverletzung benachteiligt wurden.

Ich versichere Sie meiner Hochachtung.
Mit solidarischem Gruß,

Kurt Schumacher»

Als er seine Hände wieder bewegen konnte, zerriss mein Vater die Todesmeldung in lauter Fetzen. «Er spricht undeutlich», schrieb meine Mutter. «Er will nicht, dass Du ihn in diesem Zustand siehst. Melde Dich, wenn Du wieder in München bist. Du bist doch bald mit Deiner Arbeit fertig.»

Ich schob den Brief zurück in den Umschlag, als wollte ich ihn wegsperren. Dass meine Mutter im ersten Schreck alle möglichen Leute angerufen hatte, nur nicht mich, dass mein Vater sich in diesem «Zustand» seinem Sohn nicht zeigen wollte, war bezeichnend. Durch meine Erlebnisse der letzten Monate hatte sich etwas verschoben. Was ich früher zu denken nicht gewagt hätte, jetzt konnte ich es mir eingestehen: Ich empfand kein Mitleid mit meinen Eltern, ich war ihnen, sie waren mir fremd geworden.

Die Bibliothek empfing mich mit ihrem vertrauten Dämmerlicht. Nur eine Liste war noch zu überprüfen und der Arbeitsplatz aufzuräumen, Elisabeth hatte sich zu einer abschließenden Besichtigung angesagt. Ich war froh, nicht zu meinem kranken Vater fahren zu müssen.

Pünktlich zum Monatsende wurde ich mit der Arbeit fertig. Die Zeitschriften waren nach Jahrgängen, die Bücher nach Autoren geordnet, jeden Band konnte man ohne Mühe finden. Der Anblick erfüllte mich mit Genugtuung. Die silberne Blechdose mit den Tagebüchern von Luise Lauterbach hatte ich aus ihrem Versteck geholt und unauffällig zu den Fotos und Briefen, den Mappen mit Zeichnungen und den Entwürfen des Architekten gestellt, die übersichtlich gestapelt in den Regalen lagen.

Elisabeth lobte mich. «Ich bin sehr zufrieden», sagte sie, bevor sie mir meinen Lohn gab, und am letzten Abend nannte sie beim Essen den Zustand der Bibliothek durch meine Hilfe endlich so, wie sie ihn sich immer gewünscht habe. Zum Abschied schenkte sie mir einen kleinen Koffer, der eine Ausgabe der Werke Theodor Fontanes, eine chinesische Maske und das Oberteil einer Gardeuniform enthielt. «Ich danke dir herzlich», sagte sie mit demselben vagen Lächeln, mit dem sie mich vor drei Monaten empfangen hatte. Wie damals trug sie die schwarze Brille. «Du warst ein angenehmer Mitbewohner. Wir alle haben dich lieb gewonnen.»

Zurück in München betrat ich mein Zimmer mit einem Gefühl der Benommenheit. Die Möbel waren so, wie ich sie in Erinnerung hatte, alles stand an seinem Platz, aber der Raum schien mir geschrumpft. Vorsichtig machte ich die ersten Schritte auf den Tisch zu, an dem ich jeden Morgen gefrühstückt und meine letzte Proseminararbeit geschrieben hatte. Aus dem Packen Post, der sich angesammelt hatte, zog ich eine sechs Wochen alte Ansichtskarte von Marianne aus Verona hervor. «Herzliche Grüße aus einer der schönsten Städte der Welt. Hier lässt es sich aushalten. Melde Dich doch mal, wenn Du aus Deiner bayerischen Idylle zurück bist.»

Ich wartete zwei Tage, dann rief ich sie an. Sie wollte zu mir kommen, um mir ihre Ferienfotos zu zeigen. Die Witwe K., die Damenbesuch in ihrer Wohnung nicht duldete, wollte sie mit einer Schachtel Katzenzungen bestechen.

Die Begrüßung fiel flüchtig aus. Marianne kam hereingestürmt und fing an zu erzählen. Es kam mir vor, als habe ihre Stimme sich verändert, früher hatte sie nicht so laut gesprochen. Dann die Fotos: Marianne im römischen Amphitheater in der Positur einer Operndiva, die Freundin, dicklich, vor dem Castel Vecchio, dann wieder Marianne, diesmal vor dem Haus der Julia Capulet neben einem Romeo mit schwarzen Schmalzlocken. Darauf eine Kurzfassung der Stadtgeschichte. Als sie bei den Scaligern angekommen war, hatte ich eine Erkenntnis: Ich sah ihren Mund, der gerade «Porta dei Leoni» sagte, und sah ihre Beine, die von meinem Bett baumelten, und dachte nur: «Freundschaft. Wir sind gute Freunde, und dabei soll es bleiben.»

«Und wie war es bei dir?» Ich hatte keine Ferienfotos, aber ich zeigte ihr die Fontane-Ausgabe und die chinesische Maske, die Uniformjacke ließ ich im Schrank. Im Vergleich zu ihren Erlebnissen fiel mein Bericht karg aus. Als ich ihr die Ereignisse des einundzwanzigsten Juni schilderte – Erasmus Donats Vortrag, das Unwetter und Michels Tod auf dem See –, hörte sie noch zu, dann gähnte sie und verabschiedete sich kurz darauf mit einem Gesicht, dem die Enttäuschung anzusehen war. «Mach's gut! Wir sehen uns im Amalienhof.»

Nachdem Marianne gegangen war, holte ich das Bild der Tänzerin hervor, das ich hatte mitgehen lassen. Ich stellte es so ins Regal, dass ich es von meinem Kopfkissen aus sehen konnte.

Für Sonntagmittag hatte mich Elisabeth in die Villa bestellt. «Lieber Robert», hatte sie mich am Telefon genannt. «Ich würde mich freuen ...» Die Mappe mit meinem Bericht und einer umfassenden Inventarliste lag bereit, am liebsten hätte ich mich gleich und auf der Stelle in den Zug gesetzt.

Um mir die Zeit zu vertreiben, legte ich Bleistift und Papier zurecht und wollte das machen, was ich mir an dem Tag vorgenommen hatte, als Agathe mir in der Hauskapelle ihre erste Predigt gehalten hatte. Ich blätterte meine Notizen durch und überflog die Auszüge aus Luises Tagebüchern. Vor mir die unerträgliche Leere eines weißen Blattes. Ich sah aus dem Fenster. Um endlich anzufangen, schrieb ich den Satz: «Es war ein strahlend schöner, für die Jahreszeit ungewöhnlich heißer Frühsommertag Ende Mai des Jahres 1952.» War das der Eröffnungssatz? Im Flur machte sich die Witwe K. zu schaffen, unnötig oft ging sie auf und ab, dann schlug eine Tür, endlich Ruhe.

Ein neuer Versuch: «Da stand er.» Der erste Satz war tatsächlich der schwierigste. Die Zugfahrt, die Unterführung, der Bahnhofsvorplatz. Ich sah wieder aus dem Fenster, die Kastanie im Hof hatte wie von Rost zerfressene Blätter. Jetzt weiter: Der Weg zur Villa, die Hitze, der viel zu warme Anzug. Nicht ich, ein junger Mann, den ich Robert nannte, schellte am Gartentor. Keiner machte ihm auf.

Am nächsten Tag zog ich die Vorhänge zu, drehte den Wecker mit dem Gesicht zur Wand und schrieb eine zweite Fassung. Aus

Robert machte ich einen Ich-Erzähler. Das half: «Nach der dämmrigen Kühle der Bahnunterführung blieb ich geblendet vom prallen Sonnenlicht einen Moment stehen ...» Die schwarz gekleidete Frau, von der ich noch nicht wusste, dass es Agathe war, Warten in der Eingangshalle, das erste Zusammentreffen mit Elisabeth ...

Endlich Sonntag, endlich war es so weit. Als ich am «Langerstrand» vorbeikam, sah ich die Verwüstung. Die Tribüne war abgerissen worden, die Getränkebude und das Kassenhäuschen hatten hässliche braune Flecken auf dem Kunstrasen zurückgelassen, überall Flaschenscherben, sinnlos schlängelte sich die schwarze Teerspur durchs Gelände. «Da drüben schaut's aus wie im Krieg», würde Josef später sagen.

Am Tor fing mich Maria mit einer Neuigkeit ab: «Stellen Sie sich vor, die Frau Larosé hat ihr Grundstück verkauft! Einen ordentlichen Batzen Geld hat sie dafür bekommen.» Sie war erregt, und ich sah, dass das noch nicht alles war. «Ich muss Sie um einen großen Gefallen bitten. Drinnen bei Frau Lauterbach ist Jurek. Ich würde ihn gern sehen, ganz kurz nur. Sagen Sie ihm doch einen schönen Gruß von mir, ob er nicht in einer Stunde zur Holzlege kommen will. Da warte ich auf ihn.»

Frau Bröhl hielt mich in der Küche fest. Mit einem leicht gekränkten Als-könnte-ich-daraus-noch-was-lernen!-Ausdruck im Gesicht zeigte sie mir ein Kochbuch, das Elisabeth ihr geschenkt hatte, und setzte mir dann eine Rohrnudel mit Vanillesauce vor. «Die habe ich extra für Sie aufgehoben.» Jetzt, da ich nicht mehr zu den Hausbewohnern gehörte, sprach sie mich mit Sie an und nannte mich «Herr Robert».

Aus dem großen Salon hörte ich Stimmen, ein erregtes und doch gedämpftes Stimmengewirr, vermischt mit dem Klirren der Kristallgläser.

Ich wurde von allen herzlich begrüßt, Hanna gab mir einen Kuss auf die Wange, Leon drückte mir freundschaftlich die Hand, Jurek lud mich zu einer Probefahrt in seinem neuen Opel Kapitän ein, dann ging ich zu Martha. Sie hatte die Trauerkleidung abgelegt, trug ein altrosafarbenes Seidenkleid, das nicht den Nähkünsten der Marie Graßberger zu verdanken sein konnte. «Ich freue mich, Sie wiederzusehen.» Sie sagte nur diesen einen konventionellen Satz, aber er enthielt einen neuen Ton, eine Sicherheit, die ich bei ihr nicht kannte. Sie stellte mich Herrn Professor Modl, dem Direktor der Städtischen Galerie, vor.

Modl war damals in München eine stadtbekannte Größe. Er hielt sein Museum durch Empfänge im Gespräch, die wie zufällig auf seinen Geburtstag fielen, sodass er in doppelter Hinsicht im Mittelpunkt stand. Die geladenen Gäste – mit einer Streichung von der Gästeliste hatte schon so mancher soziale Abstieg begonnen – stießen mit dem ersten Glas Champagner auf die Kunst und mit dem zweiten auf das persönliche Wohl des Mannes an, der in seinem Museum die Kunst so vortrefflich zur Geltung brachte. Modl dankte immer mit einer kurzweiligen Rede, für die er Horaz-, Petrarca- und Goethe-Zitate nur so aus dem Ärmel schüttelte. Lust, nicht Arbeit müsse der Umgang mit Kunst sein. Nie hätte er sich in einer Diskussion über die Bellinis oder Tintoretto geäußert, ohne sich für seinen Beitrag mit einer Portion Spaghetti alle vongole zu belohnen. Über die großen Florentiner konnte er besonders gut bei einer Flasche Chianti classico ins Schwärmen geraten, und zur Vorbereitung auf einen Vortrag über Giulio Romano war es geradezu Pflicht, in der Osteria ein Ossobuco zu bestellen, das fast so gut schmeckte wie seine Vorbilder in Trastevere.

Ich bedankte mich artig bei ihm. Modl hatte zwar nicht mehr getan, als Elisabeths Anfrage weiterzuleiten, aber er fühlte sich geschmeichelt und sagte, er habe recht Positives von mir gehört, und wenn ich erst mal meinen Abschluss hätte, könnte ich mich gerne bei ihm melden. Vielleicht …

Was Professor Modl noch sagen wollte, ging in Elisabeths Bemühungen unter, sich Gehör zu verschaffen. «Meine Schwester und ich haben diesen kleinen Umtrunk vorbereitet, um mit Ihnen, liebe Gäste, und euch, liebe Kinder, auf einige Veränderungen anzustoßen, die wir gemeinsam beschlossen haben. Martha hat sich von ihrem Grundstück ‹Langerstrand› getrennt. Mit einem Teil des Erlöses wird sie ihre Wohnung erwerben und sich an den längst fälligen Renovierungen an der Villa und an den Nebengebäuden beteiligen.

Ich habe mich mit der Stadt wegen des Ausbaus der Straße geeinigt. Das Geld, das die Stadt bezahlt, soll als Rücklage für alle Fälle dienen.

Außerdem haben Martha und ich beschlossen, die Bibliothek mit all ihren Beständen aufzulösen. Es sind Überbleibsel einer vergangenen Zeit, mit denen wir uns nicht länger belasten wollen. Robert danken wir für seine Hilfe, er hat Ordnung geschaffen, jetzt endlich haben wir einen Überblick. Die Bücher und Zeitschriften gehen an die Staatsbibliothek, Professor Modl hat sich bereit erklärt, einige Gemälde, die Sammlung chinesischer Masken, einen Millefleurs-Gobelin, der noch auf seine Echtheit hin untersucht werden muss, und sogar ein paar der historischen Kostüme für sein Museum zu übernehmen.»

Elisabeth wollte noch erwähnen, dass sie vorhatte, Jurek eine Werkstatthalle als Ausgleich für die geleistete Zwangsarbeit während des Krieges zu finanzieren. Aber ihre Augen suchten ihn vergebens. Auf ein Zeichen von ihr wurde Sekt gereicht. Mit ihrem Glas ging sie auf Martha zu: «Auf die Zukunft!»

Ich zögerte die Rückfahrt hinaus. Ohne zu wissen, warum, ging ich ums Haus, an den drei über Eck liegenden Steinen vorbei, in denen Erasmus Donat ein «Auge» erkannt hatte, warf einen Blick hinauf zu dem Fenster, hinter dem das Zimmer lag, in dem ich gewohnt hatte, blieb einen Atemzug lang vor dem Schuppen stehen, hinter dem Martha damals wie die Gestalt aus einem Märchen verschwunden war, griff wie sie nach den Zweigen der Büsche und Sträucher, lief schließlich zum Bootshaus hinunter, stand ratlos am Ende des Stegs, vor mir die Wasserfläche, und dachte an Michel.

Wie schwer mir der Abschied wurde!

Auf dem Weg zurück lagen keine Stöckchen, die mir den Durchgang versperrten. Maria stand vor ihrer Tür, als habe sie auf mich gewartet. Sie sagte nichts, aber ich sah ihr an, dass sie mit Jurek gesprochen hatte. Sie hatte gute Neuigkeiten: Heiner zeigte ein Talent für Rechnen und Geometrie. Wenn noch zwei andere Einser dazukämen, wollte ihm Frau Lauterbach den Platz in einem Internat und Erika Gesangstunden bezahlen. Sie war erst kürzlich wieder bei einem öffentlichen Liederabend durch ihre klare Stimme aufgefallen. Josef hatte den Auftrag, eine Liste aller Schäden und Mängel an den Gebäuden aufzustellen, und später, wenn es so weit war, sollte er die Bauleitung übernehmen und den Arbeitern auf die Finger sehen. «Ja, bei uns tut sich was», sagte sie, drückte mich an die Brust und ließ mich erst gehen, nachdem sie eine Leberwurst, ein Stück Apfelstrudel und ein Glas Johannisbeermarmelade für mich eingepackt hatte.

Frau Pitter schien mir, als sie vor mir stand, noch größer geworden. Ihre breiten Schultern waren nicht mehr heruntergezogen von der Last der Taschen, sie wirkten gestrafft, und selbstbewusst hob sie den kantigen Schädel. Immer hatte ich sie nach dem Haus, dem Dorf, den Bergen fragen wollen, aus denen man sie vertrieben hatte, aber sie hatte kein Interesse an mir gezeigt und ich nicht die richtigen Worte gefunden. Ich sah ihre Pranken, hörte ihre Bärenstimme und hatte mich in Wirklichkeit vor ihr gefürchtet.

Sie stand vor mir wie Goliath vor David und sagte nur: «Iss nicht zu viele Eier. Milch ja, so viel du willst. Und pass auf deinen Magen auf, keine scharfen Gewürze! Du bist kein Ungar.» Dann holte sie einen schwarzen Kiesel hervor, den sollte ich in meiner linken Hosentasche tragen. «Dann werden die Mädels dich mögen.»

Ihre Fähigkeiten als Heilerin hatten sich herumgesprochen, Leute mit allen möglichen Leiden suchten ihren Rat. Aus Dankbarkeit wollten sich die Patienten ihr erkenntlich zeigen. Sie brummte nur und war nicht bereit, Geld anzunehmen. Wenn der Andrang zu groß wurde, zog sie sich ihre Stiefel an und verschwand in den Wäldern.

Elisabeth verfolgte die Entwicklung mit gemischten Gefühlen. Dass die weithin begehrte Frau zu ihrem Hausstand gehörte, gefiel ihr, aber sie wollte den Hilfe Suchenden nicht begegnen müssen. So beschloss sie, für Frau Pitter die Holzlege auszubauen, die niemand mehr betreten wollte, seit Josef dort das Schlangennest gefunden hatte. Sie erhielt winterharte Mauern und eine Tür, durch die die Patienten ein und aus gehen konnten, nachdem Frau Pitter ihnen Salbe auf eine Wunde gestrichen, einen Heilsaft verabreicht, durch Massage einen stechenden Kopfschmerz weggezaubert oder einen Rückenwirbel eingerenkt hatte. Sie verzichtete darauf, die schwarzen Künste zu praktizieren.

Für Agathe hatte Gott eine Prüfung vorgesehen. Sie stürzte. Aus unerfindlichem Grund verlor sie das Gleichgewicht, schlug hin und konnte aus eigener Kraft nicht mehr aufstehen. Das Hüftgelenk war gebrochen, sie würde nie mehr treppauf, treppab und durch die Flure huschen können, die Vorräte in ihren Depots würden vertrocknen. Sie betete zu ihrer Namenspatronin, der heiligen Agatha von Catania. Und siehe: Sie bekam einen Pflegeplatz in ebenjenem Altenheim, für das Pfarrer Hindelang zuständig war. Der Fürbitte der Heiligen hat vermutlich Elisabeth durch eine Spende nachgeholfen.

Erasmus Donat fand den neuen Geist, der in der Villa Einzug gehalten hatte, befremdlich. Wie konnte man das Familienerbe, die wertvolle Bibliothek verschleudern, die besten Stücke diesem Modl schenken, der sie in irgendeinem Abstellraum verschwinden ließ? Wozu war es gut, das Personal dermaßen zu verwöhnen, als müsste man ein schlechtes Gewissen haben, weil sie gegen Lohn für einen arbeiteten? Was Donat aber besonders missfiel, war die Modernisierung, die Missachtung des Alten und Gewachsenen. Mit dem neuen Farbanstrich würde die Villa ihre Spiritualität verlieren. Sein bohrender Blick prallte an Elisabeth ab. Als er seine Besuche endgültig einstellte, hatte sie ihn bereits aus ihrem Gedächtnis gestrichen.

Ich fand seinen Namen in einer Kleinanzeige. Unter Professor E. Donat bot er Nachhilfestunden in Englisch und einen Grundkurs Latein an. In einer anderen Rubrik fiel mir ein Erasmus auf, der Teilnehmer an einem astrologischen Zirkel suchte. Ernst gemeinte Zuschriften unter Chiffre. Auf dem Viktualienmarkt sah ich eines Tages Hagen, in der einen Hand die Einkaufstasche, in der anderen die Hand eines jungen Mannes. Ich folgte den beiden ein Stück, am Fischstand teilten sich unsere Wege.

An einem Abend, kurz nach Semesterbeginn, tauchte Leon im Amalienhof auf. Groß und schlank stand er zwischen den Tischen. Die Haare waren nachgewachsen, lockten sich im Nacken, auffallend sah er aus, die Studentinnen machten Augen. Als er mich erkannte, ging er strahlend auf mich zu. Er suchte jemanden, einen Drecksack namens Preißler, der ihm Geld schuldete. «Den erwisch ich noch», sagte er, klopfte mir auf die Schulter und blieb auf eine Weißweinschorle. Später hatte er noch eine wichtige Verabredung, er wirkte unruhig.

«Ich will dich ja nicht kränken, du scheinst hier Stammgast zu sein, aber ich finde diese Studentenkneipen spießig.» Seine Finger waren damit beschäftigt, Zahnstocher aus einem Salz- und Pfefferbesteck zu knicken. Er verabscheue diese holzgetäfelte Bürgerlichkeit, sagte er so, dass das ganze Lokal es hören musste. Meine Einwände, im Amalienhof bleibe man ungestört und die Preise seien in Ordnung, wischte er mit den Krümeln einer Brezel vom Tisch.

Dann beruhigte er sich und wechselte das Thema. «Bei Mutter stehen jetzt die Handwerker Schlange. Ein Krach im ganzen Haus, nicht auszuhalten! Du wirst den alten Schuppen nicht wiedererkennen. Aus Josef ist ein Aufseher, eine echte Respektsperson geworden. Von Ingrid kein Lebenszeichen, es scheint ihr in Düsseldorf gut zu gefallen. Die Marga Soundso hat sie wohl aus dem Feld geschlagen, jedenfalls hat Konrad eine andere Sekretärin, und zu Einladungen und Empfängen kommt er mit seiner Tochter. Na, mir soll's recht sein!»

«Und was macht Hanna?» – «Die hängt sich an Martha, die beiden sind unzertrennlich. Sie retten Schnecken vor den Baumaschinen auf dem Grundstück nebenan, allen Ernstes. Sie legen für die Schnecken kleine Gärten an, in denen sie Salat anpflanzen, ist das nicht rührend! Die Amerikaner zünden auf dem Bikini-Atoll Atombomben, und meine Tante und meine Schwester sammeln die leeren Schneckenhäuser ein und bemalen sie in lauter bunten Farben. Dazu erzählen sie sich Geschichten von Schneckenkönigen und Schneckenprinzessinnen. Reiner Irrwitz!»

Als hätte ein Windstoß ihn erfasst, riss es ihn hoch, Münzen klimperten auf den Tisch. «Wenn du mal was Richtiges erleben willst, nehme ich dich in einen echten Existentialistenkeller mit.» Mit einem Sprung war er an der Tür, ein letztes Lächeln, er rief: «Es lebe die Schneckenrepublik!» zu mir hinüber und verschwand im Dunkel der Straße.

In der Papphülle, in der ich meine Notizen sammelte, lag auch ein Artikel aus dem «Land- und Seeboten», der in der Rubrik «Menschen und Schicksale» erschienen war: «Eine freudige Überraschung erlebte gestern die 48-jährige Marie Graßberger, die bislang in einem kleinen Haus mit feuchten Wänden und undichten Fenstern als Schneiderin ihr bescheidenes Leben fristet. Im Gasthof ‹Zur Linde› sah sie einen jungen Mann, in dem sie ihren Sohn wiedererkannte. Im Kriegsjahr 1943 war sie, da sie als körperlich missgestaltet galt, grausam von ihrem Kind getrennt worden. Man muss es ein Wunder nennen, dass sie die folgenden zwei Jahre im Lager überlebte. Nach ihrer Befreiung suchte sie verzweifelt nach ihrem Jungen, jedoch ohne Erfolg. Alles sprach dafür, dass er in den Wirren der Zeit den Tod gefunden hatte. Frau Graßberger aber hatte in ihrem Herzen die Hoffnung nie aufgegeben, ihn lebend wiederzusehen.» – «Es ist eine Fügung Gottes», sagte Sepp Graßberger dieser Zeitung. Und lachend fügte er hinzu: «Jetzt bin ich kein Waisenknabe mehr.» – «Er ist Maurer in Landsberg / L. und hat angekündigt, das Haus seiner Mutter zu einem Schmuckkästchen herzurichten.»

Dann begann das neue Semester. Ein Knoten war geplatzt. Ich weiß noch, mit welchem Feuereifer ich mich auf die Vorlesungen vorbereitete, keine ausließ und bis spätabends die Bücher las, die ich mir in der Universitätsbibliothek ausgeliehen hatte. Im Amalienhof wurde ich ein selten gesehener Gast.

An die Zeit in der Villa Lauterbach erinnerte ich mich mit der Prägnanz eines überbelichteten Films. Alles, was ich in den drei Monaten erlebt hatte, war in meinem Gedächnis chronologisch gespeichert und jederzeit genau bis ins Detail abrufbar. Aber ich tat es nicht. Dass Elisabeth sich weigerte, mich noch einmal zu sehen, hinderte mich daran. Ich stürzte mich ins Studium.

Auf dem Kleiderschrank stand der Karton, in ihm hatte ich die Hefte, Tagebücher, Abschriften, Notizen und meine ersten Schreibversuche verstaut. Die Chronik der Villa Lauterbach habe ich damals nicht geschrieben, es kam nicht dazu.

Erst jetzt, nach dreißig Jahren, werde ich den Karton öffnen und mein Vorhaben verwirklichen. Jetzt muss es sein. Die Nachricht von Elisabeths Tod lässt einen weiteren Aufschub nicht zu.

Epilog

Es gibt Tage im späten August, an denen mischt sich in den strahlenden Glanz des Sommers die erste Ahnung einer herbstlichen Melancholie. Und ebenso kennt man im September die Morgenstunden, an denen man in Tälern und Bergwinkeln Nebelstreifen des Herbstes erwartet, aber sich unerwartet mit ungebrochener Kraft die Sonne erhebt, als kennte sie keine Jahreszeiten. Dann verziehen sich die Krähen ins Unterholz, und ein Schmetterling sucht taumelnd die letzten Blüten. Wolkenkobolde schlagen hoch oben Purzelbäume, treiben orangerot brennend zum Horizont und lösen sich auf. Nach Sonnenuntergang färbt sich der Himmel lichtblau, während im Osten bereits die Nacht heraufzieht.

An einem solchen Abend stand ich noch leicht benommen von einer mehrstündigen Generalprobe, über die ich für die morgige Ausgabe der Zeitung kurz berichten sollte, am Fenster des Foyers und blickte auf den Theatervorplatz. Vor einem grauen Gewitterhimmel, den gleich die ersten Blitze aus seiner Starre lösen würden, waren die Fassaden der gegenüberliegenden Gebäude grell erleuchtet. Die Touristen, die gerade noch in Gruppen um den Wasser speienden Brunnen gestanden hatten, liefen jetzt verstört hin und her, wie in einem stummen Aufruhr oder wie Gefangene auf der Flucht aus einem Gefängnishof. In diesem ganz unnatürlich hellen Licht verlor das Treiben jeden erkennbaren Zusammenhang und bekam für einen Moment die unfassbare Klarheit einer Vision.

Plötzlich war sie da. Ich wollte nach ihr greifen, sie aber entzog sich. Ich wartete, ließ ihr Zeit. Endlich formte sie sich zu einem

Bild: Ich sah, wie Elisabeth die Terrasse betrat, im Gegenlicht ihre Haare öffnete und mit der Schwerelosigkeit einer Tänzerin die Balustrade erreichte. Hinter ihr war Martha, ganz in Weiß. Sie schien auf Elisabeth zuzuschweben, ihre Schultern berührten sich. Vor ihnen durchscheinend die Wasserfläche, die die ganze Breite des Bildes einnahm. Zwei Schwestern.

Alles ist möglich.

Inhalt

Stammbaum
der
Familie Lauterbach